电子电气基础课程规划教材

电工与电子技术

叶敦范　郭红想　主　编
佘蓓蓓　杨　勇　副主编

電子工業出版社
Publishing House of Electronics Industry
北京 • BEIJING

内容简介

本书是按照教育部颁发的“电工技术”和“电子技术”教学基本要求，并考虑到21世纪高等院校工科专业教学内容和体系改革的需要而编写的。

全书共10章，包括电路及其分析方法、正弦交流电路、三相正弦交流电路、电路的暂态分析、晶体二极管与直流稳压电路、晶体三极管与交流放大电路、集成运算放大器、门电路和组合逻辑电路、触发器和时序逻辑电路、模拟量和数字量的转换等内容。每章附有丰富的思考与练习题和习题。

本书可作为高等院校工科专业电工技术、电子技术课程的教材（少学时），也可供从事电子技术工程的人员学习参考。

图书在版编目（CIP）数据

电工与电子技术 / 叶敦范，郭红想主编. —北京：电子工业出版社，2011.6
电子电气基础课程规划教材
ISBN 978-7-121-13850-8

Ⅰ. ①电… Ⅱ. ①叶… ②郭… Ⅲ. ①电工技术－高等学校－教材②电子技术－高等学校－教材 Ⅳ. ①TM②TN

中国版本图书馆 CIP 数据核字（2011）第 113974 号

责任编辑：凌 毅　　特约编辑：张 莉
印　　刷：
装　　订：北京中新伟业印刷有限公司
出版发行：电子工业出版社
北京市海淀区万寿路173信箱　邮编　100036
开　　本：787×1 092　1/16　印张：12.25　字数：314千字
印　　次：2011年6月第1次印刷
印　　数：3000册　定价：25.00元

凡所购买电子工业出版社图书有缺损问题，请向购买书店调换。若书店售缺，请与本社发行部联系，联系及邮购电话：（010）88254888。

质量投诉请发邮件至 zlts@phei.com.cn，盗版侵权举报请发邮件至 dbqq@phei.com.cn。

服务热线：（010）88258888。

前 言

电工技术和电子技术是高等院校工科专业的一门重要的技术基础课。

为了进一步提高学生分析问题和解决问题的能力，书中各章均附有丰富的思考与练习题和习题。全书结构合理，叙述清楚，重点明确。考虑到各个学校对课程内容的不同要求，特安排了可作为选讲的部分内容，并在书中用“*”表示。本课程的参考学时为60～80学时（含实验），教师可根据具体情况对教材内容进行适当取舍。

本书的第1章、第2章、第4章由郭红想编写，第3章由叶敦范编写，第5章、第6章、第7章由叶敦范、杨勇编写，第8章、第9章、第10章由叶敦范、余蓓蓓编写。全书由叶敦范进行统稿工作。武汉大学的甘良才博导、中国地质大学（武汉）的王典洪博导为本书提出了许多宝贵的意见，在此表示感谢。

与本书配套的有多媒体课件、疑难指导及习题全解等教学资源，这些教学资源以基本概念、基本知识、基本技能为核心，为读者提供预习、复习和自测的平台，形成系统的立体化教学。读者可登录华信教育资源网（www.hxedu.com.cn）免费下载。

由于编者水平有限，书中难免存在一些缺点和不足，殷切希望广大读者，特别是使用本书的教师和同学们提出批评和改进意见，以便今后修订提高。

作 者

2011年5月

目　录

第1章　电路及其分析方法

本章概要：

电路是电工技术和电子技术的基础。

本章首先讨论电路的基本概念和基本定律，如电路模型、电压和电流的参考方向、基尔霍夫定律、电阻的串并联以及电源的3种基本工作状态，这些内容是分析与计算电路的基础。

其次讨论电路的几种常用的电路分析方法，如支路电流法、电压源和电流源的等效变换、叠加原理和戴维南定理。通过本章学习，应能根据电路的结构特点，运用这些定律和分析方法简化电路，分析与计算电路中的有关物理量。

教学重点：

(1)理解电路模型及电压、电流参考方向的意义。

(2)理解并能正确运用基尔霍夫定律。

(3)熟练运用电压源与电流源的等效变换和戴维南定理进行求解。

(4)理解叠加原理。

教学难点：

掌握戴维南定理分析电路的方法。

1.1　电路与电路模型

1.1.1　电路

电路，简单地说就是电流的通路。它是由某些电气设备、元件按一定方式用导线连接而成的。电路的元器件及其连接方式是多种多样的，其特性和功能也各不相同。

最典型的例子是电力系统，其电路示意图如图1.1.1(a)所示。它的作用是实现电能的输送与转换，其中包括电源、负载和中间环节这3个基本组成部分。发电机是电源，是将其他形式能量转换为电能的装置。它可将化学能、机械能、水能、原子能等能量转换为电能。电灯、电动机、电炉等都是负载，是将电能转换为非电能的用电设备，它们可将电能转换成光能、机械能和热能等。变压器和输电线是中间环节，是连接电源和负载的部分，主要起传输和分配电能的作用。

电路的另一种作用是传递和处理信号。常见的例子如扩音机，其电路示意图如图1.1.1(b)所示。先由话筒把语言或音乐(通常称为信息)转换为相应的电压和电流，即电信号，而后通过电路传递到扬声器，把电信号还原为语言或音乐。由于话筒输出的电信号比较微弱，不足以推动扬声器发音，因此中间还要用放大器来放大。在图1.1.1(b)中，话筒是输出信号的设备，称为信号源，相当于电源，但与上述的发电机、电池等电源不同，信号源输出的电信号(电压和电流)的变化规律取决于所加的信息。扬声器是接收和转换信号的设备，也就是负载。

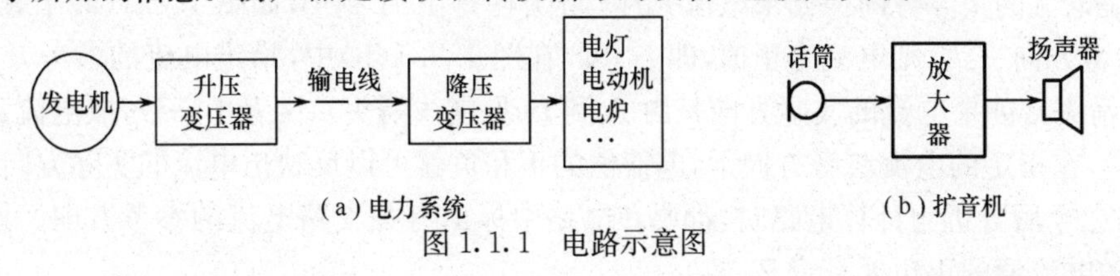

(a)电力系统　　(b)扩音机

图1.1.1　电路示意图

信号传递和处理的例子很多，如收音机和电视机，它们的接收天线（信号源）把载有音乐、语言、图像信息的电磁波接收后转换为相应的电信号，再经过电路传递和处理（调谐、变频、检波、放大等）后，送到扬声器和显像管（负载），还原为原始信号。

无论电能的传输和转换，或者信号的传递和处理，其中电源或信号源的电压或电流称为激励，它推动电路工作；激励在电路各部分产生的电压和电流称为响应。所谓电路分析，就是在已知电路结构和元件参数的条件下，讨论电路激励与响应之间的关系。

1.1.2 电路模型

实际电路都是由一些按需要起不同作用的实际电路元件或器件组成的，如发电机、变压器、电动机、电池、晶体管及各种电阻器和电容器等，它们的电磁性质较为复杂，如一个白炽灯，它除了具有消耗电能的性质（电阻性）外，当通有电流时还会产生磁场，即还具有电感性。但电感微小，可忽略不计，于是可认为白炽灯是一电阻元件。

为了便于对实际电路进行分析和进行数学描述，通常将实际元件理想化（或称模型化），即在一定条件下突出其主要的电磁性质，忽略其次要因素，把它近似地看作理想电路元件，并用规定的图形符号表示。由一些理想元件所组成的电路，就是实际电路的电路模型，简称电路，它是对实际电路电磁特性的科学抽象和概括。手电筒的实际电路如图 1.1.2(a)所示，其电路模型如图 1.1.2(b)所示。灯泡是电阻元件，其参数为电阻 R；干电池是电源元件，其参数为电动势 E 和内阻 R_0；筒体是连接干电池和灯泡的中间环节（还包括开关），其电阻可忽略不计，认为是一无电阻的理想导体。

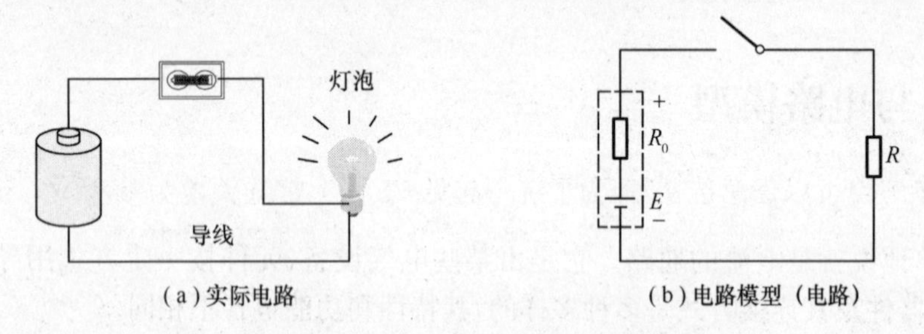

图 1.1.2 手电筒的电路及其模型

今后所分析的都是指电路模型，简称电路。在电路图中，各种电路元件用规定的图形符号表示。

1.2 电压和电流的参考方向

关于电压和电流的方向，有实际方向和参考方向之分，应加以区别。

我们习惯上规定正电荷运动的方向或负电荷运动的反方向为电流的实际方向。电流的方向是客观存在的。但在分析复杂的直流电路时，往往难以事先判断某支路中电流的实际方向，为此，在分析与计算电路时，常可任意选定某一方向作为电流的参考方向。

图 1.2.1 表示一个电路的一部分，其中的长方框表示一个二端元件。流过这个元件的电流为 i，其实际方向或是由 A 到 B，或是由 B 到 A。在该图中用实线箭头表示电流的参考方向，它不一定就是电流的实际方向。如果电流 i 的实际方向是由 A 到 B，如图 1.2.1(a)中虚线箭头所示，它与参考方向一致，则电流为正值，即 $i>0$。在图 1.2.1(b)中，指定电流的参考方向由 B 到 A（见实线箭头），如果电流的实际方向是由 A 到 B（见虚线箭头），两者不一致，故电流为负值，即 $i<0$。这样，在指定的电流参考方向下，电流值的正和负就可以反映出电流的实际方向。

所以，在今后分析与计算电路时，都要在电路中标出有关支路电流的参考方向。这样，最后计算出来的电流值的正负才有意义。

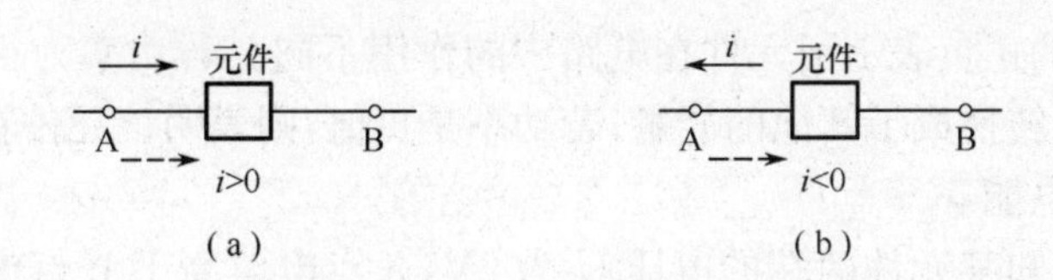

图 1.2.1　电流的参考方向

电压和电动势都是标量，但在分析电路时，和电流一样，我们也说它们具有方向。电压的实际方向规定为由高电位（"＋"极性）端指向低电位（"－"极性）端，即为电位降低的方向。电源电动势的实际方向规定为在电池内部由低电位（"－"极性）端指向高电位（"＋"极性）端，即为电位升高的方向。和电流一样，在较为复杂的电路中，我们也往往无法先确定它们的实际方向（或者极性）。因此，在电路图上所标出的也都是电动势和电压的参考方向。若参考方向与实际方向一致，则其值为正；若参考方向与实际方向相反，则其值为负。

电压的参考方向除用极性"＋"、"－"表示外，也可以用双下标表示。例如 a，b 两点间的电压 U_{ab}，它的参考方向是由 a 指向 b，也就是说 a 点的参考极性为"＋"，b 点的参考极性为"－"。

在国际单位中，电流的单位是安[培]（A）。计量微小电流时，以毫安（mA）或微安（μA）为单位。

$$1\text{A}=10^3\text{mA}=10^6\mu\text{A}$$

电压和电动势的单位是伏[特]（V）。计量微小电压时，以毫伏（mV）或微伏（μV）为单位。

$$1\text{V}=10^3\text{mV}=10^6\mu\text{V}$$

在分析和计算电路时，特别是在电子技术中，常常引入电位的概念，即选电路中的某一点为参考点，则电路中其他任何一点与参考点之间的电压便是该点的电位。在同一电路中，由于参考点选的不同，各点的电位值会随之改变，但是任意两点之间的电压值是不变的。所以各点的电位高低是相对的，而两点间的电压值是绝对的。

原则上，参考点可以任意选择，但为了统一起见，工程上常选大地为参考点。机壳需要接地的设备，可以把机壳选作电位的参考点。有些电子设备，机壳虽不一定接地，但为分析方便起见，可以把它们当中元件汇集的公共端或公共线选作参考点，也称为"地"，在电路图中用"⊥"表示。

【例 1.2.1】在图 1.2.2 所示电路中，求开关 S 闭合和断开两种情况下 a、b、c 三点的电位。

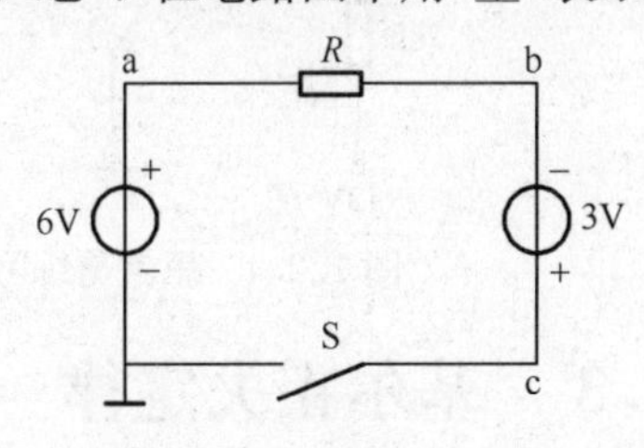

图 1.2.2　例 1.2.1 的图

解：当开关 S 闭合时，$U_a=6\text{V}$，$U_b=-3\text{V}$，$U_c=0\text{V}$。

当开关 S 断开时，a 点的电位不变 $U_a=6\text{V}$。

因为电路中无电流流过电阻 R，$U_b=U_a=6\text{V}$。

c 点的电位比 b 点电位高 3V，$U_c=6+3=9\text{V}$。

在电路的分析和计算中，功率的计算也是十分重要的。这是因为一方面电路在工作状态下总伴随有电能与其他形式能量的相互转换；另一方面，电气设备、电路部件本身都有功率的限制，在使用时要注意其电流值或电压值是否超过额定值，超载会使设备或部件损坏，或不能正常工作。

功率是能量转换的速率，电路中任何元件的功率 P，都可用元件的端电压 U 和其中的电流 I 相乘求得。

不过，在写表达式求解功率时，要注意 U 与 I 的参考方向是否一致。

若 U 与 I 的参考方向一致，则　$P=UI$　(1.2.1)

若 U 与 I 的参考方向相反，则　$P=-UI$　(1.2.2)

另外，U 和 I 的值还有正负之分。当把 U 和 I 的值代入上列两式计算后，所得的功率也会有正负的不同。功率的正负表示了元件在电路中的作用不同。若功率为正值，则表明该元件在电路中是负载，将电能转换成了其他的能量；若功率是负值，则表明该元件在电路中是电源，将其他形式的能量转换成电能。

在图 1.2.3 中，已知某元件两端的电压 U 为 5V，A 点电位高于 B 点电位，电流 I 的实际方向是从 A 点到 B 点，其值为 2A，在图 1.2.3(a)中 U 和 I 的参考方向一致，功率 $P=UI=5\times2=10\text{W}$，为正值，表明此元件吸收的功率为 10W。如果 U 和 I 的参考方向不一致，如图 1.2.3(b)所示，若此时 $U=-5\text{V}$，$I=2\text{A}$，功率 $P=-UI=-(-5)\times2=10\text{W}$，所以此元件还是吸收了 10W 的功率，与图 1.2.3(a)求得的结果一致。

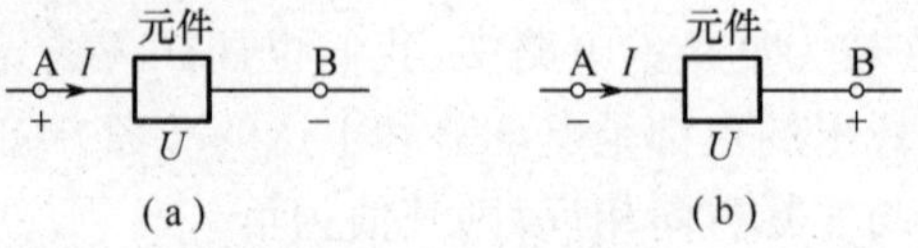

(a)　　(b)

图 1.2.3　元件的功率

在同一个电路中，发出的功率和吸收的功率在数值上是相等的，这就是电路的功率平衡。

在国际单位中，功率的单位是瓦[特](焦耳/秒)，用大写字母“W”表示，还有千瓦(kW)、毫瓦(mW)等单位。它们之间的换算关系如下：

$$1\text{kW}=10^3\text{W}=10^6\text{mW}$$

思考与练习

1.2.1　求如图 1.2.4 所示电路中开关 S 闭合和断开两种情况下 a、b、c 三点的电位。

1.2.2　一个电源的功率，也可用其电动势 E 和电流 I 相乘求得。试说明采用此方法计算的电源功率的正负值的意义。

1.2.3　求如图 1.2.5 所示电路中通过两个恒压源的电流 I_1、I_2 及其功率，并说明这两个电源在电路中分别是起电源作用还是起负载作用。

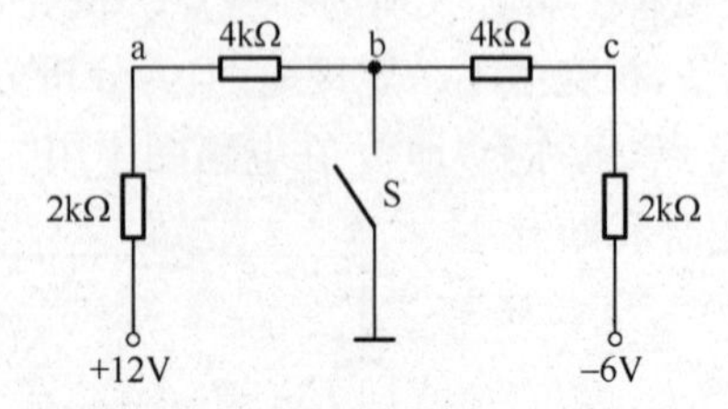

图 1.2.4　思考与练习 1.2.1 图

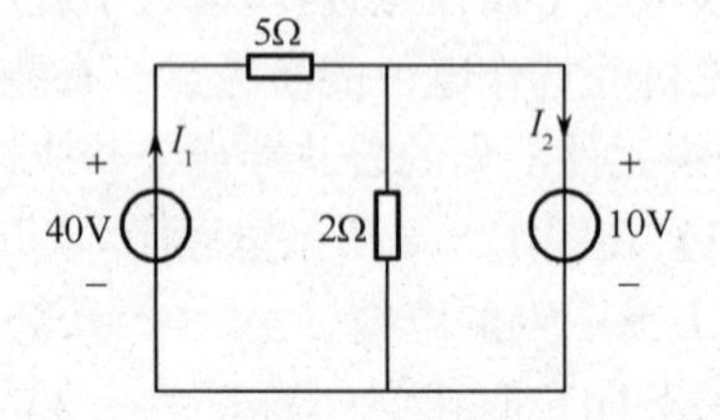

图 1.2.5　思考与练习 1.2.3 图

1.3　基尔霍夫定律

电路是由多个元件互联而成的整体，在这个整体中，元件除了要遵循自身的电压、电流关系外，同时还必须服从电路整体上的电压、电流关系，即电路的互联关系。基尔霍夫定律就是研究这一规律的。该定律包括电流定律和电压定律，前者描述电路中各电流之间的约束关系，后者描述电路中各电压之间的约束关系。

为了便于学习基尔霍夫定律，首先结合图 1.3.1 所示电路来介绍电路中的几个名词。

(1)支路：电路中的每一个分支称为支路，一条支路流过同一个电流。

(2)节点：电路中 3 条或 3 条以上支路的连接点称为节点。

(3)回路：由一条或多条支路所组成的闭合电路。

(4)网孔：内部不含支路的回路称为网孔。

图 1.3.1 所示的电路中共有 acb、adb、acb 三条支路，a 和 b 两个节点，adbca、aebda、aebca 三个回路，adbca、aebda 两个网孔。

1.3.1 基尔霍夫电流定律

基尔霍夫电流定律(KCL)是用来确定连接在同一节点上的各支路电流关系的。KCL 指出：在任一瞬时，流入电路中任一节点的各支路电流之和等于流出该节点的各支路电流之和。

在图 1.3.1 所示的电路中，对节点 a 可以得到

$$I_1+I_2=I_3 \tag{1.3.1}$$

或将上式改写成

$$I_1+I_2-I_3=0$$

即

$$\sum I=0 \tag{1.3.2}$$

就是在任一瞬时，一个节点上电流的代数和恒等于零。如果规定参考方向指向节点时电流为正，则背向节点就为负。

基尔霍夫电流定律不仅适用于某一具体节点，而且还可以推广用于电路中任一假定的闭合面。例如在图 1.3.2 所示的晶体管中，对虚线所示的闭合面来说，3 个电极电流的代数和应等于零，即

$$I_C+I_B-I_E=0$$

由于闭合面具有与节点相同的性质，因此称为广义节点。

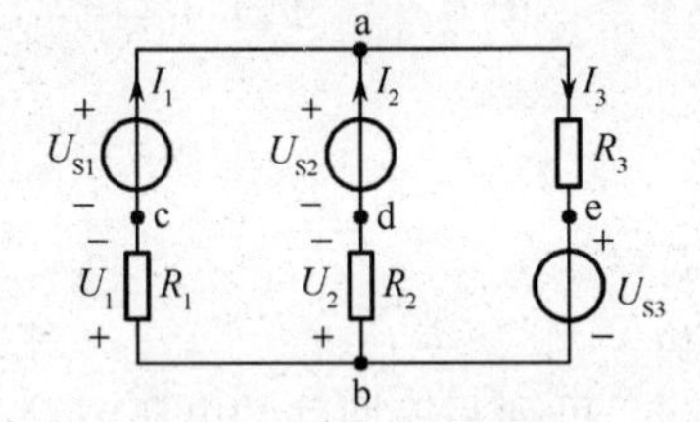

图 1.3.1 基尔霍夫定律

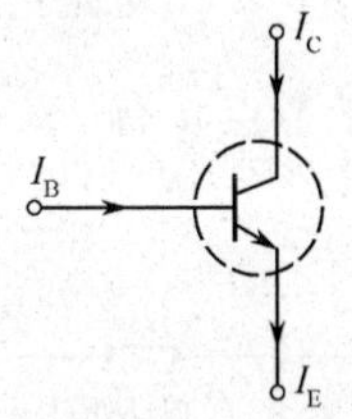

图 1.3.2 广义节点

【例 1.3.1】 在图 1.3.3 所示的部分电路中，已知，$I_1=3\text{A}$，$I_4=-5\text{A}$，$I_5=8\text{A}$，试求 I_3 和 I_6 的值。

解： 根据图中标出的电流参考方向，应用基尔霍夫电流定律，分别由节点 a、b、c 求得

$$I_6=I_4-I_1=-5-3=-8\text{A}$$
$$I_2=I_5-I_4=8-(-5)=13\text{A}$$
$$I_3=I_6-I_5=-8-8=-16\text{A}$$

在求得 I_2 后，I_3 也可以由广义节点求得，即

$$I_3=-I_1-I_2=-3-13=-16\text{A}$$

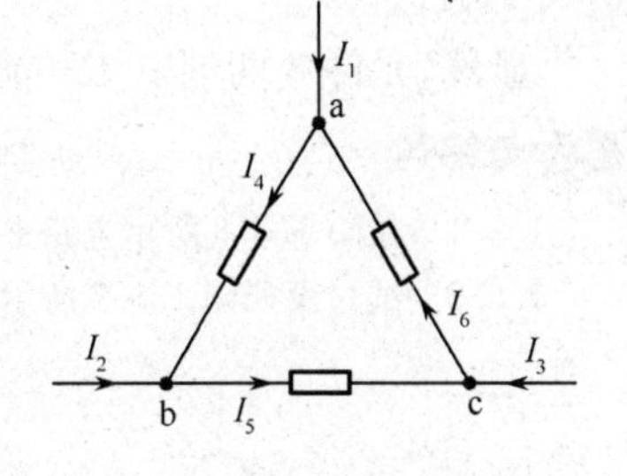

图 1.3.3 例 1.3.1 图

1.3.2 基尔霍夫电压定律

基尔霍夫电压定律(KVL)是用来确定回路中各部分电压间关系的。KVL 指出：在任一瞬时，从回路中任一点出发，沿任一循行方向绕回路一周，则在这个方向上的电位降之和等于电位升之和。

在图 1.3.4 所示电路中，按 ABCD 循行的方向可列出

$$I_1R_1+I_2R_2+I_3R_3+E_3=I_4R_4+E_4$$

或将上式改写成

$$I_1R_1+I_2R_2+I_3R_3+E_3-I_4R_4-E_4=0$$

即

$$\sum U=0 \tag{1.3.3}$$

也就是说，在任一瞬间沿任一循行方向绕回路一周，回路中各段电压的代数和恒等于零。如果规定电位降为正，则电位升就为负，反之亦可。

在对图 1.3.4 所示电路的回路列写上述 KVL 方程时，遵循了以下几点：

①首先在图中标明各支路电压、电流的参考方向，然后选择一个循行方向；

②当支路电流的参考方向与循行方向一致时，电阻压降取正，反之取负；

③当电动势的参考方向与循行方向相反时取正，一致时取负。

【例 1.3.2】 在图 1.3.5 中，$I_1=3\text{mA}$，$I_2=1\text{mA}$。试确定电路元件 3 中的电流 I_3 及其两端电压 U_3，并说明它是电源还是负载。

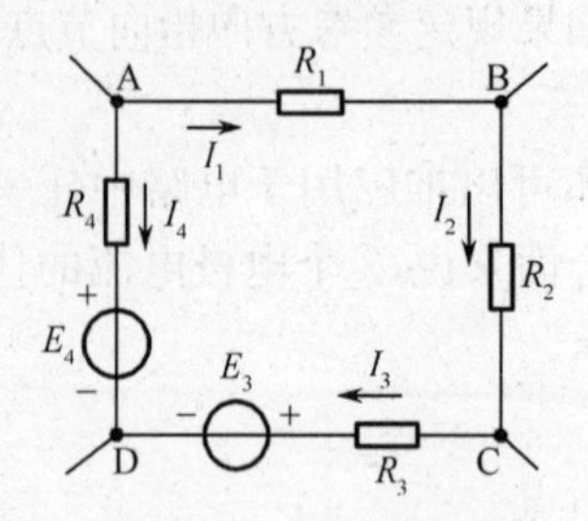

图 1.3.4 KVL 电路

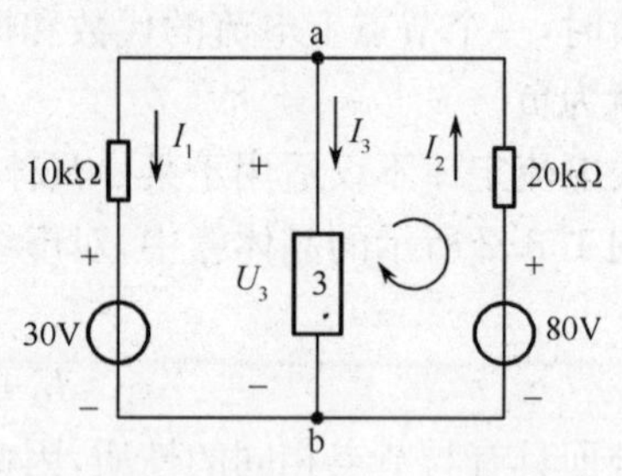

图 1.3.5 例 1.3.2 图

解： 根据 KCL，对于节点 a 有

$$I_1-I_2+I_3=0$$

代入 I_1 和 I_2 数值，得

$$(3-1)+I_3=0$$

$$I_3=-2\text{mA}$$

根据 KVL 和图 1.3.5 右侧网孔所示的循行方向，可列写该回路的电压方程为

$$-U_{ab}-20I_2+80=0$$

代入 I_2 数值，得

$$U_{ab}=60\text{V}$$

显然，元件 3 两端电压和流过它的电流实际方向相反，是产生功率的元件，即电源。

思考与练习

1.3.1 在图 1.3.6 所示电路中，电流 I_1 和 I_2 各为多少？

1.3.2 试写出如图 1.3.7 所示电路中的回路 $ABDA$、$AFCBA$ 和 $AFCBDA$ 的 KVL 方程。

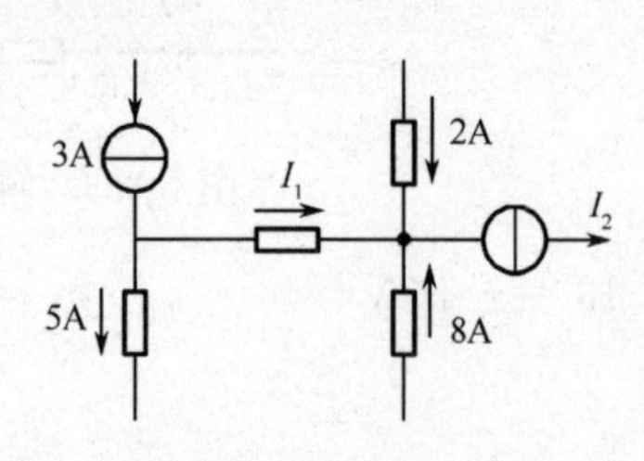

图 1.3.6 思考与练习 1.3.1 图

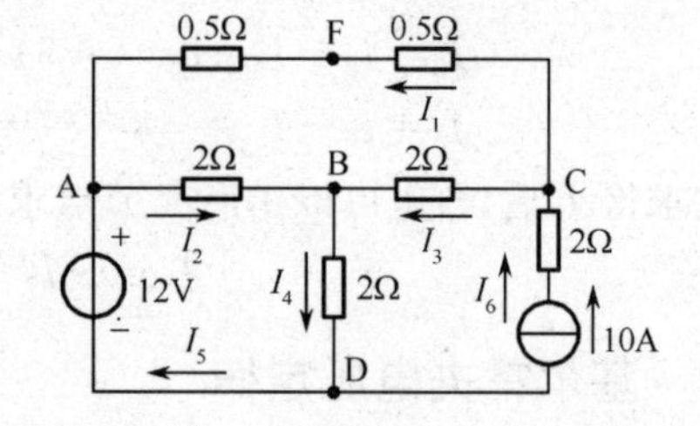

图 1.3.7 思考与练习 1.3.2 图

1.4 电阻的串联与并联

在实际应用中根据不同的目的，各电阻可连接成不同的形式，其中最简单、最常用的形式是串联与并联。

1.4.1 电阻的串联

如果将若干个电阻依次首尾连接，并且在这些电阻中通过同一电流，则这样的连接形式就称为电阻的串联，如图 1.4.1(a)所示。

在图 1.4.1(a)中，有

$$U=U_1+U_2+\cdots+U_n=IR_1+IR_2+\cdots+IR_n$$
$$=I(R_1+R_2+\cdots+R_n)$$

令

$$R=R_1+R_2+\cdots+R_n=\sum_{i=1}^{n}R_i$$

则

$$U=IR \tag{1.4.1}$$

其中，R 定义为串联电路的等效电阻，其等效电路如图 1.4.1(b)所示。

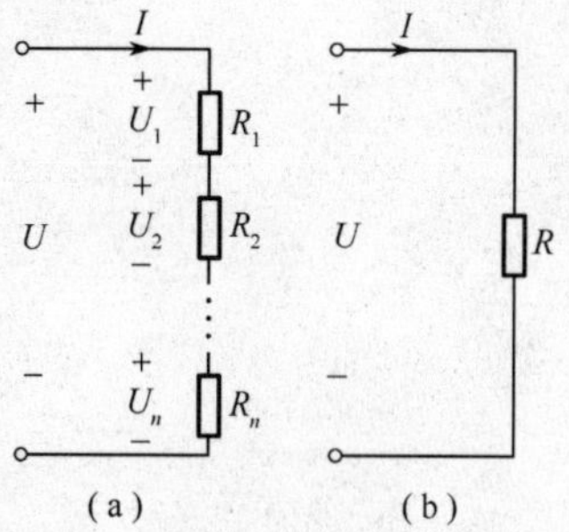

电阻的串联可用一个等效电阻 R 来代替，由此简化了电路。由式(1.4.1)和欧姆定律可求出串联各电阻两端的电压与总电压的关系式，即串联电阻的分压公式为

(a)　(b)

图 1.4.1　电阻的串联及等效电阻

$$\left.\begin{aligned}U_1&=IR_1=\frac{R_1}{R}U\\U_2&=IR_2=\frac{R_2}{R}U\\&\vdots\\U_n&=IR_n=\frac{R_n}{R}U\end{aligned}\right\} \tag{1.4.2}$$

式(1.4.2)说明在电阻串联电路里，当外加电压一定时，各电阻端电压的大小与它的电阻值成正比。电路串联的应用很多。例如在负载电压低于电源电压的情况下，通常需要给负载串联一个电阻，以此来降低负载上的电压。当需要调节电路中的电流时，也可以在电路中串联一个变阻器来进行调节。

1.4.2 电阻的并联

如果电路中有若干个电阻连接在两个公共节点之间，使各个电阻承受同一电压，则这样的连接形式就称为电阻的并联，如图 1.4.2(a)所示。

在图 1.4.2(a)中，根据 KCL，并联电路的总电流应等于电路中各支路电阻分电流之和，即

$$I=I_1+I_2+\cdots+I_n=\frac{U}{R_1}+\frac{U}{R_2}+\cdots+\frac{U}{R_n}$$
$$=U\left(\frac{1}{R_1}+\frac{1}{R_2}+\cdots+\frac{1}{R_n}\right)$$

令

$$\frac{1}{R}=\left(\frac{1}{R_1}+\frac{1}{R_2}+\cdots+\frac{1}{R_n}\right) \tag{1.4.3}$$

则

$$I=\frac{U}{R}$$

其中，R 定义为并联电路的等效电阻，等效电路如图 1.4.2(b)所示。

由式(1.4.3)和欧姆定律可求得通过并联各电阻的电流和总电流的关系式，即并联电阻的分流公式为

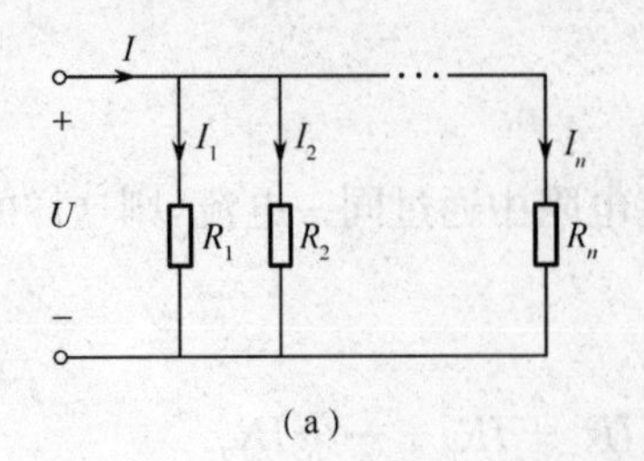

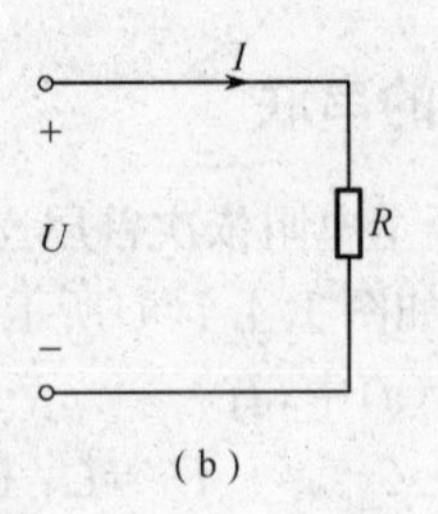

图 1.4.2　电阻的并联及等效电阻

$$\left.\begin{aligned}I_1&=\frac{U}{R_1}=\frac{IR}{R_1}\\I_2&=\frac{U}{R_2}=\frac{IR}{R_2}\\&\vdots\\I_n&=\frac{U}{R_n}=\frac{IR}{R_n}\end{aligned}\right\}\tag{1.4.4}$$

可见,并联电阻上电流的大小与其阻值成反比。

一般负载都有一定的额定电压,因此总是并联运行的。负载并联运行时,它们处于同一电压之下,可以认为任何一个负载的工作情况不受其他负载的影响。并联的负载电阻越多,则总电阻越小,电路中总电流和总功率也就越大,但每个负载的电流和功率没有变化。

思考与练习

1.4.1　试求图 1.4.3 中 a、b 两点间的等效电阻 R_{ab}。

1.4.2　通常电灯开得越多,总的负载电阻是越大还是越小?

1.4.3　计算图 1.4.4 所示电阻并联电路的等效电阻。

1.4.4　如图 1.4.5 所示电路中,其中 $R_1=10\Omega$,$R_2=5\Omega$,$R_3=2\Omega$,$R_4=3\Omega$,电源电压 $U=125\text{V}$,试求电流 I_1、I_2 和 I_3 的值。

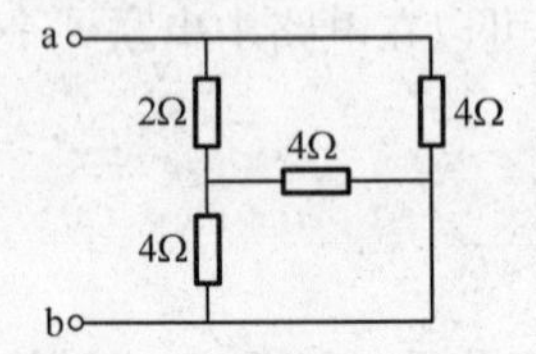

图 1.4.3　思考与练习 1.4.1 图

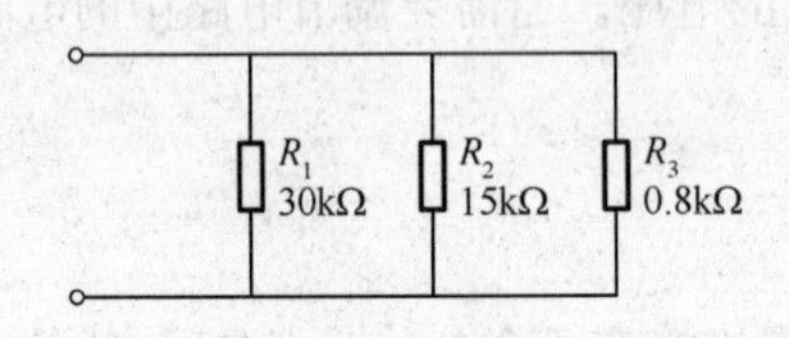

图 1.4.4　思考与练习 1.4.3 图

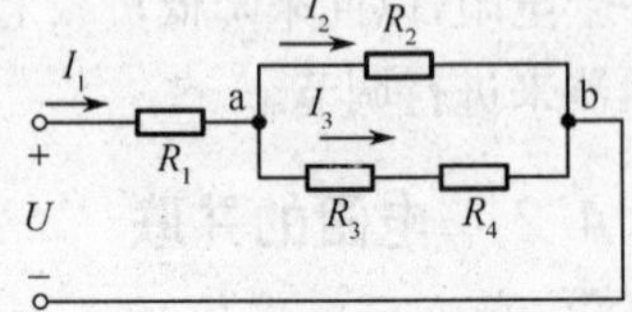

图 1.4.5　思考与练习 1.4.4 图

1.5　电源有载工作、开路与短路

1.5.1　电源有载工作

在图 1.5.1 中,当开关 S 闭合后,电源和负载接通形成闭合回路,这就是电源有载工作。在有载工作状态下,电路具有下列特征:

(1)电路中的电流为

$$I=\frac{E}{R_0+R_L}\tag{1.5.1}$$

当 E 和 R_0 一定时,电流 I 由负载电阻 R_L 的大小决定。负载电阻 R_L 越小(即所带的负载越多),则电流 I 越大。

(2)电源输出的端电压 U 等于负载电阻两端的电压,由上式可得

$$U=IR_L=E-IR_0 \quad (1.5.2)$$

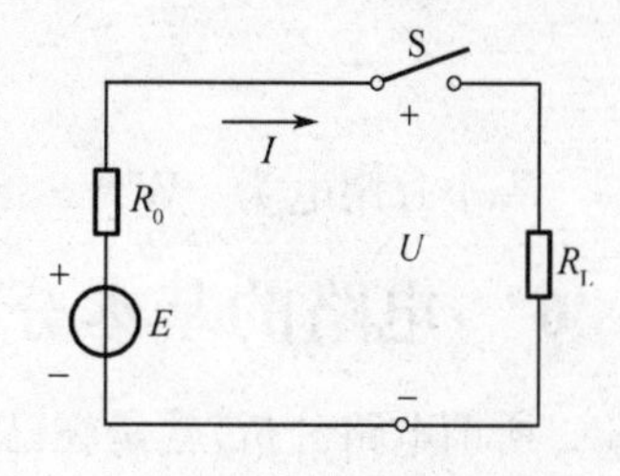

图 1.5.1　电源的有载状态

可见，随着负载 R_L 变小，电流 I 增大，负载两端的电压 U 将会下降，下降的快慢由电源的内阻 R_0 决定（通常电源内阻 R_0 是很小的）。

(3)电源的输出功率为

$$P=UI=EI-I^2R_0 \quad (1.5.3)$$

式(1.5.3)中 UI 为电源的输出功率，EI 为电源发出的功率，而 I^2R_0 为电源内阻消耗的功率。可见，电源产生的功率与电源的输出功率和内阻上所消耗的功率是平衡的。

应当指出：在实际电路中，为了保证电气设备安全可靠地工作，每个电路元件在工作中都有一定的使用限额，这种限额称为额定值。电气设备的额定值一般都列入产品说明书或直接标明在电气设备的铭牌上。如果某电动机铭牌上标明"5kW，380V，199A"等，这些功率、电压、电流值均指额定值，表明该电动机接在额定电压为 380V 的电源上，带有额定负载时输出 5kW 的额定功率。当所加电压或电流超过额定电压或额定电流很多时，电气设备或元件容易损坏。当在低于额定值很多的状态下工作时，电气设备不能正常运转。额定值用带下标"N"的大写字母表示，额定电压、额定电流和额定功率分别用 U_N、I_N、P_N表示。

1.5.2　电源开路

将图 1.5.1 中的开关 S 断开，电源即处于开路状态，开路也称为断路，亦称为空载状态。电路空载时，外电路呈现的电阻为无穷大，这时电路具有下列特征：

(1)电路中电流 $I=0$；

(2)电源的端电压等于电源电动势，即 $U=U_O=E-IR_0=E$，U_O称为开路电压或空载电压；

(3)电源的输出功率 P_E和负载吸收的功率 P 均为零，这是因为电源的输出电流 $I=0$。

1.5.3　电源短路

当电源的两个输出端由于某种意外原因而连在一起时，称之为电源短路，如图 1.5.2 所示。

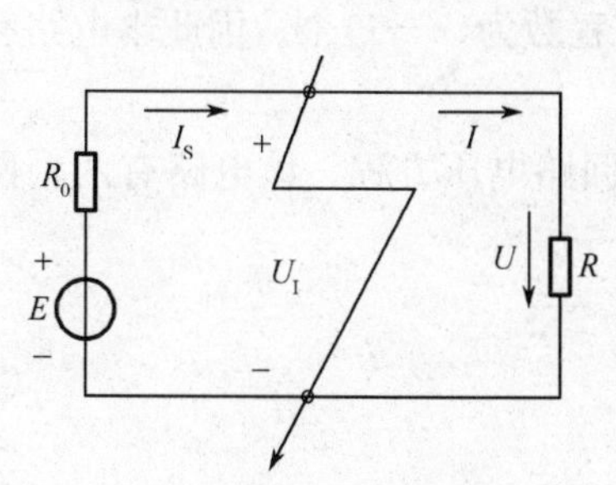

图 1.5.2　电源的短路状态

电源短路时，主要特征可用下列式子表示：

(1)电源的端电压 $U=0$；

(2)电路中电流 $I=I_S=\dfrac{E}{R_0}$，I_S 称为短路电流；

(3)电源的输出功率 $P=0$，但电源产生的功率 $P_E=P_O=I_S^2R_0$。

由上可知，电源短路时的电流 I_S很大，电源产生的功率 P_E全部消耗在内阻上，造成电源过热而损坏。此时负载上没有电流，负载的功率 $P=0$。

短路通常是一种严重的事故，应尽量避免并对电源进行短路保护。通常的保护措施是在电路中接入熔断器（俗称保险丝）和自动断路器，以便在发生短路时能迅速将故障电路断开。

【例 1.5.1】 有一只额定电压 $U_N=220\text{V}$，额定功率 $P_N=60\text{W}$ 的灯泡，接在 220V 的电源上，试求流过灯泡的电流和灯泡的内阻。如果每晚用电 3 小时，那么一个月消耗多少电能？

解：

$$I_N=\frac{P_N}{U_N}=\frac{60}{220}=0.273\text{A}$$

$$R=\frac{U_N}{I_N}=\frac{220}{0.273}=806\Omega$$

一个月用电为 $W=P_N t=60\times3\times30=0.06\text{kW}\times90\text{h}=5.4\text{kW}\cdot\text{h}$

1.6 电路的基本分析方法

所谓电路分析，就是在已知电路各元件的参数、激励和电路结构的条件下，分析和计算电路中的响应。

电路的结构形式有多种多样，最简单的结构只有一个回路，称为单回路电路。有的电路虽有多个回路，但可用串、并联的方法化简成单回路进行分析和计算，这种电路称为简单电路。

但是，有时多回路电路不能用串、并联的方法化简成单回路电路，或者虽能化简，但化简过程相当烦琐，这种电路称为复杂电路。对于复杂电路，应根据电路的结构特点寻求分析和计算的最简方法。本节介绍的几种分析电路的基本方法，主要是用来求解复杂电路。本节将以电阻电路为例，在欧姆定律和基尔霍夫定律的基础上，分别介绍支路电流法、电源的等效变换、叠加原理、戴维南定理这 4 种常用的电路分析方法。

1.6.1 支路电流法

支路电流法是求解复杂电路最基本的方法。它是以支路电流为求解对象，直接应用基尔霍夫定律，分别对节点和回路列出所需要的方程组，然后解出各支路电流。

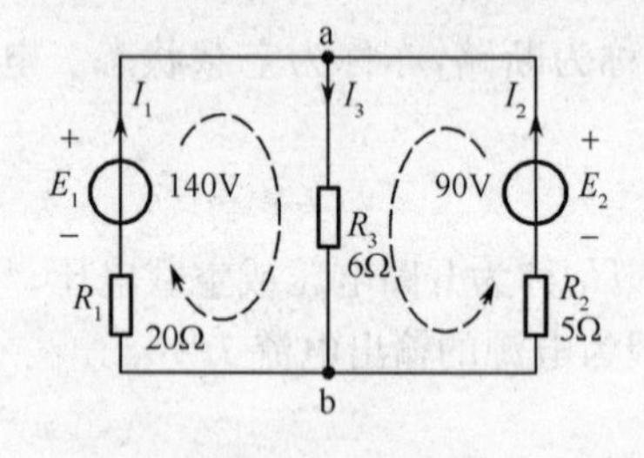

图 1.6.1 支路电流法

现以图 1.6.1 所示电路为例，介绍支路电流法的解题步骤。

第一步，首先在电路中标出各支路电流的参考方向。

第二步，应用基尔霍夫电流定律和电压定律列节点电流和回路电压方程式。

对节点 a： $I_1+I_2-I_3=0$ ①

对节点 b： $I_3-I_1-I_2=0$

很显然，此式是不独立的，它可由①式得到。

一般来说，对具有 n 个节点的电路，所能列出的独立节点方程数为 $(n-1)$ 个。因此本电路有两个节点，独立的节点方程为 $2-1=1$ 个。

为了列出独立的回路电压方程，一般选电路中的网孔列出回路电压方程。该电路有两个网孔，每个网孔的循行方向如图 1.6.1 中虚线箭头所示。

左面网孔的回路电压方程为

$$E_1=I_1R_1+I_3R_3 \quad ②$$

右面网孔的回路电压方程为

$$E_2=I_2R_2+I_3R_3 \quad ③$$

该电路有 3 条支路，因此有 3 个支路电流为未知量，以上列出的独立节点方程和回路方程也是 3 个，所以将以上①、②、③式联立求解，即可求出各支路电流。

一般而言，一个电路如有 b 条支路，n 个节点，那么独立的节点方程为 $(n-1)$ 个，网孔回路电压方程应有 $b-(n-1)$ 个，所得到的独立方程总数为 $(n-1)+b-(n-1)=b$ 个，即能求出 b 个支路电流。

第三步，代入数据，求解支路电流

$$I_1+I_2-I_3=0$$

$$140=20I_1+6I_3$$
$$90=5I_2+6I_3$$

解之,得 $I_1=4\text{A},I_2=6\text{A},I_3=10\text{A}$。

【例 1.6.1】 在图 1.6.2 所示电路中,已知 $U_{S1}=12\text{V},U_{S2}=12\text{V},R_1=1\Omega,R_2=2\Omega,R_3=2\Omega,R_4=4\Omega$,求各支路电流。

解:选择各支路电流的参考方向和回路方向如图 1.6.2所示,列出节点和回路方程式如下。

上节点方程　$I_1+I_2-I_3-I_4=0$

左网孔方程　$R_1I_1+R_3I_3-U_{S1}=0$

中网孔方程　$R_1I_1-R_2I_2-U_{S1}+U_{S2}=0$

右网孔方程　$R_2I_2+R_4I_4-U_{S2}=0$

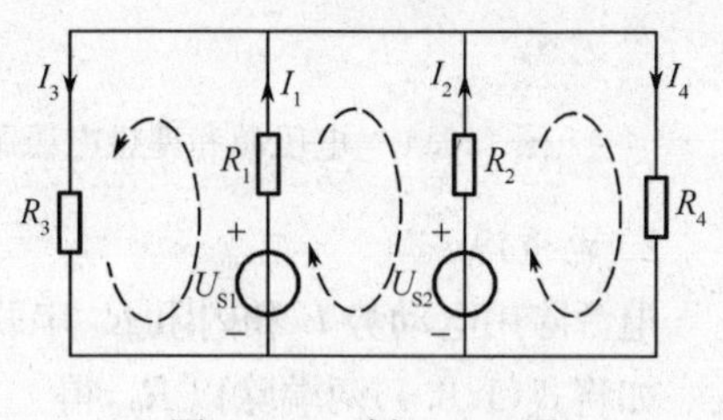

图 1.6.2　例 1.6.1图

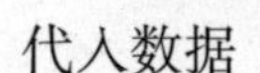
代入数据

$$I_1+I_2-I_3-I_4=0$$
$$I_1+2I_3-12=0$$
$$I_1-2I_2-12+12=0$$
$$2I_2+4I_4-12=0$$

最后解得　$I_1=4\text{A},I_2=2\text{A},I_3=4\text{A},I_4=2\text{A}$

支路电流法是分析电路的基本方法,在需要求解电路的全电流时,均可采用此法。但如果只需要求出某一条支路的电流,用支路电流法求解就会比较烦琐,特别是当电路的支路数比较多时,这时,就可以选用后面将介绍的分析方法。

1.6.2　电压源与电流源的等效变换

一个电源可以用两种不同的电路模型来表示。一种是用电压的形式来表示,称为电压源;另一种是用电流的形式来表示,称为电流源。

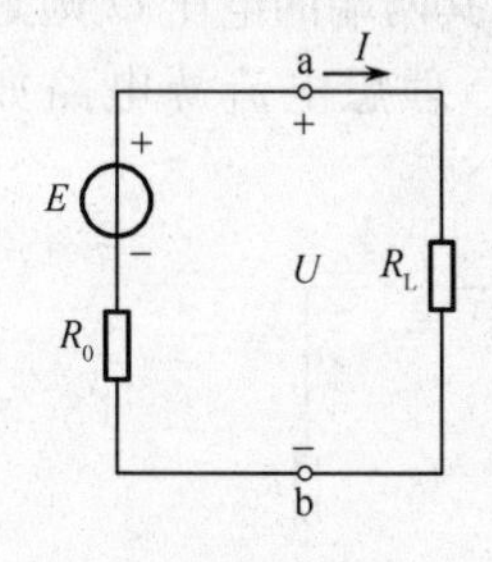

图 1.6.3　电压源电路

1. 电压源

任何一个电源,如发电机、电池或各种信号源,都含有电动势 E 和内阻 R_0。在电路分析与计算时,往往把它们分开,组成由 E 和 R_0 串联的电源的电路模型,即电压源,如图 1.6.3 中 a、b 左边部分所示。图中 U 为电源的端电压,当接上负载电阻 R_L 形成回路后,电路中将有电流 I 流过,则电源的端电压为

$$U=E-IR_0 \tag{1.6.1}$$

式中,E 和 R_0 值为常数,U 和 I 的关系称为电源的外特性,如图 1.6.4 所示。

当 $I=0$(即电压源开路)时,$U=U_O=E$(开路电压等于电源的电动势)。

当 $U=0$(即电压源短路)时,$I=I_S=\dfrac{E}{R_0}$(I_S称为短路电流)。

当 $R_0=0$ 时,电压 U 恒等于电动势 E,是一定值,而其中的电流 I 则是任意值,由负载电阻决定。这样的电压源称为理想电压源或恒压源。理想电压源电路如图 1.6.5 所示。

常见实际电源(如发电机、蓄电池等)的工作机理比较接近电压源,其电路模型是 E 和 R_0 的串联组合。理想电压源实际上是不存在的。但当电压源内阻 R_0 远小于负载电阻 R_L 时,内阻上的压降 IR_0 将远小于 U,则可认为 $U\approx E$,基本上恒定,这时可将此电压源看成是理想电压源。通常用的稳压电源可认为是一个理想电压源。

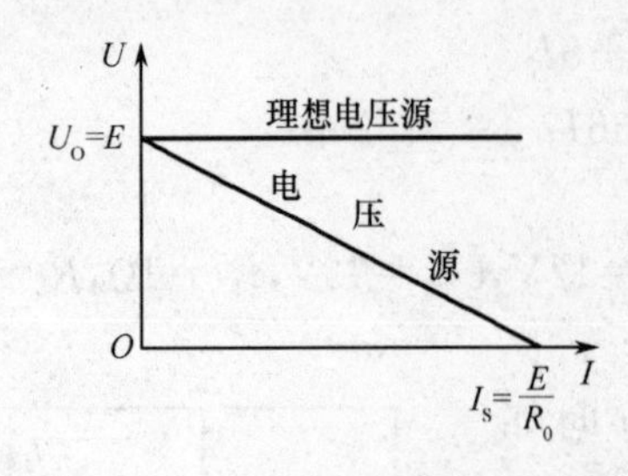

图 1.6.4　电压源和理想电压源的外特性曲线

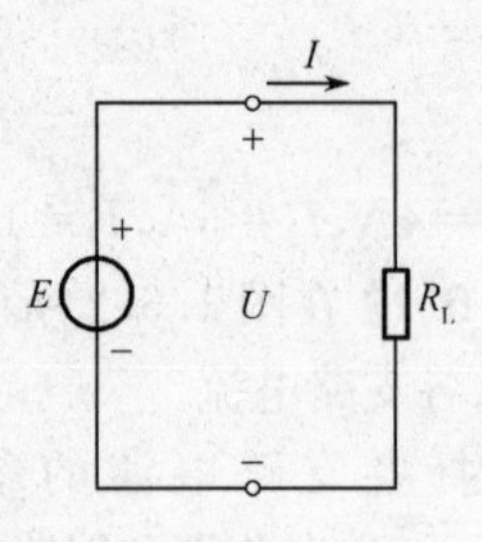

图 1.6.5　理想电压源电路

2. 电流源

电源除用电动势 E 和内阻 R_0 串联的电路模型表示外，还可以用另一种电路并联模型来表示。如将式(1.6.1)两端除以 R_0，得

$$\frac{U}{R_0}=\frac{E}{R_0}-I=I_S-I$$

即

$$I_S=\frac{U}{R_0}+I \tag{1.6.2}$$

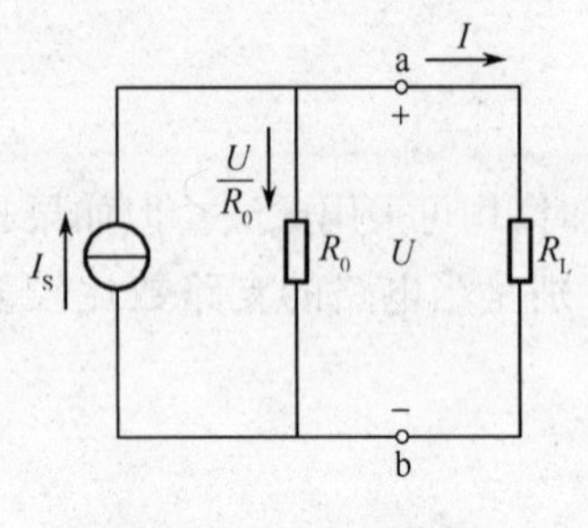

图 1.6.6　电流源电路

这样，我们就可以用一个电流源 $I_S=\frac{E}{R_0}$ 和一个内阻 R_0 并联的电路模型去表示一个电源，即电流源，如图 1.6.6 中 a、b 左边部分所示。图中 U 为电流源的端电压，若接上负载电阻 R_L 构成回路后，负载电阻上将有电流 I 流过。

式(1.6.2)中 I_S和 R_0 均为常数，U 和 I 的关系称为电流源的外特性，如图 1.6.7 所示。当电流源开路时，$I=0$，$U=U_O=I_S R_0$；当其短路时，$U=0$，$I=I_S$。内阻 R_0 越大，则直线越陡，R_0 支路对 I_S的影响就越小。

当 $R_0=\infty$(相当于 R_0 支路断开)时，电流 I 将恒等于 I_S，是一定值，而其两端的电压 U 则是任意值，由负载电阻 R_L 决定。这样的电源称为理想电流源或恒流源。理想电流源电路如图 1.6.8所示。

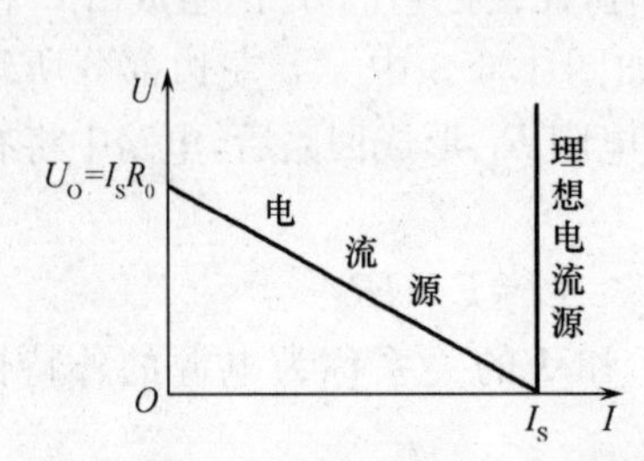

图 1.6.7　电流源和理想电流源的外特性曲线

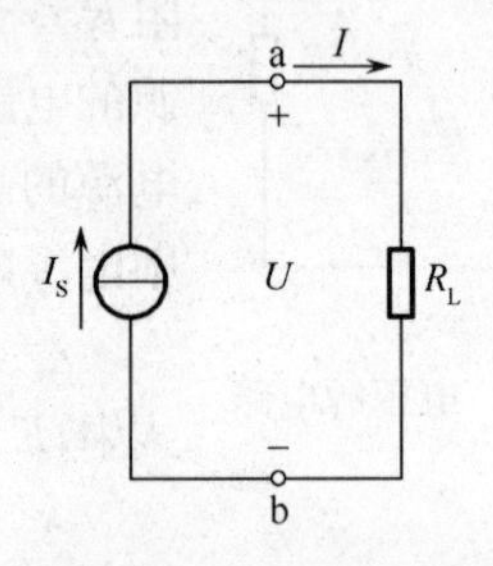

图 1.6.8　理想电流源电路

像光电池一类的器件，工作时的特性比较接近电流源，其电路模型是 I_S 与 R_0 的并联。

理想电流源是不存在的，但当电源内阻 R_0 远大于负载电阻 R_L，即 $R_0 \gg R_L$ 时，R_0 支路的分流作用很小，则可认为 $I \approx I_S$基本恒定，这时可将此电流源看成是理想电流源。

3. 电压源与电流源的等效变换

一个电源可用电压源和电流源两种电路模型来表示，且电压源与电流源的外特性相同。因此，电源的这两种电路模型之间是相互等效的，可以进行等效变换。

两者之间进行等效变换的方法如下：

(1)将图 1.6.9(a)所示的电压源等效变换为电流源时，电流源的电流 $I_S=\frac{E}{R_0}$(即电压源的短路电流)。I_S流出的方向与 E 的正极相对应，与 I_S并联的内阻 R_0 就等于与 E 串联的内阻 R_0，等效变换所得的电流源如图 1.6.9(b)所示。

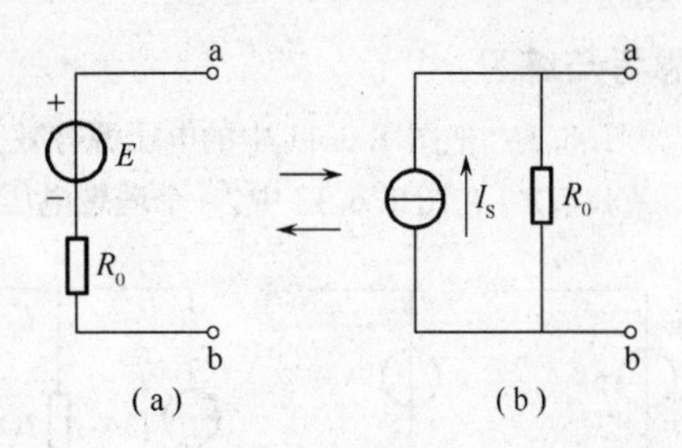

图 1.6.9　电压源与电流源的等效变换

(2)将图 1.6.9(b)所示的电流源等效变换为电压源时，电压源的电动势 $E=I_SR_0$(即电流源的开路电压)，E 的正极与 I_S流出的方向相对应；与 E 串联的内阻 R_0 就等于与 I_S并联的内阻 R_0，等效变换所得的电压源如图 1.6.9(a)所示。

在上面的电压源和电流源进行等效变换时，一般不限于内阻 R_0，即只要一个电动势为 E 的理想电压源和某个电阻 R 串联的电路，都可以变换为一个电流为 I_S的理想电流源和这个电阻并联的电路，两者是等效的，反之亦然。其中

$$I_S=\frac{E}{R}\text{或}E=I_SR$$

但是，电压源和电流源的等效关系只是对外电路而言的，至于对电源内部，则是不等效的。如在图 1.6.9(b)中，当电流源开路时，电源内部有损耗，I_S流过 R_0 产生损耗；而当电流源短路时，电源内部无损耗，R_0 无电流流过。若将其等效变换为图 1.6.9(a)所示的电压源后，情况就不同了。当电压源开路时，R_0 无电流通过，电源内部无损耗；而当电压源短路时，R_0 中有电流 $I_S=\frac{E}{R_0}$流过，在电源内部产生损耗。

理想电压源和理想电流源之间没有等效的关系。因为对理想电压源($R_0=0$)来讲，其短路电流 I_S为无穷大，对理想电流源($R_0=\infty$)讲，其开路电路 U_O为无穷大，都不能得到有限的数值，故这两者之间不存在等效变换的条件。

【例 1.6.2】试用电压源与电流源的等效变换方法计算图 1.6.10(a)所示电路的电流 I。

解：图 1.6.10(a)的电路可简化为图 1.6.10(d)所示的单回路电路，简化过程如图 1.6.10(b)、(c)、(d)所示，由简化后的电路可求得

$$I=\frac{9-4}{1+2+7}=0.5\text{A}$$

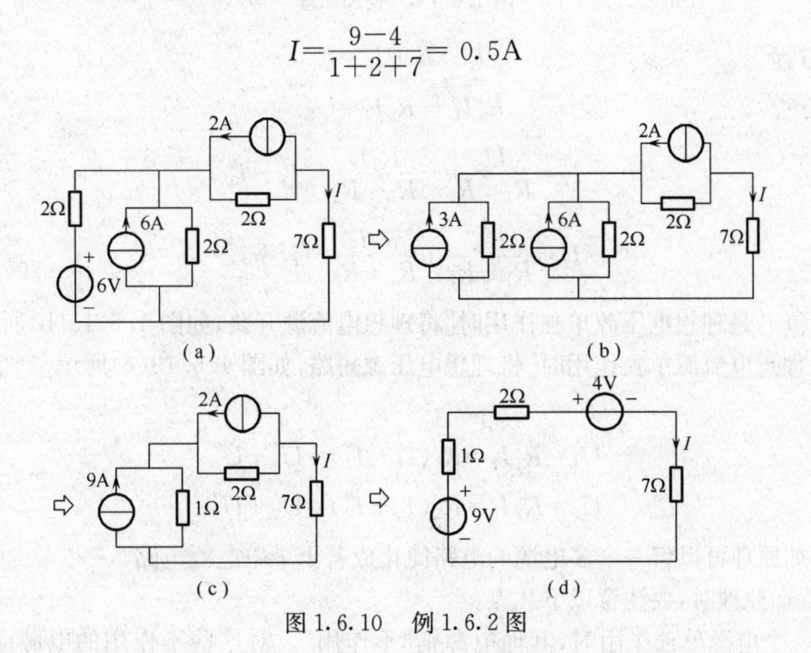

图 1.6.10　例 1.6.2 图

思考与练习

1.6.1　把图 1.6.11 中的电压源等效变换为电流源，将电流源等效变换为电压源。

1.6.2　在图 1.6.12 中，一个理想电压源和一个理想电流源相连，试讨论它们的工作状态。

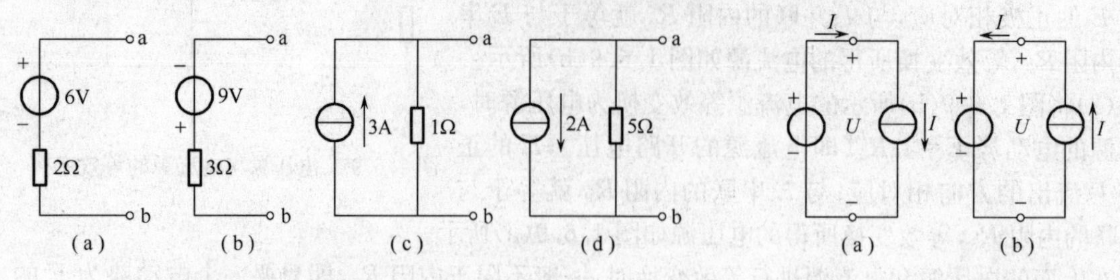

图 1.6.11　思考与练习 1.6.1 图　　　图 1.6.12　思考与练习 1.6.2 图

1.6.3　叠加原理

叠加原理是分析线性电路的一个重要定理。其内容为：在线性电路中有几个独立电源共同作用时，各支路的电流（或电压）等于各独立电源单独作用时在该支路中所产生的电流（或电压）的代数和（叠加）。

例如，在图 1.6.13(a)所示电路中，设 U_S、I_S、R_1、R_2 已知，求电流 I_1 和 I_2。由于只有两个未知电流，利用支路电流法求解时可以只列出两个方程式。

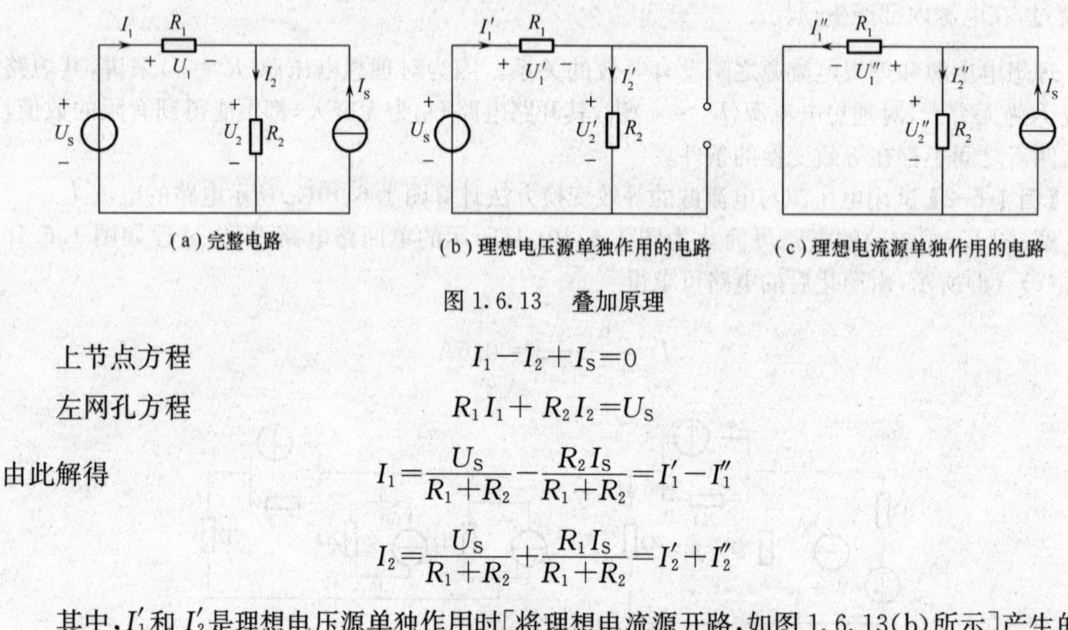

(a) 完整电路　　(b) 理想电压源单独作用的电路　　(c) 理想电流源单独作用的电路

图 1.6.13　叠加原理

上节点方程　　$I_1-I_2+I_S=0$

左网孔方程　　$R_1I_1+R_2I_2=U_S$

由此解得

$$I_1=\frac{U_S}{R_1+R_2}-\frac{R_2I_S}{R_1+R_2}=I_1'-I_1''$$

$$I_2=\frac{U_S}{R_1+R_2}+\frac{R_1I_S}{R_1+R_2}=I_2'+I_2''$$

其中，I_1' 和 I_2' 是理想电压源单独作用时[将理想电流源开路，如图 1.6.13(b)所示]产生的电流；I_1'' 和 I_2'' 是理想电流源单独作用时[将理想电压源短路，如图 1.6.13(c)所示]产生的电流。同样，电压也有

$$U_1=R_1I_1=R_1(I_1'-I_1'')=U_1'-U_1''$$

$$U_2=R_2I_2=R_2(I_2'+I_2'')=U_2'+U_2''$$

这样，利用叠加原理可以将一个多电源的电路简化成若干个单电源电路。

在应用叠加原理时，要注意以下几点。

① 当某一个电源单独作用时，其他电源则“不作用”。对这些不作用的电源应该怎样处理

呢？凡是电压源，应令其电动势 E 为零，将电压源短路；凡是电流源，应令其 I_S 为零，将电流源开路，但是它们的电阻应保留在电路中。

② 当图 1.6.13(a)所示的原电路中各支路电流的参考方向确定后，在求各分电流的代数和时，各支路中分电流的参考方向与原电路中对应支路电流的参考方向一致者，取正值；相反者，取负值。

③ 叠加原理只适用线性电路，而不能用于分析非线性电路。

④ 叠加原理只能用来分析和计算电流和电压，不能用来计算功率。因为功率与电流、电压的关系不是线性关系，而是平方关系。例如：

$$P_1=R_1I_1^2=R_1(I_1'-I_1'')^2\neq R_1I_1'^2-R_1I_1''^2$$

$$P_2=R_2I_2^2=R_2(I_2'+I_2'')^2\neq R_2I_2'^2+R_2I_2''^2$$

【例 1.6.3】 用叠加原理求图 1.6.14(a)中的 U_{ab}。

解： 先把图 1.6.14(a)分解成图 1.6.14(b)、(c)所示的电源单独作用的电路，然后按下列步骤计算。

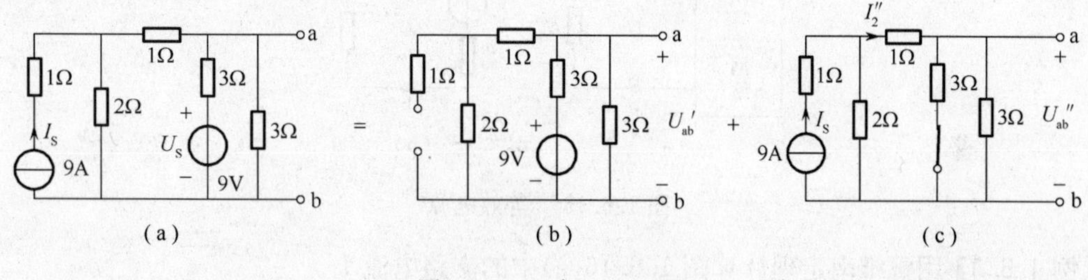

图 1.6.14　例 1.6.3 图

① 如图 1.6.14(b)所示，当电压源单独作用时

$$U_{ab}'=\frac{\dfrac{(1+2)\times3}{1+2+3}}{3+\dfrac{(1+2)\times3}{1+2+3}}\times9=\frac{1.5}{3+1.5}\times9=3\text{V}$$

② 如图 1.6.14(c)所示，当电流源单独作用时

$$I_2''=\frac{2}{2+1+\dfrac{3\times3}{3+3}}\times I_S=\frac{2}{4.5}\times9=4\text{A}$$

$$U_{ab}''=\frac{3\times3}{3+3}\times I_2''=1.5\times4=6\text{V}$$

③ 当两个电源共同作用时

$$U_{ab}=U_{ab}'+U_{ab}''=3+6=9\text{V}$$

1.6.4　戴维南定理与诺顿定理

如果只需要计算复杂电路中某一条支路的电压或电流时，就可以将这条支路划出，而把其余部分看作一个有源二端网络。所谓有源二端网络，就是含有电源的具有两个出线端的部分电路。该有源二端网络对所要计算的这条支路而言，相当于一个电源。

既然一个有源二端网络相当于一个电源，而一个电源又可以用两种电源模型去表示。因此，可以将一个有源二端网络等效为一个电压源；也可以将一个有源二端网络等效为一个电流源。由此就得出了下面两个等效电源定理。

1. 戴维南定理

任何一个有源二端线性网络，如图 1.6.15(a)所示，都可以用一个电动势为 E 的理想电压源和内阻 R_0 串联的电源来等效代替，如图 1.6.15(b)所示，等效电源的电动势 E 就是有源二端网络的开路电压 U_O，即将负载断开后 a、b 两端之间的电压。等效电源的内阻 R_0 等于有源二端网络中所有电源均除去(将各个理想电压源短路，即令其电动势为零；将各个理想电流源开路，即令其电流为零)后所得到的无源网络 a、b 两端之间的等效电阻，这就是戴维南定理。

图 1.6.15(b)的等效电路是一个最简单的电路，其中电流可由下式计算

$$I=\frac{E}{R_0+R_L} \tag{1.6.3}$$

等效电源的电动势和内阻可经过实验或计算得出。

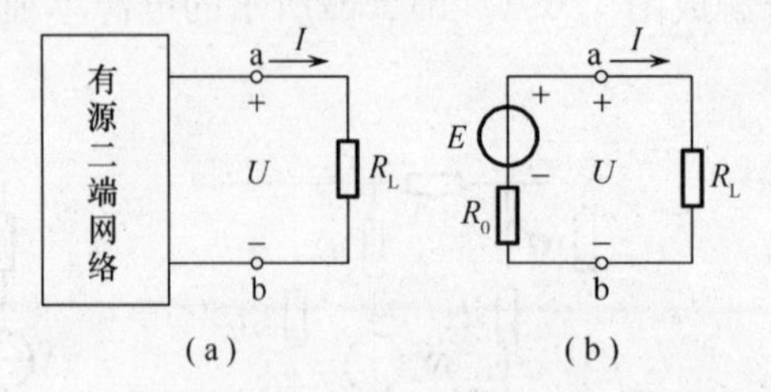

图 1.6.15　等效电源

【例 1.6.4】用戴维南定理计算图 1.6.16(a)中的支路电流 I_3。

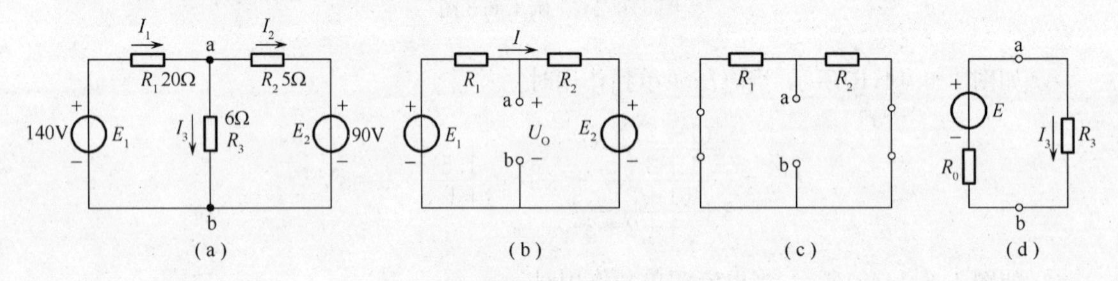

图 1.6.16　例 1.6.4 图

解：① 等效电源的电动势 E 可由图 1.6.16(b)求得

$$I=\frac{E_1-E_2}{R_1+R_2}=\frac{140-90}{20+5}=2\text{A}$$

于是
$$E=U_O=E_1-R_1I=140-20\times2=100\text{V}$$

或
$$E=U_O=E_2+R_2I=90+5\times2=100\text{V}$$

② 等效电源的内阻 R_0 可由图 1.6.16(c)求得

$$R_0=\frac{R_1R_2}{R_1+R_2}=\frac{20\times5}{20+5}=4\Omega$$

③ 于是图 1.6.16(a)可等效为图 1.6.16(d)。所以

$$I_3=\frac{E}{R_0+R_3}=\frac{100}{4+6}=10\text{A}$$

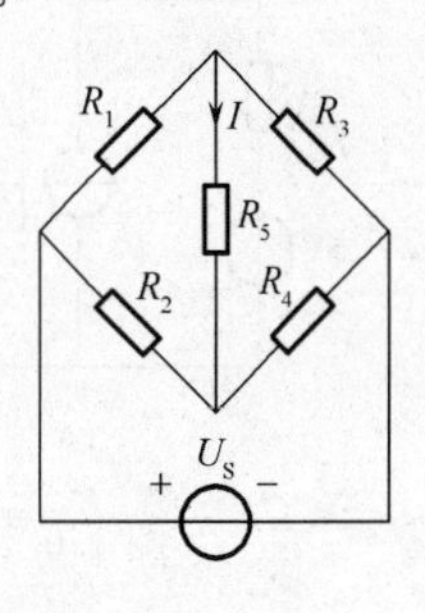

图 1.6.17　例 1.6.5 图

【**例 1.6.5**】电路如图 1.6.17 所示，试用戴维南定理求 R_5 中的电流 I。

解：在电路中将 R_5 所在的支路从原电路中断开，并在断开点标上字母 a、b，为了计算等效电源电动势 E 和内阻 R_0 的方便，将电路整理成串、并联关系清晰的电路图，如图 1.6.18(a)所示。

① 等效电源电动势 E 由图 1.6.18(a)求得

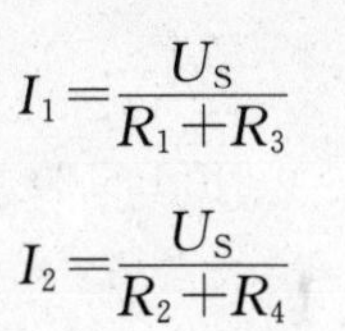

$$I_1=\frac{U_S}{R_1+R_3}$$

$$I_2=\frac{U_S}{R_2+R_4}$$

$$E=U_0=I_1R_3-I_2R_4=\left(\frac{R_3}{R_1+R_3}-\frac{R_4}{R_2+R_4}\right)U_S=\frac{R_2R_3-R_1R_4}{(R_1+R_3)(R_2+R_4)}U_S$$

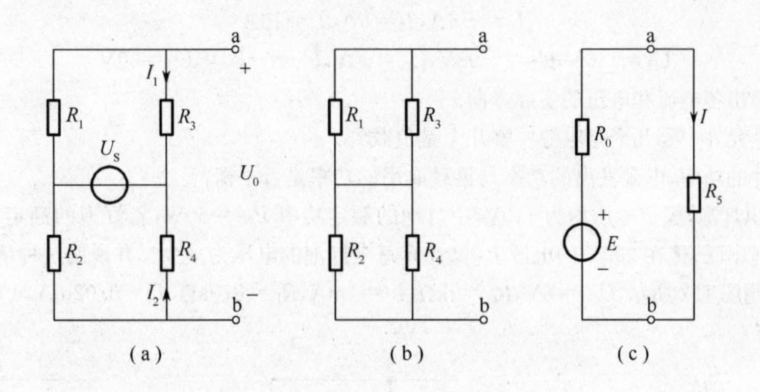

图 1.6.18　例 1.6.5 的求解过程

② 等效电源的内阻 R_0 可由图 1.6.18(b)求得

$$R_0=\frac{R_1R_3}{R_1+R_3}+\frac{R_2R_4}{R_2+R_4}$$

③ 于是图 1.6.17 可等效为图 1.6.18(c)，并计算得

$$I=\frac{E}{R_0+R_5}=\frac{R_2R_3-R_1R_4}{(R_1+R_3)(R_2+R_4)(R_0+R_5)}U_S$$

2. 诺顿定理

诺顿定理是将一个有源二端网络等效为电流源的定理。对于此定理，本书不做详细介绍。如果需要将一个有源二端网络等效为一个电流源，可先应用戴维南定理将其等效为电压源，然后应用电源的等效变换方法，将电压源变换为电流源即可。

思考与练习

1.6.1　列独立的回路电压方程式时，是否一定要选用网孔？

1.6.2　叠加原理可否用于将含有多个电源的电路（例如有 4 个电源）看成是几组电源（例如两组电源）分别单独作用的叠加？

1.6.3　应用戴维南定理将如图 1.6.19 所示的各电路化为等效电压源。

1.6.4　试求图 1.6.20 所示电路中的 U_{A0} 和 I_{A0}。

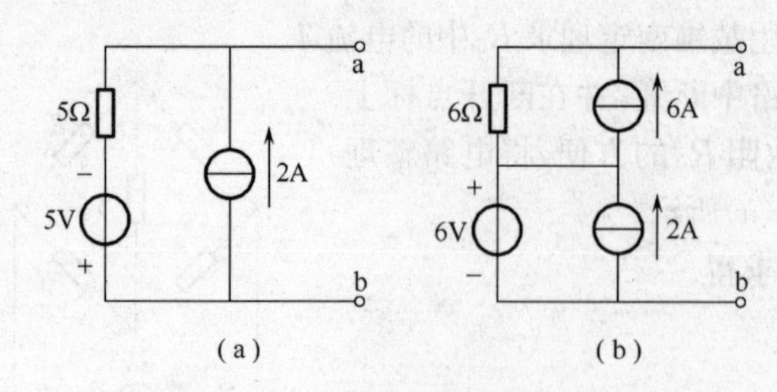

图 1.6.19　思考与练习 1.6.3 图

图 1.6.20　思考与练习 1.6.4 图

习　题　1

1.1　电路如题图 1.1 所示，5 个元件代表电源或负载。电流和电压的参考方向如题图 1.1 所示，通过实验测知

$$I_1=-4\text{A}, I_2=6\text{A}, I_3=10\text{A}$$

$$U_1=140\text{V}, U_2=-90\text{V}, U_3=60\text{V}, U_4=-80\text{V}, U_5=30\text{V}$$

(1)试在图中标出各电流和电压的实际方向。

(2)判断这 5 个元件中哪几个是电源？哪几个是负载？

(3)计算各元件的功率，电源发出的功率与负载取用的功率是否平衡？

1.2　两只白炽灯泡，额定电压均为 110V，甲灯泡的额定功率 $P_{N1}=60\text{W}$，乙灯泡的额定功率 $P_{N2}=100\text{W}$。如果把甲、乙两灯泡串联，接在 220V 的电源上，试计算每个灯泡的电压为多少？并说明这种接法是否正确？

1.3　电路如题图 1.3 所示，$U_{CC}=6\text{V}$，$R_C=2\text{k}\Omega$，$I_C=1\text{mA}$，$R_B=270\text{k}\Omega$，$I_B=0.02\text{mA}$，e 点的电位 V_e 为零。求 a、b、c 三点的电位。

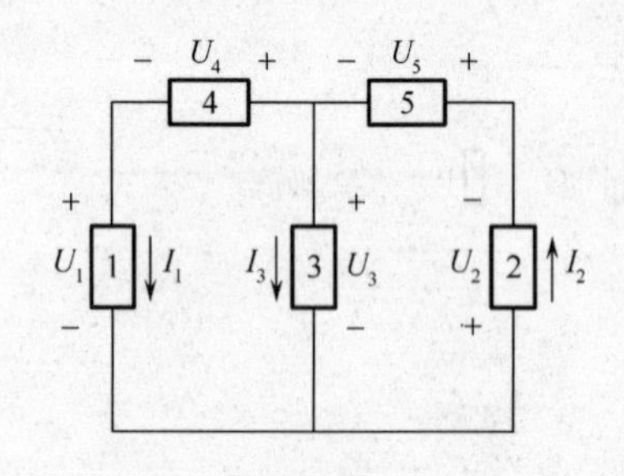

题图 1.1

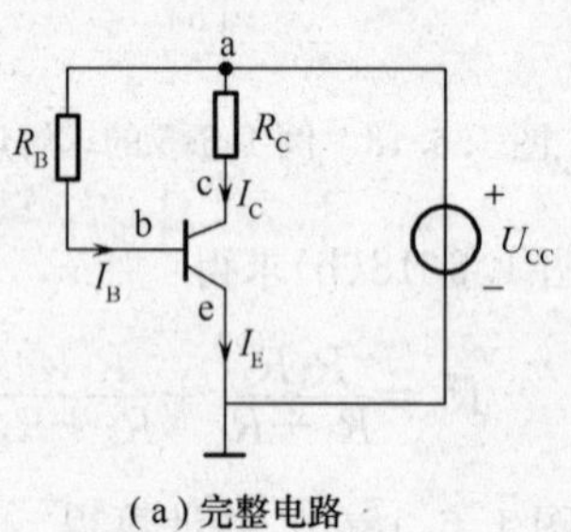

(a)完整电路

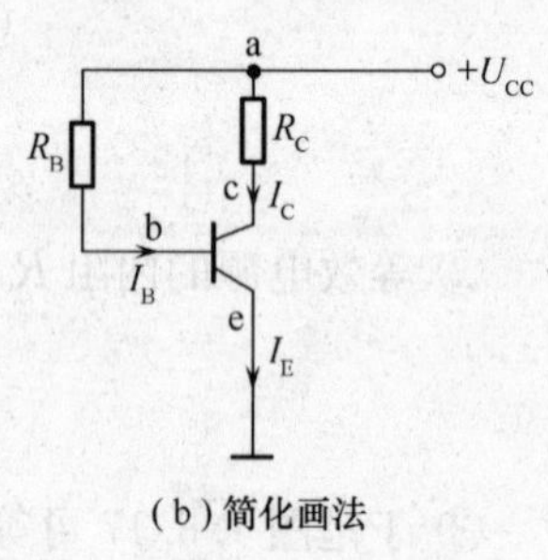

(b)简化画法

题图 1.3

1.4　在电池两端接上电阻 $R_1=14\Omega$ 时，测得电流 $I_1=0.4\text{A}$；若接上电阻 $R_2=23\Omega$ 时，测得电流 $I_2=0.35\text{A}$。求此电池的电动势 E 和内阻 R_0。

1.5　电路如题图 1.5 所示，求 a、b 两点间的等效电阻 R_{ab}。

1.6　电路如题图 1.6 所示，试求各支路电流。

1.7　用电源等效变换方法求题图 1.7 中的电压 U_{AB}。

1.8　电路如题图 1.8 所示，求①点电位 U_1 及②点的电位 U_2。

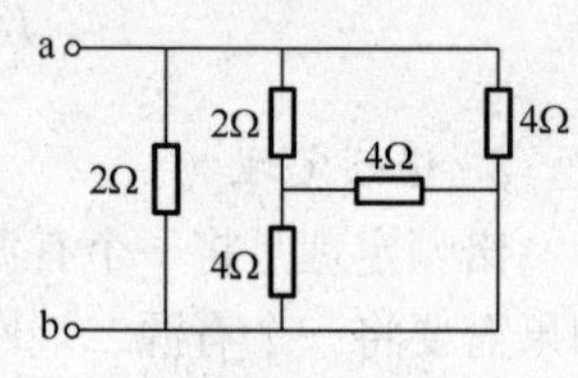

题图 1.5

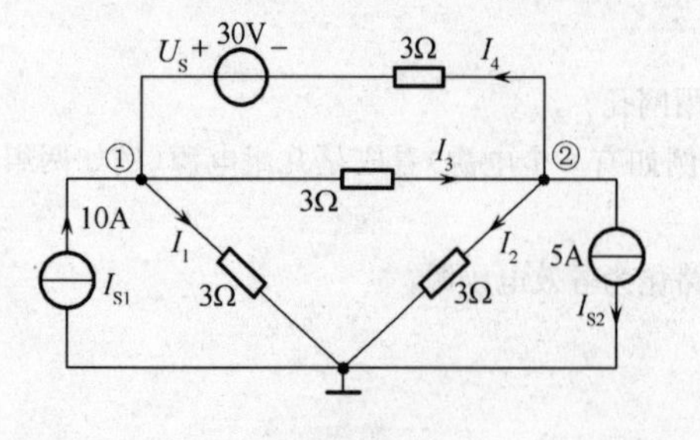

题图 1.6

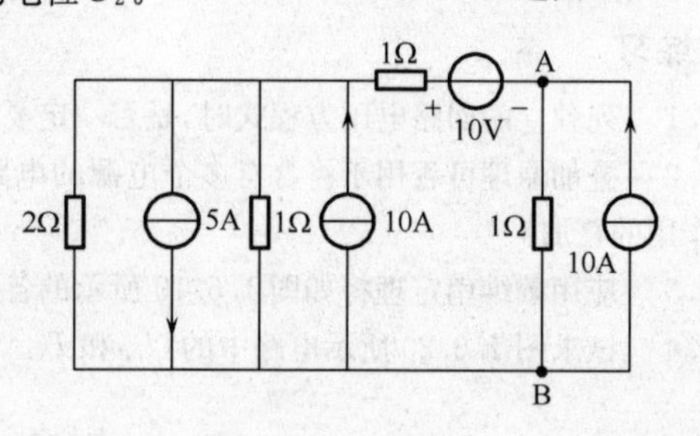

题图 1.7

1.9　用叠加原理求题图 1.9 电路中的 I_x。

1.10　求题图 1.10 所示电路的戴维南等效电路。

1.11　用戴维南定理求题图 1.11 所示电路中的电流 I_2。

1.12　求题图 1.12 中的电流 I。

1.13　用戴维南定理求题图 1.13(a)所示电路中的电流 I[题图 1.13(b)为完整电路]。

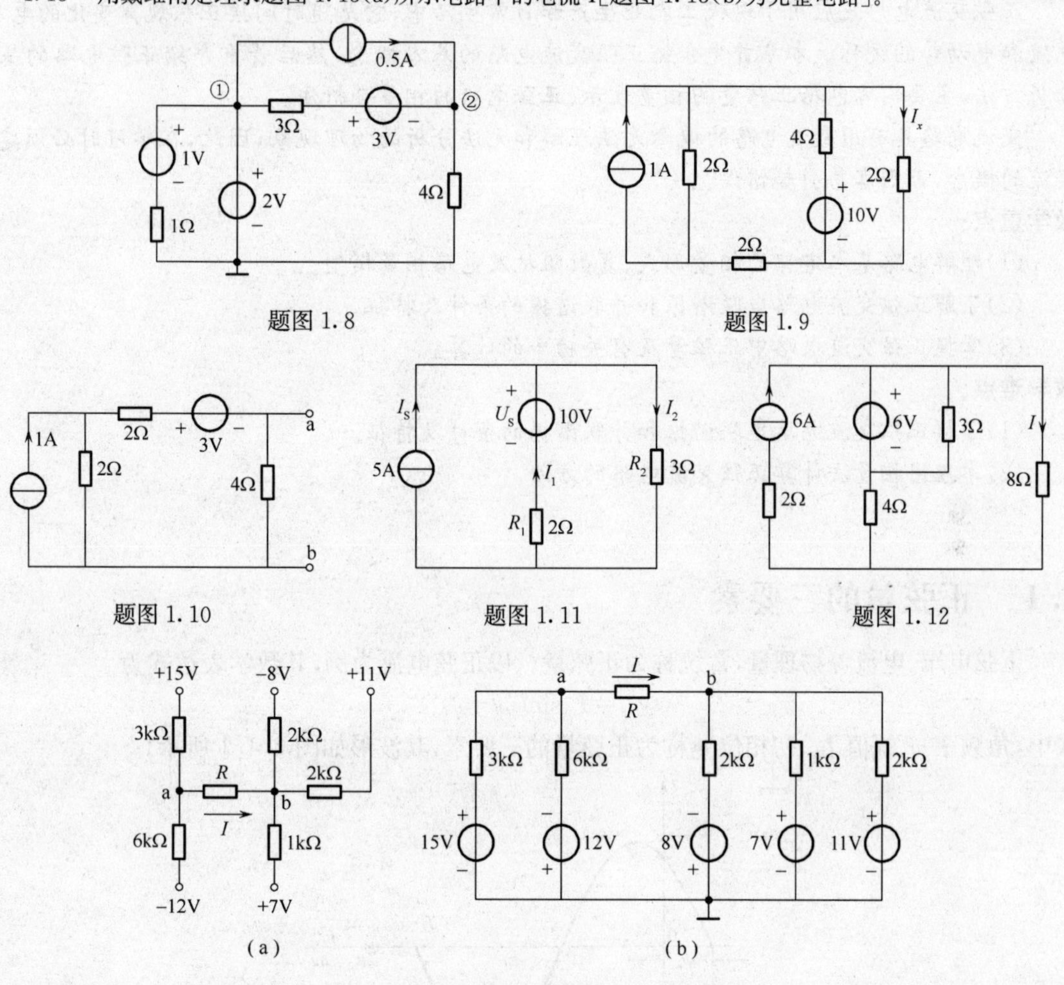

题图 1.13

第2章　正弦交流电路

本章概要：

正弦交流电广泛应用于现代工农业生产和日常生活中，它是随时间按正弦规律变化的电压、电流和电动势的统称。本章首先介绍正弦交流电路的基本概念，然后着重介绍正弦电路的基本分析方法，主要内容包括正弦量的相量表示、正弦电路的相量分析法。

交流电路具有用直流电路的概念无法理解和无法分析的物理现象，因此，在学习时必须建立交流的概念，否则容易引起错误。

教学重点：

(1)理解电路基本定律的相量形式、复数阻抗及电路相量模型。

(2)了解正弦交流电路串联谐振和并联谐振的条件及特征。

(3)掌握正弦交流电路中正弦量及有关功率的计算。

教学难点：

(1)了解正弦交流电路串联谐振和并联谐振的条件及特征。

(2)掌握用相量法计算正弦交流电路的方法。

2.1　正弦量的三要素

正弦电压、电流等物理量，常统称为正弦量。以正弦电流为例，其数学表达式为

$$i=I_m\sin(\omega t+\psi_i)$$

式中，角频率 ω、幅值 I_m、初相位 ψ_i 称为正弦量的三要素，其波形如图 2.1.1 所示。

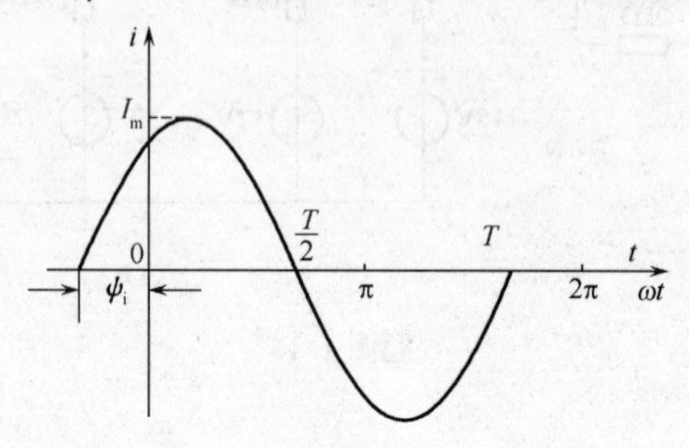

图 2.1.1　正弦交流电波形图

2.1.1　周期与频率

正弦量变化一周所需的时间，称为周期，用 T 表示，单位为秒(s)。每秒内完成的周期数称为频率，用 f 表示，单位为赫兹(Hz)。

频率和周期互为倒数，即

$$f=\frac{1}{T}\quad 或\quad T=\frac{1}{f} \tag{2.1.1}$$

正弦量变化的快慢除用周期和频率表示外，还可用角频率 ω 来表示，单位是 rad/s。因为一周期 T 内经历了 2π 弧度(见图 2.1.1)，因此角频率为

$$\omega=\frac{2\pi}{T}=2\pi f \tag{2.1.2}$$

在我国和大多数国家都采用50Hz作为电力标准频率，但有些国家（如美国、日本等）则采用60Hz。这种频率在工业上应用广泛，习惯上也称为工频。通常的交流电动机和照明负载都用这种频率。

在其他各种不同的技术领域内使用着各种不同的频率。例如，高频炉的频率为200～300kHz；中频炉的频率为500～8000Hz；高速电动机的频率为150～2000Hz；无线电通信的频率为30kHz～3×10^4MHz等。

【例2.1.1】已知频率$f=100$Hz，试求周期T和角频率ω。

解：由式(2.1.1)、式(2.1.2)得

$$T=\frac{1}{f}=\frac{1}{100}\text{s}=0.01\text{s}=10\text{ms}$$

$$\omega=2\pi f=2\times3.14\times100=628\text{rad/s}$$

2.1.2 幅值与有效值

正弦量在任一瞬间的值称为瞬时值，用小写字母来表示，如e、u、i分别表示电动势、电压和电流的瞬时值。

瞬时值中最大的值称为最大值或幅值，用带下标m的大写字母来表示，如E_m、U_m、I_m分别表示电动势、电压和电流的幅值。

幅值虽然能够反映出交流电的大小，但毕竟只是一个特定瞬间的数值。因此，交流量的大小常用有效值来计量。交流量的有效值由它的热效应来确定：如果交流电流i通过一个电阻R时，在一个周期的时间内产生的热量，与某直流电流I通过同一电阻在相同的时间内所产生热量相同，则这一直流电流I定义为该交流电流i的有效值。也就是说，交流量的有效值就是和它热效应相同的直流值。

综上所述，可得

$$\int_0^T i^2R\mathrm{d}t=I^2RT$$

由此可得出周期电流的有效值为

$$I=\sqrt{\frac{1}{T}\int_0^T i^2\mathrm{d}t} \tag{2.1.3}$$

可见，周期电流的有效值，就是瞬时值的平方在一个周期内平均后的平方根，所以有效值又称为均方根值。但式(2.1.3)仅适用于周期性变化的正弦（或非正弦）交流量，不能用于非周期量。

当周期电流为正弦量时，即$i=I_\mathrm{m}\sin(\omega t+\psi_\mathrm{i})$，则

$$\begin{aligned}I&=\sqrt{\frac{1}{T}\int_0^T I_\mathrm{m}^2\sin^2\omega t\,\mathrm{d}t}=\sqrt{\frac{I_\mathrm{m}^2}{T}\int_0^T\frac{1-\cos2\omega t}{2}\mathrm{d}t}\\&=I_\mathrm{m}\sqrt{\frac{1}{T}\left(\int_0^T\frac{1}{2}\mathrm{d}t-\int_0^T\frac{1}{2}\cos2\omega t\,\mathrm{d}t\right)}\\&=\frac{I_\mathrm{m}}{\sqrt{2}}=0.707I_\mathrm{m}\end{aligned} \tag{2.1.4}$$

同理，正弦交流电压和电动势的有效值与它们的最大值的关系为

$$E=\frac{E_\mathrm{m}}{\sqrt{2}}=0.707E_\mathrm{m} \tag{2.1.5}$$

$$U=\frac{U_\mathrm{m}}{\sqrt{2}}=0.707U_\mathrm{m} \tag{2.1.6}$$

按照规定，有效值用大写字母表示，与表示直流的字母一样。

工程上常说的交流电压和电流的大小都是指有效值。一般交流测量仪表的刻度也是按照有

效值来标定的。电气设备铭牌上的电压、电流也是有效值。但计算电路元件耐压值和绝缘的可靠性时，要用幅值。

【例 2.1.2】振幅为 2.82A 的正弦电流通过 500Ω 的电阻，试求该电阻消耗的功率 P。

解：电流的有效值为

$$I=0.707I_m=0.707\times2.82=2A$$

根据有效值的定义，振幅为 2.82A 的正弦电流与 2A 的直流电流的热效应相等，故

$$P=I^2R=2^2\times500=2\,000W=2kW$$

2.1.3 相位与初相位

在正弦电流 $i=I_m\sin(\omega t+\psi_i)$ 中，随着时间 t 的改变，$(\omega t+\psi_i)$ 具有不同的值，交流电也就变化到不同的数值。通常将交流电路中的 $(\omega t+\psi_i)$ 称为正弦量的相位角，简称相位，它反映出正弦量随时间变化的进程，对于每一给定的时刻，都有相应的相位。$t=0$ 时的相位称为初相位角，简称初相位或初相，其波形图如图 2.1.2 所示。

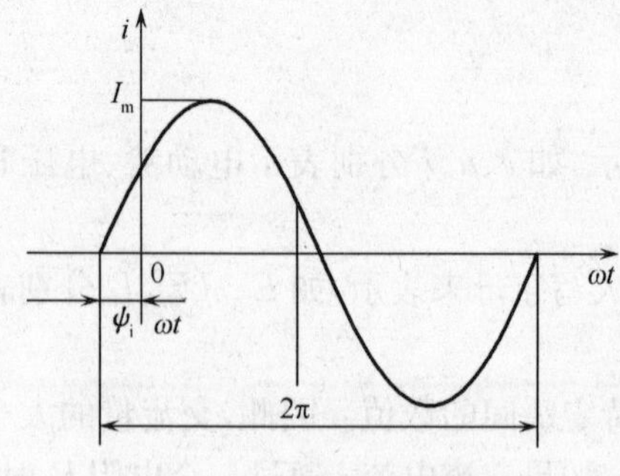

图 2.1.2 正弦电流波形图

正弦量的初相位可正可负，应视其零值与计时起点在横轴上的相对位置而定。一般规定，初相位的取值范围为[$-\pi$，$+\pi$]。在图 2.1.3 中，正弦量的零值在坐标原点的左边，其初相位为正；相反，若正弦量的零值在坐标原点的右边，则初相位为负。当正弦量的零值刚好与坐标原点重合时，初相位为零。

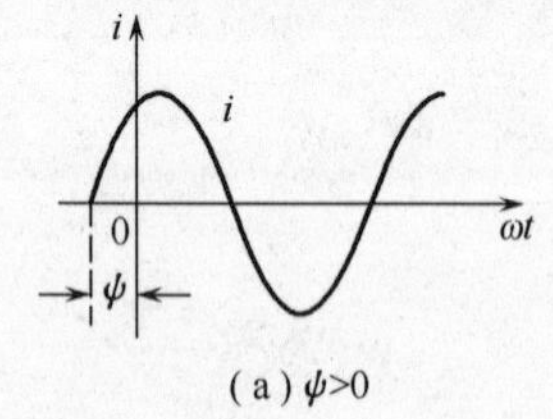

(a) $\psi>0$

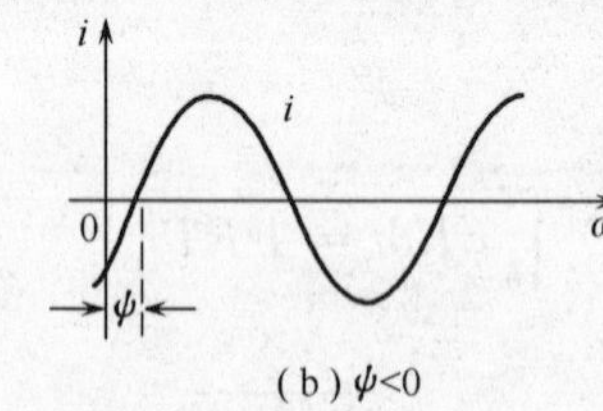

(b) $\psi<0$

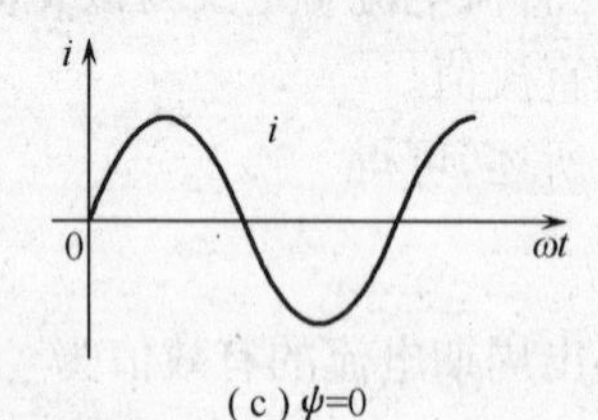

(c) $\psi=0$

图 2.1.3 正弦量的初相

任何两个同频率的正弦量之间的相位关系可以通过它们的相位差来说明。例如，正弦电路中的电压、电流为

$$\left.\begin{array}{l}u=U_m\sin(\omega t+\psi_u)\\ i=I_m\sin(\omega t+\psi_i)\end{array}\right\}\tag{2.1.7}$$

可见，它们的频率相同，初相位分别为 ψ_u、ψ_i，两者的相位角之差为

$$\varphi=(\omega t+\psi_u)-(\omega t+\psi_i)=\psi_u-\psi_i\tag{2.1.8}$$

图 2.1.4 中，画出正弦量 u 和 i 的波形。以 ωt 为横坐标轴，u、i 为纵坐标轴，则可以看到两个正弦量的相位差恰好是横轴上两个初相位角的差值。

电路中常采用“超前”和“滞后”来说明两个同频率正弦量相位比较的结果。如图 2.1.4 所示，u、i 到达零点（或峰值点）时有先有后，变化步调不一致。u 比 i 先到达正幅值，它们的相位关系是 $\psi_u>\psi_i$。因此可以说，在相位上 u 比 i 超前 φ 角，或者说 i 比 u 滞后 φ 角。

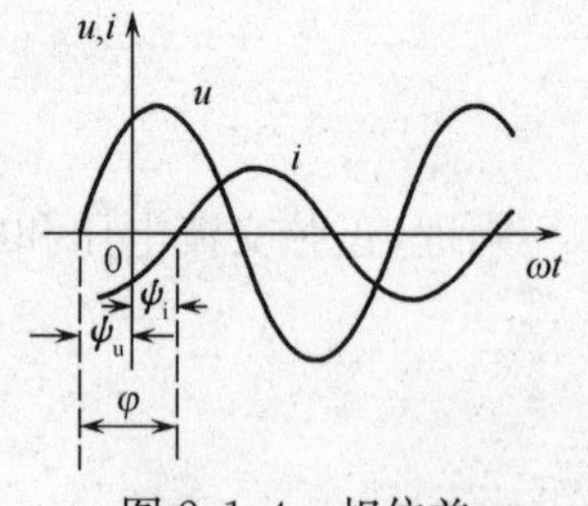

图 2.1.4 相位差

若 $\varphi=\psi_u-\psi_i=0°$，波形如图 2.1.5(a)所示，这时就称 u 与 i 相位相同，或者说 u 与 i 同相。

当 $\varphi=\psi_u-\psi_i=\pm180°$时，波形如图 2.1.5(b)所示，这时就称 u 与 i 相位相反，或者说 u 与 i 反相。

当 $\varphi=\pm90°$时，波形如图 2.1.5(c)所示，当 u 达到最大值时，i 刚好达到零值，这时就称 u 与 i 正交。

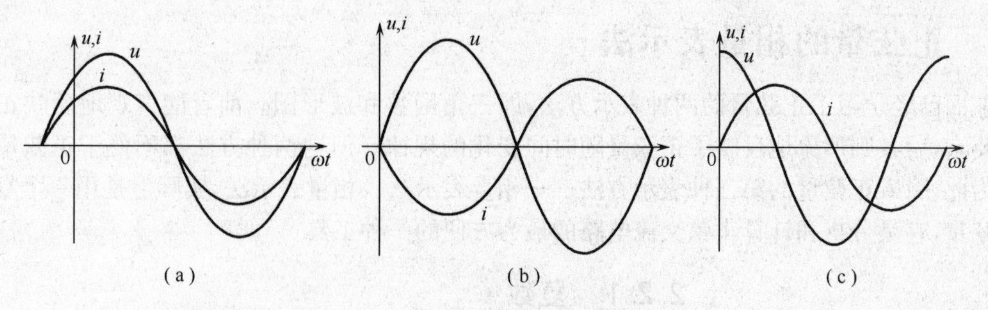

图 2.1.5　同频率正弦量的相位关系

对于不同频率的两个正弦量，它们之间的相位差不是一个常数，而是随时间变动。书中谈到的相位差都是指同频率正弦量之间的相位差。

应当注意，当两个同频率正弦量的计时起点改变时，它们的初相也跟着改变，但两者的相位差仍保持不变，即相位差与计时起点的选择无关。

【例 2.1.3】 已知正弦电压 $u_1(t)=U_{m1}\sin\left(\omega t+\frac{\pi}{6}\right)$V，$u_2(t)=U_{m2}\sin\left(\omega t-\frac{\pi}{2}\right)$V，正弦电流 $i_3(t)=I_{m3}\sin\left(\omega t+\frac{2\pi}{3}\right)$A，试求各正弦量间的相位差。

解： 正弦电压 u_1 和 u_2 频率相同，可以进行相位比较，其相位差就等于 u_1 和 u_2 的初相位之差，即

$$\varphi_{12}=\psi_{u1}-\psi_{u2}=\frac{\pi}{6}-\left(-\frac{\pi}{2}\right)=\frac{2\pi}{3}>0$$

上式说明，u_1 超前 u_2 $\frac{2\pi}{3}$弧度，或 u_2 落后 u_1 $\frac{2\pi}{3}$弧度。

正弦电压 u_1 和正弦电流 i_3 间的相位差为

$$\varphi_{13}=\psi_{u1}-\psi_{i3}=\frac{\pi}{6}-\frac{2\pi}{3}=-\frac{\pi}{2}<0$$

上式说明，u_1 落后 i_3 $\frac{\pi}{2}$弧度，或 i_3 超前 u_1 $\frac{\pi}{2}$弧度。

正弦电压 u_2 和正弦电流 i_3 间的相位差为

$$\varphi_{23}=\psi_{u2}-\psi_{i3}=\left(-\frac{\pi}{2}\right)-\frac{2\pi}{3}=-\frac{7\pi}{6}<0$$

但由于$|\varphi_{23}|\geqslant\pi$，不满足相位差$|\varphi_{23}|\leqslant\pi$ 的条件，应取 $\varphi_{23}=-\frac{7\pi}{6}+2\pi=\frac{5\pi}{6}$，因此，$u_2$ 超前 i_3 $\frac{5\pi}{6}$弧度，或 i_3 落后 u_2 $\frac{5\pi}{6}$弧度。

思考与练习

2.1.1　在频率 f 分别为 100Hz、1000Hz、5000Hz 时，求 T 和 ω。

2.1.2　已知 $i=50\sin\left(314t+\frac{\pi}{4}\right)$mA，①试指出它的频率、周期、角频率、幅值、有效值及初相位各为多少？②请画出波形图。

2.1.3　已知 $u_1=5\sqrt{2}\sin(6280t-30°)\text{V}$，$u_2=8\sqrt{2}\sin(6280t+45°)\text{V}$，试求 u_1 与 u_2 的相位差，并判断谁超前、谁滞后，角度是多少？

2.1.4　若 $i_1=10\sin(200\pi t+15°)\text{A}$，$i_2=20\sin(250\pi t-20°)\text{A}$，则两者之间的相位差是否为35°？

2.1.5　已知某正弦电压在 $t=0$ 时为220V，其初相为45°，求它的有效值是多少？

2.2　正弦量的相量表示法

前面已经学习了正弦量的两种表示方法，即三角函数和波形图。前者能直观地反映正弦量的三要素，后者则形象地反映了正弦量随时间变化的规律。但这两种方法都不便于正弦量的计算。为此，引入正弦量的第三种表示方法——相量表示法。相量表示法，实际上是用一个复数表示正弦量，它是分析和计算正弦交流电路的最为方便的一种工具。

2.2.1　复数

设复平面中有一复数 A，其模为 r，辐角为 ψ，如图2.2.1所示，它可用下列3种式子表示

$$A=a+\text{j}b=r\cos\psi+\text{j}r\sin\psi=r(\cos\psi+\text{j}\sin\psi) \quad (2.2.1)$$

$$A=r\text{e}^{\text{j}\psi} \quad (2.2.2)$$

$$A=r\angle\psi \quad (2.2.3)$$

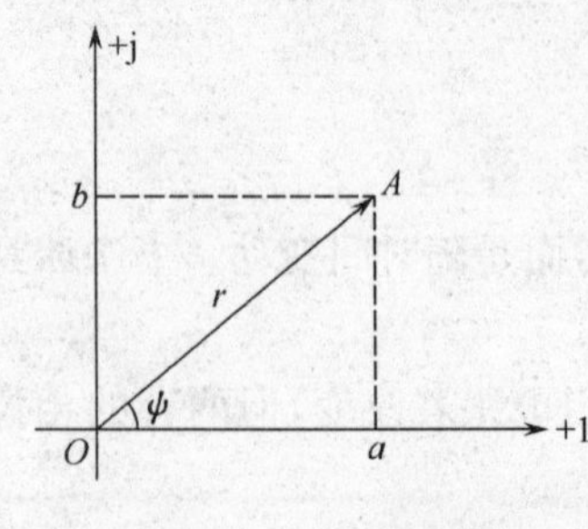

图2.2.1　复平面

式(2.2.1)称为复数的代数式；式(2.2.2)称为复数的指数式；式(2.2.3)称为复数的极坐标式。三者可以互相转换。复数的加减运算可用代数式，复数的乘除运算可用指数式或极坐标式。

【例2.2.1】试将下列复数的极坐标式转换为代数式：(1) $A=9.5\angle 73°$；(2) $A=13\angle 112.6°$。

解：将极坐标式转换为代数式，有

(1) $A=9.5\angle 73°=9.5\cos73°+\text{j}9.5\sin73°=2.78+\text{j}9.1$

(2) $A=13\angle 112.6°=13\cos112.6°+\text{j}12\sin112.6°=-5+\text{j}12$

【例2.2.2】试将下列复数的代数式转换为极坐标式：(1) $A=5+\text{j}5$；(2) $A=4-\text{j}3$。

解：将代数式转换为极坐标式，有

(1)因为 $a=\sqrt{5^2+5^2}=\sqrt{50}=7.07$，$\psi=\arctan\dfrac{5}{5}=45°$，所以

$$A=5+\text{j}5=7.07\angle 45°$$

(2)因为 $a=\sqrt{4^2+(-3)^2}=5$，$\psi=\arctan\dfrac{-3}{4}=-36.9°$，所以

$$A=4-\text{j}3=5\angle -36.9°$$

2.2.2　正弦量的相量表示法

由上述内容可知，一个复数可由模和辐角两个特征来表示。而正弦量由频率、幅值和初相位三个要素来确定。但在分析线性电路时，正弦激励和响应均为同频率的正弦量，即频率是已知或特定的，可不必考虑。因此只需确定正弦量的幅值(或有效值)和初相位就可表示正弦量。

对照复数和正弦量，正弦量可用复数表示。复数的模代表正弦量的幅值或有效值，复数的辐角代表正弦量的初相位。

为了与一般的复数相区别，我们把表示正弦量的复数称为相量，并在大写字母上加一点“.”，这就是正弦量的相量表示法。

如正弦电流

$$i=I_{\mathrm{m}}\sin(\omega t+\psi_{\mathrm{i}})=\sqrt{2}I\sin(\omega t+\psi_{\mathrm{i}})$$

其幅值相量为

$$\dot{I}_{\mathrm{m}}=I_{\mathrm{m}}\underline{/\psi_{\mathrm{i}}} \tag{2.2.4}$$

有效值相量为

$$\dot{I}=I\underline{/\psi_{\mathrm{i}}} \tag{2.2.5}$$

其中，I_{m}为正弦电流的幅值；I 为正弦电流的有效值。两者之间的关系为：$I_{\mathrm{m}}=\sqrt{2}I$。

在实际应用中，正弦量更多地用有效值表示，以下凡无下标“m”的相量均指有效值相量。

可以用相量表示正弦量，但必须注意，相量只是表示正弦量的一种数学工具，两者仅仅是一一对应关系，但**相量并不等于正弦量**。

相量是复数，可采用复数的各种数学表达形式和运算规则。对于复数的 3 种表示形式，相量可以有与之对应的 3 种表示形式，例如，对应于 $i=\sqrt{2}I\sin(\omega t+\psi_{\mathrm{i}})$，有

$$\left.\begin{aligned}&\dot{I}=I_{\mathrm{a}}+\mathrm{j}I_{\mathrm{b}}=I(\cos\psi_i+\mathrm{j}\sin\psi_i)\\&\dot{I}=I\mathrm{e}^{\mathrm{j}\psi_i}\\&\dot{I}=I\underline{/\psi_{\mathrm{i}}}\end{aligned}\right\} \tag{2.2.6}$$

其中，$I=\sqrt{I_{\mathrm{a}}^2+I_{\mathrm{b}}^2}$，$I_{\mathrm{a}}=I\cos\psi_{\mathrm{i}}$，$I_{\mathrm{b}}=I\sin\psi_{\mathrm{i}}$，$\psi_{\mathrm{i}}=\arctan\dfrac{I_{\mathrm{b}}}{I_{\mathrm{a}}}$。

【例 2.2.3】 若 $i=141.4\sin(314t+30^\circ)\,\mathrm{A}$，$u=311.1\sin(314t-60^\circ)\,\mathrm{V}$，试写出它们的有效值相量。

解： i 的有效值相量是 $\dot{I}=100\underline{/30^\circ}\ \mathrm{A}$，$u$ 的有效值相量是 $\dot{U}=220\underline{/-60^\circ}\ \mathrm{V}$。

为了能更明确表示相量的概念，可以把几个同频率正弦量的相量表示在同一复平面上。这种在复平面上按照各个正弦量的大小和相位关系画出的若干个相量的图形，称为相量图，如图 2.2.2所示。需要注意的是，只有正弦周期量才能用相量表示，相量不能表示非正弦周期量。只有同频率的正弦量才能画在同一相量图上，不同频率的正弦量不能画在同一相量图上。

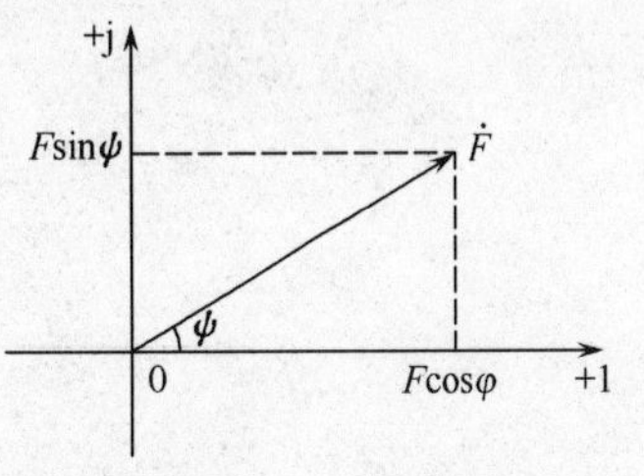

图 2.2.2　相量图

【例 2.2.4】 已知 $u_1=141\sin(\omega t+60^\circ)\,\mathrm{V}$，$u_2=70.7\sin(\omega t-45^\circ)\,\mathrm{V}$。

求：(1)相应的相量；(2)两电压之和的瞬时值 $u(t)$；(3)画出相量图。

解：(1)u_1、u_2对应的有效值相量分别为

$$\dot{U}_1=\frac{141}{\sqrt{2}}\underline{/60^\circ}=100\underline{/60^\circ}=100\mathrm{e}^{\mathrm{j}60^\circ}=(50+\mathrm{j}86.6)\,\mathrm{V}$$

$$\dot{U}_2=\frac{70.7}{\sqrt{2}}\underline{/-45^\circ}=50\underline{/-45^\circ}=50\mathrm{e}^{-\mathrm{j}45^\circ}=(35.35-\mathrm{j}35.35)\,\mathrm{V}$$

(2) 两电压频率相同，可以进行加减运算。两电压对应相量的和为

$$\dot{U}=\dot{U}_1+\dot{U}_2=(50+\mathrm{j}86.6)+(35.35-\mathrm{j}35.35)=99.55\underline{/31^\circ}=99.55\mathrm{e}^{\mathrm{j}31^\circ}\,\mathrm{V}$$

写出其对应的瞬时值表达式应为

$$u(t)=99.55\sqrt{2}\sin(\omega t+31^\circ)\,\mathrm{V}$$

(3)按一定比例画出$\dot{U}_1$、$\dot{U}_2$、$\dot{U}$的相量图如图 2.2.3 所示。由于u_1的初相位$\psi_1=60°$，故$\dot{U}_1$位于正实轴逆时针方向转 60°的位置。u_2的初相位$\psi_2=-45°$，故$\dot{U}_2$位于正实轴顺时针方向转 45°的位置。长度分别等于有效值U_1和U_2，总电压相量$\dot{U}$位于$\dot{U}_1$和$\dot{U}_2$组成的平行四边形的对角线上。

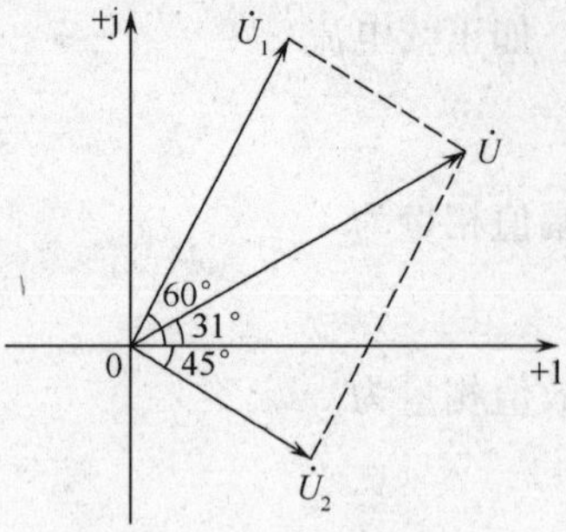

图 2.2.3　相量图

思考与练习

2.2.1　相量前面加一个负号，相位角相差多少度？

2.2.2　若同频率正弦电流$i_1(t)$及$i_2(t)$的有效值分别为I_1、I_2，$i_1(t)+i_2(t)$的有效值为I，请问在什么条件下下列关系式成立？

① $I_1+I_2=I$；　② $I_1-I_2=I$；　③ $I_1^2+I_2^2=I^2$。

2.3　单一参数的正弦交流电路

分析各种正弦交流电路，主要目的是要确定电路中电压和电流之间的关系(大小和相位)，并讨论电路中能量的转换和功率问题。在分析各种交流电路时，我们必须首先掌握单一参数(电阻、电感、电容)元件电路中电压和电流之间的关系，因为其他电路仅仅是由单一参数元件组合而已。

2.3.1　电阻元件的交流电路

图 2.3.1(a)所示是一个线性电阻元件的交流电路，电压和电流的参考方向如图中所示。两者的关系由欧姆定律确定，即

$$u=Ri$$

选择电流为参考量，设流过电阻的电流为

$$i=I_m\sin\omega t$$

于是

$$u=Ri=RI_m\sin\omega t=U_m\sin\omega t$$

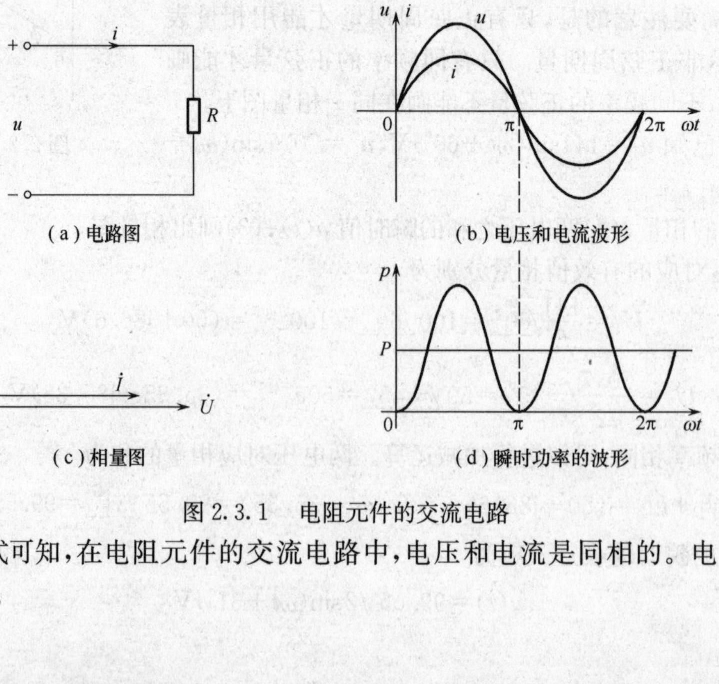

(a) 电路图　(b) 电压和电流波形

(c) 相量图　(d) 瞬时功率的波形

图 2.3.1　电阻元件的交流电路

比较上面两式可知，在电阻元件的交流电路中，电压和电流是同相的。电压、电流波形如图 2.3.1(b)所示。

其中 $U_m = RI_m$，还可以写成

$$\frac{U_m}{I_m} = \frac{U}{I} = R \tag{2.3.1}$$

由此可见，在电阻元件的交流电路中，电压的幅值（或有效值）与电流的幅值（或有效值）之比，就是电阻 R。

用相量表示电压与电流的关系，则有

$$\frac{\dot{U}}{\dot{I}} = \frac{U\angle\psi_u}{I\angle\psi_i} = \frac{U}{I}\angle\psi_u - \psi_i = \frac{U}{I} \tag{2.3.2}$$

将式(2.3.1)代入得

$$R = \frac{\dot{U}}{\dot{I}} \tag{2.3.3}$$

上式为欧姆定律的相量表示。电压和电流的相量图如图 2.3.1(c)所示。

下面分析电路中的功率。

在任意瞬间，电压瞬时值与电流瞬时值的乘积，称为瞬时功率，用小写字母 p 表示。设 $u = U_m \sin\omega t$，则 $i = I_m \sin\omega t$，瞬时功率为

$$p = ui = U_m \sin\omega t I_m \sin\omega t = \frac{U_m I_m}{2}(1-\cos 2\omega t) = UI(1-\cos 2\omega t) \tag{2.3.4}$$

p 的变化曲线如图 2.3.1(d)所示。从图中看出，瞬时功率始终为正值：当 u、i 同处于正半周期、为正值时，瞬时功率为正数；当 u、i 同处于负半周期、为负值时，瞬时功率也为正数。从而表明，电阻是一耗能元件，始终从电源吸收电能，并将能量转化为热能，是一种不可逆的能量转换。

工程上通常用瞬时功率在一个周期内的平均值来表示电路所消耗的功率，称为平均功率，用大写字母 P 表示。

电阻电路的平均功率为

$$P = \frac{1}{T}\int_0^T p\,\mathrm{d}t = \frac{1}{T}\int_0^T UI(1-\cos 2\omega t)\,\mathrm{d}t = UI = I^2 R = \frac{U^2}{R} \tag{2.3.5}$$

它与直流电路的公式在形式上是一样的。通常各交流电器上的功率，都是指其平均功率。由于它是电路实际消耗的功率，因此又称为有功功率。

【例 2.3.1】 把一个 100Ω 的电阻元件接到频率为 100Hz、电压有效值为 10V 的正弦交流电源上，问电流是多少？如保持电压值不变，而电源频率改变为 200Hz，这时电流将变为多少？

解： 因为电阻与频率无关，因此电压有效值保持不变，电流有效值不变，即

$$I = \frac{U}{R} = \frac{10}{100} = 0.1\text{A} = 100\text{mA}$$

2.3.2 电感元件的交流电路

图 2.3.2(a)所示是一个线性电感元件的交流电路。当电感线圈中有正弦电流通过时，电路中会产生自感电动势 e。设电流 i、电动势 e 和电压 u 的参考方向如图 2.3.2(a)所示。根据基尔霍夫定律，线圈的端电压应该为

$$u = -e = L\frac{\mathrm{d}i}{\mathrm{d}t} \tag{2.3.6}$$

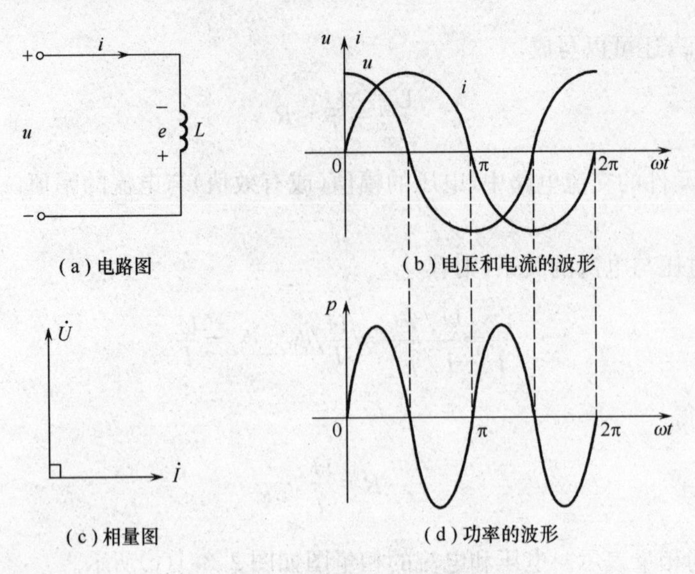

(a) 电路图　(b) 电压和电流的波形

(c) 相量图　(d) 功率的波形

图 2.3.2　电感元件的交流电路

设电感中的电流为 $i=I_{\mathrm{m}}\sin\omega t$，根据电感上电压、电流的关系式，可得电感电压为

$$u=L\frac{\mathrm{d}i}{\mathrm{d}t}=L\frac{\mathrm{d}(I_{\mathrm{m}}\sin\omega t)}{\mathrm{d}t}=I_{\mathrm{m}}\omega L\cos\omega t=I_{\mathrm{m}}\omega L\sin(\omega t+90^\circ)=U_{\mathrm{m}}\sin(\omega t+90^\circ)$$

其中，$U_{\mathrm{m}}=\omega L\ I_{\mathrm{m}}$，$\psi_{\mathrm{u}}=90^\circ$，还可以写成

$$\frac{U_{\mathrm{m}}}{I_{\mathrm{m}}}=\frac{U}{I}=\omega L=X_{\mathrm{L}},\varphi=\psi_{\mathrm{u}}-\psi_{\mathrm{i}}=90^\circ \tag{2.3.7}$$

由此可见，在电感元件的交流电路中：电压和电流是两个同频率的正弦量；电压、电流的幅值（或有效值）之比为 ωL，设 $X_{\mathrm{L}}=\omega L$，称为感抗；电压超前电流 90°，或者说电流滞后电压 90°。电压、电流波形如图 2.3.2(b)所示。

在式(2.3.7)中，$X_{\mathrm{L}}=\omega L=\dfrac{U_{\mathrm{m}}}{I_{\mathrm{m}}}=\dfrac{U}{I}$，当电压一定时，$X_{\mathrm{L}}$ 越大，则电流 I 越小，可见感抗对电流有阻碍作用。显然，感抗的单位是 Ω。X_{L} 与 R 具有同样的单位。

用相量表示电压与电流的关系，则有

$$\frac{\dot{U}}{\dot{I}}=\frac{U\angle\psi_{\mathrm{u}}}{I\angle\psi_{\mathrm{i}}}=\frac{U}{I}\angle\psi_{\mathrm{u}}-\psi_{\mathrm{i}}=X_{\mathrm{L}}\angle 90^\circ=\mathrm{j}X_{\mathrm{L}}$$

$$\dot{U}=\mathrm{j}X_{\mathrm{L}}\dot{I}=\mathrm{j}\omega L\dot{I} \tag{2.3.8}$$

电感上电压和电流的相量图如图 2.3.2(c)所示。

设纯电感线圈的电流为 $i=I_{\mathrm{m}}\sin\omega t$，根据电压与电流的相互关系，电感的瞬时功率为

$$p=ui=U_{\mathrm{m}}\sin(\omega t+90^\circ)I_{\mathrm{m}}\sin\omega t=UI\sin2\omega t \tag{2.3.9}$$

可见，p 是一个幅值为 UI、以 2ω 的角频率随时间变化的正弦量，其波形如图 2.3.2(d)所示。从图中可以看出，在第一个和第三个 1/4 周期内，电压和电流同时为正或同时为负，瞬时功率 p 为正值，线圈中的磁场增强，表明电感从电源吸取电能转换成为磁场能量而储存起来了。在第二和第四个 1/4 周期内，u、i 一个为正，另一个为负，瞬时功率 p 为负值，此时电感在向外输出能量。在这两个 1/4 周期内，流过线圈的电流都从峰值下降到零，说明线圈中的磁场在减弱、在消失，线圈正在将所储存的磁场能量转换为电能送还给外电路。这是一种可逆的能量转换过程。

电感元件的平均功率为

$$P=\frac{1}{T}\int_0^T p\mathrm{d}t=\frac{1}{T}\int_0^T UI\sin 2\omega t\,\mathrm{d}t=0 \tag{2.3.10}$$

上式进一步说明了电感元件中没有能量的损耗，只有电感和外电路进行能量互换。这种能量互换的规模，我们用无功功率Q来度量。规定电感的无功功率等于瞬时功率的幅值，也就是等于电感元件两端电压的有效值U与电流有效值I的乘积，即

$$Q=UI=I^2X_L=\frac{U^2}{X_L} \tag{2.3.11}$$

虽然Q有功率的量纲，但为了区别，其单位称为乏(var)。无功功率反映了电感与外电路进行能量交换的规模。要正确理解“无功”的含义，是指“交换但不消耗”。

【例 2.3.2】 设有一线圈，其电阻可忽略不计，电感$L=35\text{mH}$，在频率为50Hz的电压$U_L=110\text{V}$的作用下，求：(1)线圈的感抗X_L；(2)电路中的电流$\dot{I}$及其与$\dot{U}_L$的相位差φ；(3)线圈的无功功率Q_L。

解：(1) $X_L=2\pi fL=2\times3.14\times50\times35\times10^{-3}=11\Omega$

(2)设$\dot{U}_L=U_L\angle 0°$ V，则

$$\dot{I}=\frac{\dot{U}_L}{\mathrm{j}X_L}=\frac{110\angle 0°}{11\angle 90°}=10\angle -90°\ \text{A}$$

即$\dot{I}$落后$\dot{U}_L$ 90°，$\varphi=-90°$。

(3)
$$Q_L=I^2X_L=10^2\times11=1100\text{var}$$

或
$$Q_L=U_LI=110\times10=1100\text{var}$$

2.3.3 电容元件的交流电路

图2.3.3(a)所示是一个线性电容元件的交流电路。设电容两端电压u和电流i的参考方向如图2.3.3(a)所示，由此可得

$$i=C\frac{\mathrm{d}u}{\mathrm{d}t}$$

上式说明，在某一时刻电容的电流取决于该时刻电容电压的变化率。

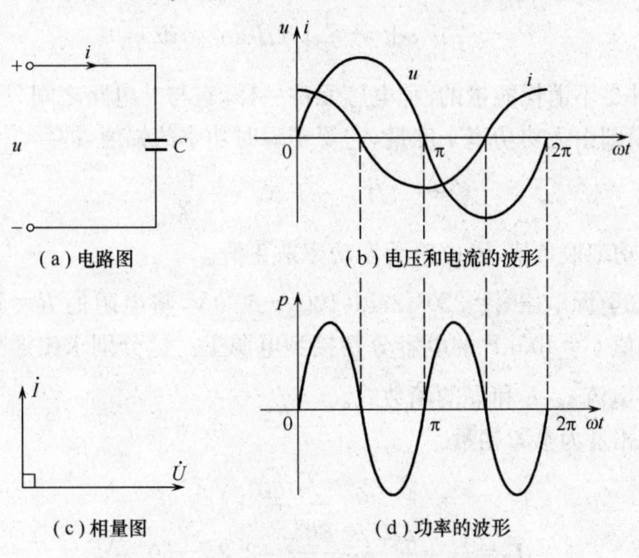

图2.3.3 电容元件的交流电路

设电容元件两端的电压 $u=U_m\sin\omega t$ 为参考正弦量，如图 2.3.3(a)所示，则电容电流为

$$i=C\frac{du}{dt}=C\frac{d(U_m\sin\omega t)}{dt}=U_m\omega C\cos\omega t$$
$$=U_m\omega C\sin(\omega t+90°)=I_m\sin(\omega t+90°)$$

其中，$I_m=\omega CU_m$，$\psi_i=90°$，还可以写成

$$\frac{U_m}{I_m}=\frac{U}{I}=\frac{1}{\omega C}=X_C,\quad \varphi=\psi_i-\psi_u=90° \tag{2.3.12}$$

由此可见，在电容元件的交流电路中：电压和电流是两个同频率的正弦量；电压、电流的幅值(或有效值)之比为$\frac{1}{\omega C}$，设 $X_C=\frac{1}{\omega C}$，称为容抗；电流超前电压 90°，或者说电压滞后电流 90°。电压、电流波形如图 2.3.8(b)所示(取 $\psi_u=0$)。

在式(2.3.12)中，$X_C=\frac{1}{\omega C}=\frac{U_m}{I_m}=\frac{U}{I}$，当电压一定时，$X_C$越大，则电流 I 越小，可见容抗对电流有阻碍作用。显然，容抗的单位是 Ω。X_C、X_L与 R 具有同样的单位。

容抗 X_C与电容 C、频率 f 成反比。所以电容元件对高频电流所呈现的容抗很小，而对直流($f=0$)所呈现的容抗 $X_C\rightarrow\infty$，可看作开路。因此，电容具有高频短路、直流开路的性质。

下面用相量表示电压与电流的关系，则有

$$\frac{\dot{U}}{\dot{I}}=\frac{U\angle\psi_u}{I\angle\psi_i}=\frac{U}{I}\angle\psi_u-\psi_i=X_C\angle-90°=-jX_C$$

$$\dot{U}=-jX_C\dot{I}=-j\frac{1}{\omega C}\dot{I} \tag{2.3.13}$$

其电压和电流的相量图如图 2.3.3(c)所示。

设电容电压为 $u=U_m\sin\omega t$，根据电压与电流的相互关系，电容电路的瞬时功率为

$$p=ui=U_m\sin\omega t\cdot I_m\sin(\omega t+90°)$$
$$=\frac{U_mI_m}{2}\sin2\omega t=UI\sin2\omega t \tag{2.3.14}$$

由此可知，电容元件的瞬时功率也是一个以幅值为 UI、角频率为 2ω 的随时间改变的正弦量，如图 2.3.3(d)所示。其平均功率为

$$P=\frac{1}{T}\int_0^T p\,dt=\frac{1}{T}\int_0^T UI\sin2\omega t\,dt=0 \tag{2.3.15}$$

上式说明了电容元件是不消耗能量的，和电感元件一样，它与外电路之间只发生能量的互换。而这个能量互换的规模则由无功功率来度量，它等于瞬时功率的幅值，即

$$Q=-UI=-I^2X_C=-\frac{U^2}{X_C} \tag{2.3.16}$$

注意：电容无功功率取负值，而电感无功功率取正值。

【例 2.3.3】已知电源电压 $u=220\sqrt{2}\sin(100t-60°)$ V，将电阻值 $R=100\Omega$ 的电阻、电感值 $L=1$H的电感、电容值 $C=100\mu$F 的电容分别接到电源上。试分别求出通过各元件的电流相量 $\dot{I}_R$、$\dot{I}_L$、$\dot{I}_C$，并写出各电流 i_R、i_L和 i_C的函数式。

解：设电源电压相量为参考相量

$$\dot{U}=220\angle-60°\ \text{V}$$

则有

$$\dot{I}_R=\frac{\dot{U}}{R}=\frac{220\angle-60°}{100}=2.2\angle-60°\ \text{A}$$

$$\dot{I}_L=\frac{\dot{U}}{j\omega L}=\frac{220\underline{/-60^\circ}}{j100\times1}=2.2\underline{/-150^\circ}\ \text{A}$$

$$\dot{I}_C=j\omega C\dot{U}=j100\times100\times10^{-6}\times220\underline{/-60^\circ}=2.2\underline{/30^\circ}\ \text{A}$$

由此可得

$$i_R=2.2\sqrt{2}\sin(100t-60^\circ)\text{A}$$

$$i_L=2.2\sqrt{2}\sin(100t-150^\circ)\text{A}$$

$$i_C=2.2\sqrt{2}\sin(100t+30^\circ)\text{A}$$

思考与练习

2.3.1 在单一的电感电路中，试判断下列各式是否正确。

① $u=iX_L$；② $I=\frac{U}{\omega L}$；③ $\frac{\dot{U}}{\dot{I}}=X_L$；④ $\dot{I}=-j\frac{U}{\omega L}$；

2.3.2 在单一的电容电路中，试判断下列各式是否正确。

① $i=\frac{u}{X_C}$；② $I=\frac{U}{\omega C}$；③ $I=U\omega C$；④ $\dot{U}=\dot{I}\frac{1}{j\omega C}$；⑤ $\frac{\dot{U}}{\dot{I}}=-j\omega C$

2.4 电阻、电感与电容元件串联的交流电路

电阻、电感与电容元件串联的交流电路如图 2.4.1 所示。串联电路在正弦电压 u 的作用下产生大小为 i 的正弦电流。电流 i 与电压 u_R、u_L和 u_C的参考方向如图 2.4.1 所示。

根据基尔霍夫电压定律，有

$$u=u_R+u_L+u_C$$

如果用相量式表示，则为

$$\dot{U}=\dot{U}_R+\dot{U}_L+\dot{U}_C \tag{2.4.1}$$

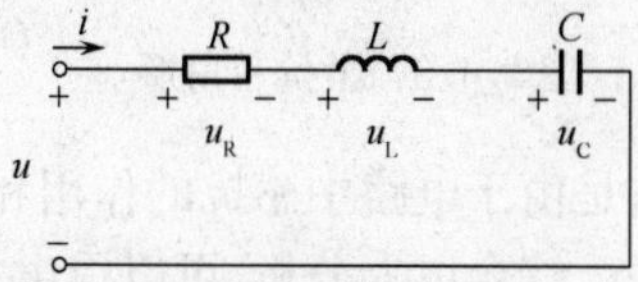

图 2.4.1 RLC 串联交流电路

设电流相量为$\dot{I}$，根据电阻、电感和电容元件电压与电流的相量关系，有

$$\dot{U}_R=R\dot{I},\quad \dot{U}_L=jX_L\dot{I},\quad \dot{U}_C=-jX_C\dot{I}$$

则

$$\dot{U}=R\dot{I}+jX_L\dot{I}-jX_C\dot{I}=[R+j(X_L-X_C)]\dot{I}=(R+jX)\dot{I}=Z\dot{I} \tag{2.4.2}$$

此即为基尔霍夫电压定律的相量形式。式中

$$X=X_L-X_C,\qquad Z=R+j(X_L-X_C) \tag{2.4.3}$$

式中，X 称为电路的电抗；Z 称为电路的阻抗。

RLC 串联电路中电压与电流的关系，也可采用作相量图的方法，利用几何图形求电压与电流的大小与相位关系。相量图如图 2.4.2(a)所示。

设电流相量$\dot{I}$为参考相量，然后根据电阻、电感和电容上的电压与电流的相位关系画出电压相量。$\dot{U}_R$与$\dot{I}$同相，$\dot{U}_L$超前$\dot{I}$了 90°，$\dot{U}_C$滞后$\dot{I}$了 90°，最后根据平行四边形法则或三角形法则，将$\dot{U}_R$、$\dot{U}_L$、$\dot{U}_C$进行相量相加，就得到了电压相量$\dot{U}$。其中

$$\dot{U}_X=\dot{U}_L+\dot{U}_C,\qquad \dot{U}_X=\dot{U}_R+\dot{U}_X$$

由$\dot{U}$、$\dot{U}_R$、$\dot{U}_X$组成一个三角形，如图 2.4.2(b)所示，该三角形称为电压三角形。其中

$$U=\sqrt{U_R^2+(U_L-U_C)^2}=\sqrt{(RI)^2+(X_LI-X_CI)^2}$$

$$=\sqrt{R^2+(X_L-X_C)^2}I=|Z|I \tag{2.4.4}$$

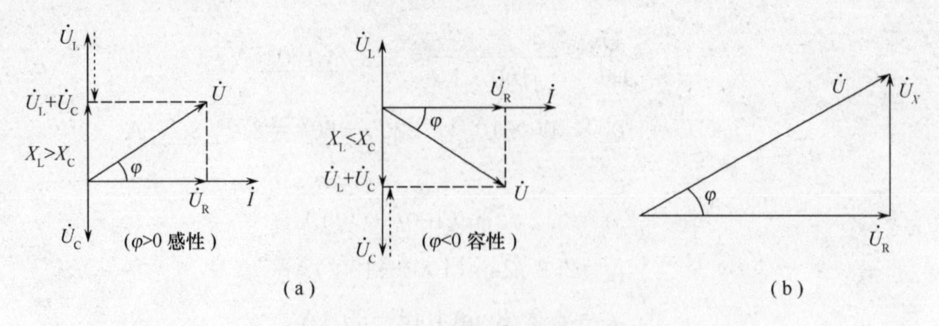

图 2.4.2　RLC 串联交流电路相量图

式中，$|Z|=\sqrt{R^2+(X_L-X_C)^2}$，称为阻抗的模。

可见，$|Z|$、R、X 之间也符合直角三角形关系，该三角形是阻抗三角形，如图 2.4.3 所示。其中

$$\varphi=\arctan\frac{X_L-X_C}{R}=\arctan\frac{X}{R}=\arccos\frac{R}{|Z|}=\arcsin\frac{X}{|Z|} \quad (2.4.5)$$

式中，φ 称为阻抗的阻抗角。

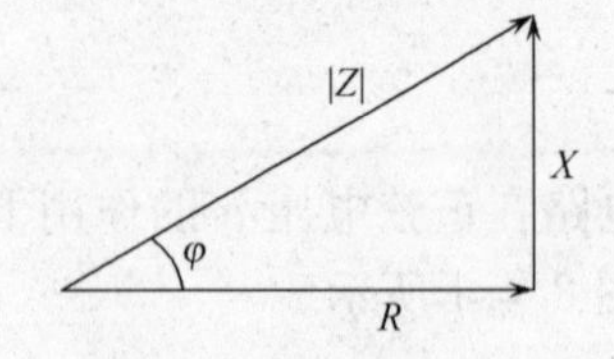

图 2.4.3　阻抗三角形

由式(2.4.5)可知：

当 $X_L>X_C$ 时，则 $\varphi>0$，这时电流滞后电压 φ 角，该电路呈电感性；

当 $X_L<X_C$ 时，则 $\varphi<0$，这时电流超前电压 φ 角，该电路呈电容性；

当 $X_L=X_C$ 时，则 $\varphi=0$，这时电流与电压同相，该电路呈电阻性。这是由于电路中感抗的作用和容抗的作用互相抵消，这种现象称为谐振。

综合以上分析，可以得出如下结论：

① RLC 串联电路中各电压和电流都是同频率的正弦量。

② 总电压 u 的幅值(或有效值)与电流 i 的幅值(或有效值)成正比，比例系数为阻抗的模 $|Z|$，$|Z|=\frac{U_m}{I_m}=\frac{U}{I}$，但电压和电流的瞬时值不成正比，即 $|Z|\neq\frac{u}{i}$。

③ 电路的阻抗角 φ 是电压 u 和电流 i 之间的相位差，它与电路频率及参数 R、L、C 有关。

④ 交流电路中，基尔霍夫定律只适用于瞬时值和相量表达式，不能用于有效值和最大值。

【例 2.4.1】 在如图 2.4.1 所示的 RLC 串联电路中，设在工频下，$I=10\text{A}$，$U_R=80\text{V}$，$U_L=180\text{V}$，$U_C=120\text{V}$。求：(1) 总电压 U；(2) 电路参数 R、L、C；(3) 总电压与电流的相位差；(4) 画出相量图。

解：(1) 总电压 U 为

$$U=\sqrt{U_R^2+(U_L-U_C)^2}=\sqrt{80^2+(180-120)^2}=100\text{V}$$

(2) 电路各参数为

$$\text{电阻 } R=\frac{U_R}{I}=\frac{80}{10}=8\Omega$$

$$\text{感抗 } X_L=\frac{U_L}{I}=\frac{180}{10}=18\Omega$$

$$\text{电感 } L=\frac{X_L}{\omega}=\frac{X_L}{2\pi f}=\frac{18}{2\times3.14\times50}=57\text{mH}$$

$$\text{容抗 } X_C=\frac{U_C}{I}=\frac{120}{10}=12\Omega$$

$$电容\ C=\frac{1}{\omega X_C}=\frac{1}{2\times 3.14\times 50\times 12}=265\mu F$$

(3)总电压与电流的相位差为

$$\begin{aligned}\varphi &=\arctan\frac{U_L-U_C}{U_R}\\ &=\arctan\frac{X_L-X_C}{R}\\ &=\arctan\frac{18-12}{8}\\ &=36.9°\end{aligned}$$

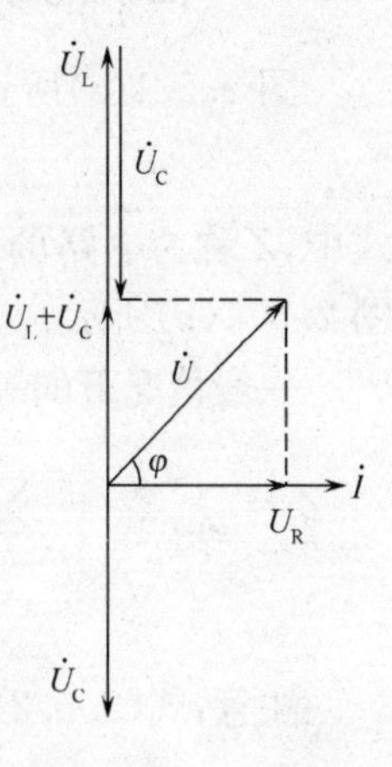

图 2.4.4　相量图

(4)以电流为参考相量，画出电压、电流相量图，如图 2.4.4 所示。

最后讨论正弦交流电路中的功率。

(1)瞬时功率

电阻、电感与电容元件串联的交流电路的瞬时功率表达式为

$$p=ui=\sqrt{2}U\sin(\omega t+\varphi)\cdot\sqrt{2}I\sin\omega t=UI\cos\varphi-UI\cos(2\omega t+\varphi) \tag{2.4.6}$$

(2)平均功率、无功功率和视在功率

平均功率是指瞬时功率在一个周期内的平均值。根据式(2.4.6)，可得

$$P=\frac{1}{T}\int_0^T p\mathrm{d}t=\frac{1}{T}\int_0^T[UI\cos\varphi-UI\cos(2\omega t-\varphi)]\mathrm{d}t=UI\cos\varphi \tag{2.4.7}$$

式中，$\cos\varphi$ 称为功率因数。

无功功率由式(2.3.11)和式(2.3.16)可得

$$Q=U_L I-U_C I=(U_L-U_C)I=(U\sin\varphi)I=UI\sin\varphi \tag{2.4.8}$$

电压与电流有效值的乘积称为电路的视在功率，用 S 表示，即

$$S=UI \tag{2.4.9}$$

为了与平均功率和无功功率加以区别，视在功率的单位为伏·安(V·A)。

平均功率、无功功率和视在功率之间的关系为

$$\left.\begin{aligned}P&=S\cos\varphi\\ Q&=S\sin\varphi\\ S&=\sqrt{P^2+Q^2}\end{aligned}\right\} \tag{2.4.10}$$

如图 2.4.5 所示，该三角形称为功率三角形。

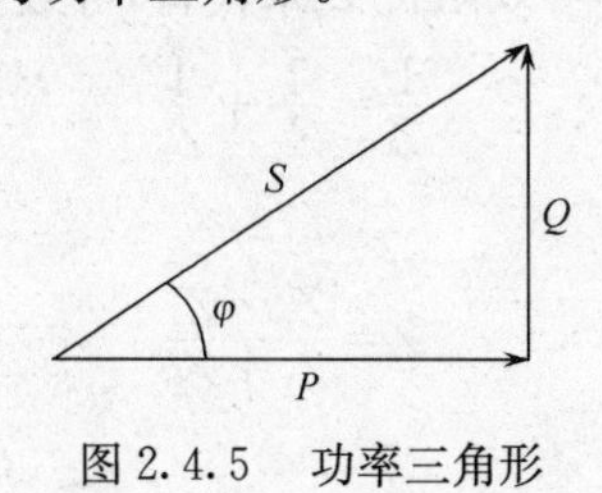

图 2.4.5　功率三角形

思考与练习

2.4.1　在什么情况下，$S=S_1+S_2$ 才能成立？

2.4.2　在什么情况下，瞬时功率波形图在一个周期内 $P<0$ 部分可能大于 $P>0$ 部分？

2.5　阻抗的串联与并联

在交流电路中，阻抗的连接形式是多种多样的，其中最简单和最常见的是串联与并联。

2.5.1　阻抗的串联

图 2.5.1(a)所示是两个阻抗串联的电路，根据 KVL 的相量形式，有

$$\dot{U}=\dot{U}_1+\dot{U}_2=\dot{I}Z_1+\dot{I}Z_2=\dot{I}(Z_1+Z_2)=\dot{I}Z \tag{2.5.1}$$

式中，Z 称为电路的等效阻抗，即串联电路的等效阻抗等于各串联阻抗之和。其等效电路如图 2.5.1(b)所示。

一般情况下的等效阻抗表达式为

$$Z=\sum Z_K=\sum R_K+\mathrm{j}\sum X_K=\sqrt{\left(\sum R_K\right)^2+\left(\sum X_K\right)^2}\Big/\arctan\frac{\sum X_K}{\sum R_K}=|Z|\underline{/\varphi} \tag{2.5.2}$$

注意：式(2.5.2)的 $\sum X_K$ 中包括感抗 X_L 和容抗 X_C，感抗 X_L 取正值，容抗 X_C 取负值。

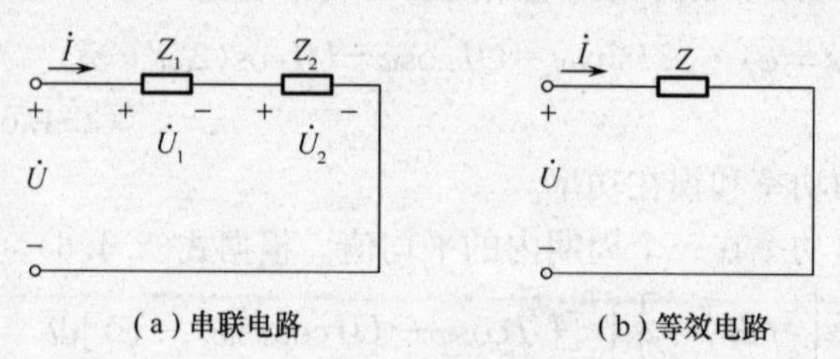

(a) 串联电路　　(b) 等效电路

图 2.5.1　阻抗的串联

相应的分压公式为

$$\dot{U}_i=\frac{Z_i}{Z}\dot{U} \tag{2.5.3}$$

式中，$\dot{U}$、$\dot{U}_i$ 分别是总电压相量和 Z_i 的电压相量。

2.5.2　阻抗的并联

图 2.5.2(a)所示是两个阻抗并联的电路，根据 KCL 的相量形式，有

$$\dot{I}=\dot{I}_1+\dot{I}_2=\frac{\dot{U}}{Z_1}+\frac{\dot{U}}{Z_2}=\dot{U}\left(\frac{1}{Z_1}+\frac{1}{Z_2}\right) \tag{2.5.4}$$

将式中两个并联的阻抗用一个等效阻抗 Z 来代替，等效电路如图 2.5.2(b)所示。因此，有

$$\frac{1}{Z}=\frac{1}{Z_1}+\frac{1}{Z_2} \tag{2.5.5}$$

或

$$Z=\frac{Z_1\times Z_2}{Z_1+Z_2} \tag{2.5.6}$$

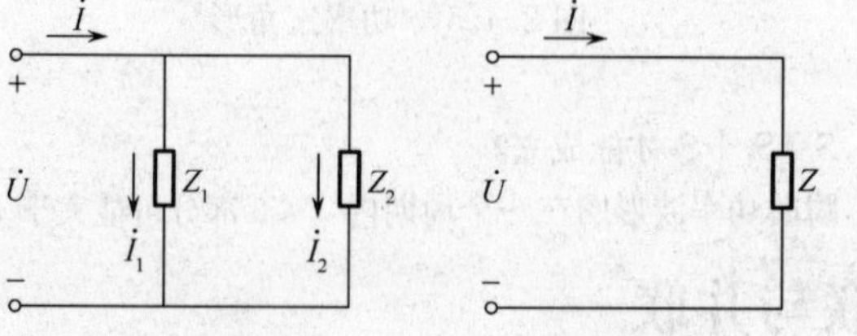

(a) 并联电路　　(b) 等效电路

图 2.5.2　阻抗的并联

相应的分流公式为

$$\left.\begin{aligned}\dot{I}_1&=\frac{Z_2}{Z_1+Z_2}\dot{I}\\ \dot{I}_2&=\frac{Z_1}{Z_1+Z_2}\dot{I}\end{aligned}\right\}\tag{2.5.7}$$

一般情况下,等效复阻抗与各并联复阻抗的关系,可用下面的式子表示

$$\frac{1}{Z}=\sum\frac{1}{Z_K}\tag{2.5.8}$$

【例 2.5.1】如图 2.5.3 所示的无源二端网络中,已知端电压和电流分别为

$$u(t)=10\sqrt{2}\sin(100t+36.9^\circ)\mathrm{V},\quad i(t)=2\sqrt{2}\sin100t\mathrm{A}$$

试求该网络的输入阻抗及其等效电路。

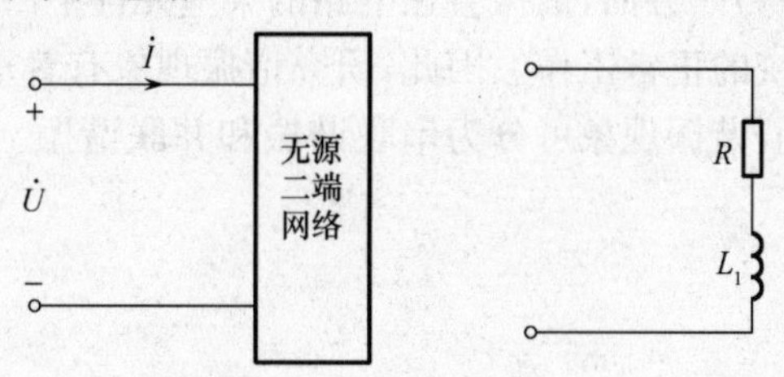

图 2.5.3　例 2.5.1 图

解:由题可得电压和电流相量为

$$\dot{U}=10\underline{/36.9^\circ}\ \mathrm{V},\dot{I}=2\underline{/0^\circ}\ \mathrm{A}$$

根据定义,阻抗为

$$Z=\frac{\dot{U}}{\dot{I}}=R+\mathrm{j}X=\frac{10\underline{/36.9^\circ}}{2\underline{/0^\circ}}=5\underline{/36.9^\circ}=(4+\mathrm{j}3)\Omega$$

故 $X=3\Omega>0$,电路呈感性,故等效电路为一个 $R=4\Omega$ 的电阻与一个感抗 $X_L=3\Omega$ 的电感元件串联,其等效电感为

$$L_1=\frac{X_L}{\omega}=\frac{3}{100}=0.03\mathrm{H}$$

等效电路如图 2.5.3 所示。

【例 2.5.2】在如图 2.5.4 所示正弦交流电路中,已知 $R_1=8\Omega, X_{C1}=6\Omega, R_2=3\Omega, X_{L2}=4\Omega, R_3=5\Omega, X_{L3}=10\Omega$。试求电路的输入阻抗 Z_{ab}。

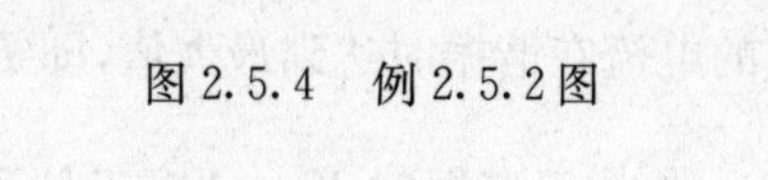

图 2.5.4　例 2.5.2 图

解:首先,求出各支路的阻抗

$$Z_1=R_1-\mathrm{j}X_{C1}=(8-\mathrm{j}6)\Omega$$
$$Z_2=R_2+\mathrm{j}X_{L2}=(3+\mathrm{j}4)\Omega$$
$$Z_3=R_3+\mathrm{j}X_{L3}=(5+\mathrm{j}10)\Omega$$

利用阻抗的串、并联关系可得输入阻抗

$$\begin{aligned}Z_{ab}&=Z_3+\frac{Z_1Z_2}{Z_1+Z_2}\\&=5+\mathrm{j}10+\frac{(8-\mathrm{j}6)(3+\mathrm{j}4)}{(8-\mathrm{j}6)+(3+\mathrm{j}4)}\\&=(9+\mathrm{j}12)\Omega\end{aligned}$$

思考与练习

2.5.1　两阻抗串联时，在什么情况下$|Z|=|Z_1|+|Z_2|$？

2.5.2　两阻抗并联时，在什么情况下$\frac{1}{|Z|}=\frac{1}{|Z_1|}+\frac{1}{|Z_2|}$？

2.5.3　在并联交流电路中，支路电流是否有可能大于总电流？

2.6　电路中的谐振

电路中含有电容、电感元件时，当调节电源的频率或电路的参数(即L、C)而使电路总电压与总电流同相(电路呈电阻性)，这时电路中就发生了谐振现象。谐振现象是正弦稳态电路中一种特定的物理现象，一方面，谐振被广泛地应用于电工技术和无线电技术，例如用于高温淬火、高频加热和收音机、电视机中；但另一方面，谐振会在电路的某些元件中产生较大的电压或电流，使元件受损，有可能破坏电路系统的正常工作。因此，研究谐振现象有着重要的实际意义。

按发生谐振的电路不同，谐振现象可分为串联谐振和并联谐振。下面分别就两种谐振的产生条件及其特征进行讨论。

2.6.1　串联谐振

1. 谐振条件与谐振频率

RLC串联电路如图2.6.1所示，当

$$X_L=X_C \quad 或 \quad 2\pi f_L=\frac{1}{2\pi f_C} \tag{2.6.1}$$

时，则

$$\varphi=\arctan\frac{X_L-X_C}{R}=0$$

即电压u和电流i同相，这时电路中发生串联谐振。式(2.6.1)是发生串联谐振的条件，并由此得到串联谐振频率

$$f=f_0=\frac{1}{2\pi\sqrt{LC}} \tag{2.6.2}$$

由上式可知，通过调节ω、L、C能使电路发生谐振。

2. 串联谐振的特征

① 电路中电流与电压同相，电路呈电阻性。

② 电路的阻抗模$|Z|=\sqrt{R^2+(X_L-X_C)^2}=R$，其值最小。因此，当电源电压一定时，电路中的电流在谐振时达到最大值，即$I=I_0=\dfrac{U}{R}$。

③ 由于谐振时$X_L=X_C$，于是U_L、U_C大小相等，相位相反互为补偿；因此，电源电压$\dot{U}=\dot{U}_R$。其相量关系如图2.6.2所示。

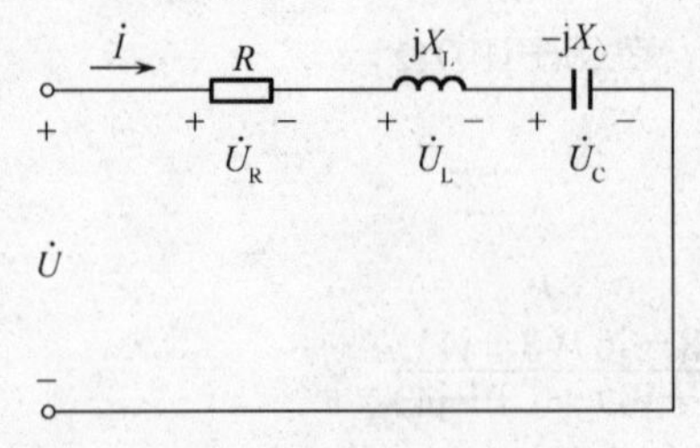

图2.6.1　串联谐振电路

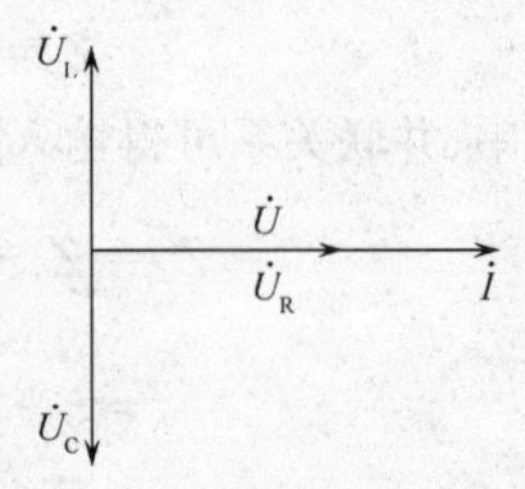

图2.6.2　串联谐振相量图

谐振时，U_L、U_C分别为

$$U_L = X_L I$$
$$U_C = X_C I$$

当 $X_L = X_C > R$ 时，电感和电容上的电压都高于电源电压。所以串联谐振又称为电压谐振。电压谐振产生的高电压在无线电工程上是十分有用的，因为接收信号非常微弱，通过电压谐振可把信号提高几十乃至几百倍。但电压谐振在电力系统中有时会击穿线圈和电容器的绝缘，造成设备的损坏。因此，在电力系统中应尽量避免电压谐振。

【例 2.6.1】将一个 $R=50\Omega$、$L=4\text{mH}$ 的线圈与一个 $C=160\text{pF}$ 的电容器串联，接在 $U=25\text{V}$ 的电源上。(1)求发生谐振时的电流与电容器上的电压；(2)当频率增加 10%时，求电流与电容器上的电压。

解：(1) $f_0 = \dfrac{1}{2\pi\sqrt{LC}} = \dfrac{1}{2\times 3.14\times\sqrt{4\times 10^{-3}\times 160\times 10^{-12}}} = 2\times 10^5\ \text{Hz}$

$$X_L = 2\pi f_0 L = 2\times 3.14\times 2\times 10^5\times 4\times 10^{-3} \approx 5\ 000\Omega$$

$$X_C = \frac{1}{2\pi f_0 C} = \frac{1}{2\times 3.14\times 2\times 10^5\times 160\times 10^{-12}} \approx 5\ 000\Omega$$

$$I_0 = \frac{U}{R} = \frac{25}{50} = 0.5\text{A}$$

$$U_C = I_0 X_C = 0.5\times 5\ 000 = 2\ 500\text{V}$$

(2)当频率增加 10%时

$$X_L = 5\ 000(1+10\%) = 5\ 500\Omega,\quad X_C = \frac{5\ 000}{1+10\%} = 4\ 500\Omega$$

$$|Z| = \sqrt{50^2 + (5\ 500-4\ 500)^2} \approx 1\ 000\Omega,\quad I = \frac{U}{|Z|} = \frac{25}{1\ 000} = 0.025\text{A}$$

$$U_C = IX_C = 0.025\times 4\ 500 = 112.5\text{V}$$

可见，当频率增加 10%时，I 和 U_C就大大减小。

2.6.2 并联谐振

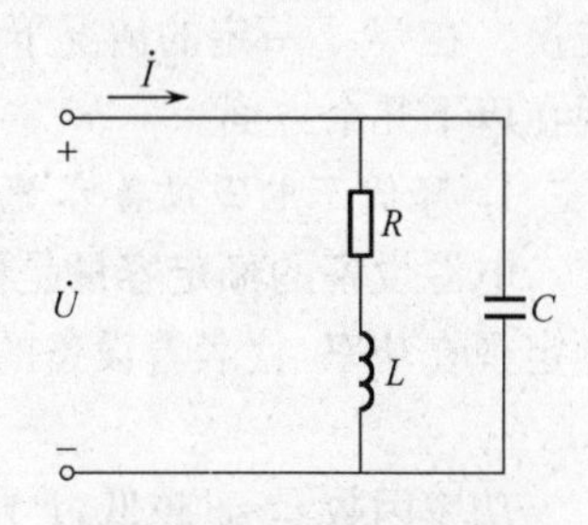

图 2.6.3 并联谐振电路

由电容器与线圈并联的电路如图 2.6.3 所示。同串联谐振电路一样，当电压 $\dot{U}$ 与电流 $\dot{I}$ 同相时，电路发生并联谐振。

1. 产生并联谐振的条件

该谐振电路中，阻抗为

$$Z = \frac{(R+j\omega L)\dfrac{1}{j\omega C}}{\dfrac{1}{j\omega C}+(R+j\omega L)} = \frac{R+j\omega L}{1+j\omega RC-\omega^2 LC}$$

$$= \frac{R^2+(\omega L)^2}{R-\omega^2 LRC+\omega^2 LC+j\omega L\left(\omega^2 LC+\dfrac{CR^2}{L}-1\right)}$$

当 $\omega^2 LC+\dfrac{CR^2}{L}-1=0$ 时发生谐振，通常线圈的电阻 R 很小，于是可得出谐振频率

$$\omega_0 = 2\pi f_0 \approx \frac{1}{\sqrt{LC}}$$

$$f = f_0 = \frac{1}{2\pi\sqrt{LC}} \tag{2.6.3}$$

2. 并联谐振具有下列特征

① 谐振阻抗 $Z_0=\frac{1}{\frac{RC}{L}}=\frac{L}{RC}$,为一正实数,相当于一个电阻。电压 u 与电流 i 同相(即 $\varphi=0$)。

② 由于并联谐振时电路的阻抗达到最大值。在电源电压 U 一定的情况下,电流达到最小值,为

$$I=I_0=\frac{U}{Z_0}=\frac{U}{\frac{L}{RC}}$$

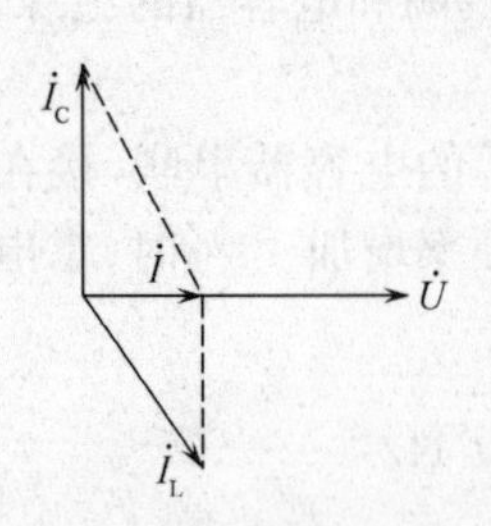

图 2.6.4 并联谐振电路相量图

③ 并联谐振时,电感电流与电容电流近似相等,远远大于总电流 I。即

$$I_L \approx I_C \gg I$$

并联谐振时,各并联支路的电流近似相等,并且比总电流大许多倍。因此,并联谐振又称为电流谐振。谐振时的电流相量图如图 2.6.4 所示。

思考与练习

2.6.1 一串联谐振电路中,$R=10\Omega$,$L=10\text{mH}$,$C=0.01\mu\text{F}$,试求谐振频率 f_0。

2.6.2 RLC 串联谐振电路中,在谐振频率点处电路呈现电阻性,在小于谐振频率点处,电路呈现什么性质?在大于谐振频率点处,电路又呈现什么性质?

2.7 功率因数的提高

2.7.1 提高功率因数的意义

当电路负载为电阻性时,电压、电流是同相位的,即功率因数为 1。而对其他负载而言,其功率因数均介于 0 与 1 之间,电源需向负载提供无功功率,即电源和负载之间有一部分能量在相互交换。在 U、I 一定的情况下,功率因数越低,无功功率比例越大,对电力系统运行越不利,这体现在以下几个方面。

1. 降低了电源设备容量的利用率

电源设备的额定容量是根据额定电压和额定电流设计的。额定电压和额定电流的乘积就是额定视在功率,代表着设备的额定容量。而容量一定的供电设备提供的有功功率为

$$P=S_N\cos\varphi$$

功率因数 $\cos\varphi$ 越低,P 越小,则设备利用率越低。

2. 增加了输电线路和供电设备的功率损耗

负载上的电流为

$$I=\frac{P}{U\cos\varphi}$$

在 P、U 一定的情况下,功率因数 $\cos\varphi$ 越低,I 就越大。而线路上的功率损耗为

$$\Delta P=I^2r=\left(\frac{P}{U\cos\varphi}\right)^2r=\left(\frac{P^2}{U^2}\cdot r\right)\frac{1}{\cos^2\varphi}$$

其中,r 代表传输线路加上电源内阻的总等效电阻。由上式可知,功率损耗和功率因数 $\cos\varphi$ 的平方成反比,即功率因数 $\cos\varphi$ 越低,电路损耗越大,则输电效率就越低。

由上述可知,提高电网的功率因数既能使电源设备得到充分的利用,又能减少线路上的电能损耗,从而节约大量电能,这对发展国民经济具有极其重要的意义。

2.7.2　提高功率因数的方法

功率因数不高的根本原因是电感性负载的存在。如工业生产中最常用的异步电动机在额定负载时的功率因素为0.7～0.9，轻载时更低；日光灯作为感性负载功率因数也只有0.3左右。而感性负载的功率因数之所以不高，是由于负载本身需要一定的无功功率。从技术经济观点出发，如何解决这个矛盾，也就是如何才能减少电源与负载之间能量的互换，而又使电感性负载能取得所需的无功功率，这就是我们所提出的要提高功率因素的实际意义。

按照供用电规则，高压供电的工业企业的平均功率因数不低于0.95，其他单位不低于0.9。

提高功率因数常用的方法就是在电感性负载两端并联适当大小的电容器(设置在用户或变电所中)，其电路如图2.7.1所示。

提高功率因数的原理也可用相量图来说明，如图2.7.2所示。用$\dot{I}$代表并联电容器之前感性负载上的电流，等于线路上的电流，它滞后于电压的角度是φ，这时的功率因数是$\cos\varphi$。并联电容器C之后，由于增加了一个超前于电压90°的电流$\dot{I}_C$，所以线路上的电流变为

$$\dot{I}'=\dot{I}+\dot{I}_C$$

其中，$\dot{I}'$滞后于电压$\dot{U}$的角度是φ'。$\varphi'<\varphi$，所以$\cos\varphi'>\cos\varphi$。只要电容C选得适当，即可达到补偿要求。

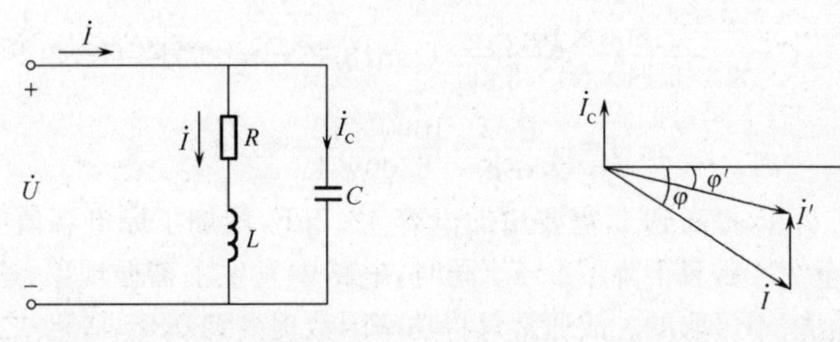

图2.7.1　提高功率因数电路　　　　图2.7.2　相量图

并联电容之后，感性负载本身的电流$I=\dfrac{U}{\sqrt{R^2+X_L^2}}$和功率因数$\cos\varphi=\dfrac{R}{\sqrt{R^2+X_L^2}}$均未改变，这是因为所加电压和感性负载的参数没有改变。因此，我们所说的提高功率因数，是指提高电源或电网的功率因数，而非指提高某个电感性负载的功率因数。另外，并联电容后有功功率并未改变，因为电容器是不消耗电能的。

下面推导计算并联电容器电容值的公式。由图2.7.2可得

$$I_C=I\sin\varphi-I'\sin\varphi'=\left(\frac{P}{U\cos\varphi}\right)\sin\varphi-\left(\frac{P}{U\cos\varphi'}\right)\sin\varphi'=\frac{P}{U}(\tan\varphi-\tan\varphi')$$

又因为

$$I_C=\frac{U}{X_C}=\omega CU$$

则有

$$\omega CU=\frac{P}{U}(\tan\varphi-\tan\varphi')$$

因此

$$C=\frac{P}{\omega U^2}(\tan\varphi-\tan\varphi')$$

在感性负载Z_L两端并联适当的电容后，能起到下面几个作用：

① 电源向负载Z_L提供的有功功率未变；

② 电源的功率因数提高了；

③ 线路电流下降了；

④ 电源与负载之间能量的交换减少了。

【例 2.7.1】 有一感性负载的功率 $P=1600\text{kW}$，功率因数 $\cos\varphi_1=0.8$，接在电压 $U=6.3\text{kV}$ 的电源上，电源频率 $f=50\text{Hz}$。(1)若把功率因数提高到 $\cos\varphi_2=0.95$，试求并联电容器的容量和电容并联前后的线路电流；(2)若将功率因数从 0.95 再提高到 1，试问并联电容器的容量还需增加多少？此时电路中发生了怎样的物理现象？

解：(1)

$$\cos\varphi_1=0.8,\quad \varphi_1=36.9^\circ$$

$$\cos\varphi_2=0.95,\quad \varphi_2=18.2^\circ$$

根据公式

$$C=\frac{P}{\omega U^2}(\tan\varphi-\tan\varphi')$$

所需电容量为

$$C=\frac{1600\times10^3}{2\times3.14\times50\times6300^2}(\tan36.9^\circ-\tan18.2^\circ)\text{F}=54.2\mu\text{F}$$

并联电容前后，线路电流

$$I_1=\frac{P}{U\cos\varphi_1}=\frac{1600\times10^3}{6300\times0.8}=317\text{A}$$

$$I_2=\frac{P}{U\cos\varphi_2}=\frac{1600\times10^3}{6300\times0.95}=267\text{A}$$

(2)要将功率因数从 0.95 再提高到 1，尚需增加电容

$$C=\frac{1600\times10^3}{2\times3.14\times50\times6300^2}(\tan18.2^\circ-\tan0^\circ)\text{F}=42.2\mu\text{F}$$

此时，线路电流为

$$I=\frac{P}{U\cos\varphi}=\frac{1600\times10^3}{6300\times1}=254\text{A}$$

将功率因数从 0.95 提高到 1，需要增加电容 42.2μF，增加了原电容值的 78%，但线路电流的改变不大，仅降至 254A，只下降了 5%。同时，电路中发生了谐振现象，这也说明了将功率因数提高到 1 是不经济、不可取的。故通常只将功率因数提高到 0.9～0.95 之间。

思考与练习

2.7.1　电感性负载串联电容能否提高电路的功率因数？

2.7.2　试问并联电容后，感性负载本身的功率因数是否提高？

2.7.3　电感性负载并联电阻能否提高电路的功率因数，该方法有什么缺点？

2.8　非正弦周期电路

除了直流电路和正弦交流电路外，实际工程中还存在着按非正弦规律变化的电源和信号，如电子计算机的数字脉冲电路中、整流电源设备中，电压和电流的波形都是非正弦的。产生这种非正弦信号的原因有很多，比如，电路中有非线性元件；又如，有的设备本身采用产生非正弦电压的电源；再如，几个频率不同的正弦电源共同作用于一个电路。非正弦的信号又分为周期性和非周期性两种，本节主要讨论非正弦周期电路。非正弦周期电路的稳态分析要用到前述的电路定律，但不可直接应用相量法，因为非正弦电路与正弦电路在分析方法上有不同之处。

2.8.1　非正弦周期量的分解

在高等数学理论中，证明了若周期为 T 的周期信号 $f(t)$ 满足狄里赫利条件，即 $f(t)$ 在一个周期内只有有限个间断点，只有有限个极大点和极小点，并且 $f(t)$ 在一个周期内绝对可积，即

$$\int_0^T|f(t)|\,\text{d}t<\infty \tag{2.8.1}$$

则 $f(t)$ 可展开为如下三角形式的傅里叶级数

$$f(t)=a_0+\sum_{n=1}^{\infty}(a_n\cos n\omega_0 t+b_n\sin n\omega_0 t) \tag{2.8.2}$$

其中

$$a_0=\frac{1}{T}\int_0^T f(t)\mathrm{d}t$$

$$a_n=\frac{2}{T}\int_0^T f(t)\cos n\omega_0 t\mathrm{d}t$$

$$b_n=\frac{2}{T}\int_0^T f(t)\sin n\omega_0 t\mathrm{d}t$$

式中，$n=1,2,3,\cdots$。a_0、a_n、b_n 称为傅里叶系数，$\omega_0=\frac{2\pi}{T}$ 称为 $f(t)$ 的基本角频率或基波角频率。

因为在电工学中遇到的非正弦周期性电压或电流都能满足狄里赫利条件，因此，非正弦周期电压或电流可以分解为傅里叶级数。还有另外一种表达形式

$$\begin{aligned}f(t)&=A_0+A_{1\mathrm{m}}\cos(\omega_1 t+\psi_1)+A_{2\mathrm{m}}\cos(2\omega_1 t+\psi_2)+\cdots+A_{n\mathrm{m}}\cos(n\omega_1 t+\psi_n)\\&=A_0+\sum_{n=1}^{\infty}A_{n\mathrm{m}}\cos(n\omega_1 t+\psi_n)\end{aligned} \tag{2.8.3}$$

两种表示形式之间的关系为

$$A_0=a_0$$

$$a_n=A_{n\mathrm{m}}\cos\psi_n$$

$$b_n=-A_{n\mathrm{m}}\sin\psi_n$$

$$\tan\psi_n=-\frac{b_n}{a_n}$$

上式中，第一项 A_0 称为周期函数 $f(t)$ 的恒定分量，或称直流分量；第二项 $A_{1\mathrm{m}}\cos(\omega_1 t+\psi_1)$ 称为一次谐波，或称基波分量，其周期和频率与原周期函数相同；其他各项为高次谐波，即 2 次、3 次……谐波。这种把一个周期函数展开或分解为具体一系列谐波的傅里叶级数称为谐波分析。

2.8.2　非正弦周期量的最大值、平均值和有效值

最大值是非正弦波在一个周期内的最大瞬间绝对值。

非正弦周期量的平均值是其绝对值的平均值。以电流为例，非正弦周期电流的平均值定义为

$$I_{\mathrm{av}}=\frac{1}{T}\int_0^T|i|\,\mathrm{d}t \tag{2.8.4}$$

周期量的有效值定义为

$$F=\sqrt{\frac{1}{T}\int_0^T f^2(t)\mathrm{d}t} \tag{2.8.5}$$

根据谐波分析，非正弦的周期信号可分解为傅里叶级数

$$f(t)=A_0+\sum_{n=1}^{\infty}A_{n\mathrm{m}}\cos(n\omega_1 t+\psi_n)$$

将上式代入有效值公式中，则其有效值为

$$F=\sqrt{\frac{1}{T}\int_0^T f^2(t)\mathrm{d}t}=\sqrt{A_0^2+\frac{1}{2}\sum_{n=1}^{\infty}A_n^2} \tag{2.8.6}$$

对一周期电压信号

$$u(t)=U_0+\sum_{n=1}^{\infty}U_{nm}\cos(n\omega_1 t+\psi_n)$$
$$=U_0+\sum_{n=1}^{\infty}\sqrt{2}U_n\cos(n\omega_1 t+\psi_n) \tag{2.8.7}$$

非正弦周期电压信号 $u(t)$ 的有效值为

$$U=\sqrt{U_0^2+\sum_{n=1}^{\infty}U_n^2}=\sqrt{U_0^2+U_1^2+U_2^2+\cdots} \tag{2.8.8}$$

由此,非正弦周期电流或电压信号的有效值等于它的直流分量和各次谐波分量有效值的平方和的平方根。

2.8.3 非正弦交流电路的平均功率

下面讨论非正弦交流电路中的平均功率问题。采用下式

$$P=\frac{1}{T}\int_0^T p\mathrm{d}t=\frac{1}{T}\int_0^T ui\,\mathrm{d}t$$

非正弦周期电压和非正弦周期电流分别为

$$u=U_0+\sum_{n=1}^{\infty}U_{nm}\cos(n\omega t+\psi_{nu})$$
$$i=I_0+\sum_{n=1}^{\infty}I_{nm}\cos(n\omega t+\psi_{ni})$$

利用三角函数的正交性可以证明,平均功率为

$$P=\frac{1}{T}\int_0^T p\mathrm{d}t=\frac{1}{T}\int_0^T U_0I_0\mathrm{d}t+\frac{1}{T}\int_0^T\sum_{n=1}^{\infty}U_{nm}I_{nm}\cos(n\omega t+\psi_{nu})\cos(n\omega t+\psi_{ni})\mathrm{d}t$$
$$=U_0I_0+\sum_{n=1}^{\infty}U_nI_n\cos\varphi_n=P_0+\sum_{n=1}^{\infty}P_n \tag{2.8.9}$$

其中,$\varphi_n=\psi_{nu}-\psi_{ni}$为 n 次谐波电压与电流之间的相位差;P_n为 n 次谐波分量的平均功率,即非正弦周期信号的平均功率等于直流分量和各次谐波分量各自产生的平均功率之和。

2.8.4 非正弦周期电流电路的计算

关于非正弦周期电流电路的计算,可以简单地描述为以下几个步骤:

① 首先,将给定的非正弦周期信号分解为傅里叶级数形式,依据所需的精确度,确定高次谐波的取舍;

② 求出该信号的恒定分量,以及各谐波分量单独作用时的响应;

③ 采用叠加定理,将上一步得出的结果转换成瞬时表达式后再相加,最后求得的就是用时间函数表示的响应。

习 题 2

2.1 已知正弦量$\dot{I}=(-3-\mathrm{j}4)$ A 和$\dot{U}=220e^{\mathrm{j}60^\circ}$ V,试分别用三角函数式、正弦波形及相量图表示它们。

2.2 已知某负载的电流和电压的有效值和初相位分别是 2A、-30°;36V、45°;频率均为 50Hz。(1)写出它

们的瞬时值表达式；(2)画出它们的波形图；(3)指出它们的幅值、角频率及两者之间的相位差。

2.3　已知 $i_1=20\sin(314t+75°)$ A，$i_2=20\sin(314t-15°)$ A，$i=i_1+i_2$。试用相量法求 i，并画出 3 个电流的相量图。

2.4　电压 $u=314\sqrt{2}\sin 314t$ V，分别作用于：(1)$R=10\Omega$；(2)$L=1\text{H}$；(3)$C=100\mu\text{F}$ 的元件上。试求分别流经它们的电流 i_R、i_L、i_C，并画出相量图。

2.5　电路如题图 2.5 所示，已知 $R=X_L=X_C$，求各图中电表读数之间的关系。

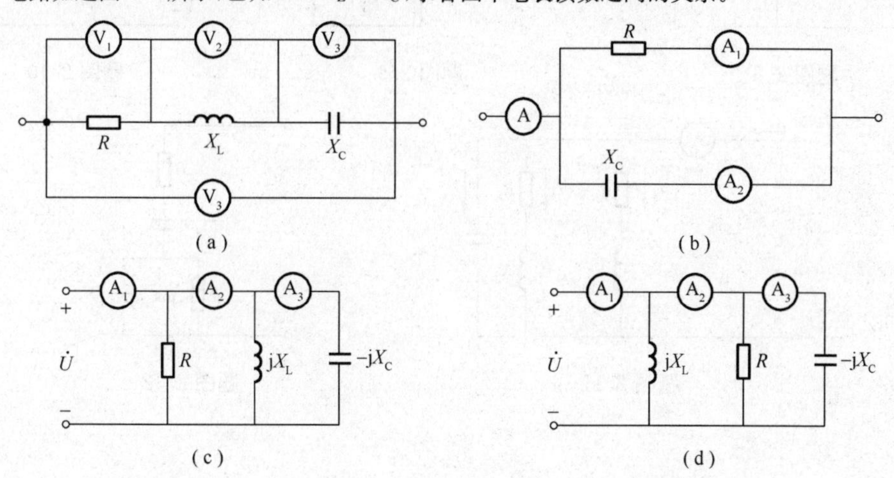

题图 2.5

2.6　在如题图 2.6 所示的电路中，$u_i=\sqrt{2}U\sin\omega t$ V，求 u_o 和 u_i 的关系。

2.7　在题图 2.7 所示电路中，计算图(a)的电流 $\dot{I}$ 和各阻抗元件上的电压 $\dot{U}_1$ 和 $\dot{U}_2$，并画出相量图；计算图(b)中各支路电流 $\dot{I}_1$ 和 $\dot{I}_2$、电压 $\dot{U}$，并画出相量图。

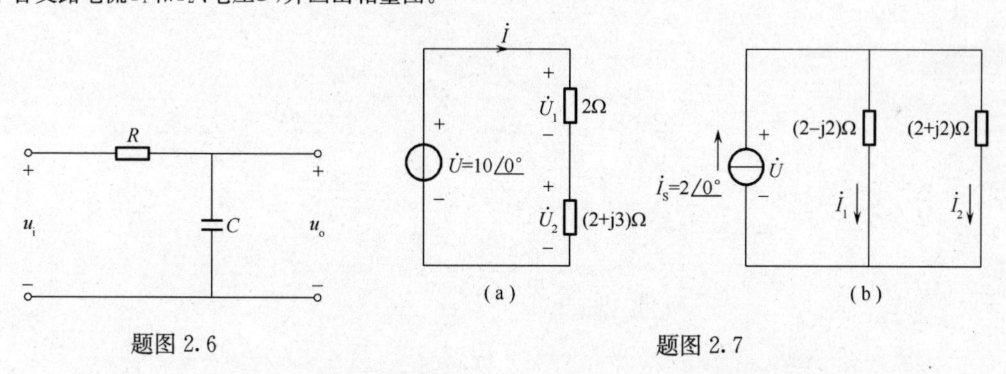

题图 2.6　　　　题图 2.7

2.8　在题图 2.8 中，$I_1=5\text{A}$，$I_2=5\sqrt{2}\text{A}$，$U=100\text{V}$，$R=\dfrac{5}{2}\Omega$，$X_L=R_2$，计算 I、X_C、X_L 和 R_2。

2.9　电路如题图 2.9 所示，无源二端网络输入端的电压为 $u=220\sqrt{2}\sin(314t+47°)$ V，电流为 $i=11\sqrt{2}\sin(314t+10°)$ A，则此二端网络可以等效为两个元件的串联电路，试画出该等效电路，并求出元件的参数值，以及此二端网络的功率因数、有功功率和无功功率。

2.10　电路如题图 2.10 所示，$U=220\text{V}$，R 和 X_L 串联支路的 $P_1=726\text{W}$，$\cos\varphi_1=0.6$。当开关 S 闭合后，电路的总有功功率增加了 74W，无功功率减少了 168var，试求总电流 I 及 Z_2 的大小和性质。

2.11　电路如题图 2.11 所示，$U=220\text{V}$，$f=50\text{Hz}$，$R_1=10\sqrt{2}\Omega$，$X_1=10\sqrt{2}\Omega$，$R_2=5\sqrt{2}\Omega$，$X_2=5\sqrt{2}\Omega$。(1)求电流表的读数和电路功率因数 $\cos\varphi_1$；(2)欲使电路的功率因数提高到 0.866，则需并联多大电容？(3)并联电容后电流表的读数为多少？

2.12　试证明：在如题图 2.12 所示的 RC 串并联选频电路中，当 $f_0=\dfrac{1}{2\pi RC}$ 时，$\dfrac{\dot{U}_o}{\dot{U}_i}=\dfrac{1}{3}\underline{/0°}$。

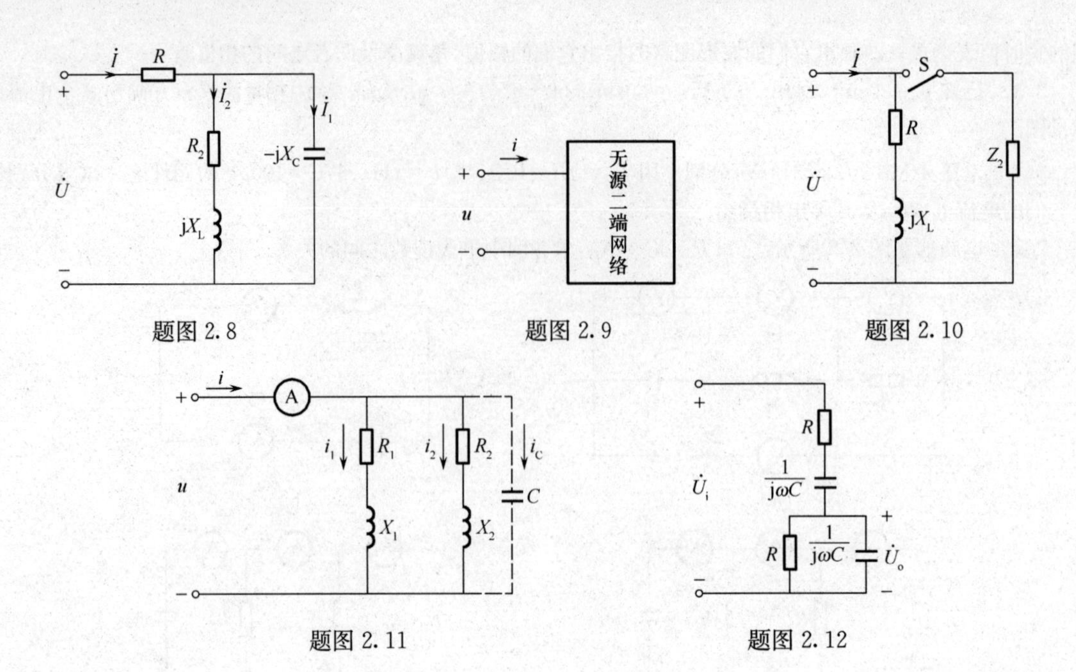

题图 2.8

题图 2.9

题图 2.10

题图 2.11

题图 2.12

第3章 三相正弦交流电路

本章概要:

本章首先介绍三相交流电动势的产生及其接法,接着介绍了三相负载的两种接法——星形(Y形)连接和三角形(△形)连接,最后给出了对称三相功率的计算方法。并对安全用电作了简单的介绍。

教学重点:

(1)了解三相交流电动势的产生和特点。

(2)掌握三相四线制电源的线电压和相电压的关系。

(3)掌握对称三相负载Y形连接和△形连接时,负载线电压和相电压、线电流和相电流的关系。

(4)掌握对称三相功率的计算方法。

教学难点:

(1)掌握三相电路线电压与相电压、线电流与相电流的相位关系。

(2)熟练分析与计算三相电路电压、电流、功率等。

3.1 三相交流电源

3.1.1 三相电动势的产生及其主要特征

三相正弦交流电一般由三相交流发电机产生,发电原理如图3.1.1(a)所示。发电机主要由定子和转子两部分构成。定子包括机座、定子铁心、电枢绕组等几部分。定子铁心固定在机座里,其内圆表面冲有均匀分布的槽。定子槽内对称嵌放着参数相同的3组绕组,每组N匝(图中以一匝示意)称为一相,于是有三相对称绕组,每相的始末端分别用U_1、U_2,V_1、V_2,W_1、W_2标示。图3.1.1(b)是一相绕组结构示意图,图3.1.1(c)为每相绕组电路模型。各相绕组的始端U_1、V_1、W_1(末端U_2、V_2、W_2)彼此间隔120°。这样三相绕组的法线方向也互成120°(线圈绕组的法线与输出电流正方向成右螺旋关系),如图3.1.1(a)中所示$\dot{\Phi}_1$、$\dot{\Phi}_2$、$\dot{\Phi}_3$方向。发电机转子铁心上绕有励磁线圈,它以直流电流I励磁,可产生恒磁通Φ_m,这就形成一个可转动的磁极S—N,其磁通经定子铁心闭合。转子由原动机驱动,按顺时针方向以ω角速度匀速旋转。

设$t=0$时,磁极是由$\dot{\Phi}_1$方位转动,图3.1.1(a)中磁极位于$\omega t=\frac{\pi}{4}$瞬间,各相绕组中穿过的磁通量Φ_P将随时间变化。Φ_P的大小应为Φ_m在各法线方向的投影,即

$$\left.\begin{aligned}\Phi_1&=\Phi_m\cos\theta_1=\Phi_m\cos\omega t\\ \Phi_2&=\Phi_m\cos\theta_2=\Phi_m\cos(\omega t-120°)\\ \Phi_3&=\Phi_m\cos\theta_3=\Phi_m\cos(\omega t+120°)\end{aligned}\right\}\tag{3.1.1}$$

由电磁感应定律,三相绕组中会产生频率相同、幅值相等、相位彼此互差120°的三相正弦交流电动势,感应电动势的正方向由各相绕组的末端指向始端,如图3.1.1(b)、(c)所示,称为三相对称电动势,即

$$\left.\begin{aligned}e_1&=-N\frac{d\Phi_1}{dt}=N\omega\Phi_m\sin\omega t=E_m\sin\omega t\\ e_2&=-N\frac{d\Phi_2}{dt}=E_m\sin(\omega t-120°)\\ e_3&=-N\frac{d\Phi_3}{dt}=E_m\sin(\omega t+120°)\end{aligned}\right\}\tag{3.1.2}$$

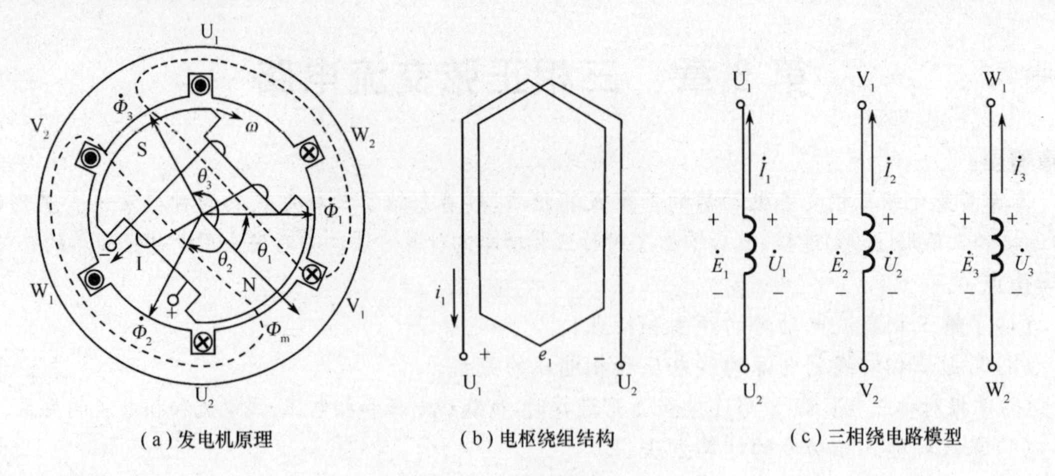

（a）发电机原理　　（b）电枢绕组结构　　（c）三相绕电路模型

图 3.1.1　三相交流发电机

用相量表述为

$$\left.\begin{aligned}\dot{E}_1&=E\angle 0^\circ=E\\ \dot{E}_2&=E\angle -120^\circ=E\left(-\frac{1}{2}-\mathrm{j}\frac{\sqrt{3}}{2}\right)\\ \dot{E}_3&=E\angle 120^\circ=E\left(-\frac{1}{2}+\mathrm{j}\frac{\sqrt{3}}{2}\right)\end{aligned}\right\}\tag{3.1.3}$$

显然，各相正弦交流电动势的相位滞后于其对应磁通的相位 90°。图 3.1.2(a)给出一相绕组的 e、Φ 波形关系，图 3.1.2(b)、(c)则给出三相电动势波形图及相量图。经计算三相对称电动势的瞬时值之和及相量之和均为零，即

$$\left.\begin{aligned}e_1+e_2+e_3&=0\\ \dot{E}_1+\dot{E}_2+\dot{E}_3&=0\end{aligned}\right\}\tag{3.1.4}$$

三相电动势各瞬时值抵达正幅值的先后次序称为相序。图 3.1.1(a)所示电源相序 $\mathrm{U}_1\rightarrow\mathrm{V}_1\rightarrow\mathrm{W}_1$ 称为正相序，与之相反的相序 $\mathrm{U}_1\rightarrow\mathrm{W}_1\rightarrow\mathrm{V}_1$ 称为逆相序。当发电机并网运行时，必须严格按相序同名端连线。一些三相负载的工作状态也与相序密切相关，比如给三相电动机逆相序供电，则使其反转。将三相电源输出端线的任意两个接点彼此调换一次，即可获得逆相序供电。相序无误才能确保系统正常工作。

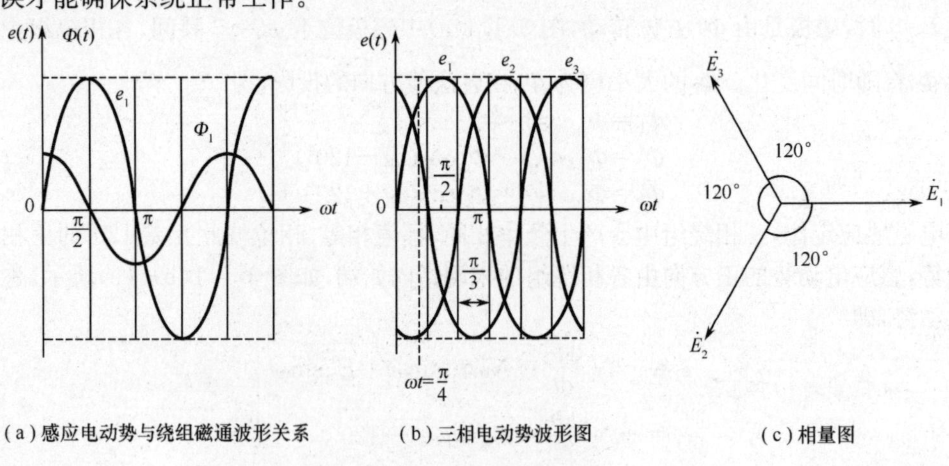

（a）感应电动势与绕组磁通波形关系　　（b）三相电动势波形图　　（c）相量图

图 3.1.2　三相对称电动势

3.1.2 三相电源的星形连接

发电机供电时，三相绕组通常采用星形连接：三相绕组的末端 U_2、V_2、W_2 连接成一点，称为中性点或零点，用 N 表示；三相绕组的始端 U_1、V_1、W_1 引出 3 条输电线 L_1、L_2、L_3，称为相线或端线（火线），如图 3.1.3(a)所示。由中性点也可引出一条输电线，称为中线（零线）。

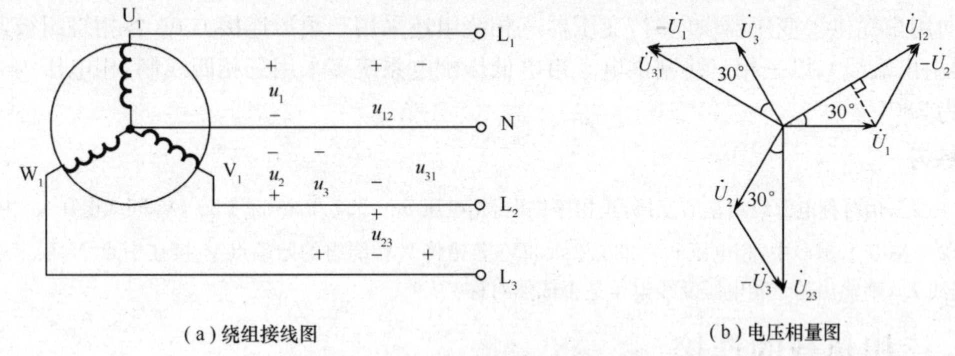

图 3.1.3 三相电源的星形连接

三相电源相线与零线之间的电压称为相电压，它们是每相绕组始末端输出的电压（见图 3.1.3(a)中 u_1、u_2、u_3）。各相电压有效值分别为 U_1、U_2、U_3，一般用 U_p 表示。当忽略绕组损耗时有 $u_1=e_1$、$u_2=e_2$、$u_3=e_3$，所以对称三相电源提供的三相电压是频率相同、幅值相等、相位互差 120°的三相对称电压。以 u_1 为参考正弦量，三相电压瞬时值为

$$\left.\begin{aligned} u_1 &= U_m \sin\omega t \\ u_2 &= U_m \sin(\omega t - 120^\circ) \\ u_3 &= U_m \sin(\omega t + 120^\circ) \end{aligned}\right\} \tag{3.1.5}$$

其相量表达式则为

$$\left.\begin{aligned} \dot{U}_1 &= U \angle 0^\circ = U \\ \dot{U}_2 &= U \angle -120^\circ = U\left(-\frac{1}{2} - \mathrm{j}\frac{\sqrt{3}}{2}\right) \\ \dot{U}_3 &= U \angle 120^\circ = U\left(-\frac{1}{2} + \mathrm{j}\frac{\sqrt{3}}{2}\right) \end{aligned}\right\} \tag{3.1.6}$$

三相电源相线与相线之间的电压称为线电压（见图 3.1.3(a)中 u_{12}、u_{23}、u_{31}），各线电压有效值分别为 U_{12}、U_{23}、U_{31}，一般用 U_l 表示。电源绕组星形连接时线电压与相电压显然不相等，根据基尔霍夫定律，在图示参考方向下，线电压与相电压关系式为

$$\left.\begin{aligned} u_{12} &= u_1 - u_2 \\ u_{23} &= u_2 - u_3 \\ u_{31} &= u_3 - u_1 \end{aligned}\right\} \tag{3.1.7}$$

用相量表达则为

$$\left.\begin{aligned} \dot{U}_{12} &= \dot{U}_1 - \dot{U}_2 \\ \dot{U}_{23} &= \dot{U}_2 - \dot{U}_3 \\ \dot{U}_{31} &= \dot{U}_3 - \dot{U}_1 \end{aligned}\right\} \tag{3.1.8}$$

图 3.1.3(b)是根据式(3.1.6)、式(3.1.8)作出的线电压与相电压关系相量图，由图可知 3 个线电压也是对称电压，并且有

$$\left.\begin{aligned} \frac{1}{2}U_l &= U_p \cos 30^\circ = \frac{\sqrt{3}}{2}U_p \\ U_l &= \sqrt{3}U_p \end{aligned}\right\} \tag{3.1.9}$$

各线电压相位分别超前于其下标第一字符所对应的相电压相位30°,即

$$\dot{U}_{12}=\sqrt{3}\dot{U}_1\angle 30^\circ,\dot{U}_{23}=\sqrt{3}\dot{U}_2\angle 30^\circ,\dot{U}_{31}=\sqrt{3}\dot{U}_3\angle 30^\circ \tag{3.1.10}$$

电源三相绕组星形连接,只用3条端线向用户供电的方式为三相三线制供电。由3条端线加零线供电的方式为三相四线制供电。三相四线制供电提供了线电压和相电压两种不同规格的电压,用户可灵活选择。三相电源电压可以经电网的三相变压器向用户提供,也可以由自备发电机直接向用户提供。变压器供电时,变压器三相绕组还采用三角形连接方式(各相绕组彼此首尾相连,再引出端线),以三相三线制供电。市电低压配电系统多采用三相四线制,相电压为220V,线电压为380V。

思考与练习

3.1.1　三相对称电源绕组星形连接,正相序供电,相电压 $u_1=220\sqrt{2}\sin(\omega t+30^\circ)$V,问线电压 u_{23} 为多少?

3.1.2　图3.1.3(a)中,相电压 $u_1=220\sqrt{2}\sin\omega t$V,若错将 V 相绕组的始端点 V_1 接在中点 N,而末端点 V_2 接输出端线 L_2,则输出的三相电压及线电压是否依然对称?

3.2　三相负载的连接

我们把必须由三相电源供电的负载称为三相负载(如三相电动机等),一般其各相阻抗参数相等,是三相对称负载。那些可以由单相电源供电的负载称为单相负载。三组单相负载可以组合成三相负载,由三相电源供电,构成三相电路,但这种组合难以保证三相的阻抗参数完全相等,一般属于三相不对称负载。

三相负载可以星形(Y)连接接入三相电源,也可以三角形(Δ)连接接入三相电源,选择哪种连接方式应根据其额定电压及工作需要而定。三相电路的分析步骤与单相电路基本相同:首先,建立电路模型并标明电流、电压参考方向;然后,应用基本定律求解各支路响应,一般三相电路可一相一相分别计算;最后,分析电路功率。

3.2.1　负载的星形连接

负载星形连接有中线时又称 Y_0 连接,三相四线制电路模型如图3.2.1(a)所示。当忽略线路阻抗时,负载上的相电压、线电压等于电源电压,由式(3.1.5)、式(3.1.7)表达。每相负载中的电流称为相电流,可用欧姆定律分别计算为

$$\left.\begin{aligned}\dot{I}_1&=\frac{\dot{U}_1}{Z_1}=\frac{U_1}{|Z_1|}\angle 0^\circ-\varphi_1=I_1\angle-\varphi_1\\ \dot{I}_2&=\frac{\dot{U}_2}{Z_2}=\frac{U_2}{|Z_2|}\angle-120^\circ-\varphi_2=I_2\angle-120^\circ-\varphi_2\\ \dot{I}_3&=\frac{\dot{U}_3}{Z_3}=\frac{U_3}{|Z_3|}\angle 120^\circ-\varphi_3=I_3\angle 120^\circ-\varphi_3\end{aligned}\right\} \tag{3.2.1}$$

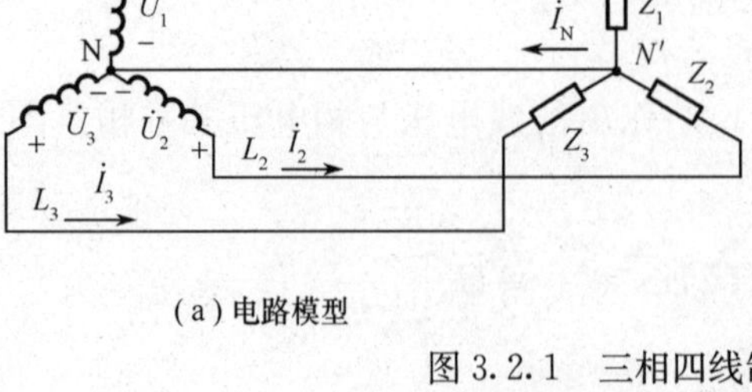

(a)电路模型 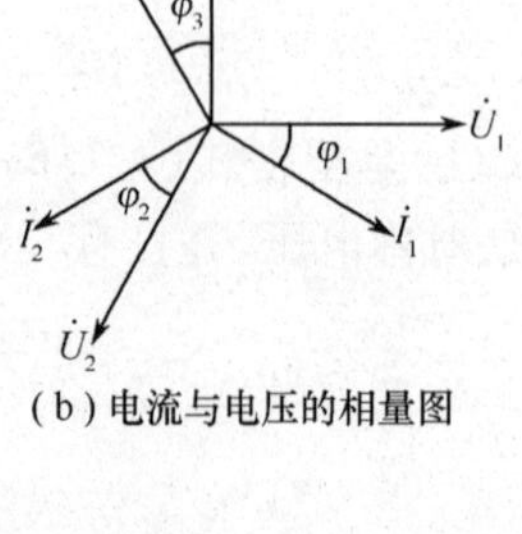　　(b)电流与电压的相量图

图3.2.1　三相四线制电路

由式(3.2.1)得出电流与电压的相量关系如图 3.2.1(b)所示。三相负载对称是指各相阻抗相等,即 $Z_1=Z_2=Z_3=Z=|Z|\angle\varphi$。在三相对称电压作用下,三相对称负载的电流计算结果显然也是幅值相等、频率相同、相位互差 120°,是三相对称电流,即

$$\left.\begin{aligned}\dot{I}_1&=I\angle-\varphi\\ \dot{I}_2&=I\angle-120^\circ-\varphi\\ \dot{I}_3&=I\angle120^\circ-\varphi\end{aligned}\right\}\tag{3.2.2}$$

这时中性线上电流为零,即

$$\dot{I}_N=\dot{I}_1+\dot{I}_2+\dot{I}_3=I\angle-\varphi(1+\angle-120^\circ+\angle120^\circ)=0$$

这种情况下中线可以省掉,成为三相三线制电路。

负载星形连接电路由相线输入的线电流(有效值一般用 I_l表示),即是每相负载上流过的相电流(有效值一般用 I_p表示),于是对称负载星形连接电路有如下关系

$$\left.\begin{aligned}U_l&=\sqrt{3}U_p\\ I_l&=I_p\end{aligned}\right\}\tag{3.2.3}$$

【例 3.2.1】在图 3.2.1(a)所示的三相对称电路中,每相阻抗 $Z=(8+j6)\Omega$,若线电压 $u_{12}=380\sqrt{2}\sin(\omega t+30^\circ)$ V,试求各相电流 i_1、i_2、i_3的值。

解:依题意可得

$$Z=8+j6=\sqrt{8^2+6^2}\angle\arctan\frac{6}{8}=10\angle37^\circ\ \Omega$$

$$\dot{U}_{12}=380\angle30^\circ\ \text{V}$$

$$\dot{U}_1=\frac{\dot{U}_{12}}{\sqrt{3}}\angle-30^\circ=\frac{380}{\sqrt{3}}\angle30^\circ-30^\circ=220\angle0^\circ\ \text{V}$$

$$\dot{I}_1=\frac{\dot{U}_1}{Z_1}=\frac{220\angle0^\circ}{10\angle37^\circ}=22\angle-37^\circ\ \text{A}$$

因负载对称,可以推知其余两相电流分别为

$$\dot{I}_2=\dot{I}_1\angle-120^\circ=22\angle-37^\circ-120^\circ=22\angle-157^\circ\ \text{A}$$

$$\dot{I}_3=\dot{I}_1\angle120^\circ=22\angle-37^\circ+120^\circ=22\angle83^\circ\ \text{A}$$

于是

$$i_1=22\sqrt{2}\sin(\omega t-37^\circ)\text{A}$$

$$i_2=22\sqrt{2}\sin(\omega t-157^\circ)\text{A}$$

$$i_3=22\sqrt{2}\sin(\omega t+83^\circ)\text{A}$$

3.2.2 负载三角形连接的三相电路

负载三角形连接的电路如图 3.2.2(a)所示,各相负载彼此首尾相连,再引出三条相线接对称电源,是三相三线制电路。负载两端的相电压等于相线间的线电压,在忽略线路阻抗时即电源线电压。若仍以电源相电压$\dot{U}_1=U_1\angle0^\circ$为参考相量,则三相负载的相电压应为:$\dot{U}_{12}=U_p\angle30^\circ$,$\dot{U}_{23}=U_p\angle-90^\circ$,$\dot{U}_{31}=U_p\angle150^\circ$,各相电流可分别求解

$$
\left.\begin{aligned}
\dot{I}_{12}&=\frac{\dot{U}_{12}}{Z_{12}}=\frac{U_{\mathrm{p}}\angle 30^{\circ}}{|Z_{12}|\angle\varphi_{12}}=I_{12}\angle 30^{\circ}-\varphi_{12}\\
\dot{I}_{23}&=\frac{\dot{U}_{23}}{Z_{23}}=\frac{U_{\mathrm{p}}\angle -90^{\circ}}{|Z_{23}|\angle\varphi_{23}}=I_{23}\angle -90^{\circ}-\varphi_{23}\\
\dot{I}_{31}&=\frac{\dot{U}_{31}}{Z_{31}}=\frac{U_{\mathrm{p}}\angle 150^{\circ}}{|Z_{31}|\angle\varphi_{31}}=I_{31}\angle 150^{\circ}-\varphi_{31}
\end{aligned}\right\}\tag{3.2.4}
$$

当负载对称时，有 $Z_{12}=Z_{23}=Z_{31}=Z=|Z|\angle\varphi$，可以算出对称负载 Δ 形连接电路的三相电流是频率相同、幅值相等、相位互差 120°的三相对称电流，即

$$
\left.\begin{aligned}
\dot{I}_{12}&=I_{\mathrm{p}}\angle 30^{\circ}-\varphi\\
\dot{I}_{23}&=I_{\mathrm{p}}\angle -90^{\circ}-\varphi\\
\dot{I}_{31}&=I_{\mathrm{p}}\angle 150^{\circ}-\varphi
\end{aligned}\right\}\tag{3.2.5}
$$

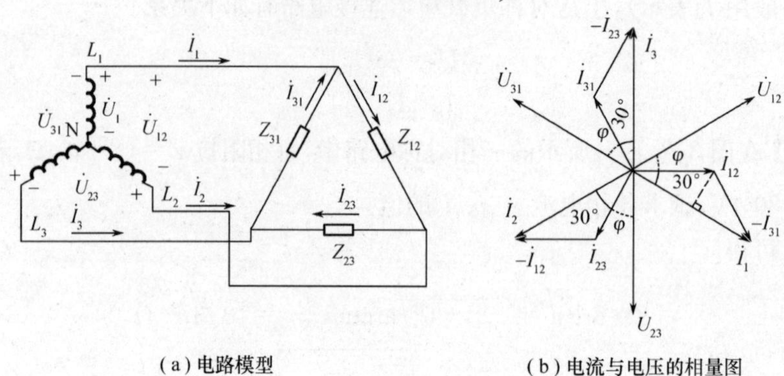

(a) 电路模型　　　　(b) 电流与电压的相量图

图 3.2.2　对称负载三角形连接电路

负载 Δ 形连接电路的线电流显然不等于相电流，在图 3.2.2(a)所示参考方向下，由基尔霍夫电流定律可得

$$
\left.\begin{aligned}
\dot{I}_1&=\dot{I}_{12}-\dot{I}_{31}\\
\dot{I}_2&=\dot{I}_{23}-\dot{I}_{12}\\
\dot{I}_3&=\dot{I}_{31}-\dot{I}_{23}
\end{aligned}\right\}\tag{3.2.6}
$$

根据式(3.2.4)、式(3.2.5)、式(3.2.6)作出的相量图如图 3.2.2(b)所示，可知三个线电流也是对称电流，线电流有效值 I_{l} 与相电流有效值 I_{p} 的大小关系为

$$
\frac{1}{2}I_{\mathrm{l}}=I_{\mathrm{p}}\cos 30^{\circ}=\frac{\sqrt{3}}{2}I_{\mathrm{p}}
$$

于是对称负载 Δ 形连接电路有如下关系

$$
\left.\begin{aligned}
U_{\mathrm{l}}&=U_{\mathrm{p}}\\
I_{\mathrm{l}}&=\sqrt{3}I_{\mathrm{p}}
\end{aligned}\right\}\tag{3.2.7}
$$

各线电流相位分别比对应的(下标第一个字符与之相同的)相电流滞后 30°，即

$$
\dot{I}_1=\sqrt{3}\dot{I}_{12}\angle -30^{\circ},\ \dot{I}_2=\sqrt{3}\dot{I}_{23}\angle -30^{\circ},\ \dot{I}_3=\sqrt{3}\dot{I}_{31}\angle -30^{\circ}\tag{3.2.8}
$$

若知道一相电流，可推知其他各相电流及线电流。一般三相设备铭牌上的额定电压、额定电流指线电压 U_{l}、线电流 I_{l}。

思考与练习

3.2.1　在三相电路中，什么负载情况下出现 $I_{\mathrm{l}}=\sqrt{3}I_{\mathrm{p}}$ 关系？什么负载情况下出现 $U_{\mathrm{l}}=\sqrt{3}U_{\mathrm{p}}$ 关系？

3.2.2　一台三相电动机，其每相绕组的额定电压值是 220V，应如何连接接入 380V 对称电源运行？如何连接接入 220V 对称电源运行？

3.3　三相电路的功率

三相负载的有功功率等于各相功率之和，即

$$P=P_1+P_2+P_3$$

在对称三相电路中，无论负载是星形连接还是三角形连接，由于各相负载相同、各相电压大小相等、各相电流也相等，所以三相功率为

$$P=3U_pI_p\cos\varphi=\sqrt{3}U_lI_l\cos\varphi$$

其中，φ 为对称负载的阻抗角，也是负载相电压与相电流之间的相位差。

三相电路的视在功率为

$$S=3U_pI_p=\sqrt{3}U_lI_l$$

三相电路的无功功率为

$$Q=3U_pI_p\sin\varphi=\sqrt{3}U_lI_l\sin\varphi$$

三相电路的功率因数为

$$\lambda=\frac{P}{S}=\cos\varphi$$

【例 3.3.1】 有一对称三相负载，每相电阻为 $R=6\Omega$，电抗 $X=8\Omega$，三相电源的线电压为 $U_l=380$V。求：(1)负载做星形连接时的功率 P_Y；(2)负载做三角形连接时的功率 P_Δ。

解：每相阻抗均为 $|Z|=\sqrt{6^2+8^2}=10\Omega$，功率因数 $\lambda=\cos\varphi=\frac{R}{|Z|}=0.6$。

(1)负载做星形连接时

相电压　$U_{Yp}=\frac{U_l}{\sqrt{3}}=220\text{V}$

线电流等于相电流　$I_{Yl}=I_{Yp}=\frac{U_{Yp}}{|Z|}=22\text{A}$

负载的功率　$P_Y=\sqrt{3}U_{Yl}I_{Yl}\cos\varphi=8.7\text{kW}$

(2)负载做三角形连接时

相电压等于线电压　$U_{\Delta p}=U_{\Delta l}=380\text{V}$

相电流　$I_{\Delta l}=\frac{U_{\Delta p}}{|Z|}=38\text{A}$

线电流　$I_{\Delta l}=\sqrt{3}I_{\Delta p}=66\text{A}$

负载的功率　$P_\Delta=\sqrt{3}U_{\Delta l}I_{\Delta l}\cos\varphi=26\text{kW}$

为 P_Y 的 3 倍。

3.4　安全用电

1. 电流对人体的作用

人体因触及高电压的带电体而承受过大的电流，以致引起死亡或局部受伤的现象称为触电。触电对人体的伤害程度，与流过人体电流的频率、大小、通电时间的长短、电流流过人体的途径以及触电者本人的情况有关。

触电事故表明，频率为 50～100Hz 的电流最危险，通过人体的电流超过 50mA(工频)时，就

会产生呼吸困难、肌肉痉挛、中枢神经遭受损害从而使心脏停止跳动以致死亡；电流流过大脑或心脏时，最容易造成死亡事故。

触电伤人的主要因素是电流，但电流值又决定于作用到人体上的电压和人体的电阻值。通常人体的电阻为 800Ω 至几万欧不等。通常规定 36V 以下的电压为安全电压，对人体安全不构成威胁。

常见的触电方式有单相触电和两相触电。人体同时接触两根相线，形成两相触电，这时人体受 380V 的线电压作用，最为危险。单相触电是人体在地面上，而触及一根相线，电流通过人体流入大地造成触电。此外，某些电气设备由于导电绝缘破损而漏电时，人体触及外壳也会发生触电事故。

2. 常用的安全措施

为防止发生触电事故，除应注意开关必须安装在火线上以及合理选择导线与熔丝外，还必须采取以下防护措施。

(1)正确安装用电设备

电气设备要根据说明和要求正确安装，不可马虎。带电部分必须有防护罩或放到不易接触到的高处，以防触电。

(2)电气设备的保护接地

把电气设备的金属外壳用导线和埋在地中的接地装置连接起来，称为保护接地，适用于中性点不接地的低压系统中。电气设备采用保护接地以后，即使外壳因绝缘不好而带电，这时工作人员碰到机壳就相当于人体和接地电阻并联，而人体的电阻远比接地电阻大，因此流过人体的电流就很微小，保证了人身安全。

(3)电气设备的保护接零

保护接零就是在电源中性点接地的三相四线制中，把电气设备的金属外壳与中性线连接起来。这时，如果电气设备的绝缘损坏而碰壳，由于中性线的电阻很小，所以短路电流很大，立即使电路中的熔丝烧断，切断电源，从而消除触电危险。

(4)使用漏电保护装置

漏电保护装置的作用主要是防止由漏电引起的触电事故和单相触电事故；其次是防止由漏电引起火灾事故以及监视或切除一相接地故障。有的漏电保护装置还能切除三相电动机的断相运行故障。

习　题　3

3.1　对称三相负载，$Z=17.32+j10\Omega$，额定电压 $U_N=220V$，三相四线制电源，线电压 $u_{UV}=380\sqrt{2}\sin(314t+30°)V$，负载如何连接？求线电流，并画出相量图。

3.2　有日光灯 120 只，每只功率 $P=40W$，额定电压 $U_N=220V$，$\cos\varphi_N=0.5$，电源是三相四线制，电压是 380/220V，问日光灯应如何连接？当日光灯全部点亮时，相电流、线电流是多少？

3.3　三相绕组三角形连接的对称三相电路，已知 $U_l=380V$，$I_l=84.2A$，三相总功率 $P=48.75kW$，求绕组复阻抗 Z。

3.4　对称三相负载 $Z_L=50+j28.9\Omega$ 星形连接，已知 $U_l=380V$，端线阻抗 $Z_L=2+j1\Omega$，中线阻抗 $Z_N=1-j\Omega$。求负载端的电流和线电压，并画相量图。

3.5　如题图 3.5 所示开关 S 闭合时，电流表读数为 7.6A，求 S 打开时各电流表读数(设三相电压不变)。

3.6　如题图 3.6 电压表读数 220V，负载 $Z=8+j6\Omega$，求电流表读数、$\cos\varphi$ 及功率 P。

3.7　负载额定电压为 220V，现有两种电源：$U_l=380V$、$U_l=220V$，应如何连接？对称负载 $R=24\Omega$，$X_L=18\Omega$，分别求相电流、线电流。画出 $U_l=380V$ 时的全部相量图。

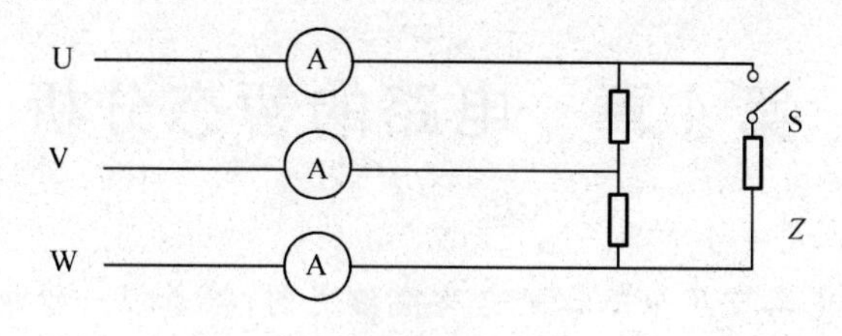

题图 3.5

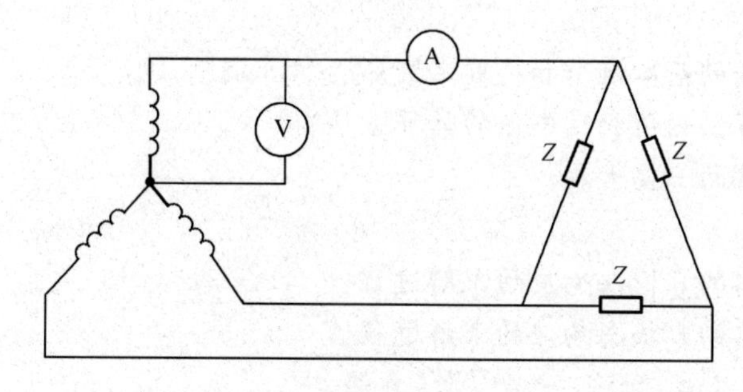

题图 3.6

3.8 一台三相交流电动机，定子绕组星形连接，额定电压 380V，额定电流 2.2A，$\cos\varphi=0.8$，求每相绕组的阻抗。

3.9 星形连接负载 $Z=30.8+\mathrm{j}23.1\Omega$，电源线电压 380V，求 $\cos\varphi$、P、Q、S。

第 4 章　电路的暂态分析

本章概要：

本章首先介绍暂态电路中几个基本概念及换路定则，接着以一阶电路为对象讨论暂态过程期间电压、电流的变化规律，最后给出一阶电路的重要分析方法——三要素法。

教学重点：

(1) 理解暂态过程的基本概念和换路定则。

(2) 掌握暂态过程初始值和稳态值的计算方法。

(3) 掌握一阶电路的三要素法。

教学难点：

(1) 理解一阶电路的零输入响应的求解过程。

(2) 理解一阶电路的零状态响应的求解过程。

4.1　暂态过程与换路定则

前面各章讨论的线性电路中，当电源电压(激励)为恒定值或作周期性变化时，电路中各部分电压或电流(响应)也是恒定值或按周期性规律变化，即电路中响应与激励的变化规律完全相同，称电路所处的这种工作状态为稳定状态，简称稳态。但是，在实际含有电感、电容等储能元件的电路中，经常遇到电路由一个稳定状态向另一个稳定状态变化的过程，这种状态变化要经历一个时间过程，称为暂态过程。

电路的暂态过程一般比较短暂，而它的作用和影响却十分重要。一方面，我们要充分利用电路的暂态过程来实现振荡信号的产生、信号波形的改善和变换、继电器的延时动作等；另一方面，又要防止电路在暂态过程中可能产生的比稳态时大得多的电压或电流(即所谓的过电压或过电流)现象。过电压可能会击穿电气设备的绝缘，从而影响到设备的安全运行；过电流可能会产生过大的机械力或引起电气设备和器件的局部过热，从而使其遭受机械损坏或热损坏，甚至产生人身安全事故。所以，进行暂态分析就是要充分利用电路的暂态特性来满足技术上对电气线路和电气装置的性能要求，同时又要尽量防止暂态过程中的过电压或过电流现象对电气线路和电气设备所产生的危害。

4.1.1　暂态过程

一般来说，电路从一个稳定状态变化到另一个稳定状态所经历的中间过程称为电路的暂态过程。通常将第一个稳态称为旧稳态，第二个稳态称为新稳态。电路处于暂态过程，实际上是电路中各支路的电压、电流从旧稳态值向新稳态值的转换。

暂态过程的产生必须同时具备内因和外因两个条件，缺一不可。内因是：电路中必须包含储能元件，实际上，暂态过程的实质就是储能元件的充放电过程。外因是：电路必须要进行换路。所谓换路，是指电路工作状态的改变，例如电路的接通或断开、电路参数或电源的变化以及电路的改接等。

4.1.2 换路定则

1. 换路定则

基于物理学知识可知，电感元件储存的磁场能量：$W_L=\frac{1}{2}Li_L^2$ 与流过电感线圈中的电流 i_L 大小有关；电容元件储存的电场能量：$W_C=\frac{1}{2}Cu_C^2$ 与加在电容器两端的电压 u_C 大小有关。又由能量守恒原理可知：电感元件中的电流 i_L 和电容元件的端电压 u_C 是不能产生突变的，它们只能随时间作连续性地变化，它们都是时间的连续函数。

在电路分析中，通常认为换路是在瞬间完成，记为 $t=0$，并且用 $t=0_-$ 表示换路前的终了时刻，用 $t=0_+$ 表示换路后的初始时刻，换路经历的时间为 0_- 到 0_+。需要注意的是，$t=0_-$ 时刻电路仍处于旧稳态，对于直流电源激励下的电路，此时电容相当于开路，电感相当于短路；而 $t=0_+$ 时刻电路已经进入暂态过程，是暂态过程的开始时刻。在换路瞬间（即从 $t=0_-$ 到 $t=0_+$），电容元件的端电压 u_C 和电感元件中的电流 i_L 不能突变，而应该是相等的，这就是换路定则。

换路定则可用公式表示为

$$u_C(0_+)=u_C(0_-),i_L(0_+)=i_L(0_-) \tag{4.1.1}$$

换路定则仅适用于换路瞬间（即从 $t=0_-$ 到 $t=0_+$），可根据它来确定 $t=0_+$ 时刻电路中电压和电流的值，即暂态过程的初始值。

2. 初始值的确定

暂态过程期间，电路中电压、电流的变化开始于换路后瞬间的初始值，即 $t=0_+$ 时刻的值，终止于达到新稳态时的稳定值。因此分析电压、电流的初始值是必要的。确定电路中电压、电流的初始值，换路定则是重要依据。电路中各处的电压和电流的初始值记为 $f(0_+)$。

确定电路初始值 $f(0_+)$ 的步骤如下。

(1) 作出 $t=0_-$ 时的等效电路，求出 $i_L(0_-)$ 及 $u_C(0_-)$ 之值。

(2) 根据换路定则求出 $i_L(0_+)$ 及 $u_C(0_+)$ 之值。

(3) 作 $t=0_+$ 时的等效电路，要对储能元件做如下的处理：若 $i_L(0_+)\neq0$，则用恒流源 $I_S=i_L(0_+)$ 等效代替电感元件，若 $u_C(0_+)\neq0$，则用恒压源 $U_S=u_C(0_+)$ 等效代替电容元件；若 $i_L(0_+)=0$，则将电感元件开路掉，若 $u_C(0_+)=0$，则将电容元件短路掉。据此等效电路可求出各处电流和电压的初始值 $f(0_+)$。

【例 4.1.1】 电路如图 4.1.1(a)所示，换路前电路已处于稳态。在 $t=0$ 时开关 S 断开，试求换路后电路中各电量的初始值 $f(0_+)$。

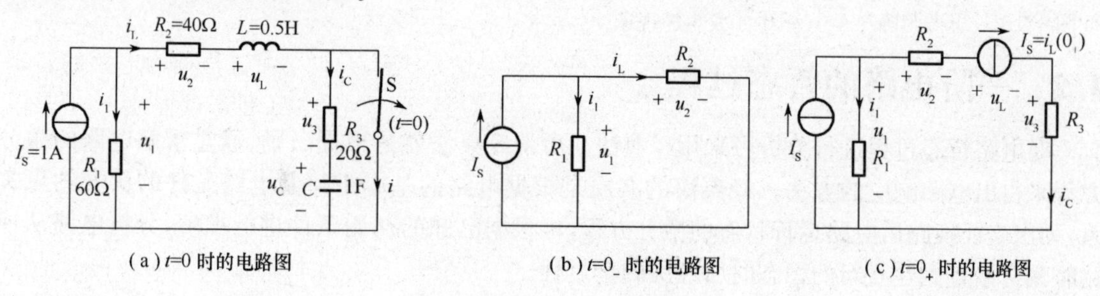

(a) t=0 时的电路图　(b) t=0₋ 时的电路图　(c) t=0₊ 时的电路图

图 4.1.1　例 4.1.1 电路图

解：因为 $t=0_-$ 时电路已处于稳态，则电感元件已储满能量，即 $u_L(0_-)=0V$，电容元件被开关 S 短接而未储能，即 $u_C(0_-)=0V$。作出 $t=0_-$ 时的等效电路如图 4.1.1(b)所示。

可知

$$u_C(0_-)=0\text{V}, i_L(0_-)=I_S\cdot\frac{R_1}{R_1+R_2}=1\times\frac{60}{60+40}=0.6\text{A}$$

作出 $t=0_+$ 时的等效电路如图 4.1.1(c)所示，可得

$$u_C(0_+)=u_C(0_-)=0\text{V}, i_L(0_+)=i_L(0_-)=0.6\text{A}$$

$$i_1(0_+)=I_S-i_L(0_+)=1-0.6=0.4\text{A}, i_C(0_+)=i_L(0_+)=0.6\text{A}$$

$$u_1(0_+)=i_1(0_+)\cdot R_1=0.4\times60=24\text{V}, u_2(0_+)=i_L(0_+)\cdot R_2=0.6\times40=24\text{V}$$

$$u_3(0_+)=i_L(0_+)\cdot R_3=0.6\times20=12\text{V}, u_L(0_+)=u_1(0_+)-u_2(0_+)-u_3(0_+)=-12\text{V}$$

注意：$i_C(0_-)=0\text{A}$，而 $i_C(0_+)=0.6\text{A}$，流过电容中的电流发生了突变，它会对线路或某些器件产生较大的冲击，使用时应予以注意；$u_L(0_-)=0\text{V}$，而 $u_L(0_+)=-12\text{V}$，加在电感元件两端的电压发生了突变，它会将线路或某些器件的绝缘击穿，使用时也应予以注意。

3. 稳态值的确定

电路在稳态工作时各处的电流和电压之值称为稳态值，记为 $f(\infty)$。

换路前电路的工作状态通常为稳态，则求 $t=0_-$ 时的 $i_L(0_-)$ 和 $u_C(0_-)$ 之值，也就是求换路前的稳态值；而当暂态过程结束后，电路进入一种新的稳定状态，此时的稳态值是 $t\to\infty$ 时的值，它与 $t=0_-$ 时的稳态值不同。稳态值是分析一阶电路暂态过程的重要因素。事实上，前面几章所讨论的电路及分析方法，均是在稳态下进行的，所求解均为稳态值。

确定电路稳态值 $f(\infty)$ 的步骤如下。

(1) 根据储能元件的储能状态来决定对它们的处理方法，即若各储能元件已经储满能量，即 $i_C(\infty)=0\text{A}$，则将电容元件视为开路，$u_L(\infty)=0\text{V}$，电感元件视为短路；若储能元件未储存能量，即 $u_C(\infty)=0\text{V}$，则将电容元件视为短路。$i_L(\infty)=0\text{A}$，电感元件视为开路。

(2) 作出储能元件处理后的等效电路，并求出此等效电路中各处的电流和电压的值，即为 $f(\infty)$ 值。

思考与练习

4.1.1 若一个电感元件两端的电压为零，其储能是否也一定为零？若一个电容元件中的电流为零，其储能是否也一定为零？为什么？

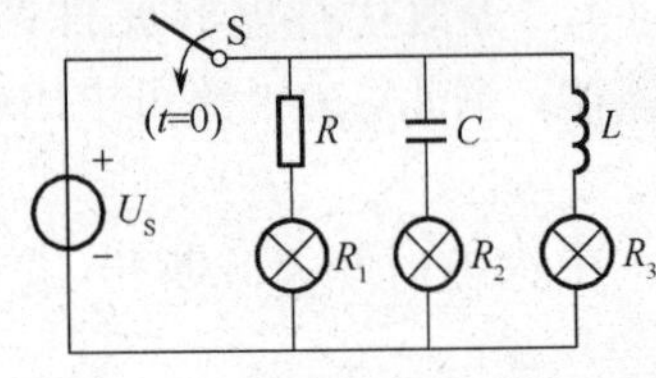

图 4.1.2 思考与练习 4.1.3 图

4.1.2 电感元件中通过恒定电流 I 时可视为短路，是否此时电感 L 为零？电容元件两端加恒定电压时可视为开路，是否此时电容 C 为无穷大？

4.1.3 在图 4.1.2 的电路中，当开关 S 闭合后人们发现：灯泡 R_1 立即正常发光；灯泡 R_2 闪光后熄灭不再亮；灯泡 R_3 逐渐亮起来。试解释所发生的现象。

4.2 一阶电路的暂态过程

对电路暂态过程进行分析可采用经典法。所谓经典法就是根据激励、通过求解电路的微分方程来得出电路响应的方法。经典法的实质是根据电路的基本定律及电路元件的伏安约束关系，列出表征换路后电路运行状态的微分方程，再根据已知的初始条件进行求解，分析电路从换路时刻开始直到建立新的稳态时所经历的全过程。

通常将描述电路暂态过程的微分方程的阶数称为电路的阶数。当电路中仅含有一种储能元件时，所列微分方程均为一阶方程，故称此时的电路为一阶电路。

4.2.1 一阶电路的零输入响应

所谓一阶电路的零输入响应，是指在一阶电路中无外部电源激励，输入信号为零。在此条件下，由非零初始状态(储能元件的储能)所引起的响应，称为一阶电路的零输入响应。

下面以一阶 RC 串联放电电路为例来分析一阶电路的零输入响应。

在图 4.2.1 电路中，原先开关 S 合到位置 1 上，直流电源 U_S 给电容充电，充电完毕，电路达到稳态时，电容相当于开路。在 $t=0$ 时刻发生了换路，开关 S 从 1 端切换到 2 端，将电源从电路上断开。之后电容器将通过电阻释放电荷，把原来储存在电容器中的电场能量释放给电阻，并转变成热能消耗掉。根据换路定则可知：$u_C(0_+)=u_C(0_-)=U_S$，由于无外来激励，所以电容器端电压 u_C 将逐渐减小，放电电流 i_C 也逐渐减小，直到电容极板上储存的电荷全部释放完毕，使 u_C 衰减到零，i_C 也衰减到零。至此，放电过程结束，电路进入一个新的稳态。

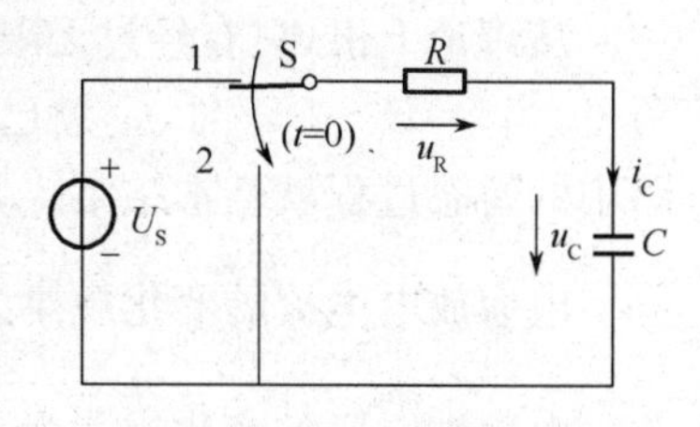

图 4.2.1 RC 放电电路

由图 4.2.1 电路可知

$$u_R(t)+u_C(t)=0 \tag{4.2.1}$$

而
$$u_R(t)=i_C(t)\cdot R \quad i_C(t)=C\frac{\mathrm{d}u_C(t)}{\mathrm{d}t}$$

故
$$RC\frac{\mathrm{d}u_C(t)}{\mathrm{d}t}+u_C(t)=0 \tag{4.2.2}$$

显然，式(4.2.2)为一阶常系数线性齐次微分方程。此方程的通解形式为

$$u_C(t)=A\mathrm{e}^{pt} \tag{4.2.3}$$

式中，A 为待定积分常数，p 为特征根。

将式(4.2.3)代入式(4.2.2)得特征方程为

$$RCp+1=0$$

所以，特征根为

$$p=-\frac{1}{RC}=-\frac{1}{\tau} \tag{4.2.4}$$

由换路定则知
$$u_C(0_+)=u_C(0_-)=U_S$$

故 $t=0_+$ 时有 $u_C(0_+)=A\cdot \mathrm{e}^{p\cdot o}=U_S$，所以

$$A=U_S \tag{4.2.5}$$

将式(4.2.5)、式(4.2.4)代入式(4.2.3)中，得电容的放电规律为

$$u_C(t)=U_S\cdot \mathrm{e}^{-\frac{t}{\tau}}\,\mathrm{V} \tag{4.2.6}$$

即电容的放电电压是从初始值开始，按指数规律随时间逐渐衰减到零。

式(4.2.6)中，$\tau=RC(s)$，即 $1\Omega\cdot\frac{\mathrm{C}}{\mathrm{V}}=1\Omega\cdot\frac{\mathrm{A}\cdot s}{\mathrm{V}}=1\mathrm{s}$。由于 τ 具有时间量纲，故称为时间常数。

由式(4.2.6)可知：$u_C(t)$ 的变化快慢完全由 τ 的大小来决定。τ 越小，$u_C(t)$ 变化越快；τ 越大，$u_C(t)$ 变化越慢，如图 4.2.2 所示。

当 $t=\tau$ 时，$u_C(\tau)=U_S\cdot \mathrm{e}^{-1}=\frac{U_S}{2.718}=36.8\%U_S$。

可见，时间常数 τ 等于电容端电压 u_C 衰减到初始值电压 U_S 的 36.8%时所需的时间，如图 4.2.2所示。

同样，可计算出 $t=2\tau,3\tau,\cdots$ 等时刻的 u_C 值，列于表 4.1.1 中。

表 4.1.1 不同时刻的 u_C 值

t	τ	2τ	3τ	4τ	5τ	6τ
u_C	$0.368U_S$	$0.135U_S$	$0.05U_S$	$0.018U_S$	$0.007U_S$	$0.002U_S$

从理论上讲，只有经过无限长的时间后（$t\to\infty$），电容器的放电过程才结束。但从表 4.1.1 可见，当 $t=(3\sim5)\tau$ 时，u_C 就已衰减至初始值的 5%～0.7%。所以，工程上认为，当 $t=3\tau$ 时，电路中的暂态过程就基本结束。

电容放电电流的变化规律为 $i_C(t)=C\dfrac{du_C(t)}{dt}=-\dfrac{U_S}{R}\cdot e^{-\frac{t}{\tau}}\,A$ （4.2.7）

电阻端电压的变化规律为 $u_R(t)=i_C(t)\cdot R=-U_S\cdot e^{-\frac{t}{\tau}}\,V$ （4.2.8）

式（4.2.7）及式（4.2.8）中的负号均表示 i_C 及 u_R 方向与图 4.2.2 中所选定的参考方向相反。

由此可见，在 RC 串联电路的零输入响应中，$u_C(t)$，$i_C(t)$ 和 $u_R(t)$ 均是按同一指数规律衰减的，如图 4.2.3 所示。

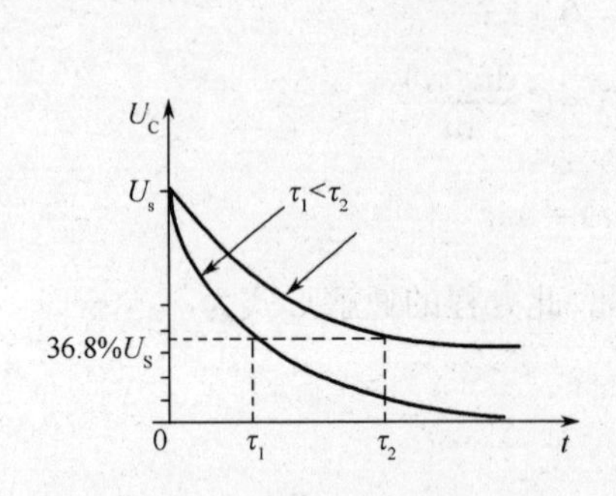

图 4.2.2 不同 τ 时的变化曲线

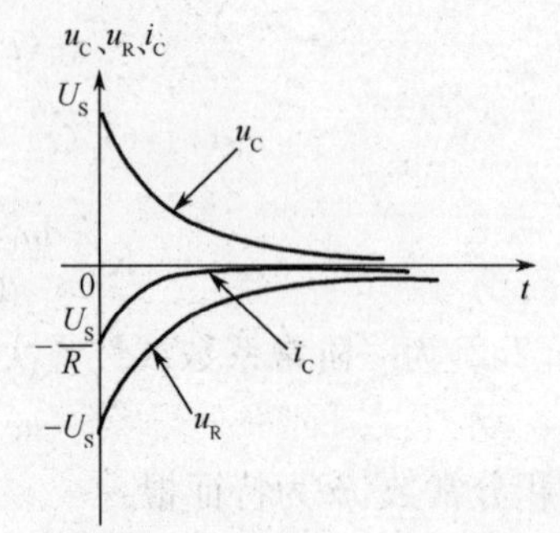

图 4.2.3 u_C、u_R、i_C 的变化曲线

【例 4.2.1】 在图 4.2..4(a)所示的电路中，换路前电路已处于稳态。求 $t>0$ 后的 $i_1(t)$，$i_2(t)$，$i_C(t)$。

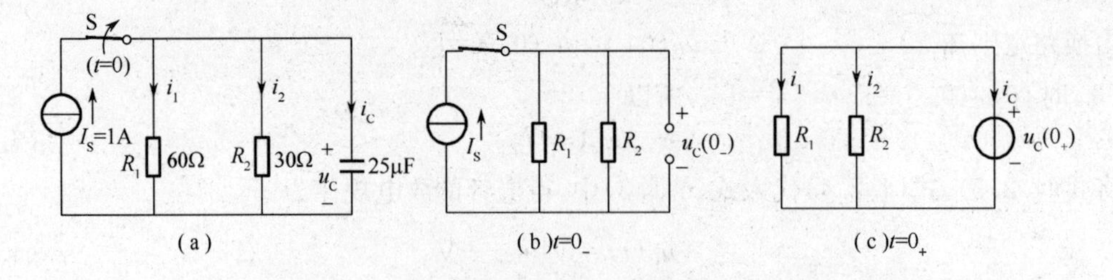

图 4.2.4 例 4.2.1 图

解：因为 $t=0_-$ 时电路已处于稳态，其等效电路如图 4.2.4(b)所示。

$$u_C(0_-)=I_S\cdot R=I_S\cdot\frac{R_1\cdot R_2}{R_1+R_2}=1\times\frac{60\times30}{60+30}=\frac{1800}{90}=20V$$

故

$$u_C(0_+)=u_C(0_-)=20V$$

作出 $t=0_+$ 时的等效电路如图 4.2.4(c)所示。故

$$i_1(0_+)=\frac{u_C(0_+)}{R_1}=\frac{20}{60}=\frac{1}{3}A,\ i_2(0_+)=\frac{u_C(0_+)}{R_2}=\frac{20}{30}=\frac{2}{3}A$$

$$i_C(0_+)=-[i_1(0_+)+i_2(0_+)]=-1\text{A}$$

当 $t\to\infty$ 时，$u_C(\infty)=0\text{V}$，即电容要经 R_1 及 R_2 放电至零：$u_C(t)=u_C(0_+)\cdot e^{-\frac{t}{\tau}}\text{V}$。且

$$\tau=R\cdot C=\frac{R_1\cdot R_2}{R_1+R_2}\cdot C=20\times 25\times 10^{-6}=5\times 10^{-4}\text{s}$$

所以

$$u_C(t)=20\cdot e^{-2\times 10^3 t}$$

$$i_C(t)=i_C(0_+)e^{-\frac{t}{\tau}}=-e^{-2\times 10^3 t}\text{A}$$

$$i_1(t)=i_1(0_+)\cdot e^{-\frac{t}{\tau}}=\frac{1}{3}e^{-2\times 10^3 t}\text{A},i_2(t)=i_2(0_+)\cdot e^{-\frac{t}{\tau}}=\frac{2}{3}e^{-2\times 10^3 t}\text{A}$$

或

$$i_1(t)=\frac{u_C(t)}{R_1}=\frac{1}{3}e^{-2\times 10^3 t}\text{A},i_2(t)=\frac{u_C(t)}{R_2}=\frac{2}{3}e^{-2\times 10^3 t}\text{A}$$

$$i_C(t)=C\frac{\mathrm{d}u_C(t)}{\mathrm{d}t}=-\frac{u_C(0_+)}{R}\cdot e^{-\frac{t}{\tau}}=-\frac{20}{20}\cdot e^{-\frac{t}{5\times 10^{-4}}}=-e^{-2\times 10^3 t}\text{A}$$

一阶 RL 电路的零输入响应与一阶 RC 电路的零输入响应的分析方法相似，只需在分析的过程中把电容元件的初始状态 $u_C(0_+)$ 换作电感元件的初始状态 $i_L(0_+)$ 即可，在此不再重复。

4.2.2 一阶电路的零状态响应

所谓一阶电路的零状态响应，是指在一阶电路中储能元件未储能，仅由外部激励所引起的响应，称为一阶电路的零状态响应。

下面以一阶 RL 串联充磁电路为例来分析一阶电路的零状态响应。

在图 4.2.5 所示电路中，换路前电源 U_S 与电路是断开的，电感元件没有储能，即 $i_L(0_-)=0\text{A}$，在 $t=0$ 时发生换路，电源 U_S 与电路接通，电源经电阻开始给电感元件充磁。

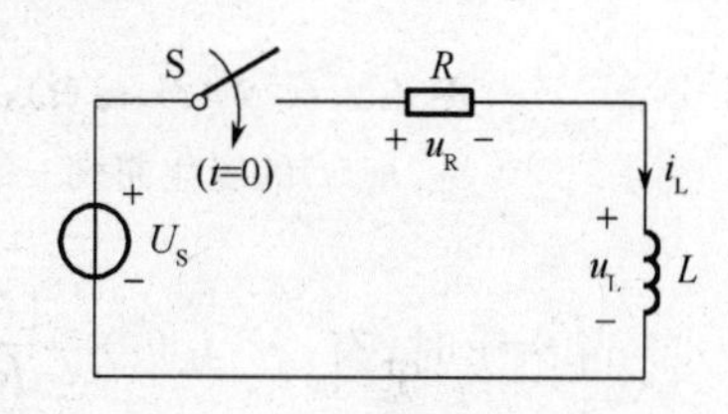

图 4.2.5 RL 充磁电路

由换路定则知：$i_L(0_+)=i_L(0_-)=0\text{A}$。在开关闭合瞬间，电感元件两端的电压 u_L 从 0V 突然变到最大值 U_S，随着时间的推移，流过电感元件中的电流逐渐增大，电感中储存的磁场能量也相应增大；同时，电感元件两端的电压随着充磁电流的增大而逐渐减小，电阻元件两端的电压随着充磁电流的增大而逐渐增大；最后当流过电感元件中的电流增加到 $\frac{U_S}{R}$ 时，电阻元件两端的电压也增大到 U_S，此时电感元件两端的电压下降到 0V，充磁过程结束，电路进入一种新的稳态。由图 4.2.5 电路可知

$$u_R(t)+u_L(t)=U_S \tag{4.2.9}$$

而

$$u_R(t)=R\cdot i_L(t),u_L(t)=L\frac{\mathrm{d}i_L(t)}{\mathrm{d}t}$$

故

$$L\frac{\mathrm{d}i_L(t)}{\mathrm{d}t}+R\cdot i_L(t)=U_S \tag{4.2.10}$$

显然，式(4.2.10)为一阶常系数线性非齐次微分方程。此方程的解由两部分组成，即对应于非齐次微分方程的特解 $i_L'(t)$ 和对应于齐次微分方程的通解 $i_L''(t)$。

特解 $i_L'(t)$ 应满足式(4.2.10)的要求，通常取换路后流过电感元件中电流的新稳态值作为该方程的特解，所以特解又称为电路的稳态解。由图 4.2.5 可知，充磁到稳态时，电感元件相当于

短路，即 $u_L(\infty)=0V$，则稳态电流为 $i'_L(t)=i_L(\infty)=\frac{U_S}{R}A$

而通解 $i''_L(t)$ 应满足 $$L\frac{di_L(t)}{dt}+R\cdot i_L(t)=0 \tag{4.2.11}$$

其解为：$i''_L(t)=Ae^{pt}$，将该式代入式(4.2.11)，得特征方程 $Lp+R=0$

所以 $$p=-\frac{R}{L}=-\frac{1}{\tau}$$

即 $$\tau=\frac{L}{R}$$

所以，式(4.2.10)的解为 $$i_L(t)=i'(t)+i''(t)=\frac{U_S}{R}+Ae^{-\frac{t}{\tau}}$$

又因为 $i_L(0_+)=i_L(0_-)=0A$，故 $0=\frac{U_S}{R}+A\cdot e^{-0}$，所以 $A=-\frac{U_S}{R}$。故电感充磁电流的变化规律为

$$i_L(t)=\frac{U_S}{R}-\frac{U_S}{R}e^{-\frac{t}{\tau}}=\frac{U_S}{R}(1-e^{-\frac{t}{\tau}})A \tag{4.2.12}$$

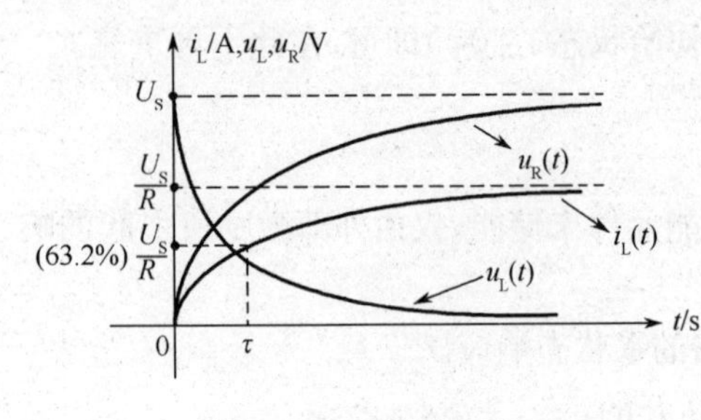

图 4.2.6 $i_L(t)$，$u_R(t)$，$u_L(t)$的变化曲线

即充磁电流是从 0A 值起，按指数规律增长，直到 $\frac{U_S}{R}$ 结束。

同理 $$u_L(t)=L\frac{di_L(t)}{dt}=U_Se^{-\frac{t}{\tau}} \tag{4.2.13}$$

$$u_R(t)=R\cdot i_L(t)=U_S(1-e^{-\frac{t}{\tau}}) \tag{4.2.14}$$

即 $i_L(t)$、$u_L(t)$ 和 $u_R(t)$ 都是按同一指数规律变化，$i_L(t)$ 和 $u_R(t)$ 按同一指数规律增长，而 $u_L(t)$ 却按相同的指数规律衰减，如图 4.2.6 所示。

当 $t=\tau$ 时，有 $$i_L(\tau)=\frac{U_S}{R}(1-e^{-1})=\frac{U_S}{R}\left(1-\frac{1}{2.718}\right)=(63.2\%)\frac{U_S}{R}=63.2\%i_L(\infty)$$

即时间常数 τ 表示充磁电流增长到稳态电流的 63.2%时所需的时间，如图 4.2.6 所示。

【例 4.2.2】 在图 4.2.7(a)所示电路中，换路前电路已处于稳态。求换路后的 $i_{L1}(t)$ 及 $i_{L2}(t)$。

解：因为 $t=0_-$ 时，L_1 和 L_2 均未储能，则 $i_{L1}(0_-)=i_{L2}(0_-)=0A$，所以 $t=0_+$ 时，有 $i_{L1}(0_+)=i_{L2}(0_+)=0A$。

而 $t\to\infty$ 时，电路达到一个新的稳态，则 L_1 和 L_2 均已储满了能量，相当于短路，如图 4.2.7(b)所示。则 $i_L(\infty)=I_S=10A$。

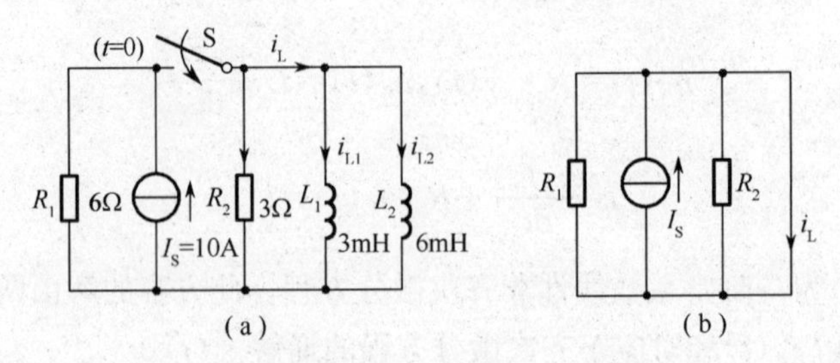

图 4.2.7 电路图

且 $$L=\frac{L_1\cdot L_2}{L_1+L_2}=\frac{3\cdot 6}{3+6}=\frac{18}{9}=2\text{mH},R=\frac{R_1\cdot R_2}{R_1+R_2}=\frac{6\cdot 3}{6+3}=2\Omega$$

故 $$\tau=\frac{L}{R}=\frac{2}{2}\times 10^{-3}=10^{-3}\text{s}$$

由前面的分析可知 $i_L(t)=i_L(\infty)(1-e^{-\frac{t}{\tau}})=10(1-e^{-10^3t})\text{A}$

所以 $$i_{L1}(t)=\frac{L}{L_1}\cdot i_L(t)=\frac{2}{3}\times 10(1-e^{-10^3t})=\frac{20}{3}(1-e^{-10^3t})\text{A}$$

$$i_{L2}(t)=\frac{L}{L_2}\cdot i_L(t)=\frac{2}{6}\times 10(1-e^{-10^3t})=\frac{10}{3}(1-e^{-10^3t})\text{A}$$

一阶 RC 电路的零状态响应与一阶 RL 电路的零状态响应的分析方法相似，在此不再重复。

4.2.3　一阶电路的全响应

所谓一阶电路的全响应，是指换路前电路中储能元件已储有能量，再加上换路后的外部激励共同作用于电路所引起的响应，也就是零输入响应和零状态响应的叠加。

RC 串联的全响应电路如图 4.2.8 所示，换路前电路已处于稳态。在 $t=0$ 时发生换路，将开关 S 从 a 端切换到 b 端。

由

全响应＝零输入响应＋零状态响应

可得电容端电压的变化规律为

$$u_C(t)=U_S\cdot e^{-\frac{t}{\tau}}+U(1-e^{-\frac{t}{\tau}})\qquad(4.2.15)$$

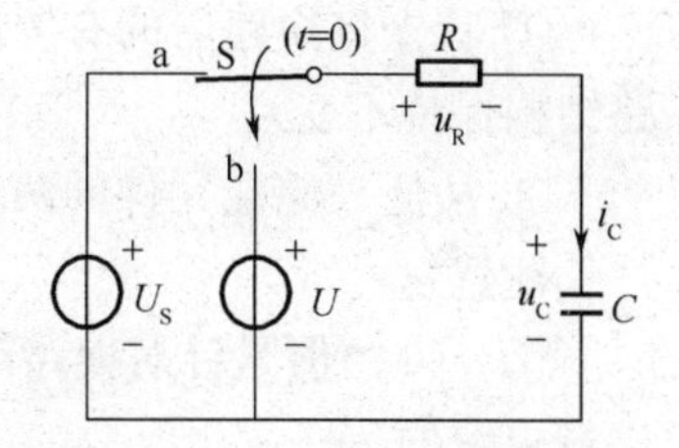

图 4.2.8　RC 全响应电路

整理上式可得

$$u_C(t)=U+(U_S-U)e^{-\frac{t}{\tau}}\qquad(4.2.16)$$

故一阶 RC 串联电路的全响应又可分解为稳态分量和暂态分量的叠加，即

全响应＝稳态分量＋暂态分量

思考与练习

4.2.1　对于同一 RC 串联电路，以不同的电压值对电容进行充电时，电容电压达到稳态值所需的时间是否相等？为什么？

4.2.2　在 RC 串联电路中，当电源电压和电容器容量一定时，是否电阻值越大，电容的充、放电时间就越长，则在电阻上消耗的电能也就越多？

4.2.3　在 RC 串联电路中，欲使暂态过程的速度不变，而使初始电流减小，该采取什么方法？在 RL 串联电路中，欲使暂态过程的速度不变，而使稳态电流减小，又该采取什么方法？

4.2.4　有两个 RC 串联电路，初始电压各不相同，判断下列说法是否正确。

① 若 $\tau_1>\tau_2$，则它们的电压衰减到同一个电压值所需的时间必然是 $t_1>t_2$，与初始电压的大小无关。

② 若 $\tau_1>\tau_2$，则它们的电压衰减到各自初始电压的同一百分比所需时间必然是 $t_1>t_2$。

③ 若 $\tau_1=\tau_2$，两个电压衰减到同一电压值的时间必然是 $t_1=t_2$。

4.2.5　常用万用表的“R×1000”挡来检查较大容量的电容器质量。若在检测时出现下列现象，试解释，并评估电容器的质量好坏。

① 指针满偏转；

② 指针不动；

③ 指针很快偏转后又返回到原刻度处；

④ 指针偏转后不能返回到原刻度处；

⑤ 指针偏转后慢慢地返回。

4.3 一阶电路的三要素法

由上述的全响应分析已知：一阶线性电路的全响应是由稳态分量和暂态分量两部分相加而得的，由式(4.2.16)可写出分析一阶线性电路暂态过程中任意变量的一般公式，即

$$f(t)=f(\infty)+[f(0_+)-f(\infty)]e^{-\frac{t}{\tau}} \tag{4.3.1}$$

只要求得电路中的初始值 $f(0_+)$、稳态值 $f(\infty)$ 及时间常数 τ 这三个值，代入式(4.3.1)中，那么一阶线性电路的暂态过程也就完全确定了。故称式(4.3.1)为一阶线性电路暂态分析的三要素法。称 $f(0_+)$，$f(\infty)$ 及 τ 为一阶线性电路暂态分析的三要素。

三要素法是对经典法求解一阶线性电路暂态过程的概括和总结，应用三要素法的关键就在于三要素的求解。

三要素的求解方法如下。

$f(0_+)$的求解方法：如 4.1 节中的“2. 初始值的确定”所述。

$f(\infty)$的求解方法：如 4.1 节中的“3. 稳态值的确定”所述。

τ 的求解方法：去源等效法。

① 首先将换路后的有源网络转换成无源网络(即凡是恒压源均短路，凡是恒流源均开路；电路结构保持不变)。

② 从任一储能元件的两端往里看，求出等效的 R 值即可。

注意：

① $f(0_-)$值是针对换路前的稳态电路进行求解的，而 $f(\infty)$值则是针对换路后的稳态电路进行求解的。

② 求解 $f(0_-)$值时只需求出 $u_C(0_-)$和 $i_L(0_-)$值，而求解 $f(\infty)$值时，则须求出所有电量的稳态值。

③ 求解 $f(0_+)$值的关键是换路定则，而求解 $f(\infty)$值的关键是换路后电路处于稳态后储能元件的储能状况。

④ 求解 τ 值，是针对换路后的无源网络进行的。

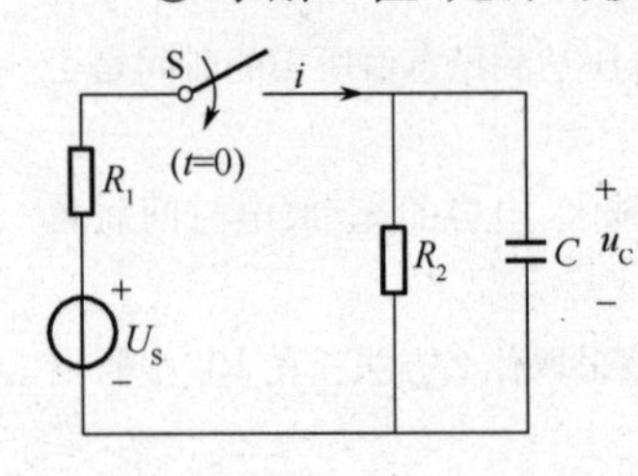

图 4.3.1 例 4.3.1 图

【例 4.3.1】 在图 4.3.1 所示电路中，已知：$R_1=3\text{k}\Omega$，$R_2=6\text{k}\Omega$，$C=20\mu\text{F}$，$U_S=9\text{V}$。求 $t>0$ 后 $u_C(t)$及$i(t)$。

解：因为 $t=0_-$ 时，有 $u_C(0_-)=0\text{V}$；所以 $t=0_+$ 时，有

$$u_C(0_+)=u_C(0_-)=0\text{V}$$

$$i(0_+)=\frac{U_S}{R_1}=\frac{9}{3}=3\text{mA}$$

当 $t\to\infty$ 时，有 $i(\infty)=\dfrac{U_S}{R_1+R_2}=\dfrac{9}{3+6}=1\text{mA}$

$$u_C(\infty)=i(\infty)\cdot R_2=1\times 6=6\text{V}$$

且
$$\tau=\frac{R_1\cdot R_2}{R_1+R_2}\cdot C=2\times 10^3\times 20\times 10^{-6}=4\times 10^{-2}\text{s}$$

所以
$$u_C(t)=u_C(\infty)+[u_C(0_+)-u_C(\infty)]e^{-\frac{t}{\tau}}=6+(0-6)e^{-\frac{t}{4\times 10^{t}}}=6(1-e^{-25t})\text{V}$$

$$i(t)=i(\infty)+[i(0_+)-i(\infty)]e^{-\frac{t}{\tau}}=1+(3-1)e^{-25t}=(1+2e^{-25t})\text{mA}$$

【例 4.3.2】 在图 4.3.2(a)电路中，换路前已处于稳态。$t=0$ 时将开关 S 从 a 端打到 b 端。求 $t>0$ 后的 $i(t)$ 及 $u_C(t)$，并画出变化曲线。

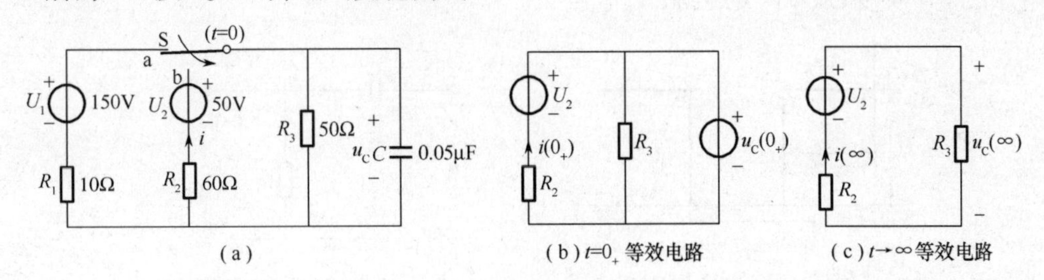

(a)　(b) $t=0_+$ 等效电路　(c) $t\to\infty$ 等效电路

图 4.3.2　电路图

解：因为 $t=0_-$ 时有 $u_C(0_-)=\dfrac{R_3}{R_1+R_3}\cdot U_1=\dfrac{50}{10+50}\times 150=125\text{V}$。

所以 $t=0_+$ 时，有 $u_C(0_+)=u_C(0_-)=125\text{V}$，作出等效电路如图 4.3.2(b)所示，得

$$i(0_+)=\frac{U_2-u_C(0_+)}{R_2}=\frac{50-125}{60}=-1.25\text{A}$$

当 $t\to\infty$ 时，电路到达一个新的稳态，其等效电路如图 4.3.2(c)所示。得

$$i(\infty)=\frac{U_2}{R_2+R_3}=\frac{50}{60+50}=0.45\text{A}$$

$$u_C(\infty)=i(\infty)\cdot R_3=0.45\times 50=22.7\text{V}$$

且

$$\tau=RC=\frac{R_2\cdot R_3}{R_2+R_3}\cdot C=13.6\times 10^{-6}\text{s}$$

所以

$$i(t)=0.45+(-1.25-0.45)\text{e}^{-0.735\times 10^6 t}$$
$$=0.45-1.7\text{e}^{-0.735\times 10^6 t}\text{A}$$
$$u_C(t)=22.7+(125-22.7)\text{e}^{-0.735\times 10^6 t}$$
$$=22.7+102.3\text{e}^{-0.735\times 10^6 t}\text{V}$$

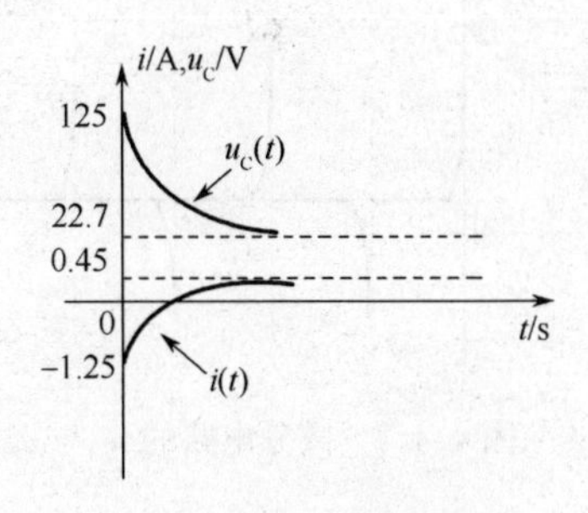

图 4.3.3　例 4.3.2 曲线图

$i(t)$ 及 $u_C(t)$ 变化曲线如图 4.3.3 所示。

思考与练习

4.3.1　已知某 RC 串联电路中的初始储能为 2×10^{-2}J，$C=100\mu\text{F}$，$R=10\text{k}\Omega$。当该电路与一个 $U_S=10\text{V}$ 的恒压源接通后，试求出 $t>0$ 后的 $u_C(t)$ 的变化规律。

4.3.2　已知：$u_C(t)=[20+(5-20)\text{e}^{-\frac{t}{\tau}}]\text{V}$，或者 $u_C(t)=[5\text{e}^{-\frac{t}{10}}+20(1-\text{e}^{-\frac{t}{10}})]\text{V}$。试在同一图上分别画出：稳态分量、暂态分量、零输入响应、零状态响应及全响应的曲线。

4.4　微分电路与积分电路

4.4.1　微分电路

在图 4.4.1 所示电路中，激励源 u_i 为一矩形脉冲信号，其中 U_S 为脉冲幅度，t_p 为脉冲宽度，T 为脉冲周期。响应是从电阻两端取出的电压，即 $u_o=u_R$，电路时间常数小于脉冲信号的脉宽，通常取 $\tau=\dfrac{t_p}{10}$。

因为 $t<0$ 时，$u_C(0_-)=0\text{V}$，而在 $t=0$ 时，u_i 突变到 U_S，且在 $0<t<t_1$ 期间有：$u_i=U_S$，相当于在 RC 串联电路上接了一个恒压源，这实际上就是 RC 串联电路的零状态响应：$u_C(t)=$

$u_C(\infty)(1-e^{-\frac{t}{\tau}})$。由于 $u_C(0_+)=0V$，则由图 4.4.2 电路可知 $u_i=u_C+u_o$。所以 $u_o(0_+)=U_S$，即输出电压产生了突变，从 0V 突跳到 U_S。

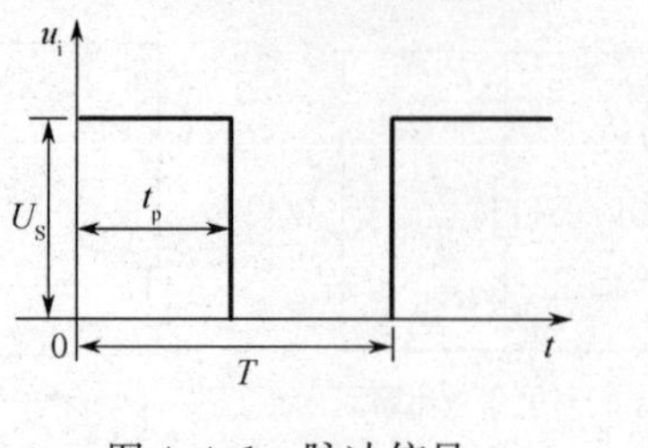

图 4.4.1　脉冲信号

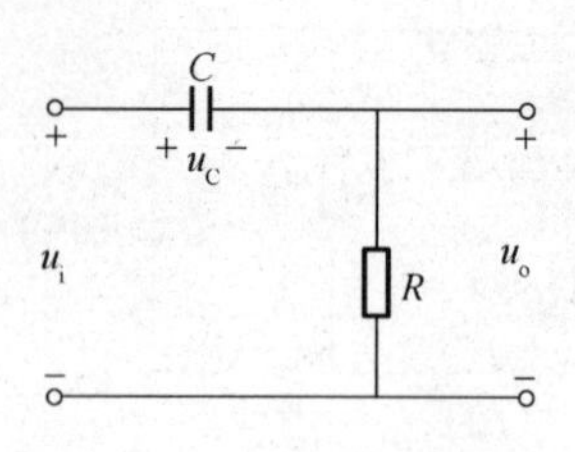

图 4.4.2　微分电路图

因为 $\tau=\frac{t_p}{10}$，所以电容充电极快。当 $t=3\tau$ 时，有 $u_C(3\tau)=U_S$，则 $u_o(3\tau)=0V$。故在 $0<t<t_1$ 期间内，电阻两端就输出一个正的尖脉冲信号，如图 4.4.3 所示。

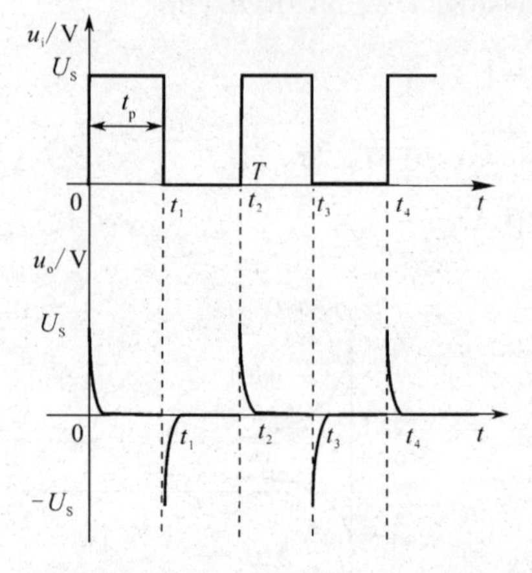

图 4.4.3　微分电路的 u_i 与 u_o 波形

在 $t=t_1$ 时刻，u_i 又突变到 0V，且在 $t_1<t<t_2$ 期间有：$u_i=0V$，相当于将 RC 串联电路短接，这实际上就是 RC 串联电路的零输入响应状态：$u_C(t)=u_C(0_+)\cdot e^{-\frac{t}{\tau}}$。由于 $t=t_1$ 时，$u_C(t_1)=U_S$，故 $u_o(t_1)=-u_C(t_1)$。

因为 $\tau=\frac{t_p}{10}$，所以电容的放电过程极快。当 $t=3\tau$ 时，有 $u_C(3\tau)=0V$，使 $u_o(3\tau)=0V$，故在 $t_1<t<t_2$ 期间，电阻两端就输出一个负的尖脉冲信号，如图 4.4.3 所示。

由于 u_i 为一周期性的矩形脉冲波信号，则 u_o 也就为同一周期正负尖脉冲波信号，如图 4.4.3 所示。

尖脉冲信号的用途十分广泛，在数字电路中常用作触发器的触发信号；在变流技术中常用作可控硅的触发信号。

这种输出的尖脉冲波反映了输入矩形脉冲微分的结果，故称这种电路为微分电路。

微分电路应满足 3 个条件：①激励必须为一周期性的矩形脉冲；②响应必须是从电阻两端取出的电压；③电路时间常数远小于脉冲宽度，即 $\tau\ll t_p$。

4.4.2　积分电路

在图 4.4.4 所示电路中，激励源 u_i 为一矩形脉冲信号，响应是从电容两端取出的电压，即 $u_o=u_C$，且电路时间常数大于脉冲信号的脉宽，通常取 $\tau=10t_p$。

因为 $t=0_-$ 时，$u_C(0_-)=0V$，在 $t=0$ 时刻 u_i 突然从 0V 上升到 U_S 时，仍有 $u_C(0_+)=0V$，故 $u_R(0_+)=U_S$。在 $0<t<t_1$ 期间内，$u_i=U_S$，此时为 RC 串联电路的零状态响应，即 $u_o(t)=u_C(\infty)(1-e^{-\frac{t}{\tau}})$。

由于 $\tau=10t_p$，所以电容充电极慢。当 $t=t_1$ 时，$u_o(t_1)=\frac{1}{3}U_S$。电容尚未充电至稳态时，输入信号已经发生了突变，从 U_S 突然下降至 0V。则在 $t_1<t<t_2$ 期间内，$u_i=0V$，此时为 RC 串联电路的零输入响应，即 $u_o(t)=u_C(0_+)\cdot e^{-\frac{t}{\tau}}$。

由于 $u_C(t_1)=U_S/3$，所以电容从 $U_S/3$ 处开始放电。因为 $\tau=10t_p$，放电进行得极慢，当电容电压还未衰减到 0V 时，u_i 又发生了突变并周而复始地进行。这样，在输出端就得到一个锯齿波信号，如图 4.4.5 所示。

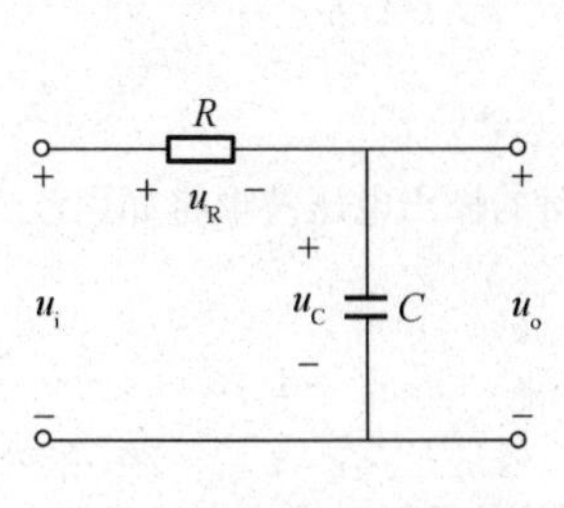

图 4.4.4　积分电路图

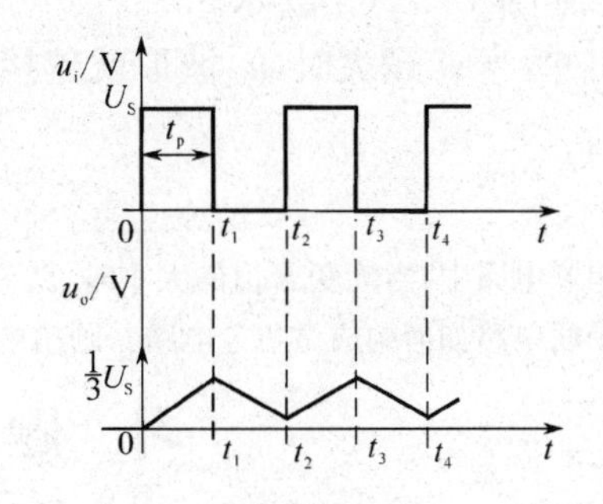

图 4.4.5　积分电路的 u_i 与 u_o 波形

锯齿波信号在示波器、显示器等电子设备中作扫描电压。

由图 4.4.5 波形可知：若 τ 越大，充、放进行得越缓慢，锯齿波信号的线性就越好。

从图 4.4.5 波形还可看出，u_o 是对 u_i 积分的结果，故称这种电路为积分电路。

RC 积分电路应满足 3 个条件：①u_i 为一周期性的矩形波；②输出电压是从电容两端取出的；③电路时间常数远大于脉冲宽度，即 $\tau \gg t_p$。

【例 4.4.1】 在图 4.4.6(a)所示电路中，输入信号 u_i 的波形如图 4.4.6(b)所示。试画出下列两种参数时的输出电压波形，并说明电路的作用。

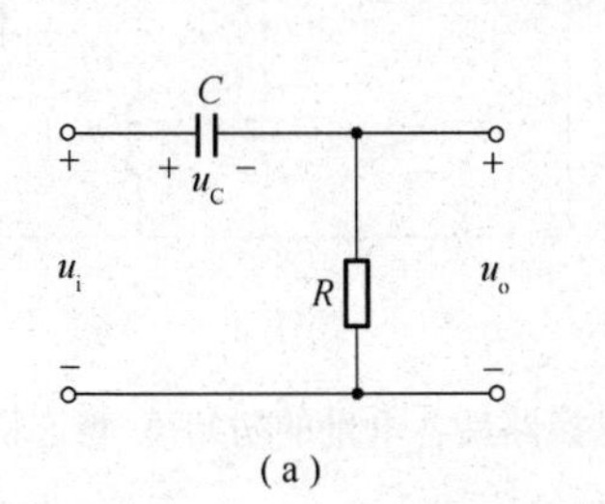

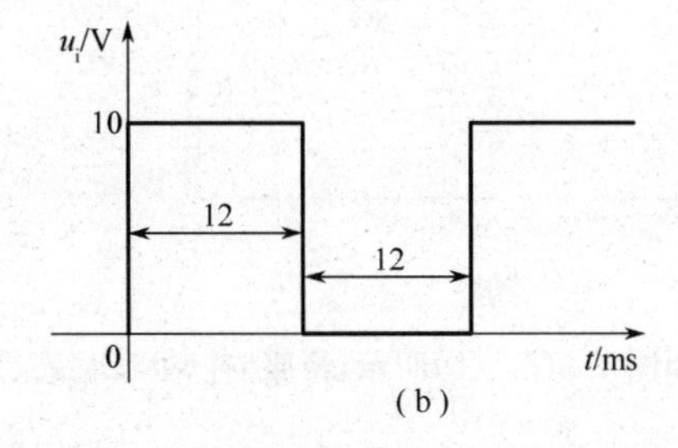

图 4.4.6　例 4.4.1 电路图

(1) 当 $C=300\text{pF}$，$R=10\text{k}\Omega$ 时；(2) 当 $C=1\mu\text{F}$，$R=10\text{k}\Omega$ 时。

解：(1) 因为 $R=10\text{k}\Omega$，$C=300\text{pF}$，所以 $\tau_1 = RC = 300\times10^{-12}\times10\times10^3 = 3\mu\text{s}$，而 $t_p = 12\text{ms} = 4000\tau_1$，显然，此时电路是一个微分电路，其输出电压波形如图 4.4.7(a)所示。

(2) 因为 $R=10\text{k}\Omega$，$C=1\mu\text{F}$，所以 $\tau_2 = 10\times10^3\times1\times10^{-6} = 10\text{ms}$。而 $t_p = 12\text{ms} > \tau_2$，但 τ_2 很接近于 t_p。所以电容充电较慢，即 $u_C(t) = 10(1-e^{-\frac{t}{\tau}})\text{V}$。

故 $u_o(t) = 10e^{-\frac{t}{\tau}}\text{V}$，所以当 $t=0_+$ 时，$u_o(0_+) = 10\text{V}$，$u_C(0_+) = 0\text{V}$；$t=t_1=t_p$ 时，$u_o(t_1) = 3.012\text{V}$，$u_C(t_1) = 6.988\text{V}$。

此时，u_i 已从 10V 突跳到 0V，则电容要经电阻放电，即 $u_C(t) = u_C(t_1)\cdot e^{-\frac{t}{\tau}}$。所以 $u_o(t) = -u_C(t) = -u_C(t_1)e^{-\frac{t}{\tau}}$。则当 $t=t_1$ 时，$u_o(t_1) = -u_C(t_1) = -6.988\text{V}$；$t=t_2=t_p$ 时，$u_o(t_2) = -u_C(t_2)e^{-1.2} = -2.104\text{V}$。

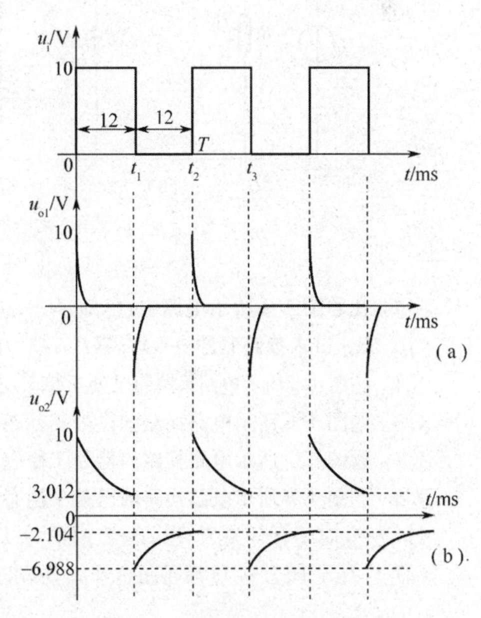

图 4.4.7　输出电压波形图

输出电压波形如图 4.4.7(b)所示。

由图 4.4.7 可知：当 τ_2 越大时，u_o 波形就越接近于 u_i 波形。所以，此时的电路就称为耦合电路。

思考与练习

4.4.1　在 RC 串联电路中，当改变 R 值的大小时，微分和积分电路的输出电压波形将如何改变？

4.4.2　用 RL 串联电路如何构成微积分电路？画出电路图。

习　题　4

4.1　电路如题图 4.1 所示，换路前已处于稳态。在 $t=0$ 时发生换路，求各元件中电流及端电压的初始值；当电路达到新的稳态后，求各元件中电流及端电压的稳态值。

4.2　电路如题图 4.2 所示，换路前已处于稳态。在 $t=0$ 时发生换路，求各元件中电流及端电压的初始值；当电路达到新的稳态后，求各元件中电流及端电压的稳态值。

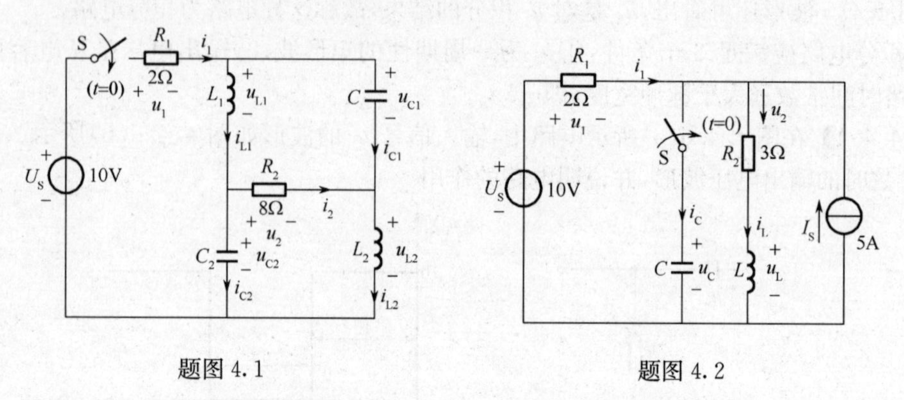

题图 4.1　　　　题图 4.2

4.3　电路如题图 4.3(a)、(b)所示，换路前已处于稳态、求换路后各电量的初始值、稳态值及时间常数。

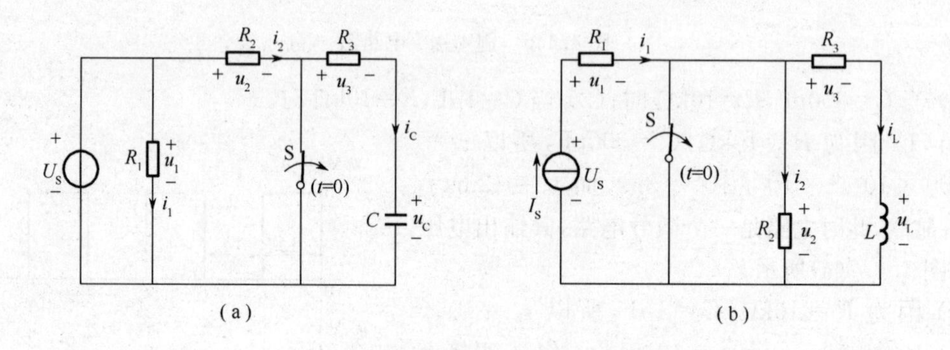

题图 4.3

4.4　在题图 4.4 所示电路中，已知：$R=50\text{k}\Omega$，$C_1=4\mu\text{F}$，$C_2=6\mu\text{F}$，换路前 C_1 和 C_2 上储存的总电荷量为 $1.2\times10^{-4}\text{C}$。试求换路后的 $i_R(t)$，$i_{C1}(t)$，$i_{C2}(t)$的变化规律。

4.5　题图 4.5 所示电路换路前已处于稳态，求 $t>0$ 后的 $u_{C1}(t)$，$u_{C2}(t)$及 $i(t)$，并画出它们随时间变化的曲线。

4.6　题图 4.6 所示电路换路前已处于稳态，求 $t>0$ 后的 $u_L(t)$及 $u_2(t)$的变化规律。

4.7　题图 4.7 所示电路换路前已处于稳态，求 $t>0$ 后的 $u_C(t)$及 $i_1(t)$、$i_3(t)$。

4.8　题图 4.8 所示电路换路前已处于稳态。则在：

(1) $t=0$ 时闭合开关 S_1，求 $t>0$ 时的 $i_1(t)$及 $i_2(t)$；

(2) 开关 S_1 闭合 0.1s 后再闭合开关 S_2，求 $t>0.1\text{s}$ 后的 $i_1(t)$及 $i_2(t)$。

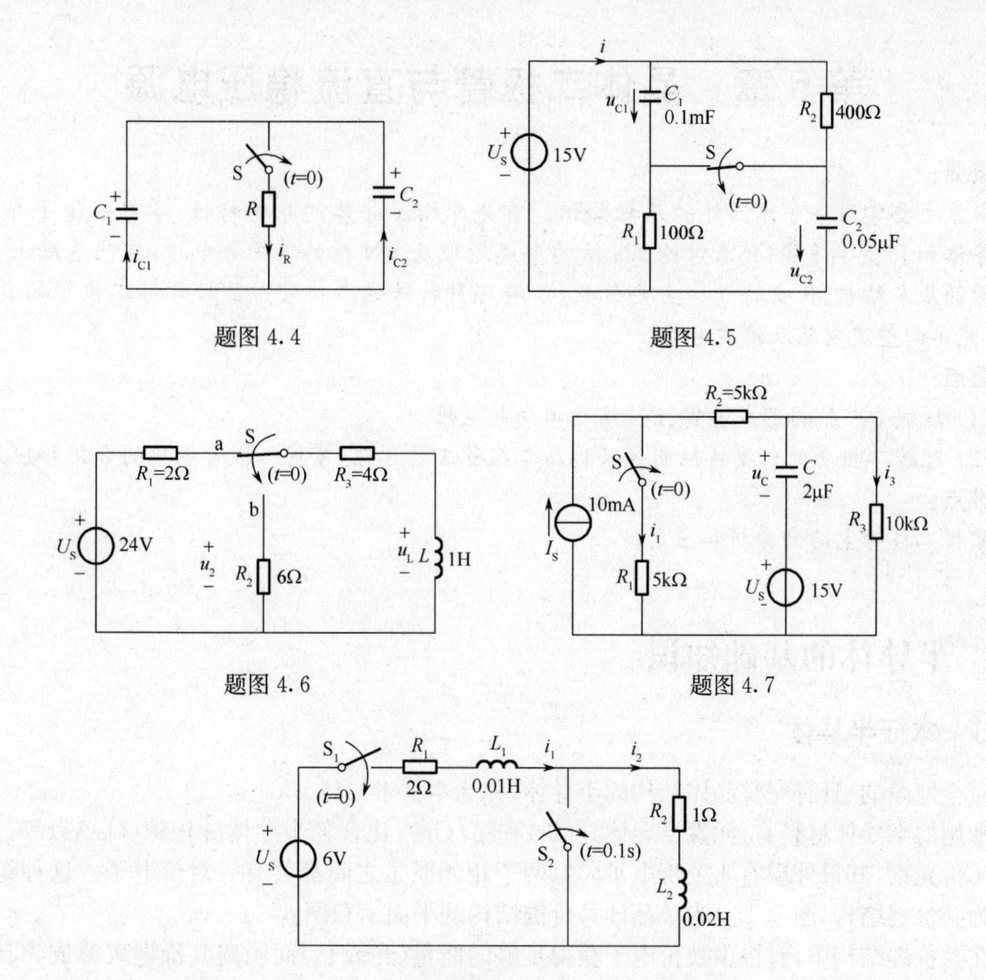

题图 4.4

题图 4.5

题图 4.6

题图 4.7

题图 4.8

4.9　题图 4.9 所示电路换路前已处于稳态。在 $t=0$ 时将开关 S_1 闭合，在 $t=0.1s$ 时又将开关 S_2 闭合。求 $t>0.1s$ 后的 u_R 及 u_C 的变化规律，并说明它们是什么响应。

4.10　题图 4.10 所示电路换路前已处于稳态，求 $t>0$ 后的 $i(t)$ 及 $i_L(t)$，并画出它们的曲线。

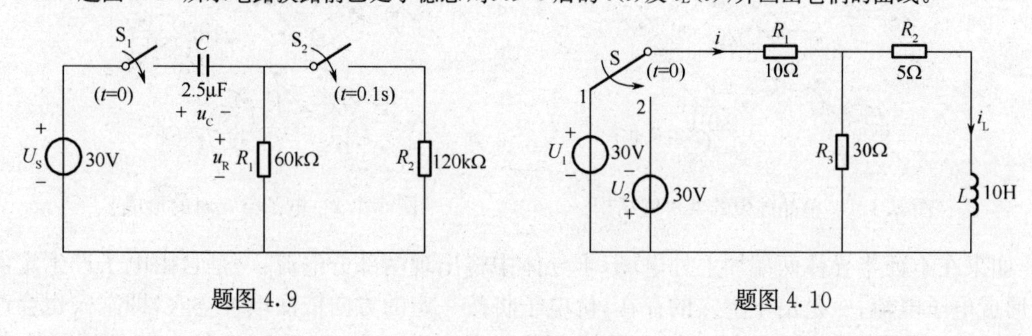

题图 4.9

题图 4.10

第 5 章　晶体二极管与直流稳压电源

本章概要：

本章主要学习半导体器件的基础知识。首先介绍半导体的导电特性，学习本征半导体、N型半导体和 P 型半导体；接着讨论 PN 结的形成原理及 PN 结的单向导电性，在此基础上，分析二极管的基本结构、伏安特性和主要参数，了解几种特殊的二极管。最后学习二极管的具体应用，研究单向整流电路及滤波电路。

教学重点：

(1) 理解 PN 结的形成过程、PN 结的单向导电性。

(2) 理解二极管的伏安特性曲线及稳压二极管工作原理，掌握二极管电路的分析和应用。

教学难点：

掌握二极管电路的分析和应用。

5.1　半导体的基础知识

5.1.1　本征半导体

完全纯净的、具有完整晶体结构的半导体，称为本征半导体。

常用的半导体材料有：元素半导体硅(Si)和锗(Ge)、化合物半导体砷化镓(GaAs)等。它们都是 4 价元素，其最外层有 4 个价电子。每两个相邻原子之间都共有一对价电子。这种组合方式称为共价键结构，图 5.1.1 为单晶硅共价键结构的平面示意图。

在共价键结构中，有极少数价电子获得足够的能量(光或热)而脱离共价键束缚成为自由电子。同时共价键中就留下相应的空位，这个空位被称为空穴。在本征半导体中，电子与空穴总是成对出现的，它们被称为电子空穴对，如图 5.1.2 所示。

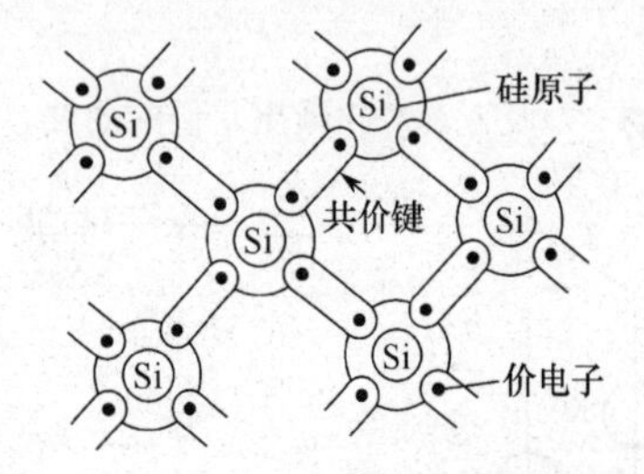

图 5.1.1　单晶硅中的共价键结构

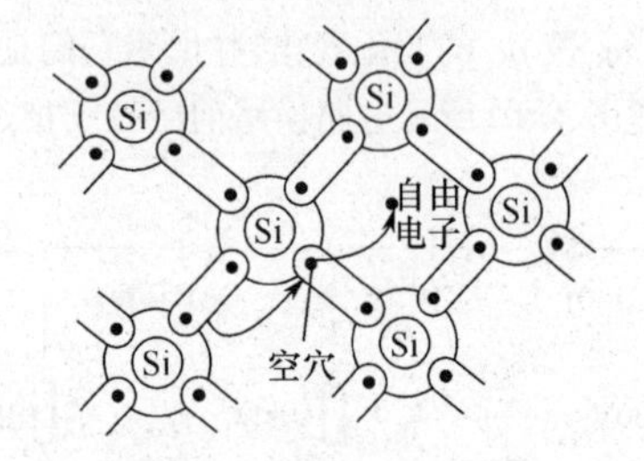

图 5.1.2　电子空穴对的形成

如果在本征半导体两端加上外电场，半导体中将出现两部分电流：一是自由电子产生定向移动，形成电子电流；一是由于空穴的存在，价电子将按一定的方向依次填补空穴，即空穴也会产生定向移动，形成空穴电流。所以说，半导体中同时存在着两种载流子(运载电荷的粒子为载流子)——电子和空穴，这是半导体导电的特殊性质，也是半导体与金属在导电机理上的本质区别。

5.1.2　杂质半导体

在本征半导体中，如果掺入微量的杂质(某些特殊元素)，将使掺杂后的半导体(杂质半导体)的导电能力显著改变。根据掺入杂质性质的不同，杂质半导体分为电子型半导体(N 型)和空穴型半导体(P 型)两大类。

1. N 型半导体

若在纯净的硅晶体中掺入微量的 5 价元素(如磷),当一个硅原子被掺入的磷原子取代时,整个晶体结构基本不变,磷原子与硅原子组成共价键结构只需 4 个价电子,而磷原子的最外层有 5 个价电子,多余的那个价电子不受共价键束缚,只需获得很少的能量就能成为自由电子。这种以自由电子导电为主要导电方式的杂质半导体称为电子型半导体,简称 N 型半导体。在 N 型半导体中,电子是多数载流子(简称多子),空穴是少数载流子(简称少子),如图 5.1.3(a)所示。

在 N 型半导体中,一个杂质原子提供一个自由电子,当杂质原子失去一个电子后,就变为固定在晶格中不能移动的正离子,但它不是载流子。因此,N 型半导体就可用正离子和与之数量相等的自由电子去表示,如图 5.1.3(b)所示。其中也有少量由热激发产生的电子空穴对。

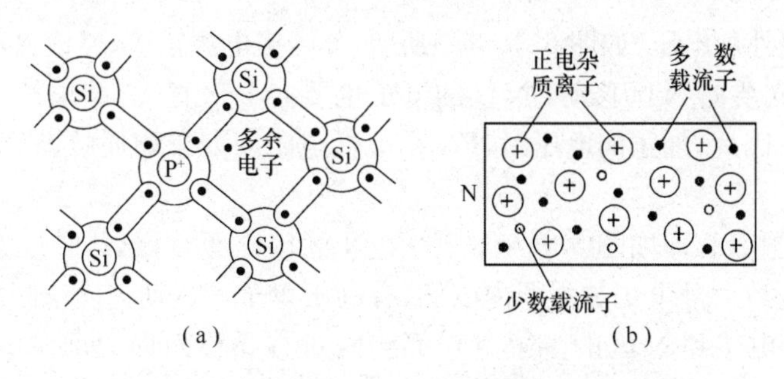

图 5.1.3　单晶硅中掺 5 价元素形成 N 型半导体

2. P 型半导体

在纯净的硅(或锗)晶体内掺入微量的 3 价元素硼(或铟),因硼原子的最外层有 3 个价电子,当它与周围的硅原子组成共价键结构时,会因缺少一个电子而在晶体中产生一个空穴。因此,这种半导体将以空穴导电为其主要导电方式,称为空穴型半导体,简称 P 型半导体。所以,P 型半导体是空穴为多子,电子为少子的杂质半导体,如图 5.1.4(a)所示。

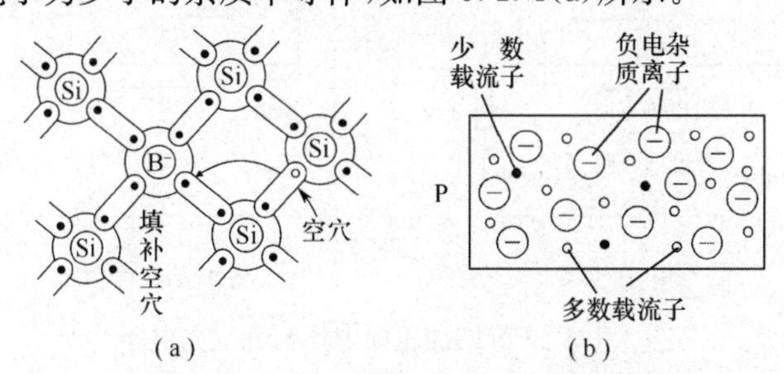

图 5.1.4　单晶硅中掺 3 价元素形成 P 型半导体

P 型半导体可以用带有负电荷而不能运动的杂质离子和与之数量相等的空穴去表示。其中有少量由热激发产生的电子空穴对。如图 5.1.4(b)所示。P 型半导体主要靠空穴导电。

从以上分析可知,不论是 N 型半导体还是 P 型半导体,它们的导电能力是由多子的浓度决定的。可以认为,多子的浓度约等于掺杂原子的浓度,它受温度的影响很小。

5.1.3　PN 结及其单向导电性

在一块硅或锗的晶片上,采取不同的掺杂工艺,分别形成 N 型半导体区和 P 型半导体区。由于 N 区的多数载流子为电子,P 区的多数载流子为空穴,由于浓度的差别,P 区的空穴要向 N 区扩散,N 区的自由电子要向 P 区扩散,如图 5.1.5(a)所示。这样在 P 区就留下了一些带负电荷的杂质离子,在N区就留下了一些带正电荷的杂质离子,从而形成一个空间电荷区。这个空间电荷区就是PN结,如图5.1.5(b)所示。

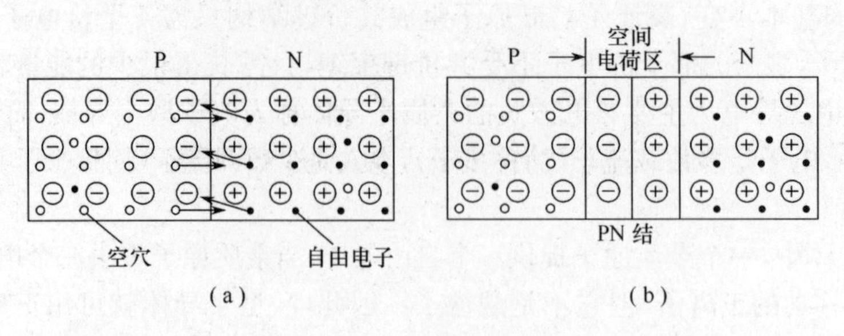

图5.1.5　PN结的形成

若在PN结两端外加电压,如图5.1.6(a)所示,P区接电源正极,N区接电源负极,在外电场的作用下,P区的空穴要向N区移动,N区的电子也要向P区移动,结果使空间电荷区变窄,形成较大的正向电流。因此,加正向电压时,PN结呈低电阻而处于导通状态。电流方向由P区指向N区。

若外接电压方向相反,即如图5.1.6(b)所示,N区接电源正极,P区接电源负极,则外电场方向与内电场方向一致。外电场加强了内电场,有利于少子的运动。使空间电荷增加,空间电荷区变宽。P区的少子电子和N区的少子空穴都会向对方漂移而形成反向电流(由N区指向P区)。因少数载流子的数量很少,所以反向电流一般很小。但由于少数载流子的数目受温度的影响很大,温度越高,少数载流子的数目就越多,反向电流就会相应增大。因此,在PN结外加反向电压时,PN结呈高阻状态而处于反向截止。

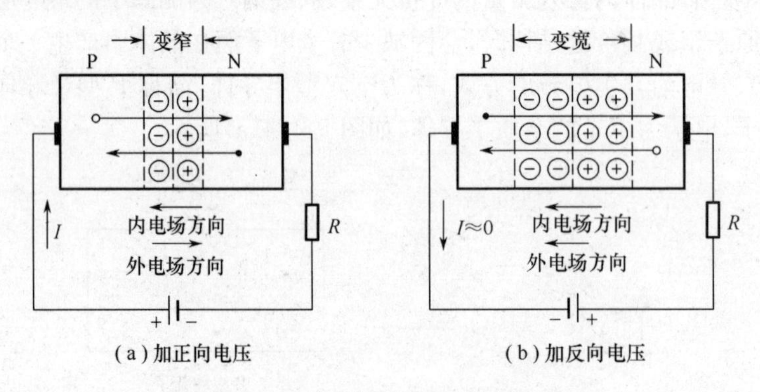

图5.1.6　PN结加正向电压与加反向电压

由此看来,PN结正向电阻较小,反向电阻很大,具有单向导电性。但反向电流受温度的影响很大。

思考与练习

5.1.1　N型半导体和P型半导体各有什么特点?

5.1.2　半导体导电的主要特征是什么?它与金属导电机理有何区别?

5.1.3　N型半导体和P型半导体中的多数载流子和少数载流子是怎样产生的?它们的数量各由什么因素控制?

5.1.4　既然空间电荷区是由带正负电荷的离子形成的,为什么它的电阻率却很高?

5.1.5　PN结的正向电流与反向电流是如何形成的?为什么反向电流很小而受温度的影响却很大?

5.2 晶体二极管

5.2.1 基本结构

将 PN 结的两端加上电极引线并用外壳封装，就组成了一只晶体二极管。由 P 区引出的电极为正极(又称阳极)，由 N 区引出的电极为负极(又称阴极)。常见的二极管外形及电路符号如图 5.2.1 所示。

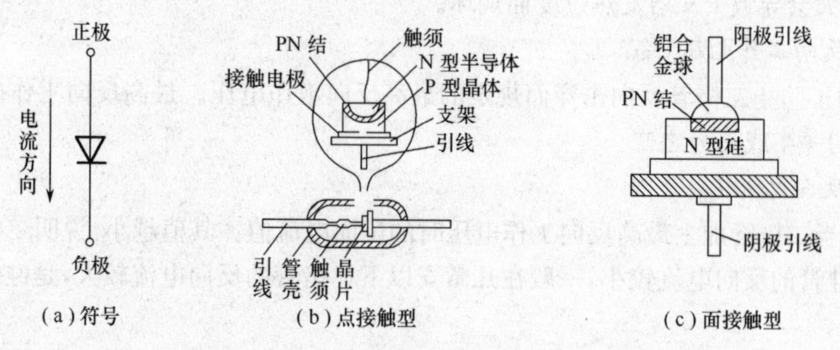

图 5.2.1 二极管的符号及结构示意图

通常二极管有点接触型和面接触型两类。

点接触型二极管(一般为锗管)的特点是：PN 结面积小，结电容小，因此只能通过较小的电流；适用于高频(几百兆赫)工作。

面接触型二极管(一般为硅管)的特点是：PN 结面积较大，能通过较大的电流，但结电容也大；常用于频率较低、功率较大的电路中。

5.2.2 伏安特性

所谓伏安特性，是指加在二极管两端的电压 U 与流过二极管的电流 I 之间的关系。

二极管就是一个 PN 结，当然就具有单向导电性。2CP12(普通型硅二极管)和 2AP9(普通型锗二极管)的伏安特性曲线如图 5.2.2 所示。

1. 正向特性

在正向特性的起始部分，当外加电压很小时，正向电流几乎为零。当正向外加电压超过某一数值后，正向电流迅速增大。这个数值的电压称为二极管的门坎电压(又称为死区电压)，一般硅管的门坎电压约为 0.5V，锗管的门坎电压约为 0.2V。

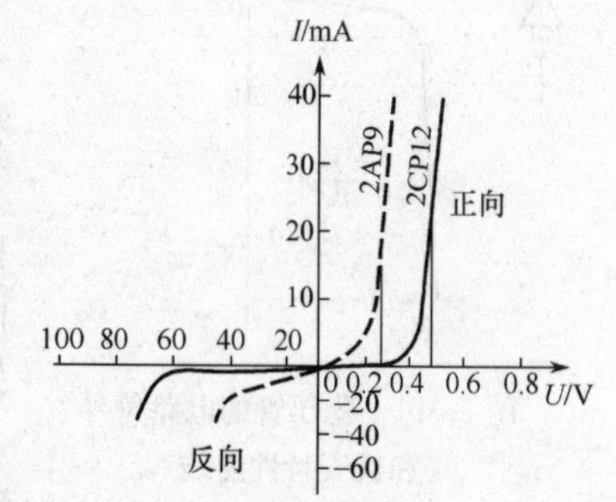

图 5.2.2 二极管的伏安特性曲线

二极管一旦正向导通后，只要正向电压稍有变化，就会使正向电流变化较大，二极管的正向特性曲线很陡。因此，二极管正向导通时，管子上的正向压降不大，正向压降的变化很小，一般硅管为 0.6～0.7V，锗管为 0.3V 左右。

2. 反向特性

从曲线可以看出，在一定的反向电压范围内，反向电流变化不大，这是因为反向电流是少数载流子的漂移运动形成的；一定温度下，少子的数目是基本不变的，所以反向电流基本恒定，与反向电压的大小无关，故通常称其为反向饱和电流。当反向电压过高时，会使反向电流突然增大，这种现象称为反向击穿。

5.2.3 主要参数

半导体器件的质量指标和安全使用范围,常用它的参数来表示。所以,参数是我们选择和使用器件的标准。二极管的主要参数有以下几个。

1. 最大整流电流 I_{OM}

I_{OM}是二极管长期运行时,允许通过的最大正向平均电流。因电流通过PN结会引起二极管发热,电流过大会导致PN结发热过度而烧坏。

2. 最高反向工作电压 U_{RM}

U_{RM}是为了防止二极管反向击穿而规定的最高反向工作电压。最高反向工作电压一般为反向击穿电压的一半或三分之二。

3. 最大反向电流 I_{RM}

I_{RM}是指当二极管加上最高反向工作电压时的反向电流值。其值越小,说明二极管的单向导电性越好。硅管的反向电流较小,一般在几微安以下。锗管的反向电流较大,是硅管的几十至几百倍。

5.3 特殊二极管

5.3.1 稳压二极管

稳压管是一种特殊的面接触型硅二极管,它的电路符号和伏安特性曲线如图5.3.1所示,稳压管的伏安特性曲线和普通二极管类似,只是反向特性曲线比较陡。

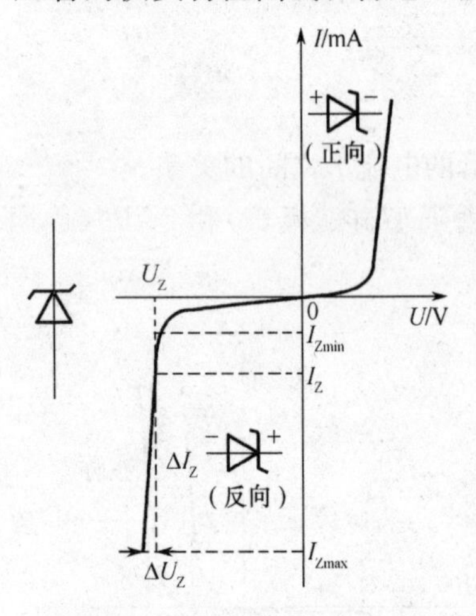

图5.3.1 稳压管的电路符号和伏安特性曲线

反向击穿是稳压管的正常工作状态,稳压管就工作在反向击穿区。从反向特性曲线可以看到,当所加反向电压小于击穿电压时,和普通二极管一样其反向电流很小。一旦所加反向电压达到击穿电压时,反向电流会突然急剧上升,稳压管被反向击穿。其击穿后的特性曲线很陡,这就说明流过稳压管的反向电流在很大范围内(从几毫安到几十甚至上百毫安)变化时,管子两端的电压基本不变,稳压管在电路中能起稳压作用,正是利用了这一特性。

稳压管的反向击穿是可逆的,这一点与一般二极管不一样。只要去掉反向电压,稳压管就会恢复正常。但是,如果反向击穿后的电流太大,超过其允许范围,就会使稳压管的PN结发生热击穿而损坏。

由于硅管的热稳定性比锗管好,所以稳压管一般都是硅管,故称硅稳压管。

稳压管的主要参数有如下几个。

(1) 稳定电压 U_Z 和稳定电流 I_Z

稳定电压就是稳压管在正常工作下管子两端的电压。同一型号的稳压管,由于制造方面的原因,其稳压值也有一定的分散性,如2CW18,其稳定电压 U_Z=10~12V。

稳定电流常作为稳压管的最小稳定电流 I_{Zmin} 来看待。一般小功率稳压管可取 I_Z 为5mA。如果反向工作电流太小,会使稳压管工作在反向特性曲线的弯曲部分而使稳压特性变坏。

(2) 最大稳定电流 I_{Zmax} 和最大允许耗散功率 P_{ZM}

这两个参数都是为了保证管子安全工作而规定的。最大允许耗散功率 $P_{ZM}=U_Z I_{Zmax}$，如果管子的电流超过最大稳定电流 I_{Zmax}，将会使管子的实际功率超过最大允许耗散功率，管子将会发生热击穿而损坏。

(3) 电压温度系数 a_v

它是说明稳定电压 U_Z 受温度变化影响的系数。例如 2CW18 稳压管的电压温度系数为 0.095%/℃，就是说温度每增加 1℃，其稳压值将升高 0.095%。一般稳压值低于 6V 的稳压管具有负的温度系数；高于 6V 的稳压管具有正的温度系数。稳压值为 6V 左右的管子其稳压值基本上不受温度的影响，因此，选用 6V 左右的管子，可以得到较好的温度稳定性。

(4) 动态电阻 r_Z

动态电阻是指稳压管两端电压的变化量 ΔU_Z 与相应的电流变化量 ΔI_Z 的比值，如图 5.3.1 所示，即

$$r_Z=\frac{\Delta U_Z}{\Delta I_Z}$$

稳压管的反向特性曲线越陡，动态电阻越小，稳压性能就越好。r_Z 的数值为几欧至几十欧之间。

5.3.2 光电二极管

光检测器件是将光信号转换成电信号的器件，光电二极管是其中一种。它的结构与光电池很接近，但是需要外加反向电压，当 PN 结受到外部光照射时，由于受到激发而产生电子空穴对，在电场的作用下这些电子和空穴分别进入 N 区和 P 区，产生光电流，产生的光电流的大小与照射光强成正比。光电二极管的外形和电路符号如图 5.3.2 所示。

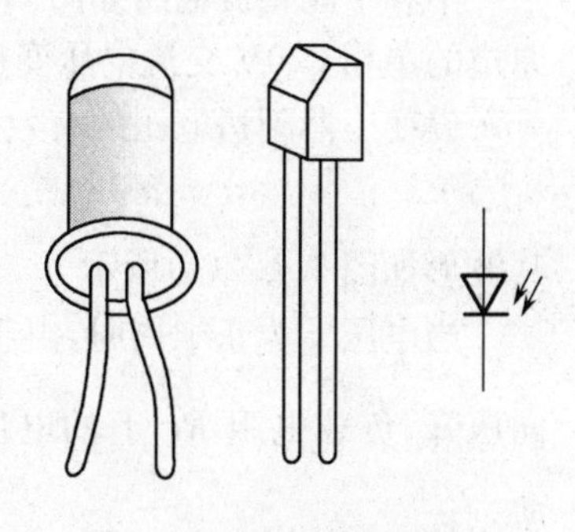

图 5.3.2 光电二极管的外形和电路符号

为了能使光线顺利照射到 PN 结上，在光电二极管的外壳上开设一个光窗。无光照时的电流很小，约几个到上百微安，称为暗电流。

5.3.3 发光二极管

发光二极管通常用元素周期表中Ⅲ、Ⅴ族元素的化合物，如砷化镓、磷化镓等材料制成。发光二极管也具有单向导电性。发光二极管的发光颜色取决于所用材料，目前有红、绿、黄、橙等色，管子外形可以制成长方形、圆形等形状。发光二极管的外形和电路符号如图 5.3.3 所示。

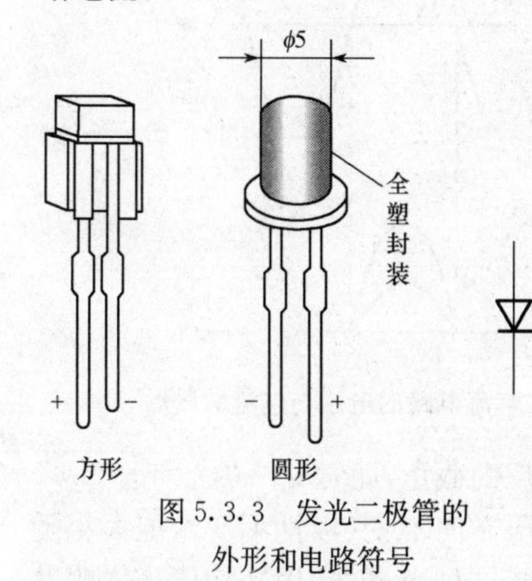

图 5.3.3 发光二极管的外形和电路符号

发光二极管因驱动电压低、功耗小、寿命长、可靠性高等优点广泛用于显示电路中。它的另一种重要用途是将电信号变为光信号，通过光电缆传输，再用光电二极管接收，还原成电信号。

思考与练习

5.3.1 为什么二极管的反向饱和电流与所加反向电压基本无关，而当环境温度升高时，又会明显增大？

5.3.2 怎样用万用表判断二极管的正极、负极以及二极管的好坏？

5.3.3　直接将一个二极管用正向接法接到一个 1.5 V 的干电池上，你认为会产生什么问题？

5.3.4　什么是死区电压？为什么会出现死区电压？硅管和锗管的死区电压一般为多少？

5.4　直流电源

在电子电路及电子设备中，一般都需要电压稳定的直流稳压电源供电。直流稳压电源为单相小功率电源，它由电源变压器、整流电路、滤波电路和稳压电路等 4 部分组成。电源变压器将 220V 交流电降压，变换为所需要的电压值；整流电路通过整流二极管将交流电压转换为直流电压；滤波电路通过低通滤波电路将交流分量滤出，使输出电压平滑；稳压电路使输出电压不受电网电压的波动、负载和温度变化的影响，提高输出电压的稳定性。

5.4.1　单相整流电路

单相整流电路利用二极管的单向导电性，将单相交流电变换为直流电。在小功率电源电路中，有单相半波、单相全波、单相桥式和倍压整流等形式。单相桥式整流电路应用最为广泛，应重点掌握。

1. 单相半波整流电路

单相半波整流电路如图 5.4.1 所示。它是最简单的一种整流电路，通过电源变压器 Tr 将原边的单相 220V 交流电压变换成所需要的副边电压 u，二极管 D 是整流元件，R_L 是负载电阻。

设变压器副边电压的有效值为 U，则其瞬时值为

$$u=\sqrt{2}U\sin\omega t$$

其波形如图 5.4.2(a)所示。

当电压 u 为正半周时，由于 a 点电位高于 b 点电位，二极管正向导通，如果忽略二极管的正向压降，负载电阻 R_L 上的电压 $u_0=u$，流过负载的电流 $i_0=\frac{u_0}{R_L}$。它们的波形如图 5.4.2(b)所示。

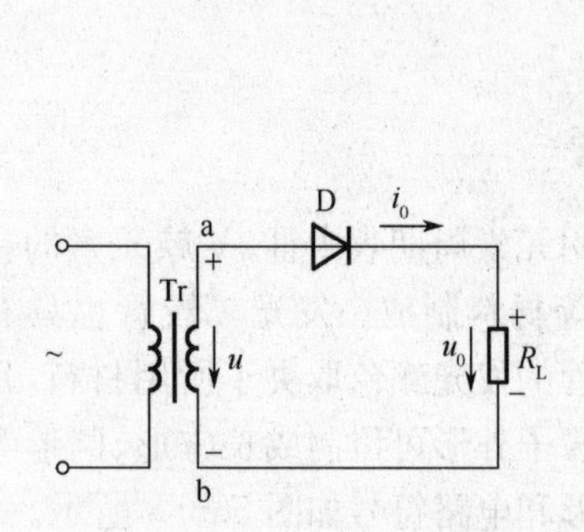

图 5.4.1　单相半波整流电路

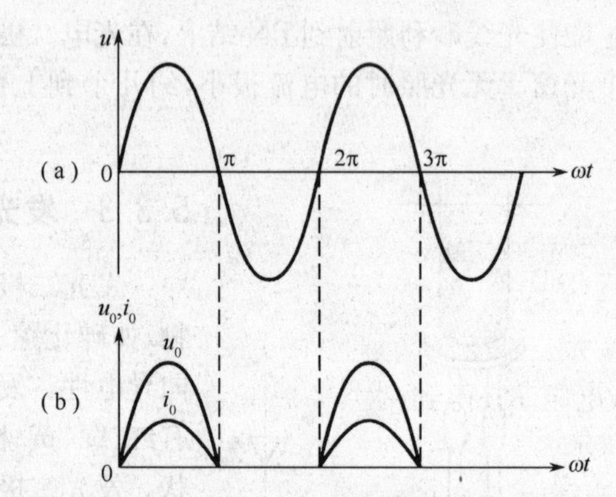

图 5.4.2　单相半波整流电路的电压与电流的波形

当电压 u 为负半周时，由于 a 点的电位低于 b 点，二极管反向截止，此时 $u_0=0$，$i_0=0$。

因此，负载电阻 R_L 上得到的是一个半波整流电压，该电压方向不变（极性不变），但大小随变压器副边电压呈正弦变化，我们称之为单向脉动电压。对于这种电压，常用平均值来说明其大小。

单相半波整流电压的平均值为

$$U_0=\frac{1}{2\pi}\int_0^{\pi}\sqrt{2}U\sin\omega t\,\mathrm{d}(\omega t)=\frac{\sqrt{2}}{\pi}U=0.45U \tag{5.4.1}$$

上式说明，在单相半波整流电路中，输出电压的平均值（直流分量）U_0 等于变压器副边正弦电压有效值的 0.45 倍。

负载电阻 R_L 的电流平均值则为

$$I_0=\frac{U_0}{R_L}=0.45\frac{U}{R_L} \tag{5.4.2}$$

二极管承受的最高反向电压就是变压器副边正弦交流电压的幅值 U_m，即

$$U_{DRM}=U_m=\sqrt{2}U \tag{5.4.3}$$

【例 5.4.1】 单相半波整流电路如图 5.4.1 所示，其中变压器副边电压 $U=20\text{V}$，$R_L=600\Omega$，试求 U_0、I_0 及 U_{DRM}。

解：

$$U_0=0.45U=0.45\times20=9\ \text{V}$$

$$I_0=\frac{U_0}{R_L}=\frac{9}{600}=15\ \text{mA}$$

$$U_{DRM}=\sqrt{2}U=\sqrt{2}\times20=28.2\ \text{V}$$

2. 单相桥式整流电路

单相半波整流只利用了交流电压的半个周期，输出电压低，交流分量较大，所以转换效率低，一般较少采用。在实际电路中，多采用全波整流电路，最常用的是单相桥式整流电路。如图 5.4.3所示，因 4 个二极管接成电桥的形式而得名。图 5.4.3 中还给出了桥式整流电路的几种不同画法。

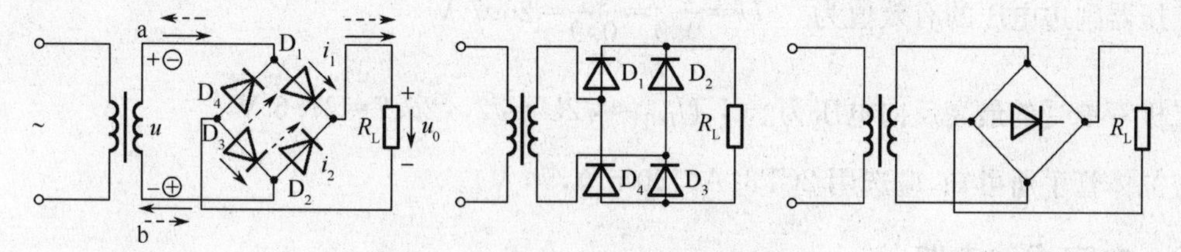

图 5.4.3　单相桥式整流电路

设变压器副边电压为 $u=\sqrt{2}U\sin\omega t$，其波形如图 5.4.4(a)所示。

u 正半周时，a 点的电位高于 b 点电位，二极管 D_1、D_3 导通，D_2、D_4 截止，电流 i_1 流经的路径是 a→D_1→R_L→D_3→b。此时负载电阻 R_L 得到一个半波电压，如图 5.4.4(b)中的 0～π 段所示。

u 负半周时，b 点的电位高于 a 点电位，二极管 D_2、D_4 导通，D_1、D_3 截止，电流 i_2 流经的路径是 b→D_2→R_L→D_4→a。负载电阻 R_L 得到一个半波电压，如图 5.4.4(b)中的 π～2π 段所示。

显然，桥式整流电路中负载电阻 R_L 得到的是全波整流电压，其平均值为

$$U_0=2\times0.45U=0.9U \tag{5.4.4}$$

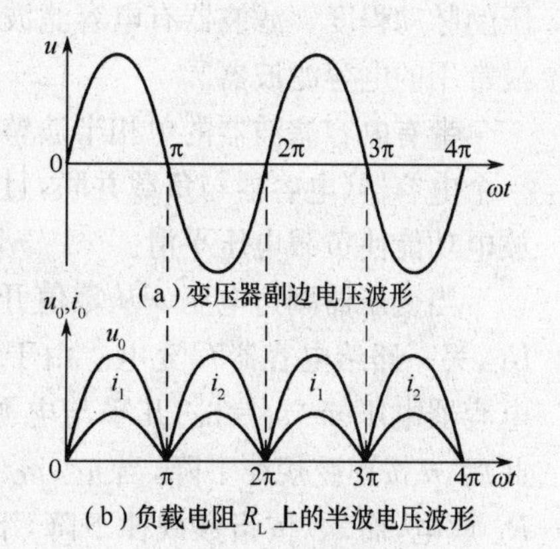

图 5.4.4　单相桥式整流电路的电压与电流的波形

负载电流的平均值为

$$I_0=\frac{U_0}{R_L}=0.9\frac{U}{R_L} \tag{5.4.5}$$

由于正半周 D_1 和 D_3 导通，负半周 D_2 和 D_4 导通，所以流过每个二极管的平均电流为负载电流的一半，即

$$I_D=\frac{1}{2}I_0=0.45\frac{U}{R_L} \tag{5.4.6}$$

u 正半周 D_1 和 D_3 导通后，若忽略二极管的正向压降，相当于 D_1 和 D_3 短路，此时 D_2 和 D_4 是反向并联在 u 的两端；同样，u 负半周时，D_1 和 D_3 反向并联在 u 的两端。由此可以看出，每个二极管所承受的最高反向电压为变压器副边电压 u 的最大值，即

$$U_{DRM}=U_m=\sqrt{2}U \tag{5.4.7}$$

单相桥式整流电路具有输出电压高、变压器利用率高、转换效率高、交流分量小(纹波小)、二极管反向电压低等诸多优点，因此，应用相当广泛。

【例 5.4.2】一桥式整流电路如图 5.4.3 所示，已知 $R_L=50\ \Omega$，要求输出电压的平均值为 24V，试选择合适的二极管。

解：因为 $U_0=24\text{V}$，则

$$I_0=\frac{U_0}{R_L}=\frac{24}{50}=0.48\ \text{A}$$

流过二极管的平均电流为 $I_D=\frac{1}{2}I_0=\frac{1}{2}\times0.48=0.24=240\ \text{mA}$

变压器副边电压的有效值为 $U=\frac{U_0}{0.9}=\frac{24}{0.9}=26.7\ \text{V}$

二极管承受的最高反向电压为 $U_{DRM}=\sqrt{2}U=\sqrt{2}\times26.7=37.6\ \text{V}$

查晶体管手册可知，应选用 2CP31A(500 mA，50 V)。

5.4.2 电容滤波电路

整流电路把交流电转换为直流电，其输出电压脉动程度较大，含有较高的谐波成分，不能满足大多数电子电路及电子设备的需要，一般情况下都要在整流电路后加接滤波器，以改善输出电压的脉动程度。滤波器有电容滤波器、电感滤波器、LC 滤波器、π 型滤波器等多种。这里只介绍最常用的电容滤波器。

带有电容滤波器的单相半波整流电路如图 5.4.5 所示，实际上就是在整流电路输出端接入一个电容器(电容器与负载并联，且采用大容量、有极性的电解电容)。电容滤波器利用电容的充放电功能使负载电压平滑。

当变压器副边电压 u 从零值开始增大至最大值时，二极管 D 导通，电流一路流经负载电阻 R_L，另一路给电容器 C 充电。由于二极管正向导通时电阻很小，所以电容器充电时间常数很小，电容器电压 u_C($u_C=u_0$)几乎与电源电压 u 同时达到最大值(如图 5.4.6 中实线所示的 a 点)。此后，u 按正弦规律下降，当 $u<u_C$ 时，二极管 D 受反向电压作用而截止，电容器通过负载电阻 R_L 放电，而 u_C 按指数规律下降，下降的速度由时间常数 $\tau=R_LC$ 决定。在 u 的下一个正半周内，当 u 大于电容器的剩余电压时(如图 5.4.6 中的 b 点所示)，二极管 D 再行导通，电容器如此周而复始地被充、放电，负载 R_L 上便得到如图 5.4.6 所示的电压波形。

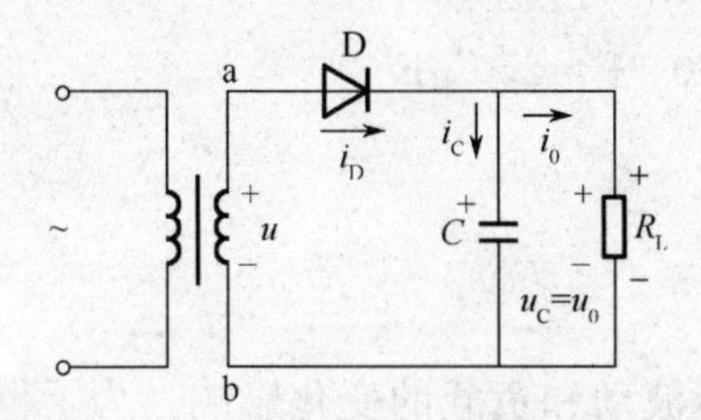

图 5.4.5　接有电容的单相半波整流电路

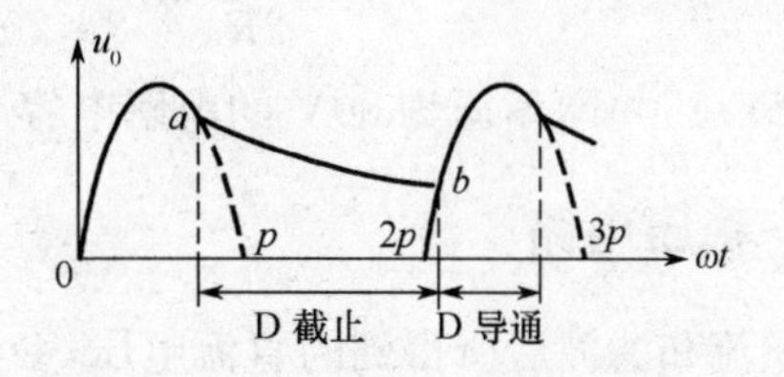

图 5.4.6　经电容滤波后 u_0 的波形

由以上分析可知，整流电路加接电容滤波器后有如下变化。

(1) 输出电压的平均值得到提高。因电容放电时 u_C 下降的速度取决于负载电阻 R_L，随着负载 R_L 值的变化，放电时间常数 R_LC 也要变化，R_L 减小，放电加快，U_0 就会相应下降，(空载 $R_L=\infty$ 时，电容器因无放电回路，$U_0=\sqrt{2}U$)；所以，输出电压提高的程度与所带负载有关，一般情况下，单相半波整流带电容滤波时，选取

$$U_0=U \tag{5.4.8}$$

单相桥式整流(全波整流)带电容滤波时取

$$U_0=1.2U \tag{5.4.9}$$

(2) 输出电压的脉动程度得到改善。由于输出电压的脉动程度与电容器的放电时间常数 R_LC 有关，C 越大，负载越轻(R_L 越大)，脉动就会越小。为了得到比较平滑的输出电压，一般按下式选取电容，即

$$R_LC\geqslant(3\sim5)\frac{T}{2} \tag{5.4.10}$$

式中，T 为正弦交流电源的周期。

(3) 在二极管导通期间(导通的时间比不带电容滤波的时间短得多)，流过二极管的电流 i_D 包括给负载提供的电流 i_0 和电容器的充电电流 i_C，二极管将承受较大的冲击电流，容易造成损坏，因此在选择二极管时应留有充分的余地。

【例 5.4.3】图 5.4.7 所示为一单相桥式整流带电容滤波的电路，已知交流电源频率 $f=50$ Hz，负载电阻 $R_L=200\ \Omega$，要求输出直流电压 $U_0=30$ V，选择整流二极管和滤波电容。

解：流过负载的平均电流为

$$I_0=\frac{U_0}{R_L}=\frac{30}{200}=0.15\ \text{A}$$

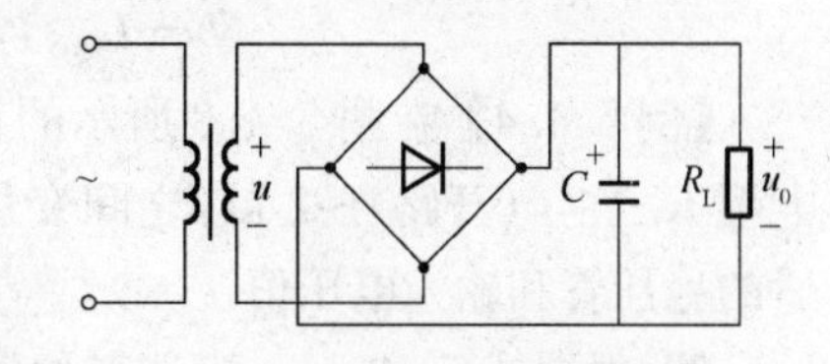

图 5.4.7　例 5.4.3 的电路

流过二极管的电流为

$$I_D=\frac{1}{2}I_0=\frac{1}{2}\times0.15=0.075\ \text{A}=75\ \text{mA}$$

变压器副边电压的有效值，按 $U_0=1.2U$ 计算得

$$U=\frac{U_0}{1.2}=\frac{30}{1.2}=25\ \text{V}$$

二极管承受的最高反向电压为

$$U_{DRM}=\sqrt{2}U=\sqrt{2}\times25=35\ \text{V}$$

查晶体管手册可知，应选用 2CP11(100 mA，50 V)。

根据式(5.4.10)，取

$$R_LC=5\times\frac{T}{2},T=\frac{1}{f}=\frac{1}{50}=0.02\ \text{s}$$

则 $$C=\frac{5T}{2R_L}=\frac{5\times0.02}{2\times200}=250\times10^{-6}\text{F}=250\ \mu\text{F}$$

应选用 $C=250\mu F$，耐压为 50V 的电解电容。

5.4.3 稳压电路

经整流和滤波后所得到的直流电压，会受电网电压波动和负载的变化影响。为了得到比较稳定的直流电压，必须在整流和滤波电路后再接稳压电路。最简单的直流稳压电源是采用硅稳压管来稳压的。

1. 稳压二极管稳压电路

图 5.4.8 所示电路是由硅稳压管 D_Z 和限流电阻 R 组成的最简单的直流稳压电路。整流和滤波后得到的直流电压 U_i 加在电阻 R 与稳压管 D_Z 组成的稳压电路的输入端，这样，在负载上就可以得到一个比较稳定的直流电压。

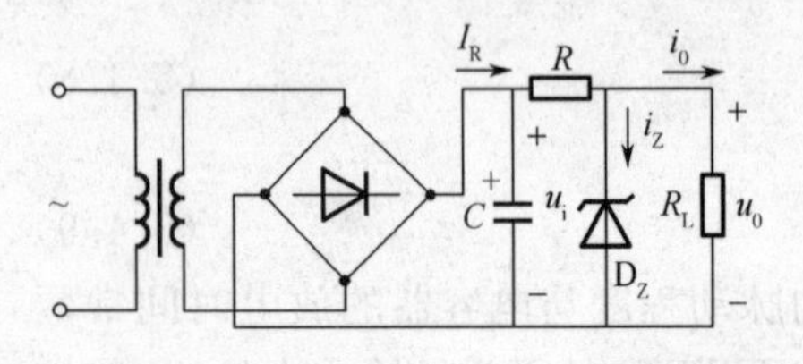

图 5.4.8 稳压二极管稳压电路

由图 5.4.8 电路可得如下关系

$$U_i=U_R+U_0,\quad I_R=I_Z+I_0$$

电网电压的波动和负载的变化是引起负载电压不稳定的主要原因。如果负载保持不变，当电网电压增加时，U_i 会随着增加，负载电压 U_0 也会表现出增加的趋势，由于 U_0 就是加在稳压管两端的反向电压，U_0 稍微增加一点，就会使 I_Z 增加很多，流过 R 的电流 $I_R=I_Z+I_0$ 就会增加，R 上的压降会增大，因 $U_0=U_i-I_RR$，这样，U_R 的增量就可以抵消 U_i 的增量，从而使 U_0 保持不变。电网电压减小时的稳压过程与上述过程完全相反。

如果电网电压保持不变，即 U_i 不变，当负载 R_L 变小（即电流 I_0 变大）时，I_R 将变大，R 上的压降会增大，因 U_i 不变，则 U_0 将会出现减小的趋势，U_0 稍微减小一点，I_Z 就会减小很多，因 $I_R=I_Z+I_0$，若 I_Z 的减小量与 I_0 的增加量互相抵消，就会使 I_R 不变，R 上的压降也不会变，在 U_i 不变的情况下，U_0 就会基本维持不变。当负载电流变小时的稳压过程与上述过程完全相反。

一般选择稳压管时，取

$$U_Z=U_0,\ I_{Z\max}=(1.5\sim3)I_{0\max},\ U_i=(2\sim3)U_0 \tag{5.4.11}$$

【例 5.4.4】 在图 5.4.8 所示的直流稳压电源中，已知负载要求的直流电压 $U_0=12\ \text{V}$，负载电阻 R_L 在∞（开路）～2 kΩ 之间变化，输入电压 U_i 有 32 V、24 V、15 V 等可供选择。试选择合适的稳压管和输入电压值。

解：根据式(5.4.11)，应选择稳压值 12V 的稳压管。

当 $R_L=2\ \text{k}\Omega$ 时

$$I_{0\max}=\frac{U_0}{R_{L\min}}=\frac{12}{2}=6\ \text{mA}$$

当 $R_L=\infty$ 时

$$I_{0\min}=0\ \text{mA}$$

根据式(5.4.11)，取

$$I_{Z\max}=3I_{0\max}=3\times6=18\ \text{mA}$$

查晶体管手册可知，应选用 2CW19，其参数为

$$U_Z=11.5\sim14\ \text{V},\ I_{Z\max}=18\ \text{mA}$$

根据式(5.4.11)取

$$U_i = 2.5U_0 = 2.5 \times 12 = 30\ \text{V}$$

因此，可选择输入电压

$$U_i = 32\ \text{V}$$

2. 三端集成稳压器电路

从外形看集成串联型稳压电路有 3 个引脚，即输入端、输出端和公共端，故而称为三端集成稳压器。按功能可分为固定式稳压电路和可调式稳压电路。它是目前应用相当广泛的一种单片集成稳压电源，具有体积小、可靠性高、使用灵活、价格低廉等优点。

W7800 系列（输出正电压）和 W7900 系列（输出负电压）三端集成稳压器为固定式稳压电路，图 5.4.9(a)是 W7800 系列稳压器的外形和引脚图，图 5.4.9(b)是其基本应用电路图。

图 5.4.9(b)中 U_i 为整流滤波后的输出直流电压。电容 C_i 是为了抵消因输入端较长引线的电感效应，防止产生自激振荡的，C_i 取值一般在 0.1～1 μF 之间，如 0.33 μF，若接线不长可不接 C_i；电容 C_o（即并联在负载两端）是为了消除输出电压的高频噪声，C_o 取值可小于 1 μF。

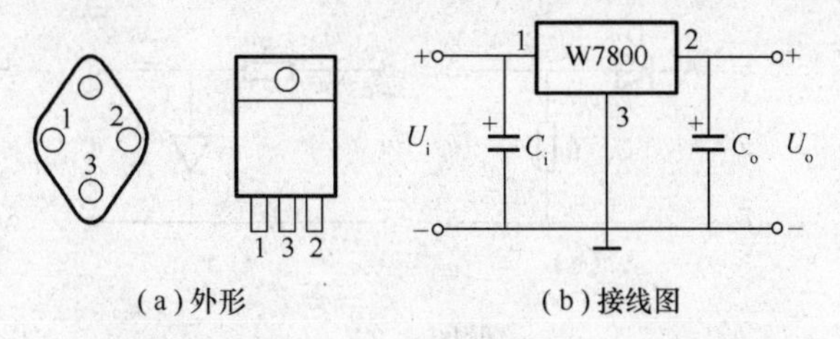

图 5.4.9 W7800 系列稳压器的引脚与接线图

W7800 系列输出固定的正电压有 5 V、6 V、9 V、12 V、15 V、18 V、24 V 7 种，例如 W7815 的输出电压为 15 V，最高输入电压为 35 V，最小输入与输出电压之差为 2～3 V，最大输出电流为 2.2 A，输出电阻为 0.03～0.15 Ω，电压变化率为 0.1%～0.2%。W7900 系列输出固定的负电压，其参数与 W7800 基本相同。

图 5.4.10 为用 W7815 和 W7915 设计的能同时输出±15 V 直流电压的电路原理图，通过分析电路原理可以对三端集成稳压器的正确连接和由稳压器构成的直流稳压电源的全貌有所了解。

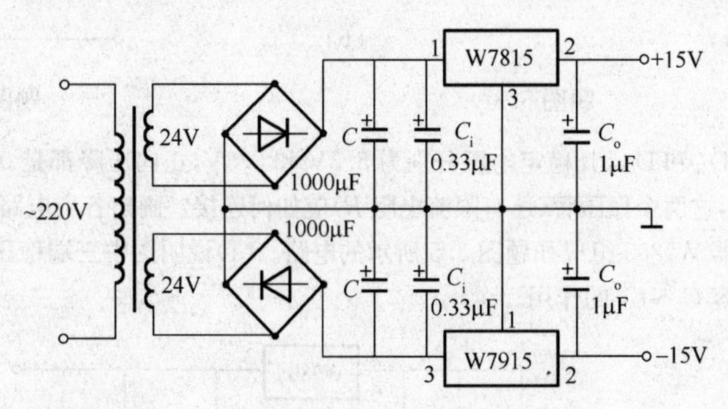

图 5.4.10 正、负电压同时输出的电路

思考与练习

5.4.1 在如图 5.4.3 所示的单相桥式整流电路中，如果 D_1 的极性接反，会出现什么现象？如果 D_1 被击穿短路，又会出现什么现象？

5.4.2 在图 5.4.8 所示的简单直流稳压电源电路中，电阻 R 起什么作用？如果 $R=0$，电路是否还有稳压作用？

习　题　5

5.1　把一个硅材料制成的PN结接成如题图5.1(a)、(b)、(c)所示的电路，试说明这3个电路中电流表A的读数有什么不同？为什么？

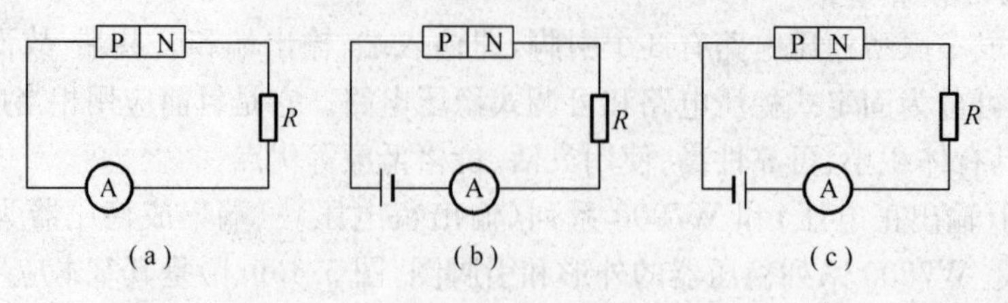

题图5.1

5.2　试说明在题图5.2所示的4种电路中，当输入电压$u_i=20\sin\omega t$ V时，输出电压u_o的最大值和极性(假定二极管的正向压降可忽略不计)。

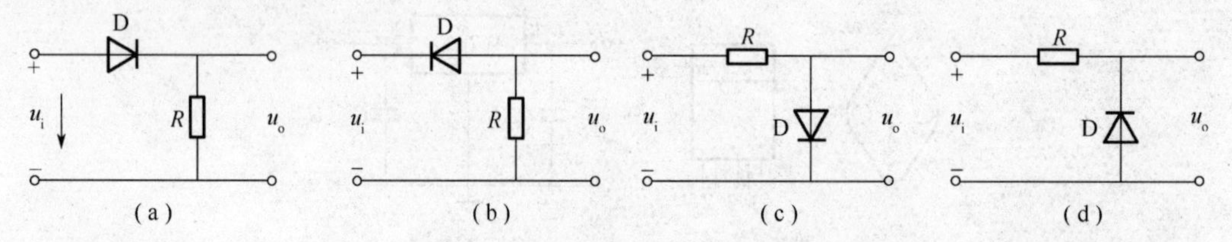

题图5.2

5.3　在题图5.3(a)中，u_i是输入电压的波形。试画出对应于u_i的输出电压u_o、电阻R上的电压u_R和二极管D上电压u_D的波形。二极管的正向压降可忽略不计。

5.4　题图5.4所示的电路中，$u_i=U_m\sin\omega t$ V，试画出u_o的波形并说明电路的功能。

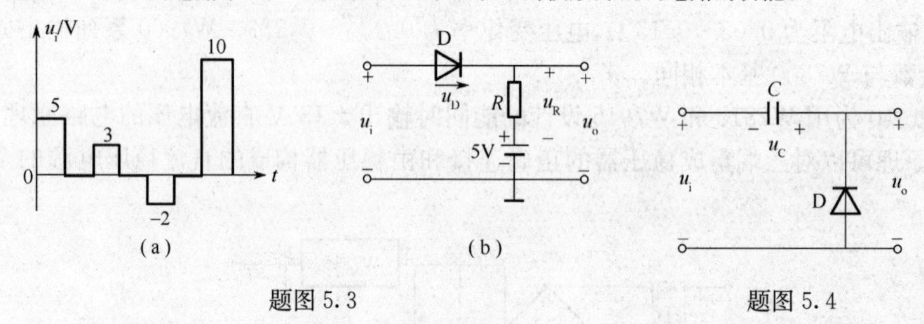

题图5.3　　　　题图5.4

5.5　有两个稳压管D_{Z1}和D_{Z2}，其稳定电压分别为5.5V和8.5V，正向压降都是0.5V。如果要得到0.5V、6V和14V几种稳定电压，这两个稳压管(还有限流电阻R)应如何连接？画出各个电路。

5.6　三端集成稳压器W7805组成如题图5.5所示的电路。(1)说明图中三端稳压器在使用时应注意哪些问题？(2)分析电路中电容$C_1\sim C_4$的作用。

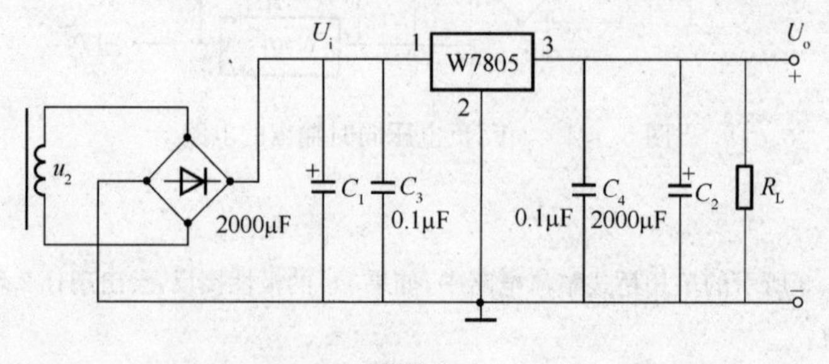

题图5.5

第 6 章　晶体管与交流放大电路

本章概要:

在生产、科研及日常生活中,几乎所有的电子仪器设备中都要用到放大电路。

放大电路能将一个微弱的电信号放大到所需要的数值,足以推动负载(如喇叭、显像管、仪表、继电器等)工作。

本章将从晶体管及其电流放大作用方面介绍共发射极接法单管交流放大电路的组成原理和基本分析方法。在此基础上,再讨论工作点稳定的典型放大电路、射极输出器、多级放大电路及差分放大电路,同时对功率放大电路和场效应管放大电路作简单介绍。

教学重点:

(1) 掌握晶体管的输入和输出特性,理解其主要参数的意义。

(2) 掌握放大电路的基本结构及工作原理。

(3) 掌握静态工作点的估算法。

(4) 掌握微变等效电路分析法。

教学难点:

掌握微变等效电路分析法。

6.1　晶体管

晶体管又称半导体三极管,它是组成放大电路的核心元件。本节介绍晶体管的基本结构、电流放大作用、输入/输出特性曲线和主要参数。

6.1.1　基本结构

目前使用的晶体管有 PNP 型和 NPN 型两种,它们的结构示意图和电路符号分别如图 6.1.1(a)、(b)所示。不论是 PNP 型还是 NPN 型,在结构上都有 3 个区——发射区、基区和集电区。其中基区很薄(微米数量级),掺杂浓度很低;发射区和集电区是同类型的杂质半导体,但前者掺杂浓度比后者高很多,而集电区面积比发射区面积大。3 个杂质半导体区域之间形成两个 PN 结——发射结和集电结。由 3 个区分别引出的 3 根电极分别称为发射极 E、基极 B 和集电极 C。

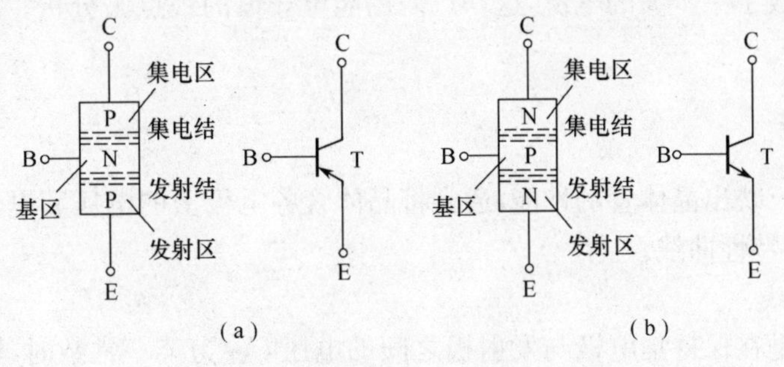

图 6.1.1　晶体管的结构和图形符号

6.1.2　电流分配和放大原理

下面以 NPN 型晶体管为例来分析晶体管的电流分配和放大原理。

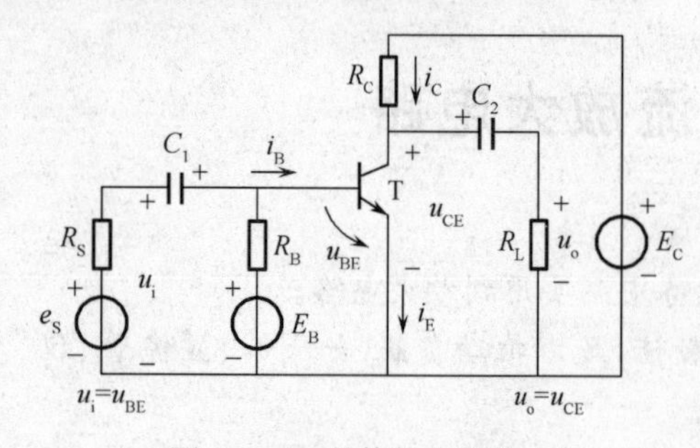

图 6.1.2 晶体管电流放大与分配的实验电路

为了使晶体管具有电流放大作用，在电路的连接(即外部条件)上必须使发射结加正向电压(正向偏置)，集电结加反向电压(反向偏置)。

将一个 NPN 型晶体管接成如图 6.1.2 所示的电路。将 R_B 和 E_B 接在基极与发射极之间，构成了晶体管的输入回路，E_B 的正极接基极，负极接发射极，使发射结正向偏置。将 R_C 和 E_C 接在集电极与发射极之间构成输出回路，E_C 的正极接 R_C 后再接集电极，负极接发射极，且 $E_C>E_B$，所以集电结反向偏置。输入回路与输出回路的公共端是发射极，所以此种连接方式称共射接法。

为了定量地说明晶体管的电流放大与分配关系，用图 6.1.3 所示的实验电路来测量基极电流 I_B、集电极电流 I_C 和发射极电流 I_E 这 3 个电流。所得数据如表 6.1.1 所示。

表 6.1.1 晶体管的电流关系表

I_B/mA	0	0.02	0.04	0.06	0.08	0.10
I_C/mA	<0.001	0.70	1.50	2.30	3.10	3.95
I_E/mA	<0.001	0.72	1.54	2.36	3.18	4.05

由以上数据可知：

① 当 $I_B=0$ 时，$I_C=I_E$ 并且很小，约等于零；

② 每组数据均满足

$$I_E=I_C+I_B \tag{6.1.1}$$

③ 每组数据的 I_C 均远大于 I_B，I_C 与 I_B 的比值称为晶体管共射接法时的静态(直流)电流放大系数，用$\bar{\beta}$表示，即

$$\bar{\beta}=\frac{I_C}{I_B}=\frac{2.30}{0.06}=38.3$$

④ 基极电流 I_B 的微小变化 ΔI_B，会引起集电极电流 I_C 的很大变化 ΔI_C，ΔI_C 与 ΔI_B 的比值称为晶体管共射接法时的动态(交流)电流放大系数，用β表示，即

$$\beta=\frac{\Delta I_C}{\Delta I_B}=\frac{2.30-1.50}{0.06-0.04}=\frac{0.80}{0.02}=40$$

必须注意，晶体管的电流放大作用实质上是电流控制作用，是用一个较小的基极电流去控制一个较大的集电极电流，这个较大的集电极电流是由直流电源 E_C 提供的，并不是晶体管本身把一个小的电流放大成了一个大的电流，这一点需用能量守恒的观点去分析。所以晶体管是一种电流控制元件。

6.1.3 特性曲线

为了能直观地反映出晶体管的性能，通常将晶体管各电极上的电压和电流之间的关系画成曲线，称为晶体管的特性曲线。

1. 输入特性曲线

输入特性曲线是在保持集电极与发射极之间的电压 U_{CE} 为某一常数时，输入回路中的基极电流 I_B 与基极射极间电压 U_{BE} 之间的关系曲线。它反映了晶体管输入回路中电压与电流的关系，其函数表达式为

$$I_B=f(U_{BE})\big|_{U_{CE}=\text{常数}} \tag{6.1.2}$$

对硅管而言，当 $U_{CE}\geqslant 1$V 时，集电结已反向偏置。从发射区发射到基区的电子绝大部分会

被集电区收集而形成集电极电流。这样，在 U_{BE} 一定的情况下，从发射区发射到基区的电子数目是一定的。如果此时再增大 U_{CE}，I_B 也不会有明显的减小。因此，$U_{CE}>1V$ 后的输入特性曲线与 $U_{CE}=1V$ 的基本重合，所以，通常只画出 $U_{CE}\geqslant 1V$ 的一条输入特性曲线，如图 6.1.3 所示。

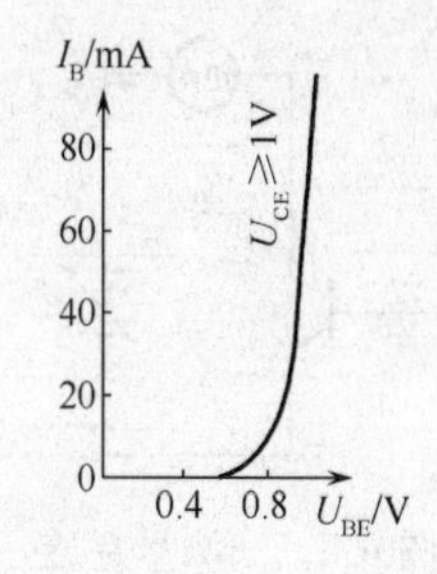

图 6.1.3　3DG6 的输入特性曲线

2. 输出特性曲线

输出特性曲线是在 I_B 为某一常数时，输出回路中 I_C 与 U_{CE} 的关系曲线，它反映了晶体管输出回路中电压与电流的关系。其函数表达式为

$$I_C=f(U_{CE})\big|_{I_B\text{常数}} \tag{6.1.3}$$

在不同的 I_B 下，可得出不同的曲线，所以晶体管的输出特性曲线是一组曲线。

晶体管可以工作在输出特性曲线的 3 个区域内，如图 6.1.4 所示。

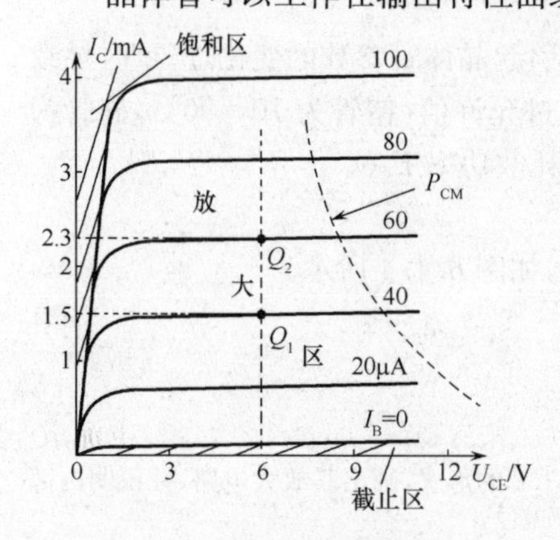

图 6.1.4　晶体管的输出特性曲线

(1) 放大区

输出特性曲线的近于水平部分是**放大区**。晶体管工作在放大区的主要特征是：发射结正向偏置，集电结反向偏置，I_C 与 I_B 间具有线性关系，即 $I_C=\beta I_B$。在放大电路中的晶体管必须工作在放大区。

(2) 截止区

$I_B=0$ 的曲线以下的区域称为**截止区**。晶体管工作在截止区的主要特征是：$I_B=0$，$I_C=I_{CEO}\approx 0$（I_{CEO} 称为集电极到发射极间的穿透电流，一般很小，可以忽略不计），相当于晶体管的 3 个极之间都处于断开状态。为了使晶体管可靠截止，往往使发射结反向偏置，集电结也处于反向偏置。

(3) 饱和区

在输出特性曲线的左侧，I_C 趋于直线上升的部分，可看做是**饱和区**。晶体管工作在饱和区的主要特征是：$U_{CE}<U_{BE}$，即集电结为正向偏置，发射结也是正向偏置；I_B 的变化对 I_C 影响不大，两者不成正比，不符合 $\bar{\beta}=\dfrac{I_C}{I_B}$。因不同 I_B 的各条曲线都几乎重合在一起，此时 I_B 对 I_C 已失去控制作用，且有 $U_{CE}\approx 0V$，$I_C\approx\dfrac{U_{CC}}{R_C}$。

6.1.4　主要参数

晶体管的特性还可用一些参数来表示，这些参数是正确选择与使用晶体管的依据。主要参数有以下几个。

1. 电流放大系数 $\bar{\beta}$ 和 β

① $\bar{\beta}=\dfrac{I_C}{I_B}$，称为晶体管共射接法时的静态（直流）电流放大系数。

② $\beta=\dfrac{\Delta I_C}{\Delta I_B}$，称为晶体管共射接法时的动态（交流）电流放大系数。

③ $\bar{\beta}$ 与 β 两者的含义是不同的，但两者的数值较为接近，今后在进行估算时，可认为 $\bar{\beta}=\beta$。

2. 穿透电流 I_{CEO}

I_{CEO} 是指基极开路（$I_B=0$）时，集电极到发射极间的电流。如图 6.1.5 所示是测量穿透电流

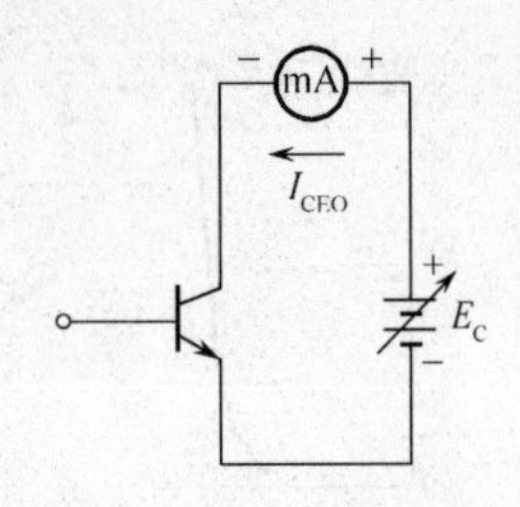

图 6.1.5 测量穿透电流的电路

的电路。管子的穿透电流越小越好。一般硅管的 I_{CEO} 在几微安以下，锗管为几十微安到几百微安。穿透电流受温度的影响很大，温度升高会使 I_{CEO} 明显增大。并且管子的 β 值越高，I_{CEO} 也会越大，所以 β 值大的管子温度稳定性差。

3. 集电极最大允许电流 I_{CM}

集电极电流 I_C 超过一定值时，β 值下降。当 β 值下降到正常值的三分之二时的集电极电流，称为集电极最大允许电流 I_{CM}。因此，在使用晶体管时，I_C 超过 I_{CM} 时，管子虽不至于被烧毁，但 β 值却下降了许多。

4. 集电极-发射极反向击穿电压 $U_{(BR)CEO}$

基极开路时，加在集电极与发射极之间的最大允许电压，称为集电极-发射极反向击穿电压。使用时，加在集电极-发射极间的实际电压应小于此反向击穿电压，以免管子被击穿。

5. 集电极最大允许耗散功率 P_{CM}

因 I_C 在流经集电结时会产生热量，使结温升高，从而会引起晶体管参数的变化，严重时导致管子烧毁。因此必须限制管子的耗散功率，在规定结温不超过允许值(锗管为 70～90℃，硅管为 150 ℃)时，集电极所消耗的最大功率，称为集电极最大允许耗散功率 P_{CM}。

$$P_{CM} = I_C U_{CE}$$

可在晶体管输出特性曲线上作出 P_{CM} 曲线，称为功耗线，如图 6.1.4 所示。

思考与练习

6.1.1 晶体管的发射极和集电极是否可以调换使用？为什么？

6.1.2 为什么晶体管的基区要做得薄且掺杂浓度要小？

6.1.3 为了使 PNP 型的晶体管具有电流放大作用，试参照图 6.1.2 的形式，画出其放大电路，并说明内部载流子的运动过程及各极电流的实际方向。

6.2 共发射极放大电路的组成

图 6.2.1 是共发射极接法的基本交流放大电路，输入端接需要进行放大的交流信号源(通常用电动势 e_S 与电阻 R_S 串联的电压源表示)，输入电压为 u_i；输出端接负载电阻 R_L，输出电压为 u_o。

晶体管 T 是电路中的放大元件，利用它的电流放大作用，将由信号源产生的很小的基极电流，放大为较大的集电极电流。但必须注意，这个较大的集电极电流是直流电源 E_C 提供的。

电阻 R_C 称为集电极负载电阻，简称集电极电阻。它的作用是将集电极电流的变化转变为电压的变化，实现电压放大。R_C 的阻值一般为几千欧到几十千欧。

集电极电源 E_C 除为输出信号提供能量外，还使集电结处于反向偏置状态，以保证晶体管工作在放大状态。E_C 一般为几伏到几十伏。

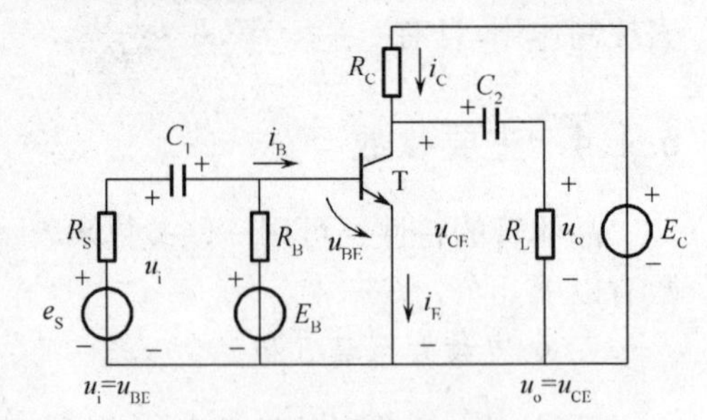

图 6.2.1 基本交流放大电路

基极电源 E_B 和基极电阻 R_B，它们的作用一方面是使发射结处于正向偏置状态，另一方面可以通过调节 R_B，使晶体管的基极电流大小合适。R_B 称为基极偏流电阻，其阻值一般为几十千欧到几百千欧。

电容 C_1 和 C_2 称为耦合电容，它们的主要作用是“隔直传交”。隔直，是用 C_1 和 C_2 分别将信号源与放大器之间、负载与放大器之间的直流通道隔断，也就是使信号源、放大器和负载三者之间无直流联系，互不影响。传交，就是 C_1 和 C_2 使所放大的交流信号畅通无阻，即对于交流信号而言，C_1 和 C_2 的容抗很小，可以忽略不计，可作为短路处理。因此，C_1 和 C_2 的电容值一般较大，为几微法到几十微法，所用的是有极性的电解电容。

在图 6.2.1 所示的电路中，用了两个直流电源 E_C 和 E_B。实际上 E_B 可以省去，只由 E_C 供电，将 R_B 改接到 E_C 的正极与基极之间，适当改变 R_B 的阻值，仍可使发射结正向偏置，如图 6.2.2(a)所示。

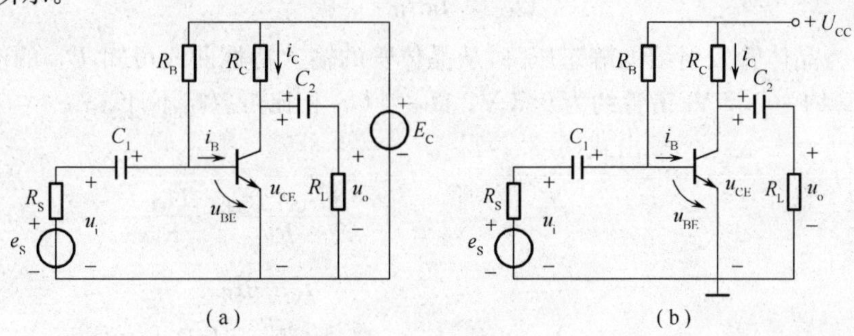

图 6.2.2　基本交流放大电路

在放大电路中，常设公共端的电位为零(用接地符号“⊥”表示)，作为电路中其他各点电位的参考点。同时为了简化电路的画法，常将电源 E_C 的符号省去，只标出 E_C 的电压值 U_{CC} 和极性(“+”或“−”)即可，如图 6.2.2(b)所示。若 E_C 的内阻忽略不计，则 $U_{CC}=E_C$。

思考与练习

6.2.1　集电极负载电阻 R_C 的作用是什么？若不接此电阻能否实现电压放大？

6.2.2　试参照图 6.2.2(b)的电路，画出由 PNP 型晶体管组成的基本交流放大电路，并标出电源的极性。

6.3　共发射极放大电路的静态分析

对放大电路可分为静态和动态两种情况来分析。

放大电路的静态是指输入信号为零时的工作状态。在静态情况下，电路中各处的电压和电流均为直流称为静态值，分别用 I_B、I_C、U_{BE} 和 U_{CE} 等表示。

放大电路的动态是指输入信号不为零时的工作状态。这时，电路中的各个电流与电压是在静态(直流)的基础上，叠加上一个动态(交流)量。由交流分量和直流分量叠加后的总电压和总电流，分别用 i_B、i_C、i_E、u_{BE}、u_{CE} 等表示。

由交流信号产生的交流分量，其瞬时值用 i_b、i_c、i_e、u_{be}、u_{ce}、u_i、u_o 等表示，其有效值用 I_b、I_c、I_e、U_{be}、U_{ce}、U_i、U_o 等表示。放大电路中电压和电流的符号如表 6.3.1 所示。

表 6.3.1　放大电路中电压和电流的符号

名称	静态值	正弦交流分量		总电流或电压	直流电源
		瞬时值	有效值	瞬时值	对地电压
基极电流	I_B	i_b	I_b	i_B	
集电极电流	I_C	i_c	I_c	i_C	
发射极电流	I_E	i_e	I_e	i_E	
集-射极电压	U_{CE}	u_{ce}	U_{ce}	u_{CE}	
基-射极电压	U_{BE}	u_{be}	U_{be}	u_{BE}	
集电极电源					U_{CC}
基极电源					U_{BB}
发射极电源					U_{EE}

6.3.1 用估算法求放大电路的静态值

由于 C_1 和 C_2 具有隔断直流的作用，所以图 6.2.2(b)所示基本交流放大电路的直流通路如图 6.3.1 所示，利用此直流通路，就可求出放大电路的各静态值。由图 6.3.1 可得

$$U_{CC}= I_BR_B+U_{BE} \tag{6.3.1}$$

由于 U_{BE} 为晶体管发射结的静态压降，从晶体管的输入特性曲线可知，U_{BE} 的值较小且变化不大，通常硅管约为 0.7 V，锗管约为 0.3 V。U_{BE} 与 U_{CC} 相比可忽略不计。

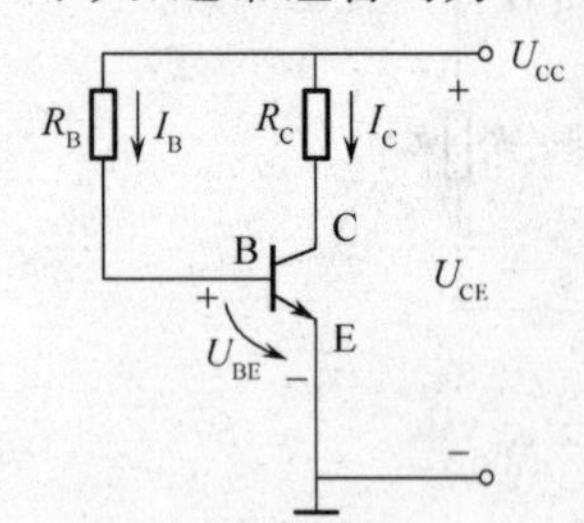

图 6.3.1 放大电路的直流通路

由式(6.3.1)得

$$I_B=\frac{U_{CC}-U_{BE}}{R_B}\approx\frac{U_{CC}}{R_B} \tag{6.3.2}$$

$$I_C=\beta I_B \tag{6.3.3}$$

$$U_{CE}=U_{CC}-I_CR_C \tag{6.3.4}$$

【例 6.3.1】 在图 6.3.1 中，已知 $U_{CC}=12\text{V}$，$R_B=300\text{k}\Omega$，$R_C=4\text{k}\Omega$，$\beta=37.5$，试求放大电路的静态值。

解：由式(6.3.2)、式(6.3.3)和式(6.3.4)可得

$$I_B=\frac{U_{CC}-U_{BE}}{R_B}\approx\frac{U_{CC}}{R_B}=\frac{12}{300}=0.04\text{mA}=40\mu\text{A}$$

$$I_C=\beta I_B=37.5\times0.04=1.5\text{mA}$$

$$U_{CE}=U_{CC}-I_CR_C=12-1.5\times4=6\text{V}$$

6.3.2 用图解法确定静态工作点

晶体管是一种非线性元件，其集电极电流 I_C 与集电极-发射极间的电压 U_{CE} 之间不是线性关系。可利用晶体管的输出特性曲线，采用作图的方法求放大电路的静态值，此静态值表现为输出特性曲线上的一个点，称为放大电路的静态工作点。通过图解法能够直观地分析并了解静态工作点对放大电路工作的影响。

在如图 6.3.1 所示的直流通路中，若晶体管的输出特性曲线如图 6.1.4 所示，那么晶体管 I_C 与 U_{CE} 之间的输出特性曲线满足式(6.1.3)。

另一方面，从图 6.3.1 所示的直流通路中可知，I_C 与 U_{CE} 之间必须满足基尔霍夫电压定律，即

$$U_{CC}= I_CR_C+ U_{CE}$$

或

$$I_C=-\frac{1}{R_C}U_{CE}+\frac{U_{CC}}{R_C} \tag{6.3.5}$$

因此，I_C 与 U_{CE} 必须同时满足式(6.1.3)和式(6.3.5)。将此两式联立求解，即可求出 I_C 和 U_{CE} 之值。

式(6.3.5)是一个直线方程，其斜率 $\tan\alpha=-\frac{1}{R_C}$，在横轴上的截距为 U_{CC}，在纵轴上的截距为 $\frac{U_{CC}}{R_C}$。可以很容易地在图 6.3.2 中作出这一直线。由于这条直线的方程是由直流通路得出的，其斜率由集电极负载电阻 R_C 值决定，所以称这条直线为直流负载线。

由图 6.3.2 可知，基极电流 I_B 的大小不同时，直流负载线与输出特性曲线的交点(即工作

点)将不同,如果 I_B 较大,工作点会在直流负载线的左上方(如 Q_1 点),此时 I_C 较大,U_{CE}较小;若 I_B 较小,工作点会在直流负载线的右下方(如 Q_2 点),此时 I_C 较小,U_{CE}较大。为了得到合适的静态工作点,可通过调节偏流电阻 R_B 的值来改变 I_B 的大小。

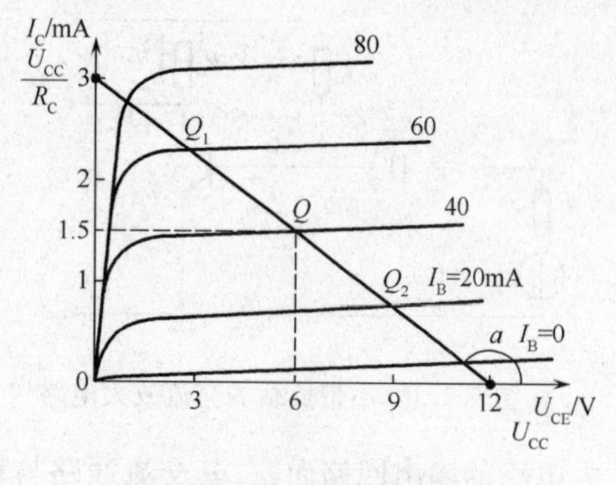

图 6.3.2 用图解法确定放大电路的静态工作点

【例 6.3.2】 在图 6.3.1 中,所用元件参数均与例 6.3.1相同,晶体管的输出特性曲线如图 6.3.2所示。试作出直流负载线并求静态工作点。

解:从图 6.3.1 所示中,可列出输出回路的电压方程为

$$U_{CC}= I_C R_C + U_{CE}$$

此式即为直流负载线方程,只要找出这条直线上的两个特殊点(分别为横轴和纵轴上的截距),就可作出该直线。

当 $I_C=0$ 时

$$U_{CE}=U_{CC}=12\text{V}$$

当 $U_{CE}=0$ 时

$$I_C=\frac{U_{CC}}{R_C}=\frac{12}{4}=3\text{mA}$$

在图 6.3.2 中作出该直流负载线。

由图 6.3.1 可知

$$I_B=\frac{U_{CC}-U_{BE}}{R_B}\approx\frac{U_{CC}}{R_B}=\frac{12}{300}=40\mu\text{A}$$

则直流负载线与 $I_B=40\mu$A 的那条输出特性曲线的交点 Q 即为该交流放大电路的静态工作点,对应的静态值为

$$I_B= 40\mu\text{A}$$
$$I_C= 1.5\text{mA}$$
$$U_{CE}= 6\text{V}$$

以上结果与例 6.3.1 采用估算法所得结果一致。

思考与练习

6.3.1 什么叫静态?什么是静态工作点?在图 6.3.2 中,如果静态工作点偏高(如 Q_1 点),要想把工作点降低一些,应采取什么措施?

6.3.2 如果保持 R_B、R_C 和 U_{CC}三个量中的任意两个不变,只改变其中一个量的大小,试分析对静态工作点有何影响。

6.4 共发射极放大电路的动态分析

6.4.1 图解法

下面用图解法分析不带负载时交流放大电路的动态情况。

在如图 6.4.1 所示的交流放大电路中,各元件参数均已在图中标出,晶体管的输入和输出特性曲线如图 6.4.2所示。若放大电路的输入信号 $u_i=0.02\sin\omega t$,C_1 对交流 U_i 来讲相当于短路,则晶体管基极和发射极间的电压 u_{BE} 就是在原有直流分量 U_{BE} 的基础上叠加了一个交流分量 u_i,即

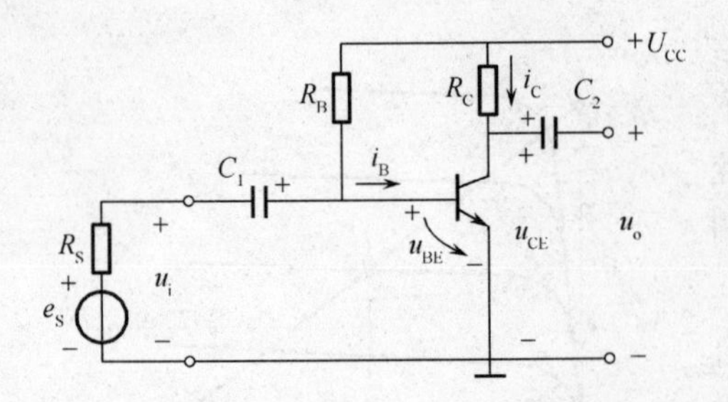

图 6.4.1 不带负载的交流放大电路

$$u_{BE}=U_{BE}+u_i$$

由于 u_{BE} 随着输入信号变化，基极电流 i_B 也会发生变化，从输入特性曲线上可相应作出 i_B 的波形，它是在直流量 I_B 的基础上叠加了一个交流信号，即

$$i_B=I_B+i_b$$

由图 6.4.2 中 i_B 的波形可知，i_B 在 20～60μA 之间变动。

这里我们分析的是不带负载的简单情况，对于放大电路的输出回路而言，其交流通路与直流通路没有本质上的区别，因此可用直流负载线来讨论交流信号放大的情况。

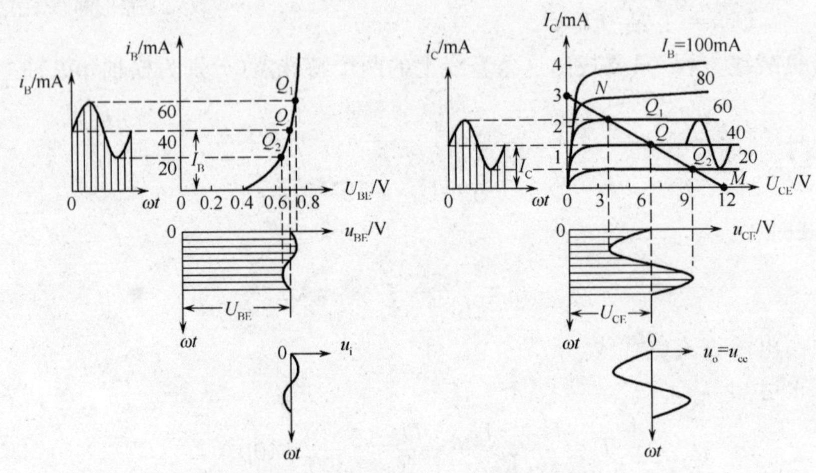

图 6.4.2 用图解法分析放大电路的动态

从图 6.4.2 所示的输出特性曲线可知，静态时直流负载线与 $I_B=40\mu A$ 的那条输出特性曲线的交点为 Q，相应的静态值为

$$I_B=40\mu A, I_C=1.5mA, U_{CE}=6V$$

由于输入信号使 i_B 在 20～60 μA 之间变化，相应的工作点会沿着直流负载线在 Q_2～Q_1 之间来回移动。因此，可相应地作出 i_C 和 u_{CE} 的波形，如图 6.4.3 所示，可知

$$i_C=I_C+i_c$$

$$u_{CE}=U_{CE}+u_{ce}=U_{CE}+u_o$$

由于电容器 C_2 的隔直作用，在放大电路的输出端可以得到一个不含直流成分的交流输出电压 u_o，很显然，输出的交流电压 u_o 就等于晶体管集电极-射极间电压的交流分量 u_{ce}，即

$$u_o=u_{ce}$$

由以上图解分析可得出如下结论。

① 当放大电路有交流信号输入时，晶体管各极的电流和电压都是在原静态（直流）的基础上叠加了一个由交流输入信号产生的交流分量，即

$$u_{BE}=U_{BE}+u_i=U_{BE}+u_{be} \quad (u_{be}=u_i)$$

$$i_B=I_B+i_b$$

$$i_C=I_C+i_c$$

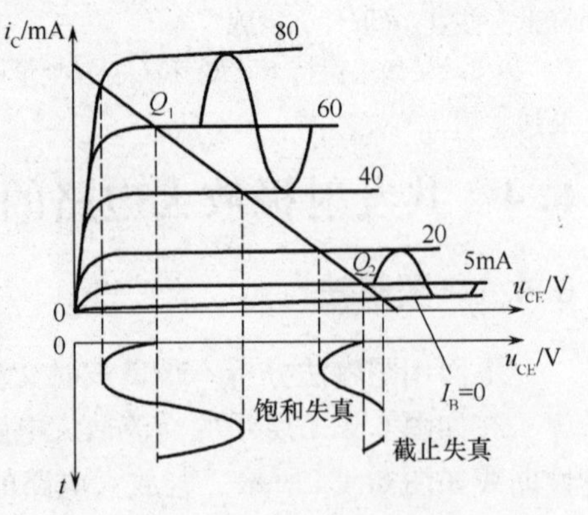

图 6.4.3 工作点不合适而引起的波形失真

$$u_{CE}=U_{CE}+u_o=U_{CE}+u_{ce}\quad(u_o=u_{ce})$$

② 如无失真，电路中各处电流与电压的交流分量，如 i_b、u_{be}、i_c、u_{ce}与 u_o，都是和输入信号 u_i 频率相同的正弦量。

③ 在共射接法的交流放大电路中，输出电压与输入电压相位相反。这是因为在输入信号的正半周时，基极电流 i_B 在原来静态值的基础上增大，i_C 也随之增大，由式

$$u_{CE}=U_{CC}-i_C R_C$$

可知，u_{CE}会在原来静态的基础上减小，因此，u_i 为正半周（正值）时，$u_o=u_{ce}$为负半周（负值）。当 u_i 为负半周时，$u_o=u_{ce}$为正半周。这种现象称为放大电路的倒相作用。

从图 6.4.2 中，可以计算出放大电路的电压放大倍数 A_u，因输入电压的幅值为 0.02V，从图中可量出输出电压的幅值为 3V，则

$$|A_u|=\frac{U_o}{U_i}=\frac{3/\sqrt{2}}{0.02/\sqrt{2}}=150$$

一个放大电路除了要有一定的电压放大倍数外，还需要使所放大的信号不失真，即输入信号是一个正弦波时，输出信号也应是一个放大了的正弦波，否则就是出现了失真。造成失真的主要原因是静态工作点设置偏高（接近饱和区）或偏低（接近截止区）。如图 6.4.3 所示，如果静态时基极电流 I_B 太大，工作点偏高（Q_1 点），就会造成饱和失真，使输出电压的负半周被削平；如果静态时基极电流太小，工作点偏低（Q_2 点），就会造成截止失真，使输出电压的正半周被削平。所以，要使放大电路能对信号进行不失真的放大，必须给放大电路设置合适的静态工作点。

6.4.2 微变等效电路法

用图解法分析放大电路的动态，能形象直观地反映出电路中各处电压和电流的变化情况。若能对工作点的正确设置及饱和失真、截止失真的情况加深认识，有利于我们对放大电路工作原理的认识。但作图过程烦琐，容易出现误差，且不适用于较为复杂的电路。所以一般情况下都采用微变等效电路的方法来分析放大电路的动态。这种方法既简便，也适用于较为复杂的电路。

微变等效电路法的实质是在小信号（微变量）的情况下，将非线性元件晶体管线性化，即把晶体管等效为一个线性电路。这样，就可以采用计算线性电路的方法来计算放大电路的输入电阻、输出电阻及电压放大倍数等。

1. 晶体管的微变等效电路

从图 6.4.4(a)所示的晶体管电路的输入端看，i_b 与 u_{be}之间应该遵循晶体管的输入特性曲线，是非线性的。但当输入信号很小时，在静态工作点 Q 附近的工作段可认为是直线，如图 6.4.5所示。因此，在这一小段直线范围内，ΔU_{BE}与 ΔI_B 之比为常数，称为晶体管的输入电阻，用 r_{be}表示，即

$$r_{be}=\frac{\Delta U_{BE}}{\Delta I_B}=\frac{u_{be}}{i_b}$$

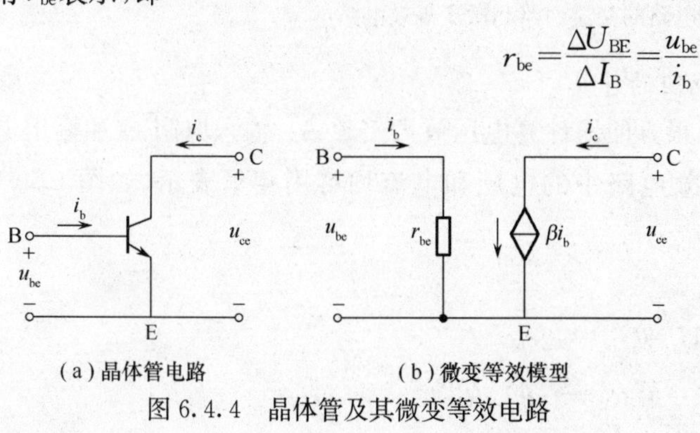

(a) 晶体管电路　　(b) 微变等效模型

图 6.4.4　晶体管及其微变等效电路

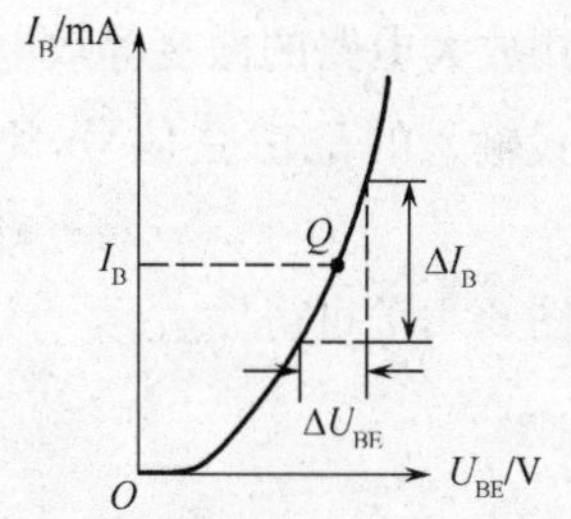

图 6.4.5　从输入特性曲线求 r_{be}

因此,在小信号的情况下,晶体管的输入电路可用电阻 r_{be} 来代替,如图 6.4.4(b)所示。低频小功率晶体管的输入电阻常用下式估算

$$r_{be}=300(\Omega)+(1+\beta)\frac{26(\mathrm{mV})}{I_{E}(\mathrm{mA})} \tag{6.4.1}$$

式中,I_E 是发射极电流的静态值。r_{be} 一般为几百欧到几千欧。必须注意,r_{be} 是晶体管输入电路对交流(动态)信号所呈现的一个动态电阻,它不等于静态值 U_{BE} 与 I_B 的比值,即 $r_{be}\neq\frac{U_{BE}}{I_B}$。

从晶体管的输出特性曲线可以看出,当晶体管工作在放大区时,如图 6.3.2 所示,输出特性为一组近似与横轴平行的直线,因此 u_{ce} 对 i_c 的影响不大,i_c 只由 i_b 决定,即

$$i_c=\beta i_b$$

所以,晶体管的输出电路可用一个电流源 $i_c=\beta i_b$ 等效,如图 6.4.4(b)所示。必须注意,这个电流源 i_c 是受基极电流 i_b 控制的,这就体现了晶体管的电流控制作用。当 $i_b=0$ 时,$i_c=\beta i_b$ 也不复存在。

由以上分析可知,在小信号的情况下,一个晶体管就可用图 6.4.4(b)所示的电路去代替,这样就将含有晶体管这种非线性元件的电路变成了一个线性电路。

2. 放大电路的微变等效电路

在进行放大电路的分析计算时,通常采用的方法是将放大电路的静态计算与动态计算分开进行。在进行静态分析时,先画出放大电路的直流通路,利用直流通路采用估算法或图解法求静态值(静态工作点)。进行动态分析时,先画出放大电路的交流通路。图 6.4.6(a)是图 6.2.2(b)所示基本交流放大电路的交流通路。对于交流信号而言,电容 C_1 和 C_2 可视作短路;因一般直流电源的内阻很小,交流信号在电源内阻上的压降可以忽略不计,所以对交流而言,直流电源也可认为是短路的。根据以上原则就可以画出放大电路的交流通路。然后,再将交流通路中的晶体管用它的微变等效电路代替,这样就得到了放大电路的微变等效电路,如图 6.4.6(b)所示。必须注意,交流通路或微变等效电路,只能用来分析计算放大电路的交流量,图中所示的各电量均为交流量的参考正方向。

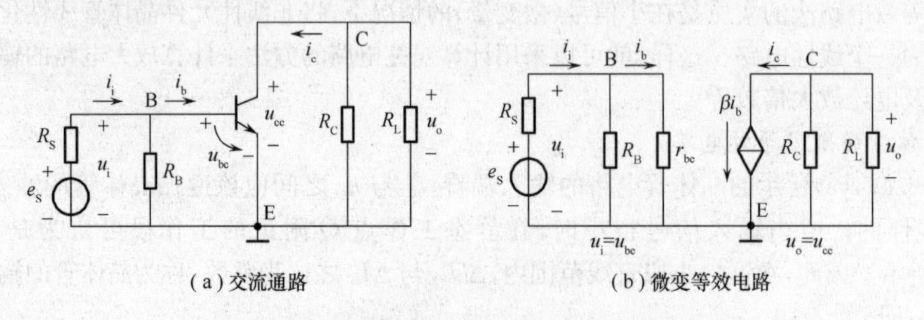

图 6.4.6　放大电路的交流通路和微变等效电路

3. 电压放大倍数、输入电阻和输出电阻的计算

利用放大电路的微变等效电路,可以很方便地计算电压放大倍数 A_u、输入电阻 r_i 和输出电阻 r_o。设输入的是正弦信号,则微变等效电路中的电压和电流均可用相量表示,如图 6.4.7 所示。

由图 6.4.7 可得

$$\dot{U}_i=\dot{U}_{be}=\dot{I}_b r_{be}$$

$$\dot{U}_o=-\dot{I}_C R_L'=-\beta\dot{I}_b R_L'$$

式中，$R'_L=R_C /\!/ R_L$，是放大电路总的等效交流负载。故放大电电路的电压放大倍数为

$$A_u=\frac{\dot{U}_o}{\dot{U}_i}=-\frac{\beta \dot{I}_b R'_L}{\dot{I}_b r_{be}}=-\beta\frac{R'_L}{r_{be}} \tag{6.4.2}$$

式中的负号表示输出电压与输入电压相位相反。

当放大电路不接负载(输出端开路)时，有

$$A_u=-\beta\frac{R_C}{r_{be}} \tag{6.4.3}$$

可见接上负载 R_L 后，电压放大倍数要下降。

放大电路的输入电阻是从放大电路的输入端看进去的等效电阻，其表达式为

$$r_i=\frac{\dot{U}_i}{\dot{I}_i} \tag{6.4.4}$$

放大电路的输入电阻就是信号源的负载电阻，如图 6.4.8 所示。由图可知，如果放大电路的输入电阻较小，将对电路有以下几种影响：

① 信号源输出的电流 $\dot{I}_i=\frac{\dot{E}_S}{R_S+r_i}$ 将较大，这就相应增加了信号源的负担；

② 实际加在放大电路输入端的电压 $\dot{U}_i=\dot{E}_S-\dot{I}_i R_S$ 将较小，在放大电路放大倍数不变的情况下，其输出电压 $\dot{U}_o$ 将变小；

③ 在多级放大电路中，后一级的输入电阻就是前一级的负载电阻，这样会降低前一级的电压放大倍数。因此，总是希望放大电路的输入电阻大一些好。

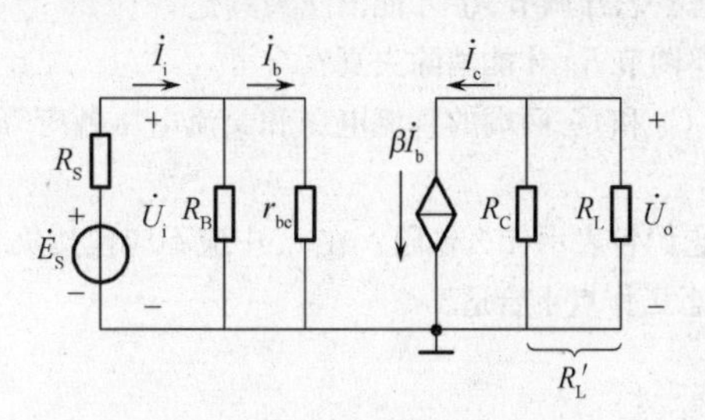

图 6.4.7 微变等效电路

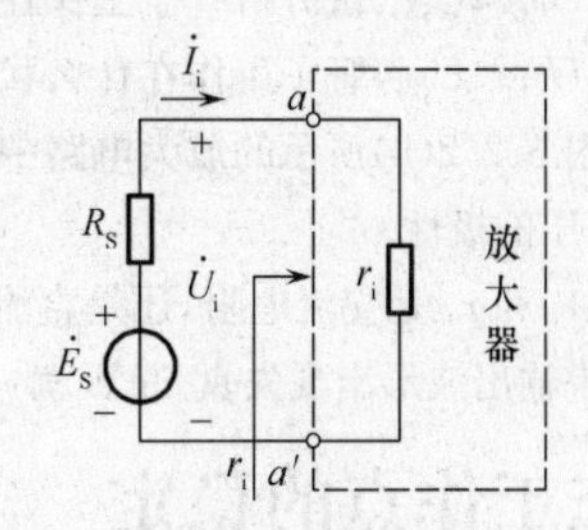

图 6.4.8 放大器的输入电阻

图 6.4.8 所示放大电路的输入电阻为

$$r_i=R_B/\!/r_{be}\approx r_{be} \tag{6.4.5}$$

因为 $R_B\gg r_{be}$，所以这种放大器的输入电阻不高。

注意，式(6.4.5)中只表示 r_i 的值约等于 r_{be}，但 r_i 和 r_{be} 的意义是不同的，r_i 是指放大电路的输入电阻，r_{be} 是晶体管的输入电阻，二者不能混淆。

放大电路的输出电阻是从放大电路的输出端看进去的一个电阻。图 6.4.6(b)所示电路的输出电阻为

$$r_o=R_C \tag{6.4.6}$$

这表明共射接法的放大电路的输出电阻就等于集电极负载电阻 R_C，一般为几千欧到十几千欧，比较大。通常希望放大电路的输出电阻小一点好，这样可提高放大电路带负载的能力。

【例 6.4.1】 在图 6.2.2(b)所示的放大电路中，已知 $U_{CC}=12V$，$R_C=4k\Omega$，$R_B=300k\Omega$，$R_L=4k\Omega$，$\beta=37.5$，试求不带负载与带负载两种情况下的电压放大倍数及放大电路的输入电阻和输出电阻。

解:在例 6.3.1 中已求出

$$I_C = 1.5\text{mA} \approx I_E$$

则晶体管的输入电阻为

$$r_{be} = 300 + (1+\beta)\frac{26\text{mV}}{I_E\text{mA}} = 300 + (1+37.5)\frac{26}{1.5} = 0.967\text{k}\Omega$$

不带负载时的电压放大倍数为

$$A_u = -\beta\frac{R_C}{r_{be}} = -37.5 \times \frac{4}{0.967} = -155$$

带负载时,等效负载电阻为

$$R_L' = R_C // R_L = 4//4 = 2\text{k}\Omega$$

电压放大倍数为

$$A_u = -\beta\frac{R_L'}{r_{be}} = -37.5 \times \frac{2}{0.967} = -77.6$$

可见放大电路带负载后电压放大倍数降低了。

放大电路的输入电阻为

$$r_i = R_B // r_{be} \approx r_{be} = 0.967\ \text{k}\Omega$$

输出电阻为

$$r_o = R_C = 4\ \text{k}\Omega$$

思考与练习

6.4.1　图 6.2.2(b)所示的放大电路在工作时,发现输出波形严重失真,当用直流电压表测量时:

(1) 若测得 $U_{CE} \approx U_{CC}$,试分析管子工作在什么状态?怎样调节 R_B 才能消除失真?

(2) 若测得 $U_{CE} < U_{BE}$,管子工作在什么状态?怎样调节 R_B 才能消除失真?

6.4.2　在图 6.2.2(b)所示的放大电路中,电容器 C_1 和 C_2 两端的直流电压和交流电压各应等于多少?并说明其上直流电压的极性。

6.4.3　r_{be}、r_i 和 r_o 是交流电阻,还是直流电阻?它们各表示什么电阻?在 r_o 中应不应包括负载电阻 R_L?

6.4.4　如果输出波形出现失真,是否就一定是静态工作点不合适?

6.5　静态工作点的稳定

根据前面的分析可知,要使放大电路正常工作,必须有一个合适的静态工作点。但当外界条件发生变化时,电路的静态工作点会发生变化。影响工作点变动的因素很多,如温度的变化,晶体管和电阻、电容元件的老化,电源电压的波动等。其中以温度的变化影响最大。

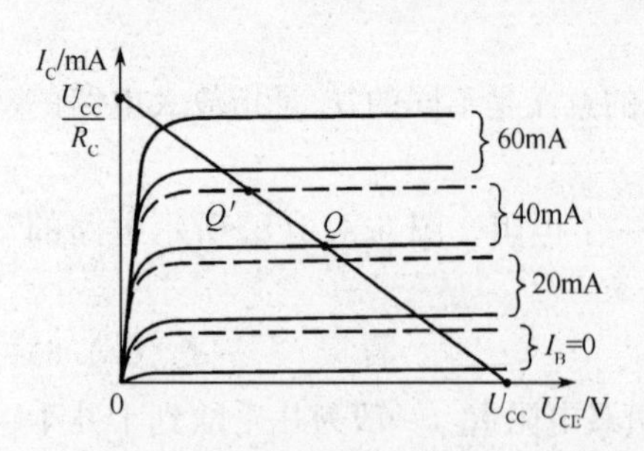

图 6.5.1　温度对静态工作点的影响

在固定偏置电路中,因基极偏流 $I_B \approx \frac{U_{CC}}{R_B}$ 是固定不变的,当温度升高时,晶体管的穿透电流 I_{CEO} 会随着增大,这就导致晶体管的整个输出特性曲线向上平移,如图 6.5.1 中的虚线所示。在 I_B 不变的情况下,所对应的 I_C 都增大了,工作点由原来的 Q 点移到了 Q' 点。严重时会使原来设置合适的工作点移到饱和区,使放大电路不能正常工作。为此,必须对这种固定偏置电路进行改进。由于温度升高的结果会导致 I_C 增大,那么,改进后的偏置电路就应具有这样的功能:只要 I_C 增大,基极偏流 I_B 就自动减小,用 I_B 的减小去抑制 I_C 的增大,以保持工作点基本稳定。

分压式偏置电路能自动稳定工作点，其电路如图 6.5.2(a)所示。其中 R_{B1} 和 R_{B2} 构成偏置电路，图 6.5.2(b)所示为其直流通路。该电路是通过如下两个环节来自动稳定静态工作点的。

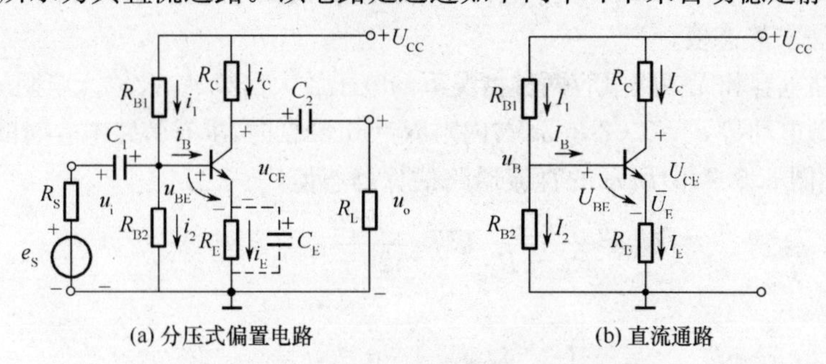

图 6.5.2　分压式偏置电路及其直流通路

(1) 由电阻 R_{B1} 和 R_{B2} 分压为晶体管提供一个固定的基极电位 U_B

由图 6.5.2(b)可知

$$I_1 = I_2 + I_B$$

若使 $I_2 \gg I_B$，则

$$I_1 \approx I_2 \approx \frac{U_{CC}}{R_{B1}+R_{B2}}$$

基极电位

$$U_B = I_2 R_{B2} \approx \frac{R_{B2}}{R_{B1}+R_{B2}} U_{CC} \tag{6.5.1}$$

可见 U_B 与晶体管的参数无关，不受温度的影响，仅由 R_{B1} 和 R_{B2} 的分压电路所决定。

为了使 U_B 恒定不变，基本上不受 I_B 变化的影响，应使 I_2 远远大于 I_B，这就要使 R_{B1} 和 R_{B2} 值取得较小。但若 R_{B1} 和 R_{B2} 值过小，会有两个后果，其一是这两个电阻消耗的直流功率会较大，其二是会减小放大电路的输入电阻，因此要统筹兼顾，通常按下式来确定 I_2，即

$$I_2 = (5 \sim 10) I_B$$

(2) 发射极电阻 R_E 的采样作用

因流过发射极电阻 R_E 的电流为 $I_E = I_B + I_C \approx I_C$，如果温度升高导致 I_C 增大，那么晶体管发射极的电位 $U_E = I_E R_E \approx I_C R_E$ 就会相应升高。在基极电位 U_B 固定不变的情况下，$U_{BE} = U_B - U_E$ 将会减小，从而使 I_B 减小，这就抑制了 I_C 的增大。这个自动调节过程可表示如下：

温度升高 → $I_C \uparrow$ → $U_E \uparrow$ → $U_{BE} \downarrow$ → $I_B \downarrow$ → $I_C \downarrow$

为了提高这种自动调节的灵敏度，采样电阻 R_E 越大越好，这样，只要 I_C 发生一点微小的变化，就会使 U_E 发生明显的变化。但 R_E 太大会使其上的静态压降增大，在电源电压一定的情况下，管子的静态压降 U_{CE} 就会相应减小，从而减小了放大电路输出电压的变化范围。因此 R_E 不能取得过大，要统筹兼顾，通常按下式来选择 U_E，即

$$U_E = (5 \sim 10) U_{BE} \tag{6.5.2}$$

发射极电阻 R_E 的接入，一方面通过 R_E 采样 I_C，起到自动稳定静态工作点的作用；另一方面，在放大交流信号时，发射极电流的交流分量 i_e 会流过 R_E 产生交流压降，会使放大电路的电压放大倍数降低。为了既能稳定静态工作点，又不降低放大倍数，可在 R_E 两端并联一个容量足够大的电容器 C_E，如图 6.5.2(a)中的虚线所示，因为 C_E 一般为几十微法到几百微法，对交流信号而言可视作短路，交流分量就不会在 R_E 上产生压降了，而直流分量必须流过 R_E。故 C_E 称为射极旁路电容。

关于分压式偏置电路静态与动态分析计算的方法与公式，将通过下例给出。

【例 6.5.1】在图 6.5.2(a)所示的放大电路中,已知 $U_{CC}=12V$,$R_{B1}=20k\Omega$,$R_{B2}=10k\Omega$,$R_C=2k\Omega$,$R_E=2k\Omega$,$R_L=3k\Omega$,$\beta=40$,C_1、C_2 和 C_E 对交流信号而言均可视作短路。

(1) 用估算法求静态值;

(2) 求有旁路电容和无旁路电容两种情况下的电压放大倍数 A_u 及输入电阻 r_i 和输出电阻 r_o;

(3) 当信号源电动势 $e_S=0.02\sin\omega t V$,内阻 $R_S=0.5k\Omega$ 时,求有旁路电容时的输出电压 U_o。

解:(1) 利用图 6.5.2(b)所示的直流通路估算静态值。

$$U_B=\frac{R_{B2}}{R_{B1}+R_{B2}}U_{CC}=\frac{10}{20+10}\times12=4V$$

发射极电流为

$$I_E=\frac{U_B-U_{BE}}{R_E}=\frac{4-0.7}{2}=1.65mA$$

$$I_C\approx I_E=1.65mA$$

$$I_B=\frac{I_C}{\beta}=\frac{1.65}{40}=0.04mA=40\mu A$$

管子的静态压降为

$$U_{CE}\approx U_{CC}-I_C(R_C+R_E)=12-1.65\times(2+2)=5.4V$$

(2) 有旁路电容 C_E 时,该放大电路的微变等效电路如图 6.5.3(a)所示。

$$r_{be}=300+(1+\beta)\frac{26(mV)}{I_E(mA)}=300+(1+40)\times\frac{26}{1.65}=0.946k\Omega$$

$$R_L'=R_C//R_L=\frac{2\times3}{2+3}=1.2k\Omega$$

$$A_u=-\beta\frac{R_L'}{r_{be}}=-40\times\frac{1.2}{0.946}=-51, r_i=R_{B1}//R_{B2}//r_{be}\approx r_{be}=0.946k\Omega, r_o=R_C=2k\Omega$$

无旁路电容时,该放大电路的微变等效电路如图 6.5.3(b)所示。

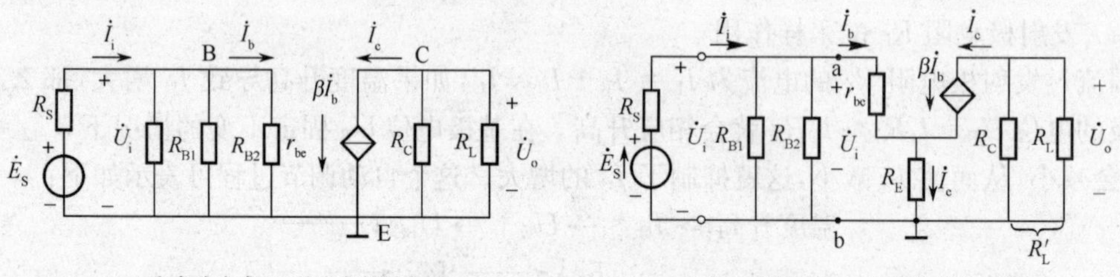

(a) 有旁路电容 C_E 的微变等效电路 (b) 无旁路电容 C_E 的微变等效电路

图 6.5.3 放大电路的微变等效电路

由图 6.5.3 可知

$$\dot{U}_i=\dot{I}_b r_{be}+\dot{I}_e R_E=\dot{I}_b[r_{be}+(1+\beta)R_E]$$

$$\dot{U}_o=-\dot{I}_C R_L'=-\beta\dot{I}_b R_L'$$

电压放大倍数为

$$A_u=\frac{\dot{U}_o}{\dot{U}_i}=-\frac{\beta\dot{I}_b R_L'}{\dot{I}_b[r_{be}+(1+\beta)R_E]}=-\beta\frac{R_L'}{r_{be}+(1+\beta)R_E}$$

可见不接旁路电容时,电压放大倍数会明显降低。代入有关数据后可得

$$A_u=-40\times\frac{1.2}{0.946+41\times2}=-0.58$$

求放大电路的输入电阻。先求有旁路电容 C_E 时的输入电阻，由图 6.5.3 可知

$$r_i = R_{B1} // R_{B2} // r_{be} \approx r_{be} = 0.946\text{k}\Omega$$

再求无旁路电容 C_E 时的输入电阻。首先求从图 6.5.3(b)中 a、b 两端往右看进去的等效电阻 r_i'，很显然

$$r_i' = \frac{\dot{U}_i}{\dot{I}_b} = \frac{\dot{I}_b r_{be} + \dot{I}_e R_E}{\dot{I}_b} = \frac{\dot{I}_b [r_{be} + (1+\beta) R_E]}{\dot{I}_b} = r_{be} + (1+\beta) R_E$$

则此种情况的输入电阻为

$$\begin{aligned} r_i &= R_{B1} // R_{B2} // r_i' = R_{B1} // R_{B2} // [r_{be} + (1+\beta) R_E] \\ &= 20 // 10 // (0.946 + 41 \times 2) \\ &= 6.17\text{k}\Omega \end{aligned}$$

两种情况下的输出电阻均为 $r_o = R_C = 2\text{k}\Omega$。

(3) 当 $e_S = 0.02\sin\omega t\text{V}, R_S = 0.5\ \text{k}\Omega$ 时，从图 6.5.3(a)可知 $\dot{I}_i = \dfrac{\dot{E}_S}{R_S + r_i}$，则

$$\dot{U}_i = \dot{I}_i r_i = \frac{r_i}{R_S + r_i} \dot{E}_S$$

所以
$$\dot{U}_i = \frac{0.946}{0.5 + 0.946} \times \frac{0.02}{\sqrt{2}} = 0.00925\text{V}$$

因有旁路电容时的电压放大倍数 $\quad A_u = -51$

所以
$$U_o = 0.00925 \times 51 = 0.472\text{V}$$

思考与练习

6.5.1 分压式偏置电路是如何稳定静态工作点的？试简述其自动调节过程。

6.5.2 将例 6.5.1 中在有射极旁路电容和无射极旁路电容的两种情况下，电压放大倍数 A_u、输入电阻 r_i 和输出电阻 r_o 的计算公式进行系统整理并进行比较，这些公式是计算放大电路时经常用到的，应牢记。

6.5.3 射极旁路电容的作用是什么？接不接射极旁路电容对静态工作点有无影响？

6.6 射极输出器

射极输出器的电路如图 6.6.1(a)所示。和前面所讲的放大电路相比，在电路结构上有两点不同，一是前面所讲放大电路是从晶体管的集电极和“地”之间取输出电压，而本电路是从发射极和“地”之间取输出电压，故称其为射极输出器；二是前面所讲放大电路为共发射极接法，而从图 6.6.1(b)所示的射极输出器的微变等效电路中可以看出，集电极 C 对于交流信号而言是接“地”的，这样，集电极就成了输入电路与输出电路的公共端。所以射极输出器为共集电极电路。

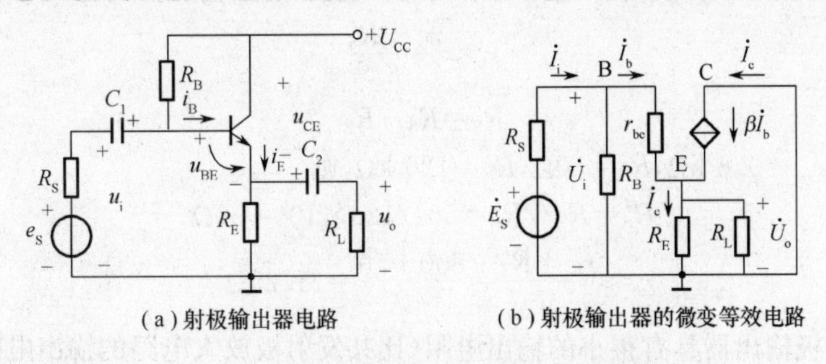

图 6.6.1 射极输出器及其微变等效电路

6.6.1 静态分析

利用射极输出器的直流通路可求出各静态值，因为

$$U_{CC}=I_B R_B+U_{BE}+I_E R_E=I_B R_B+U_{BE}+(1+\beta)I_B R_E$$

所以

$$I_B=\frac{U_{CC}-U_{BE}}{R_B+(1+\beta)R_E}$$

$$I_E=I_C=\beta I_B$$

$$U_{CE}=U_{CC}-I_E R_E$$

6.6.2 动态分析

1. 电压放大倍数

由图 6.6.1(b)所示的微变等效电路可得

$$\dot{U}_o=\dot{I}_e R'_L=(1+\beta)\dot{I}_b R'_L \tag{6.6.1}$$

式中

$$R'_L=R_E//R_L$$

$$\dot{U}_i=\dot{I}_b r_{be}+\dot{I}_e R'_L=\dot{I}_b r_{be}+(1+\beta)\dot{I}_b R'_L$$

则

$$A_u=\frac{\dot{U}_o}{\dot{U}_i}=\frac{(1+\beta)\dot{I}_b R'_L}{\dot{I}_b r_{be}+(1+\beta)\dot{I}_b R'_L}=\frac{(1+\beta)R'_L}{r_{be}+(1+\beta)R'_L} \tag{6.6.2}$$

由式(6.6.2)可知：

① 因为 $r_{be}\ll(1+\beta)R'_L$，射极输出器的电压放大倍数接近于 1，但恒小于 1。故射极输出器无电压放大作用。由于 $I_e=(1+\beta)I_b$，故有电流放大和功率放大作用。

② 输出电压与输入电压同相，且大小近似相等，即 $\dot{U}_o\approx\dot{U}_i$。这就是射极输出器的电压跟随作用（即输出电压跟着输入电压的变化而变化），故射极输出器又称为射极跟随器。

2. 输入电阻

从图 6.6.1(b)所示的微变等效电路的输入端看进去，射极输出器的输入电阻为

$$r_i=R_B//[r_{be}+(1+\beta)R'_L] \tag{6.6.3}$$

由式(6.6.3)可知，因 R_B 的值一般为几十千欧到几百千欧，$[r_{be}+(1+\beta)R'_L]$一般也有几十千欧以上，所以射极输出器具有很高的输入电阻，一般可达几十千欧到几百千欧，比前面所讲的共射接法的放大电路的输入电阻大得多。

3. 输出电阻

从图 6.6.1(b)所示的微变等效电路的输出端看进去，射极输出器的输出电阻为

$$r_o\approx\frac{r_{be}+R'_S}{\beta} \tag{6.6.4}$$

式中

$$R'_S=R_S//R_B$$

例如，$\beta=40$，$r_{be}=0.8\ \mathrm{k\Omega}$，$R_S=50\Omega$，$R_B=120\ \mathrm{k\Omega}$，则

$$R'_S=R_S//R_B=50//120\times10^3\approx50\Omega$$

$$r_o\approx\frac{r_{be}+R'_S}{\beta}=\frac{800+50}{40}=21.25\Omega$$

由此可见，射极输出器具有很小的输出电阻（比共发射极放大电路的输出电阻小得多），一般在几十欧到几百欧之间，这一点也正说明了射极输出器带负载能力强，具有恒压输出的特点。

由于射极输出器具有电压放大倍数接近于 1 的电压跟随作用，且输入电阻高，输出电阻低，

带负载能力强的主要特点,所以这种基本单元电路的应用十分广泛。利用它输入电阻高的特点,常用作多级放大电路的输入级;利用它输出电阻低、带负载能力强的特点,常用作多级放大电路的输出级。有时还将射极输出器接在两极共发射极放大电路之间,这样可以提高整个放大器的电压放大倍数。

【例 6.6.1】 在图 6.6.1(a)所示的射极输出器中,已知 $U_{CC}=12\ \text{V}$,$\beta=50$,$R_B=200\ \text{k}\Omega$,$R_E=2\ \text{k}\Omega$,$R_L=2\ \text{k}\Omega$,信号源内阻 $R_S=0.5\text{k}\Omega$。试求:(1)静态值;(2)A_u、r_i 和 r_o。

解:(1)

$$I_B=\frac{U_{CC}-U_{BE}}{R_B+(1+\beta)R_E}=\frac{12-0.7}{200+(1+50)\times 2}=\frac{11.3}{302}=0.037\text{mA}$$

$$I_E\approx I_C=\beta I_B=50\times 0.037=1.85\text{mA}$$

$$U_{CE}=U_{CC}-I_ER_E=12-1.85\times 2=8.3\text{V}$$

(2)

$$r_{be}=300+(1+\beta)\frac{26(\text{mV})}{I_E(\text{mA})}=300+(1+50)\frac{26}{1.85}=1.017\text{k}\Omega$$

$$R_L'=R_E//R_L=2//2=1\text{k}\Omega$$

则

$$A_u=\frac{(1+\beta)R_L'}{r_{be}+(1+\beta)R_L'}=\frac{(1+50)\times 1}{1.017+(1+50)\times 1}=0.98$$

$$r_i=R_B//[r_{be}+(1+\beta)R_L']=\frac{200\times 52.017}{200+52.017}=41.3\text{k}\Omega$$

$$R_S'=R_S//R_B=\frac{0.5\times 200}{0.5+200}=0.499\text{k}\Omega$$

$$r_o=\frac{r_{be}+R_S'}{\beta}=\frac{1.017+0.499}{50}=30\Omega$$

【例 6.6.2】 在图 6.6.2 所示的两级阻容耦合放大电路中,已知 $U_{CC}=12\text{V}$,$R_{B11}=30\text{k}\Omega$,$R_{B12}=15\text{k}\Omega$,$R_{C1}=3\text{k}\Omega$,$R_{E1}=3\text{k}\Omega$,$R_{B21}=20\text{k}\Omega$,$R_{B22}=10\text{k}\Omega$,$R_{C2}=2.5\text{k}\Omega$,$R_{E2}=2\text{k}\Omega$,$R_L=5\text{k}\Omega$,$\beta_1=\beta_2=40$,$C_1=C_2=C_3=50\mu\text{F}$,$C_{E1}=C_{E2}=100\mu\text{F}$。试求:(1) 各级的静态值;(2) 总电压放大倍数、输入电阻与输出电阻。

解:图 6.6.2 为两级阻容耦合放大电路。两级之间通过电容 C_2 和下一级的输入电阻连接,故称为阻容耦合。由于电容有隔直作用,所以阻容耦合放大器中各级的静态工作点互不影响,可分别单独设置。由于电容具有传递交流的作用,只要耦合电容的容量足够大(一般为几微法到几十微法),对交流信号所呈现的容抗就可忽略不计。这样,前一级的输出信号就无损失地传送到后一级继续放大。

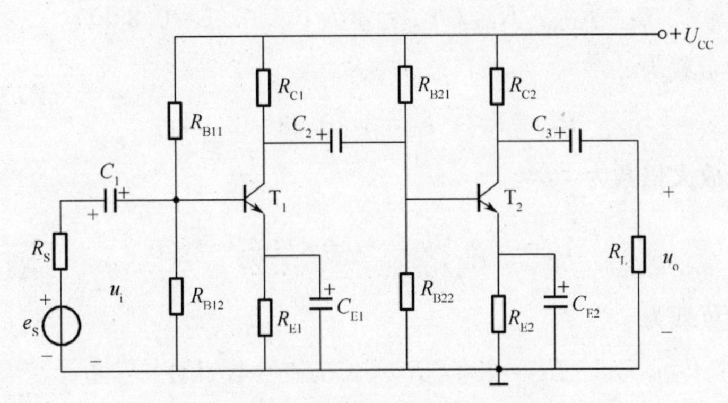

图 6.6.2　两级阻容耦合放大电路

(1) 用估算法分别计算各级的静态值。

第一级
$$U_{B1}=\frac{R_{B12}}{R_{B11}+R_{B12}}U_{CC}=\frac{15}{30+15}\times 12=4V$$

$$I_{C1}\approx I_{E1}=\frac{U_{B1}-U_{BE1}}{R_{E1}}=\frac{4-0.7}{3}=1.1mA$$

$$I_{B1}=\frac{I_{C1}}{\beta}=\frac{1.1}{40}=0.0275mA$$

$$U_{CE1}\approx U_{CC}-I_{C1}(R_{C1}+R_{E1})=12-1.1\times(3+3)=5.4V$$

第二级
$$U_{B2}=\frac{R_{B22}}{R_{B21}+R_{B22}}U_{CC}=\frac{10}{20+10}\times 12=4V$$

$$I_{C2}\approx I_{E2}=\frac{U_{B2}-U_{BE2}}{R_{E2}}=\frac{4-0.7}{2}=1.65mA$$

$$I_{B2}=\frac{I_{C2}}{\beta_2}=\frac{1.65}{40}=0.0413mA$$

$$U_{CE2}\approx U_{CC}-I_{C2}(R_{C2}+R_{E2})=12-1.65\times(2.5+2)=4.6V$$

(2) 画出图 6.6.2 的微变等效电路，如图 6.6.3 所示。

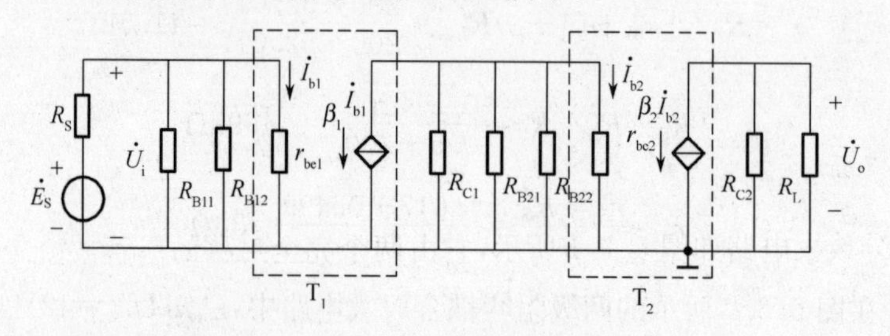

图 6.6.3　图 6.6.2 电路的微变等效电路

晶体管 T_1 和 T_2 的输入电阻分别为

$$r_{be1}=300+(1+\beta_1)\frac{26}{I_{E1}}=300+(1+40)\times\frac{26}{1.1}=1.27k\Omega$$

$$r_{be2}=300+(1+\beta_2)\frac{26}{I_{E2}}=300+(1+40)\times\frac{26}{1.65}=0.95k\Omega$$

第二级的输入电阻为

$$r_{i2}=R_{B21}//R_{B22}//r_{be2}=20//10//0.95=0.83k\Omega$$

第一级的等效负载为

$$R'_{L1}=R_{C1}//r_{i2}=3//0.83=0.65k\Omega$$

第一级的电压放大倍数为

$$A_{u1}=-\beta_1\frac{R'_{L1}}{r_{be1}}=-40\times\frac{0.65}{1.27}=-20$$

第二级的等效负载为

$$R'_{L2}=R_{C2}//R_L=2.5//5=1.7k\Omega$$

第二级的电压放大倍数为

$$A_{u2}=-\beta_2\frac{R'_{L2}}{r_{be2}}=-40\times\frac{1.7}{0.95}=-72$$

总电压放大倍数为

$$A_u=A_{u1}\cdot A_{u2}=(-20)\times(-72)=1440$$

多级放大电路的输入电阻就是第一级的输入电阻，即

$$r_i=r_{i1}=R_{B11}//R_{B12}//r_{be1}=30//15//1.27=1.13\text{k}\Omega$$

多级放大电路的输出电阻就是最后一级的输出电阻，即

$$r_o=r_{o2}=R_{C2}=2.5\text{k}\Omega$$

在由分立元件组成的多级交流放大电路中，阻容耦合得到了广泛的应用。但在集成电路中，由于难于制造较大容量的电容器，因而基本上不采用阻容耦合，而采用直接耦合。

思考与练习

6.6.1 射极输出器有哪些主要特点？

6.6.2 一个放大电路的输入电阻相当于信号源的负载电阻，在信号源内阻 R_S 一定的情况下，放大电路的输入电阻大有何好处？

6.6.3 一个放大电路的输出部分对于负载 R_L 而言，相当于一个信号源，放大电路的输出电阻就是该信号源的内阻，在负载电阻一定的情况下，放大电路的输出电阻小有何好处？

6.7 差分放大电路

最简单的差分放大电路如图 6.7.1 所示，它由两个完全对称的单管放大电路拼接而成。在该电路中，晶体管 T_1、T_2 型号一样、特性相同，R_{B1} 为输入回路限流电阻，R_{B2} 为基极偏流电阻，R_C 为集电极负载电阻。输入信号电压由两管的基极输入，输出电压从两管的集电极之间提取（也称双端输出），由于电路的对称性，在理想情况下，它们的静态工作点必然一一对应相等。

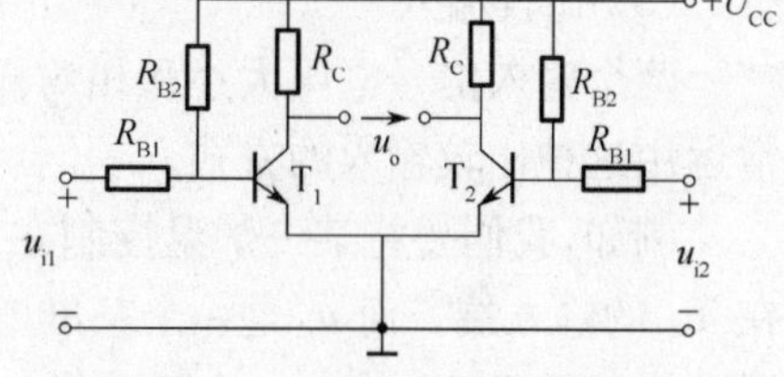

图 6.7.1 最简单的差动放大电路

6.7.1 静态分析

在输入电压为零，$u_{i1}=u_{i2}=0$ 的情况下，由于电路对称，存在 $I_{C1}=I_{C2}$，所以两管的集电极电位相等，即 $U_{C1}=U_{C2}$，故

$$u_o=U_{C1}-U_{C2}=0$$

当温度升高引起三极管集电极电流增加时，由于电路对称，存在 $\Delta I_{C1}=\Delta I_{C2}$，导致两管集电极电位的下降量必然相等，即

$$\Delta U_{C1}=\Delta U_{C2}$$

所以输出电压仍为零，即

$$u_o=\Delta U_{C1}-\Delta U_{C2}=0$$

差分放大电路的优点是具有抑制零点漂移的能力。零点漂移是直接耦合放大电路存在的一个特殊问题。输入电压为零（$u_i=0$）而输出电压（$u_o=0$）不为零，且缓慢地、无规则地变化的现象，被称为零点漂移现象。

由于差分电路的对称性，输出信号电压采用从两管集电极间提取的双端输出方式，对于无论什么原因引起的零点漂移，均能有效地抑制。

6.7.2 动态分析

差动放大电路的信号输入有共模输入、差模输入、比较输入 3 种类型，输出方式有单端输出、双端输出两种。

(1) 共模输入

在电路的两个输入端输入大小相等、极性相同的信号电压，即 $u_{i1}=u_{i2}$，这种输入方式称为共模输入。大小相等、极性相同的信号为共模信号。

很显然，由于电路的对称性，在共模输入信号的作用下，两管集电极电位的大小、方向变化相同，输出电压为零(双端输出)。说明差动放大电路对共模信号无放大作用。共模信号的电压放大倍数为零。

(2) 差模输入

在电路的两个输入端输入大小相等、极性相反的信号电压，即 $u_{i1}=-u_{i2}$，这种输入方式称为差模输入。大小相等、极性相反的信号，为差模信号。

在图 6.7.1 所示电路中，设 $u_{i1}>0$，$u_{i2}<0$，则在 u_{i1} 的作用下，T_1 管的集电极电流增大 ΔI_{C1}，导致集电极电位下降 ΔU_{C1}(为负值)；同理，在 u_{i2} 的作用下，T_2 管的集电极电流减小 ΔI_{C2}，导致集电极电位升高 ΔU_{C2}(为正值)，由于 $\Delta I_{C1}=\Delta I_{C2}$，很显然，$\Delta U_{C1}$ 和 ΔU_{C2} 大小相等、一正一负，输出电压为

$$u_o=\Delta U_{C1}-\Delta U_{C2}$$

若 $\Delta U_{C1}=-2\text{V}$，$\Delta U_{C2}=2\text{V}$，则

$$u_o=-2-2=-4\text{V}$$

可见，差动放大电路对差模信号具有较好的放大作用，这也是其电路名称的由来。

(3) 比较输入

两个输入信号电压大小和相对极性是任意的，既非差模，又非共模。在自动控制系统中，经常运用这种比较输入的方式。

例如，我们要将某一炉温控制在 1000℃，利用温度传感器将炉温转变成电压信号作为 u_{i2} 加在 T_2 的输入端。而 u_{i1} 是一个基准电压，其大小等于 1000℃时温度传感器的输出电压。如果炉温高于或低于 1000℃，u_{i2} 会随之发生变化，使 u_{i2} 与基准电压 u_{i1} 之间出现差值。差动放大电路将其差值进行放大，其输出电压为

$$u_o=A_u(u_{i1}-u_{i2})$$

$u_{i1}-u_{i2}$ 的差值为正，说明炉温低于 1000℃，此时 u_o 为负值；反之，u_o 为正值。我们就可利用输出电压的正负去控制给炉子降温或升温。

差动放大电路是依靠电路的对称性和采用双端输出方式，用双倍的元件换取有效抑制零漂的能力。

实际上差分放大电路很难做到完全对称。因此，零点漂移不能完全被克服，但将受到很大的抑制。在实际应用中，为了衡量差放抑制共模信号的能力(抑制零漂的能力)，制定了一项技术指标，称为共模抑制比(K_{CMR})。

共模抑制比定义为差模电压放大倍数 A_{ud} 与共模电压放大倍数 A_{uc} 之比的绝对值，即

$$K_{CMR}=\left|\frac{A_{ud}}{A_{uc}}\right| \quad 或 \quad K_{CMR}=20\lg\left|\frac{A_{ud}}{A_{uc}}\right|(\text{dB})$$

差模电压放大倍数越大，共模电压放大倍数越小，共模抑制能力越强，放大电路的性能越优良，因此 K_{CMR} 值越大越好。共模抑制比常用分贝数表示。在集成化的差分放大电路中，K_{CMR} 是

一个很大的数值，可达到 100～130dB，相当于对共模信号的抑制能力达到十万倍到几百万倍。

6.8 互补对称式功率放大电路

一个多级放大电路通常由输入级、中间级和输出级组成，如图 6.8.1 所示。输入级主要实现与信号源的匹配及抑制零漂；中间级又称为电压放大级，负责将微弱的输入信号电压放大到足够的幅度；输出级的任务是向负载提供足够大的输出功率，去推动负载工作，如使喇叭发声、使仪表指针偏转、使继电器动作、使电动机旋转等。所以输出级又称为功率放大级。因此，功率放大电路的基本功能是高效率地把直流电能转换为按输入信号变化的交流电能。对于功率放大电路而言，电压放大仍然是需要的，但更重要的是电流放大。由于功率放大电路通常都工作在高电压、大电流的情况下，因此它的电路形式、工作状态及元件的选择和普通电压放大器不一样。

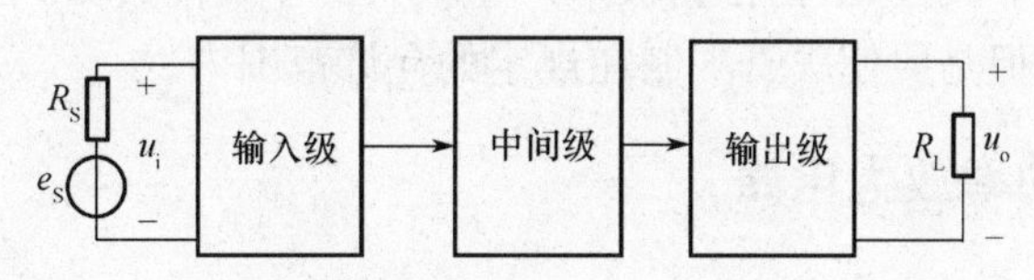

图 6.8.1 多级放大电路

6.8.1 对功率放大器的基本要求

1. 输出功率尽可能大

为了获得较大的功率，晶体管一般都工作在高电压、大电流的极限情况下，但不得超过晶体管的极限参数 P_{CM}、I_{CM}和 $U_{(BR)CEO}$。

2. 效率要高

由于功率放大电路的输出功率大，因而直流电源所提供的功率也大。这就要求功率放大电路在将直流功率转变为按输入信号变化的交流功率时，尽可能提高效率。功率放大电路的效率 η 等于其输出的交流功率 P_0 与直流电源提供的直流功率 P_E 的比值，即

$$\eta=\frac{P_0}{P_E}\times 100\% \tag{6.8.1}$$

由上式可知，要想提高效率，须从两方面着手，一是尽量使放大电路的动态工作范围加大，以此来增大输出交流电压和电流的幅度，从而增大输出功率；二是减小电源供给的直流功率。在 U_{CC}一定的情况下，电源供给的直流功率为

$$P_E=U_{CC}I_{C(AV)} \tag{6.8.2}$$

式中，$I_{C(AV)}$是集电极电流的平均值。为了减小 P_E，可将静态工作点 Q 沿负载线下移，使静态电流 I_C 减小。

在前面所讲的电压放大电路中，静态工作点一般都设在负载线的中点，如图 6.8.2(a)所示为甲类工作状态。甲类工作状态时的最高效率也只能达到 50%。图 6.8.2(b)所示为乙类工作状态，此时的工作点位于截止区，静态电流 $I_C\approx 0$，晶体管的损耗最小，工作在乙类状态的最高效率可达到 78.5%。图 6.8.2(c)所示为甲乙类工作状态，工作点介于甲类与乙类工作状态之间。

由图 6.8.2 可知，乙类和甲乙类两种工作状态虽然提高了效率，但出现了严重的失真。为了提高效率，减小信号的失真，一般采用下面将要介绍的互补对称式功率放大电路。

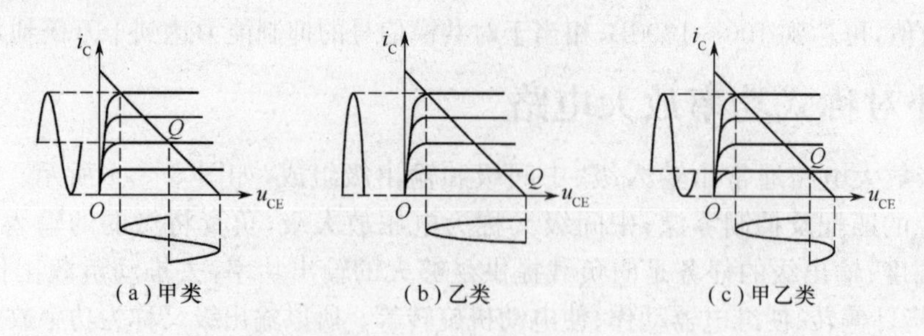

图 6.8.2　放大电路的工作状态

3. 非线性失真要小

由于功率放大电路是大信号运行，它的工作点移动范围很大，接近于管子的截止区和饱和区，又因为晶体管是一种非线性元件，使得波形产生较大的非线性失真。虽然功率放大器的输出波形不可能完全不失真，但是要使失真限制在规定的允许范围内。

6.8.2　互补对称式功率放大电路

1. OCL 乙类互补对称放大电路

图 6.8.3 所示是 OCL 乙类互补对称放大电路，图中 $E_{C1}=E_{C2}$，晶体管 T_1 是 NPN 型，T_2 是 PNP 型，T_1 和 T_2 的性能基本一致。两个晶体管的基极和发射极彼此分别连在一起，信号由基极输入从发射极传送到负载上去。所以这个电路实际上是由两个射极输出器组成的。静态时，由于基极回路没有偏流，两个晶体管都处于截止状态，静态集电极电流 $I_{C1}=I_{C2}\approx0$，所以电路工作在乙类状态。

有输入信号时，在信号的正半周，T_1 导通，T_2 截止，电流 i_{C1} 按如图 6.8.3 中所示的方向流经负载 R_L，在负载上产生输出电压的正半周，如图 6.8.4 所示。在信号的负半周，T_1 截止，T_2 导通，电流 i_{C2} 按如图 6.8.3 中所示的方向流经负载 R_L，在 R_L 上产生输出电压的负半周，如图 6.8.4所示。在信号的一个周期内，T_1 和 T_2 轮流导通，i_{C1} 和 i_{C2} 分别从相反的方向流经 R_L，因此在 R_L 上合成为一个完整的波形，因此称为互补对称式功率放大电路。由于这种电路的输出端没有耦合电容，所以又称为无输出电容电路，简称 OCL 电路。

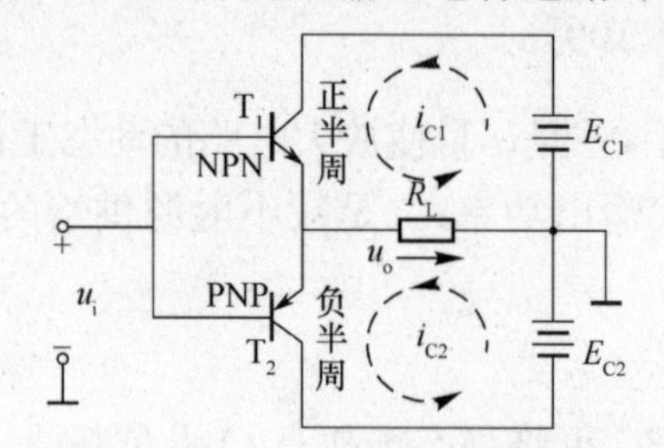

图 6.8.3　OCL 乙类互补对称放大电路

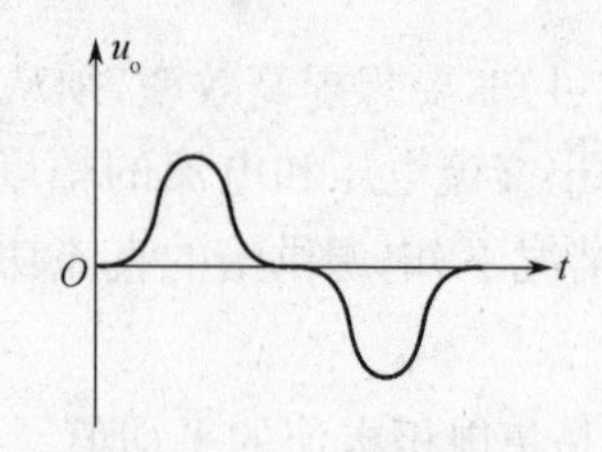

图 6.8.4　交越失真

从图 6.8.4 可见，虽然在负载上得到了一个完整的波形，但这个波形是失真的，失真发生在正半周与负半周的交接处，称为交越失真，产生交越失真的原因是由于静态时 T_1 和 T_2 均处于截止状态，无论是正半周的输入信号还是负半周的输入信号，只有当输入电压高于管子的死区电压后，管子才会从截止状态进入放大状态，因此就导致了交越失真的产生。

2. OCL 甲乙类互补对称放大电路

为了克服交越失真，应设置偏置电路，给 T_1 和 T_2 提供很小的基极偏流，使放大电路工作在甲乙类状态。图 6.8.5 就是一种工作在甲乙类状态下的 OCL 互补对称放大电路。图中二极管

D_1 和 D_2 串联后接在 T_1 和 T_2 的基极之间，静态时，D_1 和 D_2 的正向压降可使 T_1 和 T_2 处于微导通状态，因此电路的静态工作点较低，处于甲乙类工作状态。因两个晶体管的特性基本一致，电路是对称的，使得两管的发射极电位 $U_E=0$，所以静态时负载上没有电流。

当有输入信号时，因二极管 D_1 和 D_2 的动态电阻很小，对于交流信号而言，D_1 和 D_2 相当于短路。在输入信号的正半周，两个晶体管的基极电位升高，使得 T_1 由微导通变为导通，T_2 截止，负载 R_L 上流过 i_{C1} 而获得输出电压的正半周；在输入信号的负半周，两个晶体管的基极电位降低，使得 T_1 截止而 T_2 由微导通变为导通，负载 R_L 上反向流过 i_{C2} 而获得输出电压的负半周。值得注意的是，这种放大电路在设置静态工作点时，应尽可能接近乙类状态，否则会影响效率的提高。

3. OTL 互补对称放大电路

上述的 OCL 电路需要两个电源，为了省去一个电源，可采用如图 6.8.6 所示的无输出变压器的互补对称放大电路，简称 OTL 电路。该电路用一个容量较大的耦合电容 C 代替了图 6.8.3 中 E_{C2} 的作用。静态时，由于两管的基极均无偏流，所以 T_1 和 T_2 均处于截止状态，电路工作于乙类。由于电路的对称性，两管发射极的静态电位 $U_E=\frac{1}{2}E_C$，电容器上的直流电压也等于 $\frac{1}{2}E_C$。

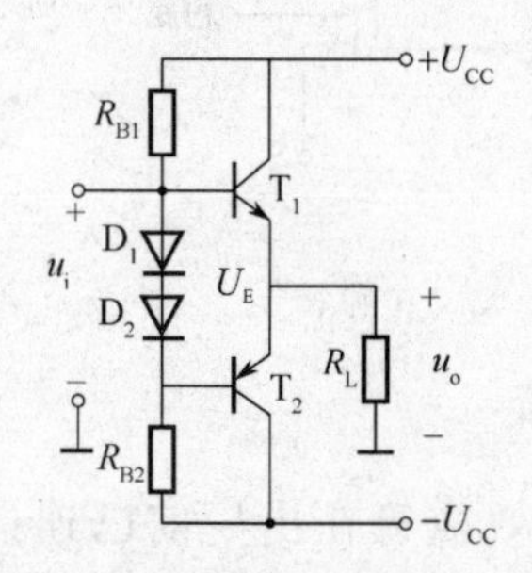

图 6.8.5　放大电路工作在甲乙类状态

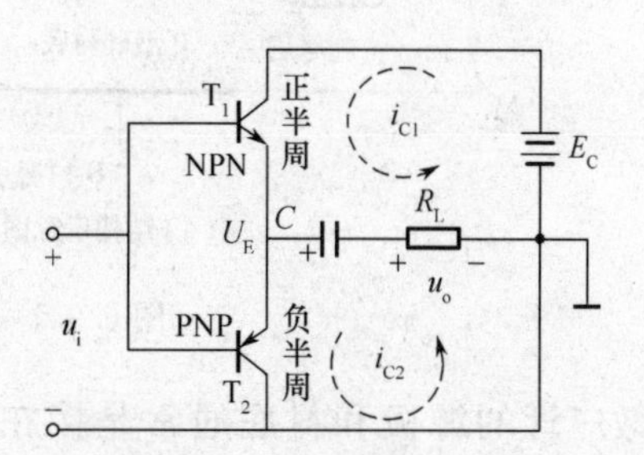

图 6.8.6　OTL 互补对称放大电路

在输入信号的正半周，T_1 导通、T_2 截止、由电源 E_C 提供的集电极电流 i_{C1} 正向流过负载 R_L；在输入信号的负半周，T_1 截止，T_2 导通，此时代替电源的电容器 C 通过导通的 T_2 放电，集电极电流 i_{C2} 反向流过负载 R_L。

由图 6.8.6 可知，当 T_1 导通时，电容 C 被充电，其上电压为 $\frac{1}{2}E_C$。当 T_2 导通时，C 代替电源通过 T_2 放电。但是，要使输出波形对称，即要求 $i_{C1}=i_{C2}$（大小相等，方向相反），必须保持 C 上的电压为 $\frac{1}{2}E_C$，在 C 放电过程中，其电压不能下降过多，因此 C 的容量必须足够大。

思考与练习

6.8.1　功率放大电路的任务是什么？它与电压放大电路有何区别？对功率放大电路有何要求？

6.8.2　什么是甲类、乙类和甲乙类工作状态？产生交越失真的原因什么？如何消除这种失真？

6.8.3　互补对称功率放大电路的实质，是利用两个对称的射极输出器，一个放大信号的正半周，另一个放大信号的负半周，试说明这种做法的好处。

6.9　场效应管及其放大电路

场效应管（MOSFET）是一种外形与普通晶体管相似，但控制特性不同的半导体器件。

场效应管也称作 MOS 管，按其结构不同，分为结型场效应晶体管和绝缘栅场效应晶体管两种类型。在本节中只简单介绍后一种场效应晶体管。

6.9.1 绝缘栅场效应晶体管

绝缘栅场效应晶体管按其结构不同,分为N沟道和P沟道两种。每种又有增强型和耗尽型两类。本书只讨论增强型的工作原理。

图6.9.1是N沟道增强型绝缘栅场效应管示意图。

在一块掺杂浓度较低的P型硅衬底上,用光刻、扩散工艺制作两个高掺杂浓度的N^+区,并用金属铝引出两个电极,称作漏极D和源极S,如图6.9.1(a)所示。然后在半导体表面覆盖一层很薄的二氧化硅(SiO_2)绝缘层,在漏-源极间的绝缘层上再装一个铝电极,称作栅极G。另外在衬底上也引出一个电极B,这就构成了一个N沟道增强型MOS管。由于它的栅极与其他电极间是绝缘的,其输入电阻可高达$10^{15}\,\Omega$。

图6.9.1(b)所示是它的符号,其箭头方向表示由P(衬底)指向N(沟道)。

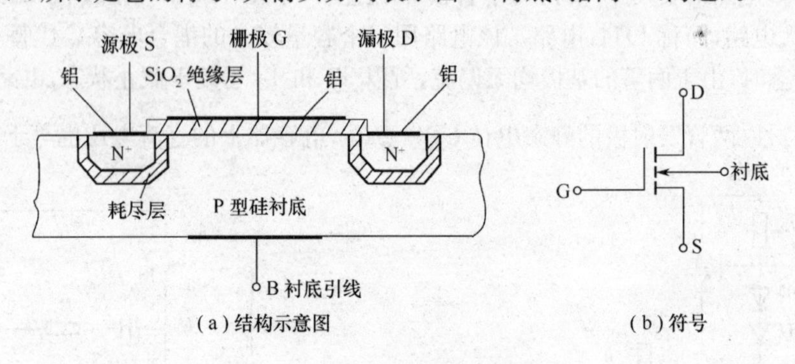

图6.9.1 N沟道增强型场效应管

场效应管的源极和衬底通常是接在一起的(大多数场效应管在出厂前已连接好)。从图6.9.2(a)可以看出,漏极D和源极S之间被P型衬底隔开,则漏极D和源极S之间是两个背靠背的PN结。当栅-源电压$U_{GS}=0$时,即使加上漏-源电压U_{DS},而且无论U_{DS}的极性如何,总有一个PN结处于反偏状态,漏-源极间没有导电沟道,所以这时漏极电流$I_D\approx0$。

若在栅-源极间加上正向电压,即$U_{GS}>0$,则栅极和衬底之间的SiO_2绝缘层中便产生一个垂直于半导体表面的由栅极指向衬底的电场,这个电场能排斥空穴而吸引电子,因而使栅极附近的P型衬底中的空穴被排斥,剩下不能移动的受主离子(负离子),形成耗尽层,同时P衬底中的电子(少子)被吸引到衬底表面。当U_{GS}数值较小,吸引电子的能力不强时,漏-源极之间仍无导电沟道出现,如图6.9.2(b)所示。U_{GS}增加时,吸引到P衬底表面层的电子就增多,当U_{GS}达到某一数值时,这些电子在栅极附近的P衬底表面便形成一个N型薄层,且与两个N^+区相连通,在漏-源极间形成N型导电沟道,其导电类型与P衬底相反,故又称为反型层,如图6.9.2(c)所示。U_{GS}越大,作用于半导体表面的电场就越强,吸引到P衬底表面的电子就越多,导电沟道越厚,沟道电阻越小。我们把开始形成沟道时的栅-源极电压称为开启电压,用U_T表示。

由上述分析可知,N沟道增强型场效应管在$U_{GS}<U_T$时,不能形成导电沟道,场效应管处于截止状态。只有当$U_{GS}\geqslant U_T$时,才有沟道形成,此时在漏-源极间加上正向电压U_{DS},才有漏极电流I_D产生。而且当U_{GS}增大时,沟道变厚,沟道电阻减小,I_D增大。这是N沟道增强型场效应管的栅极电压控制的作用,因此,场效应管通常也称为压控三极管。

N沟道增强型场效应管的转移特性曲线和输出转移特性曲线如图6.9.3和图6.9.4所示。N沟道耗尽型场效应管符号如图6.9.5(a)所示,在此不作详细介绍。

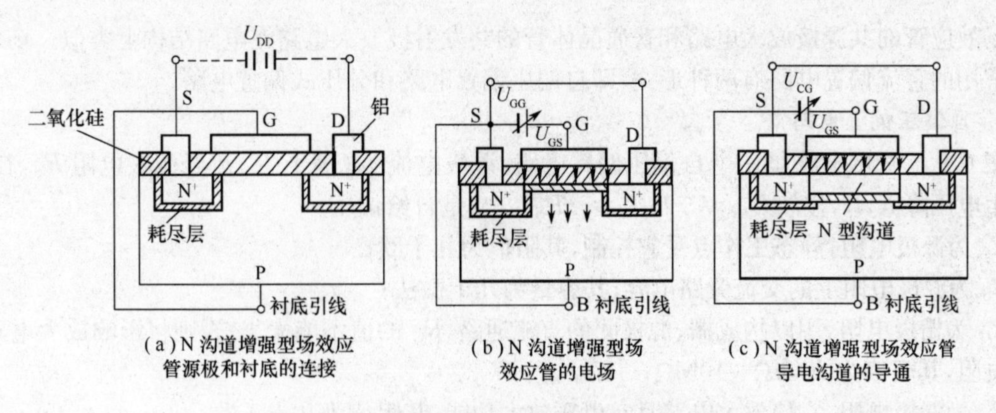

(a) N 沟道增强型场效应管源极和衬底的连接　(b) N 沟道增强型场效应管的电场　(c) N 沟道增强型场效应管导电沟道的导通

图 6.9.2　N 沟道增强型场效应管的沟道形成图

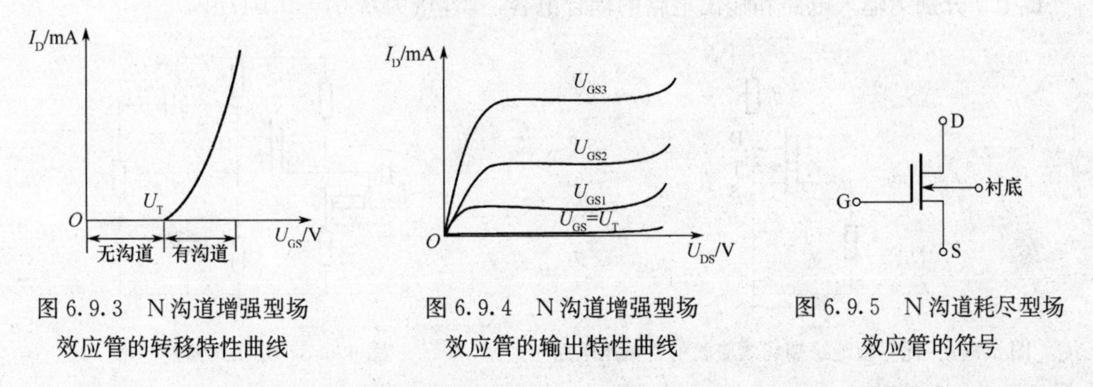

图 6.9.3　N 沟道增强型场效应管的转移特性曲线

图 6.9.4　N 沟道增强型场效应管的输出特性曲线

图 6.9.5　N 沟道耗尽型场效应管的符号

以上介绍了 N 沟道绝缘栅场效应增强型和耗尽型管，实际上 P 沟道也有增强型和耗尽型，其符号如图 6.9.6 所示。

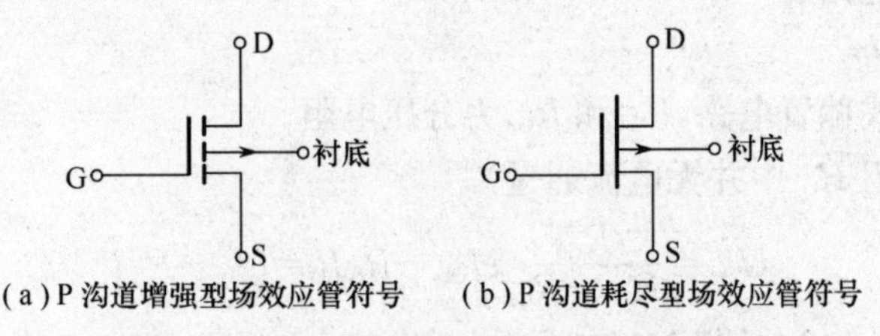

(a) P 沟道增强型场效应管符号　(b) P 沟道耗尽型场效应管符号

图 6.9.6　P 沟道绝缘栅场效应晶体管

绝缘栅场效应管还有一个表示放大能力的参数，即跨导，用符号 g_m 表示。跨导 g_m 是当漏-源电压 U_{DS} 为常数时，漏极电流的增量 ΔI_D 对引起这一变化的栅-源电压 ΔU_{DS} 的比值，即

$$g_m = \frac{\Delta I_D}{\Delta U_{GS}}\bigg|_{U_{DS}=\text{常数}} \tag{6.9.1}$$

跨导是衡量场效应晶体管栅-源电压对漏极电流控制能力的一个重要参数，它的单位是 μA/V 或 mA/V。

6.9.2　场效应管放大电路

由于场效应管具有高输入电阻的特点，它适用于作为多级放大电路的输入级，尤其对高内阻信号源，采用场效应管才能有效地放大。

和双极型晶体管比较，场效应管的源极、漏极、栅极对应于它的发射极、集电极、基极，两者的放大电路也类似。在双极型晶体管放大电路中必须设置合适的静态工作点，否则将造成输出信号的失真。同理，场效应管放大电路也必须设置合适的工作点。

场效应管的共源极放大电路和普通晶体管的共发射极放大电路在电路结构上类似。场效应管中常用的直流偏置电路有两种形式，即自偏压偏置电路和分压式偏置电路。

1. 自偏压偏置电路

图 6.9.7 所示电路是一个自偏压偏置电路，源极电流 I_S（等于 I_D）流经源极电阻 R_S，在 R_S 上产生电压降 R_SI_S，显然 $U_{GS}=-R_SI_S=-R_SI_D$，它是自给偏压。

R_S 为源极电阻，静态工作点受它控制，其阻值为几千欧；

C_S 为源极电阻上的交流旁路电容，其容量为几十微法；

R_G 为栅极电阻，用以构成栅、源极间的直流通路，R_G 的值不能太小，否则将影响放大电路的输入电阻，其阻值为 200kΩ～10MΩ；

R_D 为漏极电阻，它使放大电路具有电压放大功能，其阻值为几十千欧；

C_1、C_2 分别为输入电路和输出电路的耦合电容，其容量为 0.01～0.047μF。

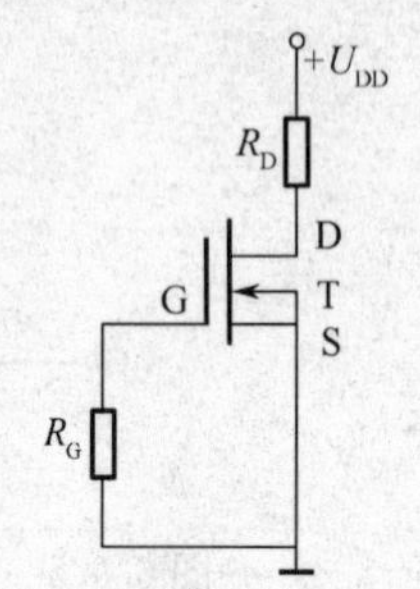

图 6.9.7　耗尽型绝缘栅场效应管的自偏压电路

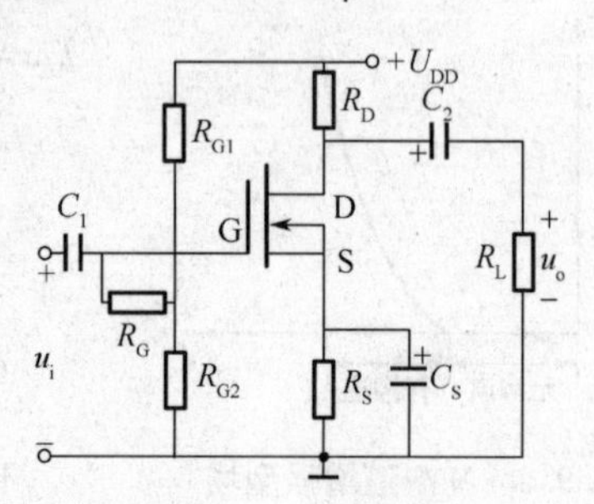

图 6.9.8　分压式偏置电路

应该指出，由 N 沟道增强型绝缘栅场效应晶体管组成的放大电路，工作时 U_{GS} 为正，所以无法采用自给偏压偏置电路。

2. 分压式偏置电路

图 6.9.8 为分压式偏置电路，R_{G1} 和 R_{G2} 为分压电阻。

栅-源电压为（电阻 R_G 中并无电流通过）

$$U_{GS}=\frac{R_{G2}}{R_{G1}+R_{G2}}U_{DD}-R_SI_D=U_G-R_SI_D \tag{6.9.2}$$

式中，U_G 为栅极电位。对 N 沟道耗尽型场效应管，U_{GS} 为负值，所以 $R_SI_D>U_G$；对 N 沟道增强型场效应管，U_{GS} 为正值，所以 $R_SI_D<U_G$。

当有信号输入时，我们对放大电路进行动态分析，主要是分析它的电压放大倍数及输入电阻与输出电阻。图 6.9.9 是图 6.9.8 所示分压式偏置放大电路的交流通路，设输入信号为正弦量。

在图 6.9.9 的分压式偏置电路中，假如 $R_G=0$，则放大电路的输入电阻为

$$r_i=R_{G1}//R_{G2}//r_{GS}\approx R_{G1}//R_{G2}$$

因为场效晶体管的输入电阻 r_{GS} 是很高的，比 R_{G1} 或 R_{G2} 都高得多，三者并联后可将 r_{GS} 略去。显然，由于 R_{G1} 和 R_{G2} 的接入使放大电路的输入电阻降低了。因此，通常在分压点和栅极之间接入一个阻值较高的电阻 R_G，这样就大大提高了放大电路的输入电阻。

$$r_i=R_G+(R_{G1}//R_{G2}) \tag{6.9.3}$$

R_G 的接入对电压放大倍数并无影响；在静态时 R_G 中无电流通过，因此也不影响静态工作点。

由于场效应晶体管的输出特性具有恒流特性（从输出特性曲线可见）

$$r_{DS}=\left.\frac{\Delta U_{DS}}{\Delta I_D}\right|_{U_{GS}=\text{常数}}$$

故其输出电阻是很高的。在共源极放大电路中，漏极电阻 R_D 和场效应管的输出电阻 r_{DS} 是并联

的，所以当 $r_{DS} \gg R_D$ 时，放大电路的输出电阻

$$r_o \approx R_D \tag{6.9.4}$$

这一点和晶体管共发射极放大电路是类似的。

输出电压为

$$\dot{U}_o = -R'_L \dot{I}_d = -g_m R'_L \dot{U}_{GS} \tag{6.9.5}$$

式中，$\dot{I}_d = g_m \dot{U}_{GS}$，$R'_L = R_D // R_L$。

电压放大倍数为

$$A_u = \frac{\dot{U}_o}{\dot{U}_i} = \frac{\dot{U}_o}{\dot{U}_{GS}} = -g_m R'_L \tag{6.9.6}$$

式中的负号表示输出电压和输入电压反相。

【例 6.9.1】 在图 6.9.9 所示的放大电路中，已知 $U_{DD} = 20V$，$R_D = 10k\Omega$，$R_S = 10k\Omega$，$R_{G1} = 100k\Omega$，$R_{G2} = 51k\Omega$，$R_G = 1M\Omega$，输出电阻为 $R_L = 10k\Omega$。场效应管的参数为 $I_{DSS} = 0.9mA$，$U_P = -4V$，$g_m = 1.5mA$。试求：(1) 静态值；(2) 电压放大倍数。

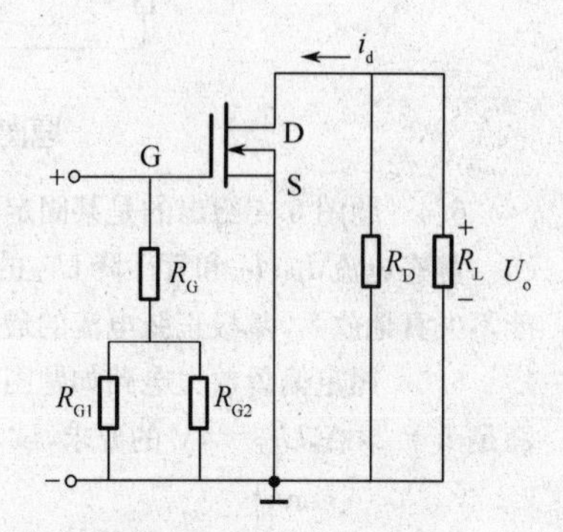

图 6.9.9 分压式偏置放大电路的交流通路

解：(1) 由电路图可知

$$U_G = \frac{R_{G2}}{R_{G1} + R_{G2}} U_{DD} = \frac{51 \times 10^3}{(200 + 51) \times 10^3} \times 20 = 4V$$

并可列出

$$U_{GS} = U_G - R_S I_D = 4 - 10 \times 10^3 I_D$$

在 $U_P \leqslant U_{GS} \leqslant 0$ 范围内，耗尽型场效晶体管的转移特性可近似用下式表示

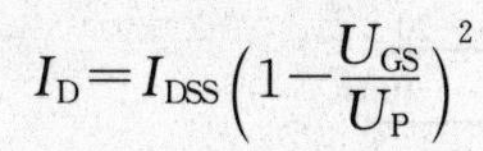

$$I_D = I_{DSS}\left(1 - \frac{U_{GS}}{U_P}\right)^2$$

联立上列两式

$$\begin{cases} U_{GS} = 4 - 10 \times 10^3 I_D \\ I_D = \left(1 + \frac{U_{GS}}{4}\right) 2 \times 0.9 \times 10^{-3} \end{cases}$$

解之得 $I_D = 0.5mA$，$U_{GS} = -1V$

并由此得 $U_{DS} = U_{DD} - (R_D + R_S) I_D = 20 - (10 + 10) \times 10^3 \times 0.5 \times 10^{-3} = 10\ V$

(2) 电压放大倍数为

$$A_u = -g_m R'_L = -1.5 \times \frac{10 \times 10}{10 + 10} = -7.5$$

式中，$R'_L = R_D // R_L$。

思考与练习

6.9.1 用增强型场效应管组成的共源放大电路能否采用自给偏压方式？

6.9.2 一场效应管，在漏-源电压保持不变的情况下，栅极电压 U_{GS} 变化 3V，相应的漏极电流变化了 2mA。试求该管的跨导是多少？

6.9.3 场效应管和双极性晶体管比较有何特点？

习 题 6

6.1 测得某放大电路中晶体管的 3 个电极 A、B、C 的对地电位分别为 $U_A = -9V$，$U_B = -6V$，$U_C = 6.2V$，

试分析 A、B、C 中哪个是基极 b、发射极 e、集电极 c，并说明此晶体管是 NPN 管还是 PNP 管。

6.2　电路如题图 6.2 所示，设晶体管的 $\beta=80$，试分析当开关 S 分别接通 A、B、C 三位置时，晶体管分别工作在输出特性曲线的哪个区域，并求出相应的集电极电流 I_C。

6.3　电路如题图 6.3 所示，已知晶体管的 $\beta=60$，$r_{be}=1\text{k}\Omega$，$U_{BE}=0.7\text{V}$，试求：(1) 静态工作点 I_B、I_C、U_{CE}；(2) 电压放大倍数；(3) 若输入电压 $u_i=10\sqrt{2}\sin\omega t\text{mV}$，则输出电压 u_o 的有效值为多少？

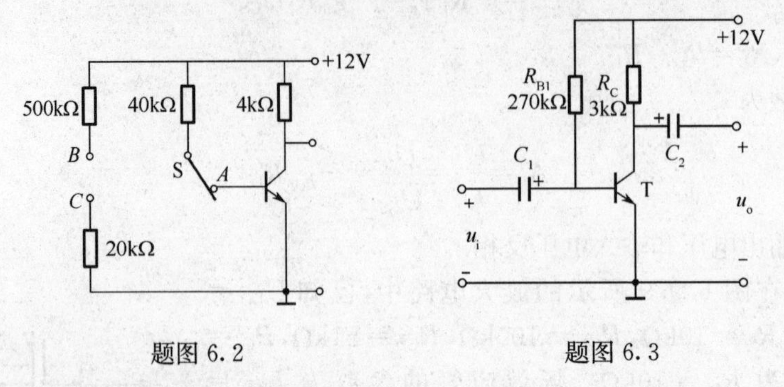

题图 6.2　　　　题图 6.3

6.4　题图 6.4 给出的是某固定偏流放大电路中晶体管的输出特性及交、直流负载线，试求：(1)电源电压 U_{CC}，静态电流 I_B、I_C 和管压降 U_{CE} 的值；(2)电阻 R_B、R_C 的值；(3)输出电压的最大不失真幅度；(4)要使该电路能不失真地放大，基极正弦电流的最大幅值是多少？

6.5　固定偏置放大电路如题图 6.5 所示，已知 $U_{CC}=20\text{V}$，$U_{BE}=0.7\text{V}$，晶体管的电流放大系数 $\beta=100$，欲满足 $I_C=2\text{mA}$，$U_{CE}=4\text{V}$ 的要求，试求 R_B、R_C。

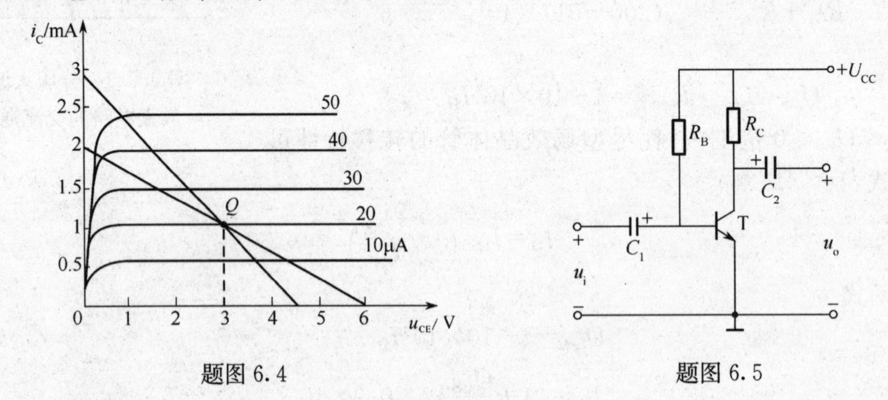

题图 6.4　　　　题图 6.5

6.6　电路如题图 6.6 所示，已知晶体管的 $\beta=60$。(1) 求电路的 Q 点、$\dot{A}_u$、r_i 和 r_o；(2) 设 $U_S=10$ mV(有效值)，试求 u_i、u_o 分别为多少？若 C_3 开路，则 u_i、u_o 又为多少？

6.7　电路如题图 6.7(a)所示，已知晶体管的 $\beta=100$，$U_{BE}=-0.7\text{V}$。(1) 试计算该电路的 Q 点；(2) 画出微变等效电路；(3) 求该电路的电压增益 A_u、输入电阻 r_i、输出电阻 r_o。(4) 若 u_o 中的交流成分出现如图(b)所示的失真现象，请问它是截止失真还是饱和失真？为消除此失真，应调节电路中的哪个元件？如何调整？

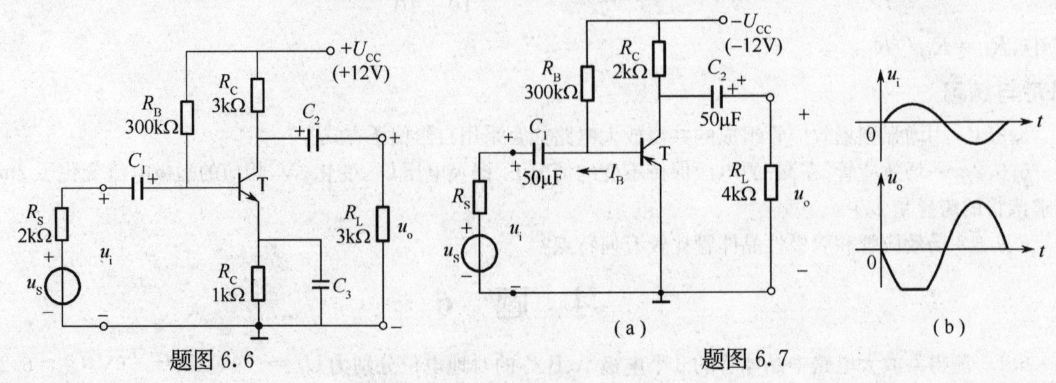

题图 6.6　　　　题图 6.7

6.8　放大电路如题图 6.8 所示，已知晶体管的 $\beta=100$，$R_C=2.4\text{k}\Omega$，$R_E=1.5\text{k}\Omega$，$U_{CC}=12\text{V}$，忽略 U_{BE}。若要使 U_{CE} 的静态值达到 4.2V，在满足 R_{B2} 中的电流 $I_2=10I_B$ 的条件下，估算 R_{B1}、R_{B2} 的阻值。

6.9　放大电路如题图 6.9 所示。要求：(1) 画出电路的直流通道、交流通道及微变等效电路图；(2) 电容 C_1、C_2、C_E 在电路中各起什么作用？(3) 电阻 R_{E1} 与 R_{E2} 在电路中的作用有何异同点？

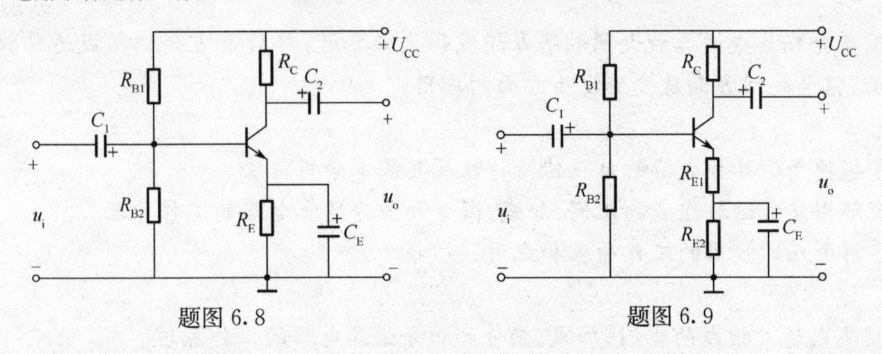

题图 6.8　　　题图 6.9

6.10　在题图 6.10 所示的分压式偏置放大电路中，已知：$U_{CC}=12\text{V}$，$R_C=3.3\text{k}\Omega$，$R_{B1}=33\text{k}\Omega$，$R_{B2}=10\text{k}\Omega$，$R_{E1}=200\Omega$，$R_{E2}=1.3\text{k}\Omega$，$R_L=5.1\text{k}\Omega$，$R_S=600\Omega$，晶体管为 PNP 型锗管。试计算：(1) 当 $\beta=50$ 时的静态值、电压放大倍数、输入电阻和输出电阻，并画出微变等效电路；(2) 换用 $\beta=100$ 的晶体管后的静态值和电压放大倍数。

6.11　在题图 6.11 所示电路中，设晶体管的 $\beta=100$，$r_{be}=1\text{k}\Omega$，静态时 $U_{CE}=5.5\text{V}$。试求：(1) 输入电阻 r_i；(2) 若 $R_S=3\text{k}\Omega$，求 A_{us}、r_o；(3) 若 $R_S=30\text{k}\Omega$，求 A_{us}、r_o；(4) 将上述(1)、(2)、(3)的结果对比，说明射极输出器有什么特点？

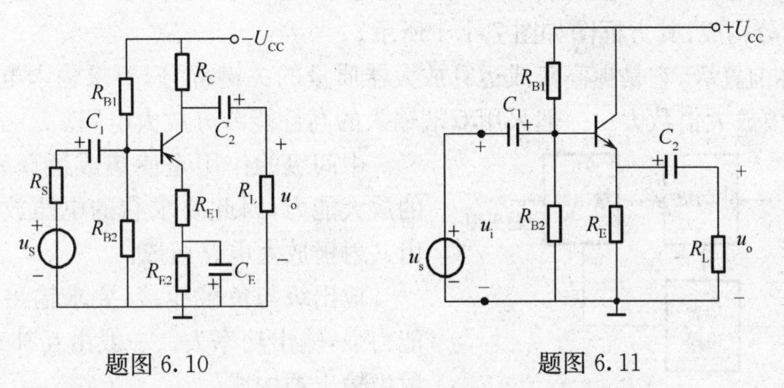

题图 6.10　　　题图 6.11

6.12　在如题图 6.12 所示的射极输出器中，C_1、C_2 的容量足够大，$\beta=50$，$R_{B1}=120\text{k}\Omega$，$R_{B2}=160\text{k}\Omega$，$R_E=10\text{k}\Omega$，$R_L=10\text{k}\Omega$，$U_{CC}=12\text{V}$。试求：(1) 静态工作点；(2) 画出微变等效电路；(3) 求电压放大倍数 A_u、输入电阻 r_i 和输出电阻 r_o。

6.13　两级阻容耦合放大电路如题图 6.13 所示，晶体管的 β 均为 50，$U_{BE}=0.6\text{V}$，要求：(1) 用估算法计算第二级的静态工作点；(2) 画出该两级放大电路的微变等效电路；(3) 写出整个电路的电压放大倍数 A_u、输入电阻 r_i 和输出电阻 r_o 的表达式。

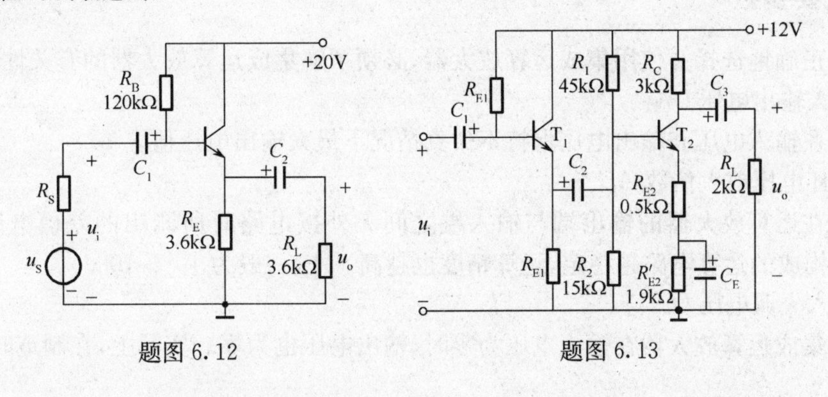

题图 6.12　　　题图 6.13

第7章　集成运算放大器

本章概要：

本章简单介绍集成运算放大器的基本组成和主要参数，然后着重介绍集成运算放大器在信号运算方面、信号处理方面及波形发生方面的应用。

教学重点：

(1) 掌握理想运算放大器的电压传输特性及其基本分析方法。

(2) 理解用集成运放组成的比例、加减、微分和积分运算电路的工作原理。

(3) 了解电压比较器的工作原理和应用。

教学难点：

理解用集成运放组成的比例、加减、微分和积分运算电路的工作原理。

7.1　集成运算放大器概述

7.1.1　集成运放的电路结构

集成运算放大器是一个直接耦合的多级放大电路，它由输入级、中间级、输出级和偏置电路4个基本组成部分构成，其方框图如图7.1.1所示。

输入级又称前置级，它是提高集成运算放大器质量的关键部分，要求输入电阻高、抑制共模信号能力强、差模放大倍数大。一般采用双端输入的高性能差分放大电路。

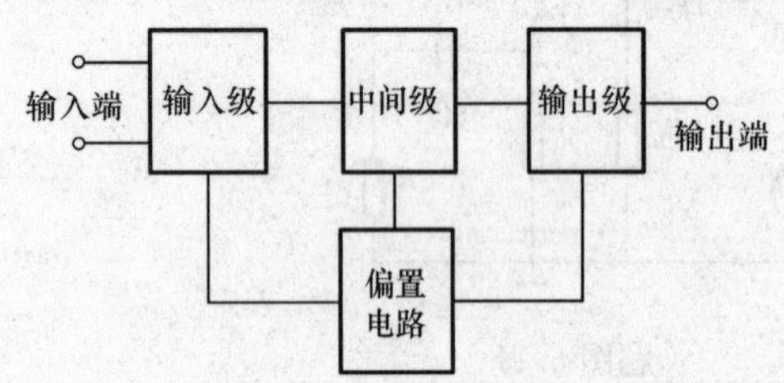

图7.1.1　运算放大器内部组成方框图

中间级的作用是使集成运算放大器具有较强的放大能力，因此要求它的电压放大倍数高，一般由共射极放大电路组成。

输出级与负载相接，要求输出电阻小，带负载能力强，输出功率大。一般由互补对称放大电路或射极输出器构成。

偏置电路用于设置集成运算放大器各级电路的静态工作点。

在使用集成运算放大器时，只需知道它的几个引脚的用途和主要参数即可，至于其内部电路的结构如何一般无须知道。

7.1.2　主要参数

为了能正确地选择并使用集成运算放大器，必须了解集成运算放大器的有关性能参数。

(1) 最大输出电压U_{OPP}

它是指在输入电压和输出电压保持不失真情况下最大输出电压值。

(2) 开环电压放大倍数A_{uo}

它是指在运算放大器的输出端与输入端之间无外接电路时所测出的差模电压放大倍数。A_{uo}越高，所构成的运算电路越稳定，运算精度也越高。A_{uo}一般为10^4～10^7。

(3) 输入失调电压U_{io}

理想的集成运算放大器在输入电压为零时，输出电压也为零。实际上，在制造时很难保证电路中的元件参数完全对称，因此在输入信号 $u_{i1}=u_{i2}=0$(即将两输入端同地短接)时，输出电压 $u_o\neq 0$。反过来，如果要使 $u_o=0$，就必须在输入端加一个很小的补偿电压。在室温及标准电源电压下，输入电压为零时，为使集成运算放大器输出电压为零，需在输入端加一补偿电压，加的补偿电压称为输入失调电压。U_{io}越小越好，一般为几毫伏。

(4) 输入失调电流 I_{io}

它是指输入信号为零时，流入放大器两个输入端的静态基极电流之差，即 $I_{io}=|I_{B1}-I_{B2}|$，I_{io}越小越好，一般为零点零几微安。

(5) 输入偏置电流 I_{iB}

它是指在输入电压为零时，两个输入端静态基极电流的平均值，即 $I_{iB}=\frac{I_{B1}+I_{B2}}{2}$。$I_{iB}$越小越好，一般为零点几微安。

(6) 最大共模输入电压 U_{ICM}

集成运算放大器对共模信号具有抑制作用，但这种作用要在规定的共模电压范围内才有效，U_{ICM}就是这个规定的范围，如超出这个范围，集成运算放大器抑制共模信号的能力会大大下降，严重时会造成器件的损坏。

总之，集成运算放大器具有开环电压放大倍数高、输入电阻大(约几百千欧)、输出电阻小(约几百欧)、带负载能力强、零点漂移小、可靠性高等优点，因此被广泛应用于各个技术领域，已成为一种通用型器件。

7.1.3 理想运算放大器及其分析依据

在分析运算放大器时，一般可将它看成是一个理想运算放大器。理想化的条件主要是：

开环电压放大倍数 $A_{uo}=\infty$；

差模输入电阻 $r_{id}=\infty$；

开环输出电阻 $r_o=0$；

共模抑制比 $K_{CMR}\to\infty$。

由于实际运算放大器的技术指标接近理想化的条件，因此在分析时用理想运算放大器代替实际放大器所引起的误差并不严重，在工程上是允许的，这样就使分析过程大大简化。后面对运算放大器的分析都是根据它的理想化条件来分析的。

图 7.1.2 是运算放大器的图形符号。它有两个输入端和一个输出端。反相输入端标上“－”号，同相输入端和输出端标上“＋”号。它们对“地”的电压(即各端对地电位)分别用 u_-，u_+ 和 u_o表示。

表示输出电压与输入电压之间关系的特性曲线称为传输特性，从运算放大器的传输特性(见图 7.1.3)看，可分为线性区和饱和区。运算放大器可工作在线性区，也可工作在饱和区，但分析方法不一样。

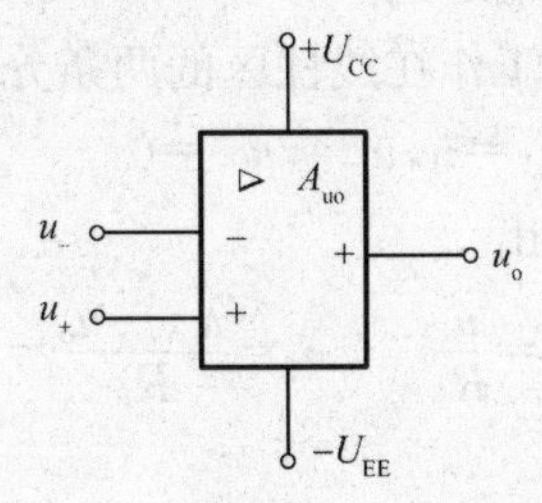

图 7.1.2 理想运算放大器的符号

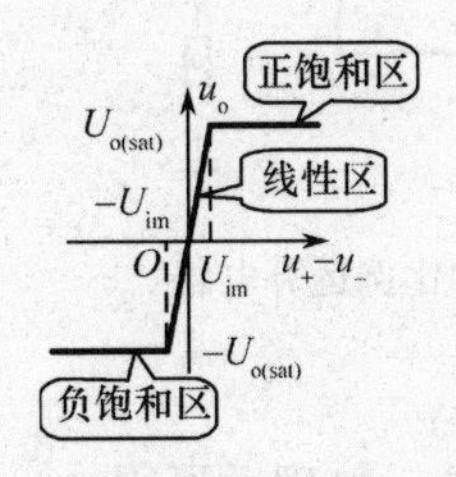

图 7.1.3 运算放大器的传输特性

1. 工作在线性区

当运算放大器工作在线性区时，其输出电压 u_o 和输入电压 u_-、u_+ 之间必须满足

$$u_o = A_{uo}(u_+ - u_-) \tag{7.1.1}$$

此时运算放大器是一个线性放大元件。由于运算放大器的开环电压放大倍数 A_{uo} 很高，即使输入毫伏级以下的信号，也足以使输出电压饱和，其饱和值 $+U_0$ 或 $-U_0$ 达到接近正电源电压或负电源电压值；另外，由于干扰，使工作难于稳定。所以，要使运算放大器工作在线性区，通常引入深度电压负反馈。

运算放大器工作在线性区时，有下面两条重要分析依据。

(1) 由于运算放大器的差模输入电阻 $r_{id} \to \infty$，故可认为两个输入端的输入电流为零。即 $I_+ = I_- = 0$；也称之为"虚断"。

(2) 由于运算放大器的开环电压放大倍数 $A_{uo} \to \infty$，而输出电压是一个有限的数值，故

$$u_+ - u_- = \frac{u_o}{A_{uo}} \approx 0$$

$$u_+ \approx u_- \tag{7.1.2}$$

式(7.1.2)表示同相端电位和反相端电位近似相等，称为"虚短"。

2. 工作在饱和区

当集成运算放大器的工作范围超出线性区，工作在饱和区时，输出电压与输入电压之间不再满足式(7.1.2)，这时输出电压只有两种可能：或等于正向饱和电压 U_{o+}，或等于负向饱和电压 U_{o-}。U_{o+} 和 U_{o-} 在数值上接近于正、负电源的电压值。

理想运算放大器工作在饱和区时，有以下两条结论。

(1) 当 $u_+ > u_-$ 时，$u_o = U_{o+}$（为正向饱和电压）；
当 $u_+ < u_-$ 时，$u_o = U_{o-}$（为负向饱和电压）。 (7.1.3)

(2) 运算放大器的输入电流仍为零。

7.2 运算放大器在信号运算方面的应用

运算放大器能完成模拟量的多种数学运算，如比例运算、加减运算、微分与积分运算等。

7.2.1 比例运算

1. 反相输入比例运算

反相输入比例运算电路如图 7.2.1 所示。输入电压 u_i 通过电阻 R_1 作用于集成运算放大器的反相输入端，同相输入端经电阻 R_2 接地，R_2 为补偿电阻（一般取值为 $R_2 = R_1 // R_F$），电阻 R_F 跨接在集成运算放大器输出端和反向输入端之间。

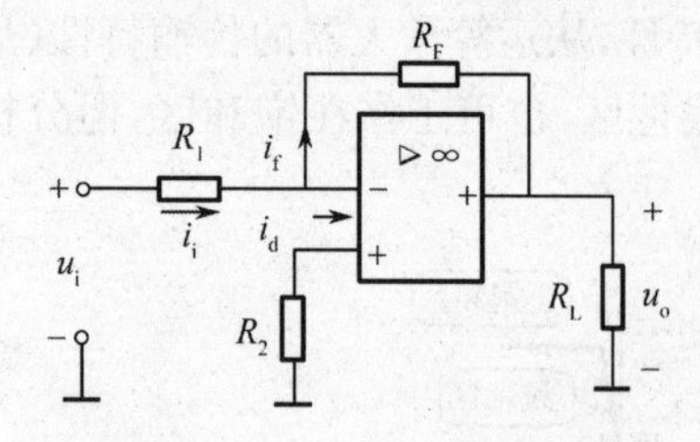

图 7.2.1 反相比例运算电路

根据运算放大器工作在线性区的两条分析依据可知

$$i_1 = i_f,\ u_- \approx u_+ = 0$$

由图 7.2.1 可列出

$$i_1 = \frac{u_i - u_-}{R_1} = \frac{u_i}{R_1} \qquad i_f = \frac{u_- - u_o}{R_F} = -\frac{u_o}{R_F}$$

由此得出 $-\frac{u_o}{R_F} = \frac{u_i}{R_1}$。整理后可得

$$u_o=-\frac{R_F}{R_1}u_i \tag{7.2.1}$$

所以闭环电压放大倍数为

$$A_{uf}=\frac{u_o}{u_i}=-\frac{R_F}{R_1} \tag{7.2.2}$$

上式表明，输出电压与输入电压是比例运算关系。只要 R_1 和 R_F 的阻值足够精确，且集成运算放大器的开环电压放大倍数很高，就可认为 u_o 与 u_i 的关系只由 R_F 和 R_1 的比例决定，而与集成运算放大器本身的参数无关。这就保证了比例运算的精度与稳定性。式中的负号表示 u_o 与 u_i 反相。所以该电路可以实现输出电压 u_o 与输入电压 u_i 之间的任意反相比例运算关系。

特殊情况下，当 $R_F=R_1$ 时，有

$$A_{uf}=\frac{u_o}{u_i}=-1 \tag{7.2.3}$$

这时该电路就是一个反相器。

【例 7.2.1】 在图 7.2.1 中，若 $R_1=20\ \text{k}\Omega$，$R_F=60\ \text{k}\Omega$，$u_i=0.5\text{V}$，求 A_{uf} 和 u_o。

解：

$$A_{uf}=-\frac{R_F}{R_1}=-\frac{60}{20}=-3$$

$$u_o=A_{uf}\cdot u_i=-3\times0.5=-1.5\text{V}$$

2. 同相输入比例运算

同相输入比例运算电路如图 7.2.2 所示。输入电压 u_i 通过电阻 R_2 作用于集成运算放大器的同相输入端，反相输入端经电阻 R_1 接地，电阻 R_F 跨接在输出端和反相输入端之间。

根据运算放大器工作在线性区的两条分析依据可知

$$i_1\approx i_f,\ u_-\approx u_+=u_i$$

由图 7.2.2 可列出

$$i_1=i_f=\frac{0-u_o}{R_1+R_F}=-\frac{u_o}{R_1+R_F}$$

反相输入端的电位为

$$u_-\approx u_+=u_i=\frac{R_1}{R_1+R_F}u_o$$

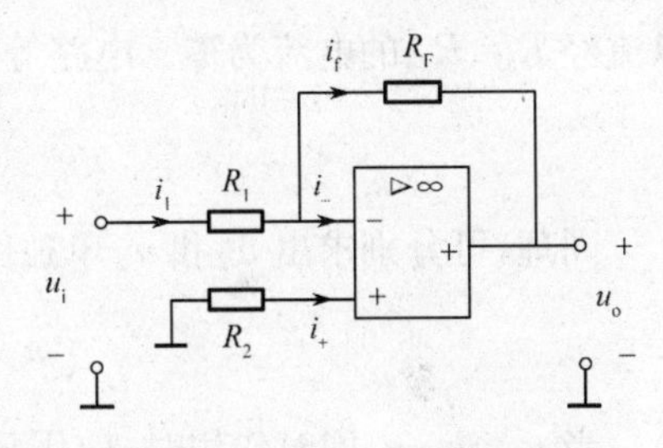

图 7.2.2　同相比例运算电路

整理后得

$$u_o=\left(1+\frac{R_F}{R_1}\right)u_i \tag{7.2.4}$$

因此闭环电压放大倍数为

$$A_{uf}=\frac{u_o}{u_i}=1+\frac{R_F}{R_1} \tag{7.2.5}$$

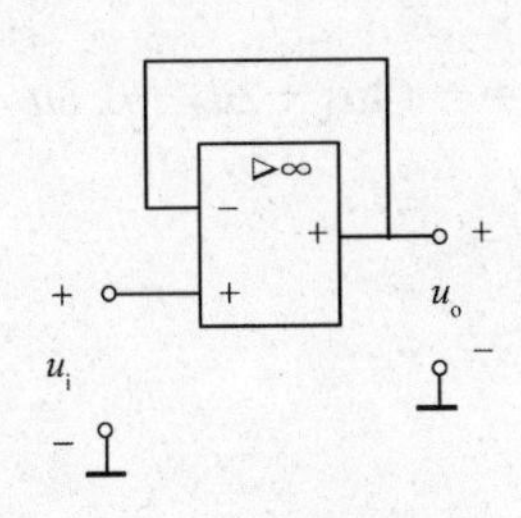

图 7.2.3　电压跟随器

可见 u_o 与 u_i 之间的比例关系由 R_1 和 R_F 决定，与集成运算放大器本身的参数无关，其精度与稳定性都很高，与反相输入比例运算的不同之处是 A_{uf} 为正值，表明 u_o 与 u_i 同相，且 A_{uf} 恒大于或等于 1。

特殊情况，当 $R_1=\infty$（断开）或 $R_F=0$（短接）时，则

$$A_{uf}=\frac{u_o}{u_i}=1$$

这时该电路就成为电压跟随器，如图 7.2.3 所示的就是一种 $R_1=\infty$ 且 $R_F=0$ 的电压跟随器。

【例 7.2.2】 在图 7.2.2 中，设 $R_1=20\text{k}\Omega$，$R_F=60\text{k}\Omega$，$u_i=0.5\text{V}$。试求 A_{uf} 和 u_o。

解：
$$A_{uf}=1+\frac{R_F}{R_1}=1+\frac{60}{20}=4$$
$$u_o=A_{uf}\cdot u_i=4\times 0.5=2\text{V}$$

7.2.2 加法运算

如果在反相输入端增加若干输入电路，则构成了反相输入加法运算电路，如图 7.2.4 所示。

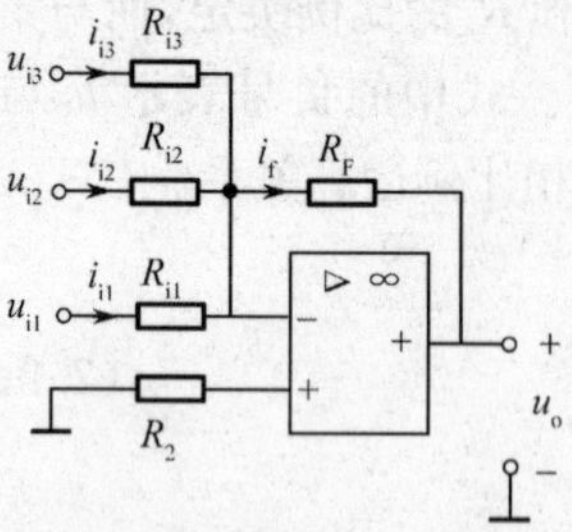

图 7.2.4 反相加法运算电路

根据“虚短”、“虚断”原则，由基尔霍夫电流定律列出电流方程如下

$$i_f=i_{i1}+i_{i2}+i_{i3}$$

而
$$i_{i1}=\frac{u_{i1}}{R_{11}},i_{i2}=\frac{u_{i2}}{R_{12}},i_{i3}=\frac{u_{i3}}{R_{13}},i_f=-\frac{u_o}{R_F}$$

得
$$-\frac{u_o}{R_F}=\frac{u_{i1}}{R_{11}}+\frac{u_{i2}}{R_{12}}+\frac{u_{i3}}{R_{13}}$$

整理后得
$$u_o=-\left(\frac{R_F}{R_{11}}u_{i1}+\frac{R_F}{R_{12}}u_{i2}+\frac{R_F}{R_{13}}u_{i3}\right) \tag{7.2.6}$$

当 $R_{11}=R_{12}=R_{13}=R_1$ 时，上式变为
$$u_o=-\frac{R_F}{R_1}(u_{i1}+u_{i2}+u_{i3}) \tag{7.2.7}$$

当 $R_1=R_F$ 时，上式变为
$$u_o=-(u_{i1}+u_{i2}+u_{i3}) \tag{7.2.8}$$

平衡电阻 $R_2=R_{11}//R_{12}//R_{13}//R_F$。

还可运用叠加原理求解出反相输入加法运算电路的运算关系。

设 u_{i1} 单独作用，此时 $u_{i2}=0$ 和 $u_{i3}=0$ 接地，由于电阻 R_{12}、R_{13} 的一端接地，另一端接虚地，所以流经 R_{12}、R_{13} 的电流为零。电路等效为反相比例运算电路。所以有

$$u_{o1}=-\frac{R_F}{R_{11}}u_{i1}$$

同理，可分别求出 u_{i2} 和 u_{i3} 单独作用时的输出电压 u_{o2} 和 u_{o3}，即

$$u_{o2}=-\frac{R_F}{R_{12}}u_{i2},u_{o3}=-\frac{R_F}{R_{13}}u_{i3}$$

当 u_{i1}、u_{i2}、u_{i3} 同时作用时，应用叠加原理，有

$$u_o=u_{o1}+u_{o2}+u_{o3}=-\frac{R_F}{R_{11}}u_{i1}-\frac{R_F}{R_{12}}u_{i2}-\frac{R_F}{R_{13}}u_{i3}$$
$$=-\left(\frac{R_F}{R_{11}}u_{i1}+\frac{R_F}{R_{12}}u_{i2}+\frac{R_F}{R_{13}}u_{i3}\right)$$

结果和式(7.2.6)相同。

【例 7.2.3】在图 7.2.4 中，要使输出电压和 3 个输入电压之间满足 $u_o=-(4u_{i1}+2u_{i2}+0.5u_{i3})$，若 $R_F=100\text{k}\Omega$。试求各输入端的电阻和平衡电阻 R_2。

解：由式(7.2.6)可得

$$R_{11}=\frac{R_F}{4}=\frac{100}{4}=25\text{k}\Omega$$
$$R_{12}=\frac{R_F}{2}=\frac{100}{2}=50\text{k}\Omega$$
$$R_{13}=\frac{R_F}{0.5}=\frac{100}{0.5}=200\text{k}\Omega$$
$$R_2=R_{11}//R_{12}//R_{13}//R_F\approx 13.3\text{k}\Omega$$

7.2.3 减法运算

减法运算电路如图 7.2.5 所示。从电路结构上看，它是反相比例运算和同相比例运算相结合的放大电路。

根据“虚短”、“虚断”原则，由基尔霍夫电流定律列出电流方程

$$\frac{u_{i1}-u_-}{R_1}=\frac{u_--u_o}{R_F}$$

$$\frac{u_{i2}-u_+}{R_2}=\frac{u_+}{R_3}$$

$$u_-\approx u_+$$

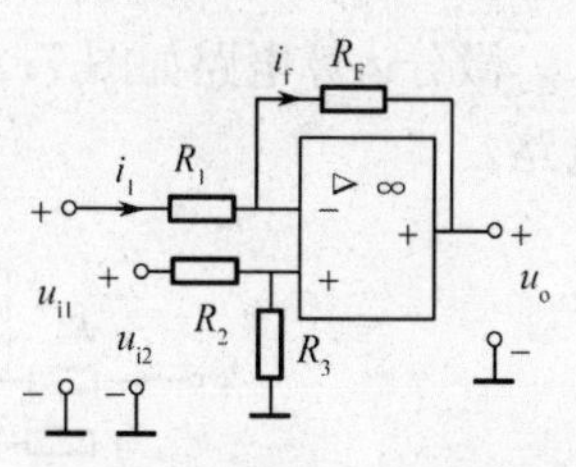

图 7.2.5 减法运算电路

解上述方程组，即可得

$$u_o=\left(1+\frac{R_F}{R_1}\right)\frac{R_3}{R_2+R_3}u_{i2}-\frac{R_F}{R_1}u_{i1} \tag{7.2.9}$$

当 $R_1=R_2$，$R_F=R_3$ 时，上式变为

$$u_o=\frac{R_F}{R_1}(u_{i2}-u_{i1}) \tag{7.2.10}$$

当 $R_F=R_1$ 时，则得

$$u_o=u_{i2}-u_{i1} \tag{7.2.11}$$

由以上两式可见，输出电压 u_o 与两个输入电压的差值成正比，所以形成了减法运算。

同样，也可运用叠加原理求解出差分减法运算电路的运算关系。

设 u_{i1} 单独作用，此时 $u_{i2}=0$ 接地，电阻 R_2 与 R_3 并联，流经电阻 R_2 与 R_3 的电流为零，电路等效为反相比例运算电路。所以有

$$u_{o1}=-\frac{R_F}{R_1}u_{i1}$$

同理，u_{i2} 单独作用时，电路等效为同相比例运算电路，产生输出电压 u_{o2}，即

$$u_{o2}=\left(1+\frac{R_F}{R_1}\right)u_+$$

而 $u_+=\dfrac{R_3}{R_2+R_3}u_{i2}$，解得
$$u_{o2}=\left(1+\frac{R_F}{R_1}\right)\frac{R_3}{R_2+R_3}u_{i2}$$

所以
$$u_o=-\frac{R_F}{R_1}u_{i1}+\left(1+\frac{R_F}{R_1}\right)\frac{R_3}{R_2+R_3}u_{i2}$$

*7.2.4 积分运算

积分运算电路如图 7.2.6 所示。与反相输入比例运算电路相比，该电路用 C_F 代替 R_F 作为反馈元件。

由于采用反相输入方式，同相输入端经电阻 R_2 接地，根据“虚短”、“虚断”原则，有

$$u_-\approx u_+=0,\ i_1=i_f=\frac{u_i-u_-}{R_1}=\frac{u_i}{R_1}$$

因为
$$i_f=C_F\frac{du_C}{dt}$$

则
$$u_C=\frac{1}{C_F}\int i_f dt$$

所以
$$u_o=-u_C=-\frac{1}{C_F}\int i_f\,dt=-\frac{1}{R_1C_F}\int u_i dt \tag{7.2.12}$$

式(7.2.12)表明输出电压 u_o 是输入电压 u_i 对时间的积分，式中的负号表示 u_o 与 u_i 在相位上反相。R_1C_F 称为积分时间常数。

*7.2.5 微分运算

微分运算电路如图 7.2.7 所示。将积分电路中电阻 R_1 和电容 C_F 的位置互换即可得到微分电路。

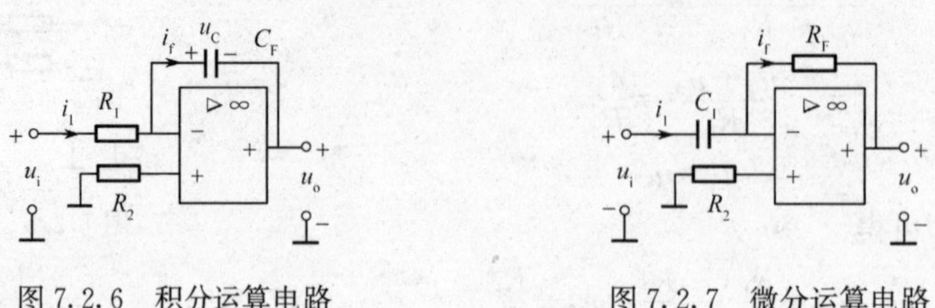

图 7.2.6 积分运算电路　　　图 7.2.7 微分运算电路

设 $t=0$ 时，电容器 C_1 的初始电压 $u_{C1}=0$；根据“虚短”、“虚断”原则，$u_-\approx u_+=0$。

$$u_{C1}=u_i-u_-=u_i$$

$$i_1=C_1\frac{du_{C1}}{dt}=C_1\frac{du_i}{dt}$$

因为

$$i_1=i_f=\frac{u_--u_o}{R_F}=-\frac{u_o}{R_F}$$

所以

$$u_o=-i_fR_F=-i_1R=-R_FC_1\frac{du_i}{dt} \tag{7.2.13}$$

上式表明输出电压与输入电压的微分成正比，负号表明 u_o 与 u_i 反相。

*7.3 运算放大器在信号处理方面的应用

在自动控制电路中，经常需要进行信号处理，如信号的滤波、信号的采样和保持、信号幅度的比较等，下面分别进行简要介绍。

7.3.1 有源滤波器

对信号的频率具有选择性的电路称为滤波电路。滤波电路使指定频段的信号能顺利通过，而对于其他频段的信号进行很大衰减甚至抑制。仅由无源元件电阻、电容或电感组成的滤波器，称为无源滤波器。由 RC 电路和运算放大器组成的滤波器称为有源滤波器。有源滤波器具有体积小、效率高、频率特性好、具有放大作用等优点，因而得到广泛应用。

通常以滤波器的工作频率范围来命名，例如，低通滤波器为能通过低频信号而抑制高频信号；与之相反则称为高通滤波器；带通滤波器是只能通过特定频带范围内信号的滤波器；带阻滤波器是只有特定频率范围内信号不能通过的滤波器。本节只介绍简单的有源低通滤波器。

图 7.3.1 是一个有源低通滤波器。设 u_i 为一正弦电压，其有效值为 U 保持不变，但其角频率 ω 可从零变到无穷。下面分析该电路对此正弦输入电压的放大倍数。

运算放大器同相输入端的电位为

$$\dot{U}_+=\dot{U}_C=\frac{\dot{U}_i}{R_2+\frac{1}{j\omega C}}\cdot\frac{1}{j\omega C}=\frac{\dot{U}_i}{1+j\omega R_2C}$$

即

$$\dot{U}_i=(1+j\omega R_2C)\dot{U}_+$$

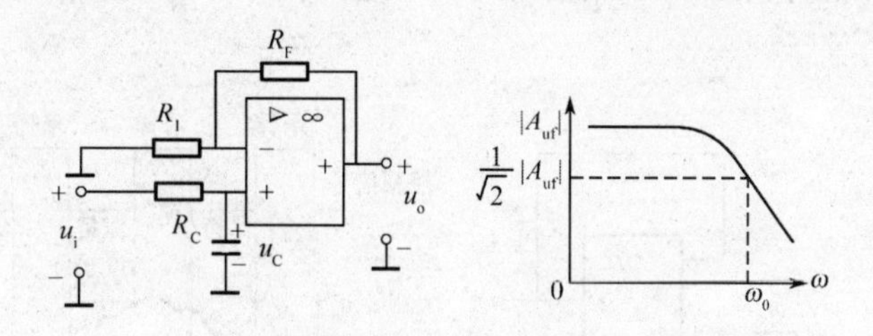

图 7.3.1　有源低通滤波电路及其幅频特性

运算放大器反相输入端的电位为

$$\dot{U}_- = \frac{\dot{U}_o}{R_1 + R_F} R_1$$

因为$\dot{U}_- \approx \dot{U}_+$，所以上式可变为

$$\dot{U}_+ = \frac{\dot{U}_o}{R_1 + R_F} R_1$$

即

$$\dot{U}_o = \frac{R_1 + R_F}{R_1} \dot{U}_+ = \left(1 + \frac{R_F}{R_1}\right) \dot{U}_+$$

故

$$A_{uf} = \frac{\dot{U}_o}{\dot{U}_i} = \frac{1 + \frac{R_F}{R_1}}{1 + j\omega R_2 C} = \frac{1 + \frac{R_F}{R_1}}{1 + j\frac{\omega}{\omega_0}} \tag{7.3.1}$$

式中，$\omega_0 = \frac{1}{R_2 C}$或 $f_0 = \frac{1}{2\pi R_2 C}$。

电压放大倍数的模(即大小)为

$$|A_{uf}| = 1 + \frac{R_F}{R_1} \tag{7.3.2}$$

当 $\omega = 0$ 时，$|A_{uf}| = 1 + \frac{R_F}{R_1}$；当 $\omega = \omega_0$ 时，$|A_{uf}| = \frac{1 + \frac{R_F}{R_1}}{\sqrt{2}} = \frac{|A_{uf}|}{\sqrt{2}}$。

从以上分析可知，当频率由零逐渐加快时，放大倍数$|A_{uf}|$会逐渐下降，但刚开始时下降不大，只是当 ω 接近 ω_0 时，$|A_{uf}|$开始下降较快。放大倍数下降到$|A_{uf}|$的$\frac{1}{\sqrt{2}}$时，其对应的频率 $\omega = \omega_0$，称 ω_0 为截止角频率。该电路放大倍数的幅值与频率的关系曲线，称为幅频特性曲线，如图 7.3.1 所示。所以，凡是频率在 $0 \sim \omega_0$ 之间的信号都能通过该放大器，因此称之为低通滤波器。

7.3.2　信号幅度的采样保持

采样保持电路常用于输入信号变化较快，或具有多路信号的数据采集系统中，也可用于其他一切要求对信号进行瞬时采样和存储的场合。其简单电路和输入波形如图 7.3.2 所示。电路的工作过程分为“采样”与“保持”两个周期，由外部控制信号来决定其工作过程。图中，S 是一个模拟开关，一般由场效应管构成。当控制信号为高电平时，开关 S 闭合(即场效应管导通)，电路处于采样周期。这时 u_i 对存储电容 C 充电，由于运算放大器接成电压跟随器，所以 $u_o = u_C = u_i$。当控制电压变为低电平时，开关 S 断开(即场效应管截止)，电路处于保持周期，由于电容 C 无放电回路，所以输出信号能保持上次采样结束时的状态，即 $u_o=u_C$。采样保持电路的输出波形如图 7.3.2(b)所示。

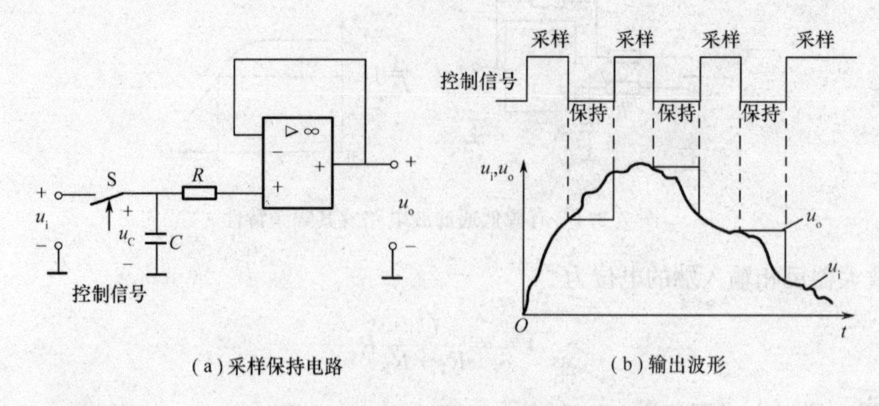

(a)采样保持电路　　(b)输出波形

图 7.3.2　采样保持电路及其输出电压波形

7.3.3　电压比较器

电压比较器的功能是将输入信号电压 u_i 与参考电压 U_R 进行比较，当输入电压大于或小于参考电压时，比较器的输出将是两种截然不同的状态(高电平或低电平)。电压比较器是组成非正弦波发生电路的基本单元，可将任意波形转换为矩形波，在测量电路和控制电路中应用相当广泛。

图 7.3.3(a)是一种电压比较器电路。参考电压 U_R 加在同相输入端，输入电压 u_i 加在反相输入端。运算放大器工作在开环状态，由于开环电压放大倍数很高，即使 u_i 与 U_R 出现极微小的差值，也会使输出电压达到饱和值。因此，运算放大器工作在饱和区。当 $u_i<U_R$ 时，$u_o=U_{o+}$；当 $u_i>U_R$ 时，$u_o=U_{o-}$。该电压比较器的传输特性如图 7.3.3(b)所示。当参考电压 $U_R=0$ 时，就是过零比较器，其电路和传输特性如图 7.3.4(a)、(b)所示。当 u_i 为正弦电压时，u_o 为矩形波电压，如图 7.3.4(c)所示，实现了对输入信号电压波形变换的作用。

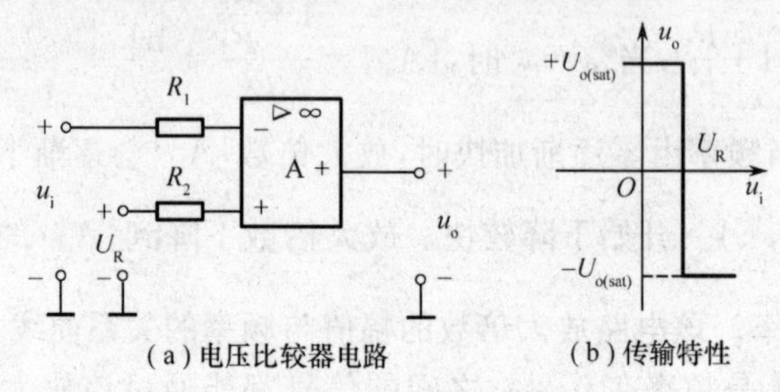

(a)电压比较器电路　　(b)传输特性

图 7.3.3　电压比较器及其传输特性

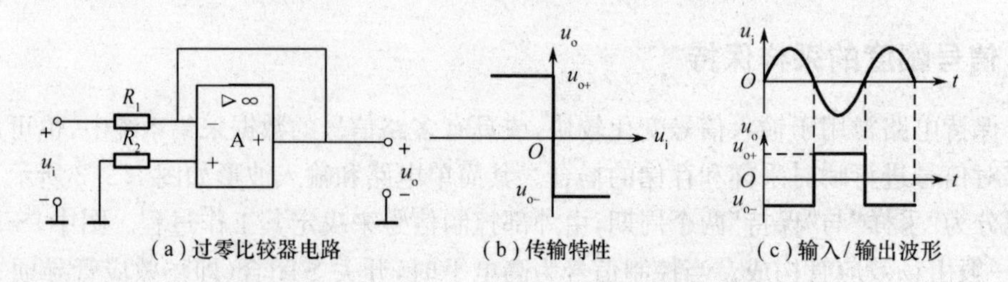

(a)过零比较器电路　　(b)传输特性　　(c)输入/输出波形

图 7.3.4　过零比较器及其传输特性和波形变换作用

综上所述,电压比较器有如下特点:

① 集成运算放大器工作在开环状态;

② 比较器输出与输入不成线性关系;

③ 比较器具有开关特性。

7.4 放大电路中的负反馈

反馈在科学技术领域中的应用很多,前面已讲过的分压式偏置电路、运算放大器运算电路等电子电路中都有反馈。

7.4.1 反馈的概念

在放大电路中,将输出回路中的某个电量(电压或电流)的一部分或全部通过称为反馈网络的电路引回到输入回路,就称为反馈。这一过程可用图 7.4.1 所示方框图来表示。引入反馈后的放大电路称为反馈放大电路。任何带有反馈的放大电路都包含两个部分:一个是基本放大电路 A,另一个是反馈电路 F。

图 7.4.1 中,$\dot{X}_i$ 是输入信号,$\dot{X}_f$是反馈信号,$\dot{X}_i$ 和 $\dot{X}_f$ 在输入端进行比较,产生净输入信号 $\dot{X}_d$。所以有

$$\dot{X}_d=\dot{X}_i-\dot{X}_f \tag{7.4.1}$$

若加入反馈后使净输入信号减小,则为负反馈;若使净输入信号增大,则为正反馈。

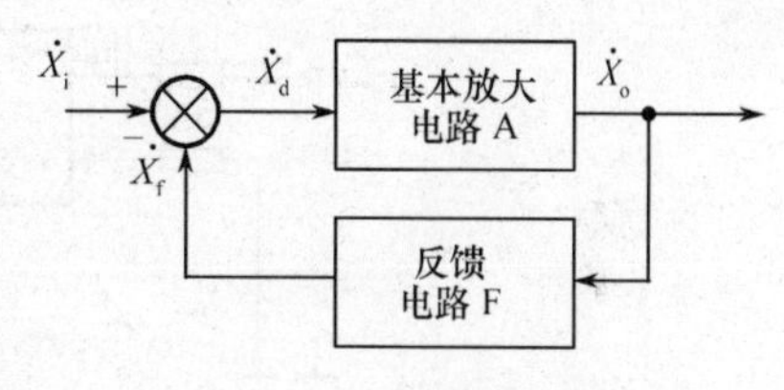

图 7.4.1 反馈方框图

7.4.2 正反馈与负反馈的判别

判断电路中引入的是正反馈还是负反馈,常采用瞬时极性法。

在放大电路的输入端,假设一个输入信号的电压极性,可用"+"、"−"或"↑"、"↓"表示。按信号传输方向依次判断相关点的瞬时极性,直至判断出反馈信号的瞬时电压极性。如果反馈信号的瞬时极性使净输入减小,则为负反馈;反之为正反馈。

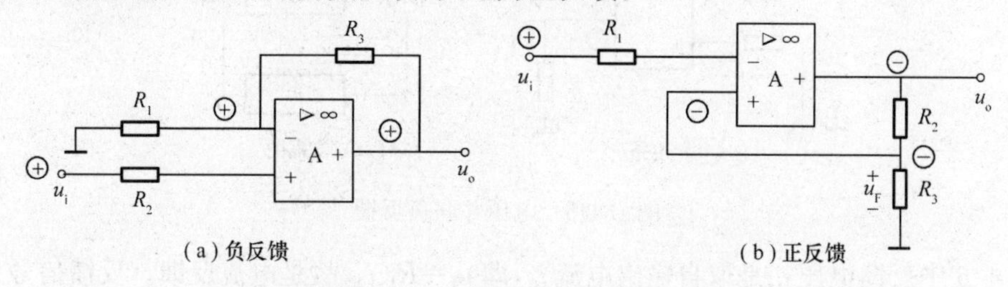

图 7.4.2 正反馈和负反馈的判别

7.4.3 负反馈的类型

在负反馈放大电路中,如果反馈信号取自输出电压,则称为电压反馈;如果反馈信号取自输出电流,则称为电流反馈;反馈信号以电压的形式与输入电压串联相减,则称为串联反馈;反馈信号以电流的形式与输入电流并联相减,则称为并联反馈。由于反馈网络在放大电路输出端有电压和电流两种取样方式,在放大电路输入端有串联和并联两种比较方式,因此可以构成 4 种组态(或称类型)的负反馈放大电路,即电压串联负反馈、电压并联负反馈、电流串联负反馈和电流并联负反馈放大电路。

图 7.4.3 中,反馈电压 u_f是经 R_1、R_F 组成的分压器由输出电压 u_o取样得来的。反馈电压是

输出电压的一部分，故是电压反馈。反馈信号 u_f 与输入信号 u_i 加在放大电路输入回路的两个电极，形成电压相减的关系，所以是串联反馈。

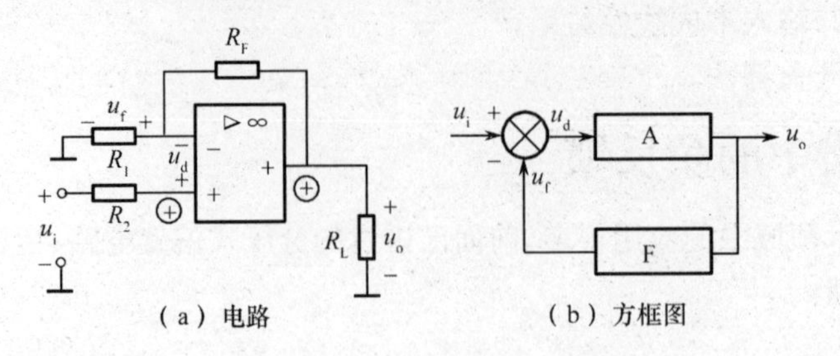

图 7.4.3　电压串联负反馈

图 7.4.4 中，反馈电流 i_f 为电阻 R_F 和 R 对输出电流 i_o 的分流，所以是电流反馈。反馈信号 i_f 以电流的形式与输入电流 i_i 并联相减，所以是并联反馈。

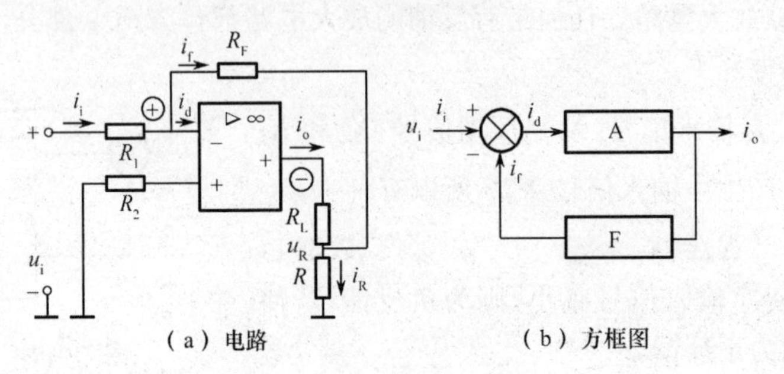

图 7.4.4　电流并联负反馈

图 7.4.5 中反馈电流 i_f 是取自输出电压 u_o，即 $i_f=-u_o/R_F$，故是电压反馈。反馈信号 i_f 以电流的形式与输入电流 i_i 并联相减，所以是并联反馈。

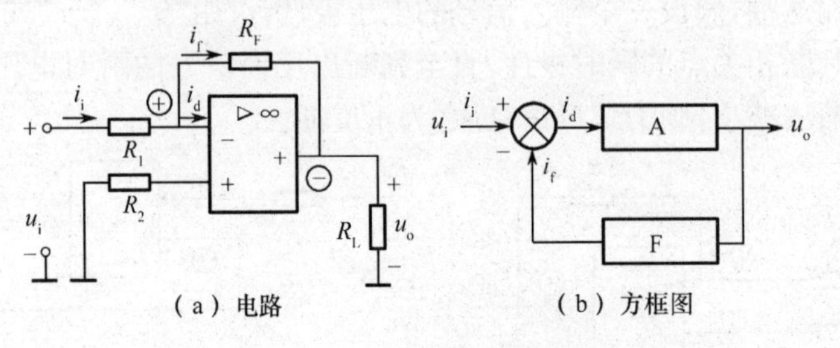

图 7.4.5　电压并联负反馈

图 7.4.6 中反馈电压 u_f 是取自输出电流 i_o，即 $u_f=R_F\ i_o$，故是电流反馈。反馈信号 u_f 与输入信号 u_i 加在放大电路输入回路的两个电极，形成电压相减的关系，所以是串联反馈。

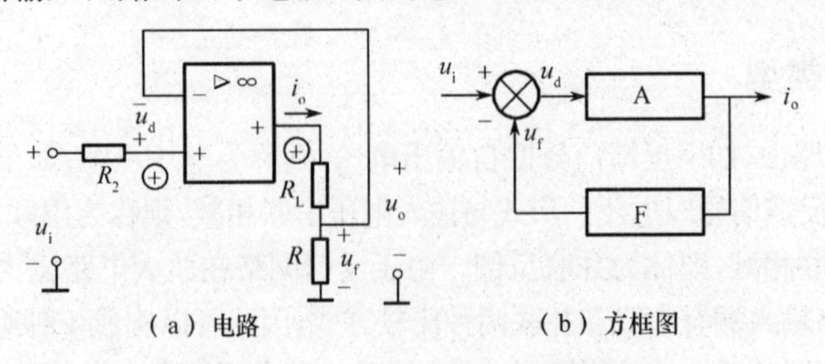

图 7.4.6　电流串联负反馈

总之，从上述 4 个运算放大器电路可以看出：

① 反馈电路直接从运算放大器输出端引出的，是电压反馈；从负载电阻 R_L 的靠近“地”端引出的，是电流反馈；

② 输入信号和反馈信号分别加在两个输入端(同向端和反向端)上的，是串联反馈；加在同一个输入端(同向端或反向端)上的，是并联反馈；

③ 反馈信号使净输入信号减小的，是负反馈。

7.4.4 负反馈对放大电路性能的影响

1. 提高放大电路的稳定性

在负反馈条件下增益的稳定性得到了提高，这里增益应该与反馈组态相对应

$$dA_f=\frac{(1+AF)\cdot dA-AF\cdot dA}{(1+AF)^2}=\frac{dA}{(1+AF)^2}$$

$$\frac{dA_f}{A_f}=\frac{1}{(1+AF)}\cdot\frac{dA}{A} \tag{7.4.2}$$

有反馈时，增益的稳定性比无反馈时提高了$(1+AF)$倍。

2. 改善波形失真

一些有源器件的伏安特性的非线性会造成输出信号的非线性失真，加入负反馈可以减小这种失真，可通过图 7.4.7 来加以说明。失真的反馈信号使净输入信号产生相反的失真，从而弥补了放大电路本身的非线性失真。

3. 对放大电路输入电阻和输出电阻的影响

串联负反馈使放大电路的输入电阻增加。这是因为反馈到输入端的反馈电压的瞬时极性与输入电压的瞬时极性相同，而且是加在输入回路的两个点，从而使流入到放大电路的净输入电流减小，这相当于输入电阻增加。

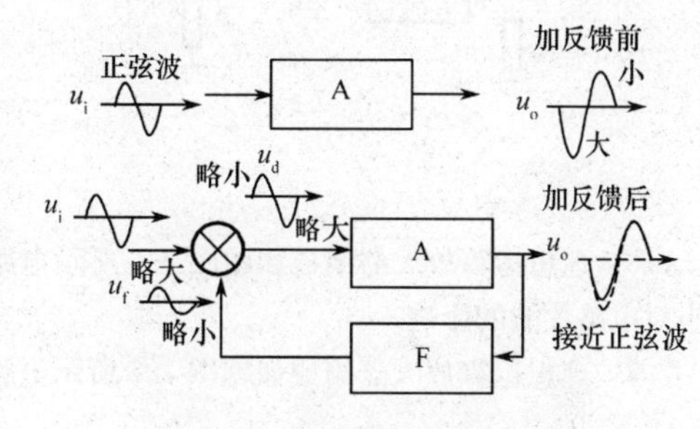

图 7.4.7　负反馈改善波形失真

并联负反馈使输入电阻减小。这是因为在并联负反馈放大电路的输入端，输入信号与反馈信号加在同一个点，由于反馈极性为负，反馈电路将分流一部分输入电流，使输入电流增大，相当于输入电阻减小。

电压负反馈使输出电阻减小。输出电阻减小，放大电路带负载能力强，输出电压稳定，所以电压负反馈可以稳定输出电压。

电流负反馈使输出电阻增加。放大电路的输出电阻增加，使放大电路输出电流稳定，所以电流负反馈可以稳定输出电流。

习　题　7

7.1　电路如题图 7.1 所示，运算放大器的电源电压为±12V，稳压管的稳定电压为 8V，正向压降为 0.6V，当输入电压 $u_i=-1$V 时，则输出电压 u_o 等于(　　)。

(A) −12V　　　(B) 0.7V　　　(C) −8V

7.2　理想运算放大器组成如题图 7.2 所示电路，求输出电压 u_o 的表达式。

7.3　在题图 7.3 所示的同相比例运算电路中，已知 $R_1=2\text{k}\Omega,R_F=10\text{k}\Omega,R_2=2\text{k}\Omega,R_3=18\text{k}\Omega,u_i=1\text{V}$，求 u_o。

7.4　电路如题图 7.4 所示，A 为理想运算放大器，$R_1=R_2=1\ \text{k}\Omega,R_3=R_F=10\ \text{k}\Omega$，且 u_{i1}、u_{i2}、u_{i3} 已知，求 u_o。

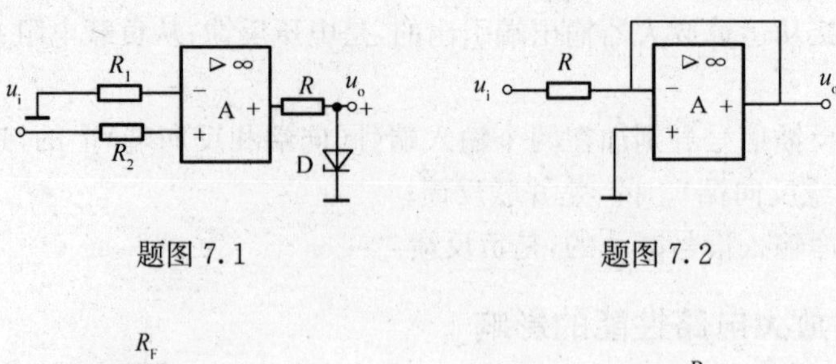

题图 7.1　　　　题图 7.2

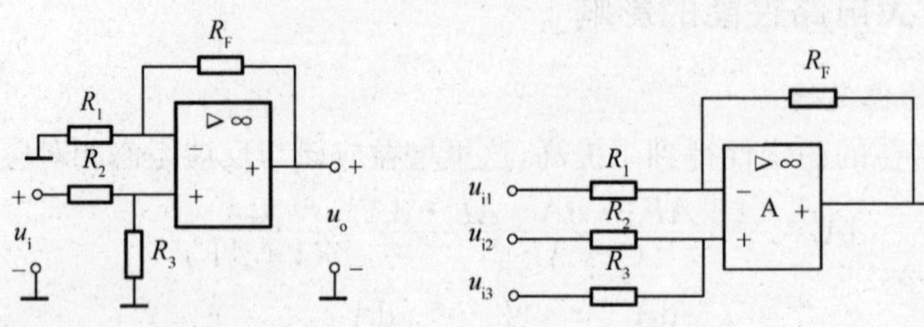

题图 7.3　　　　题图 7.4

7.5　电路如题图 7.5(a)、(b)所示，A_1、A_2 为理想运算放大器，求输出电压 u_o 的表达式。

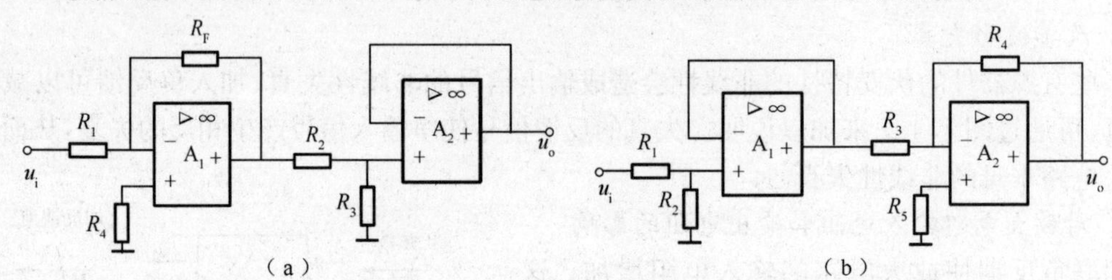

题图 7.5

7.6　理想运算放大器组成如题图 7.6 所示电路。要求：(1) 试导出 U_o 和 U_i 的关系式；(2) 说明电阻 R_1 的大小对电路性能的影响。

7.7　理想运算放大器组成如题图 7.7 所示电路，求电路的 u_o 和 u_i 的运算关系式。

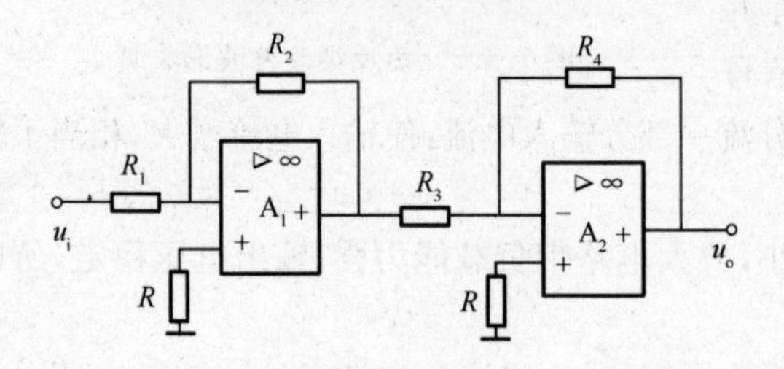

题图 7.6

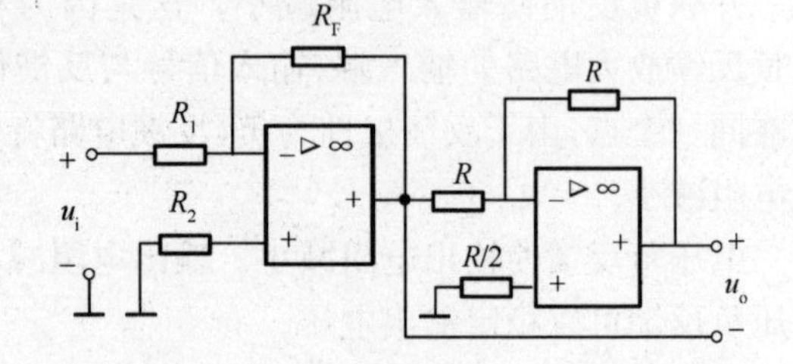

题图 7.7

7.8　求题图 7.8 所示的电路中 u_o 与各输入电压的运算关系式。

7.9　在题图 7.9 所示的电路中，引入了何种反馈(　　)？

(A)正反馈　(B)负反馈　(C)无反馈

7.10　在题图 7.10 所示的电路中，设 u_i 和 u_o 为直流电压，试问引入了何种直流反馈(　　)？

(A)正反馈　　　　(B)负反馈　　　　(C)无反馈

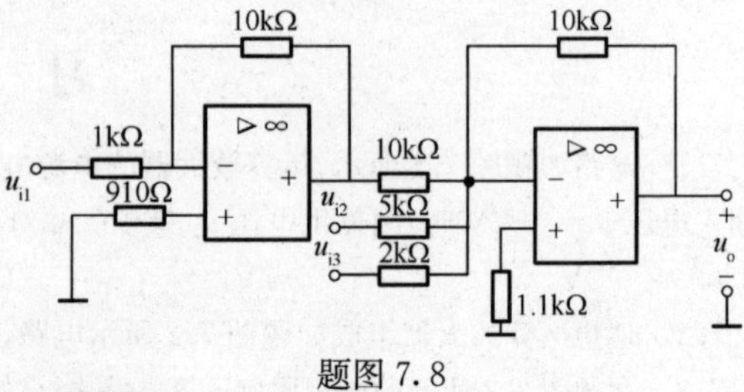

题图 7.8

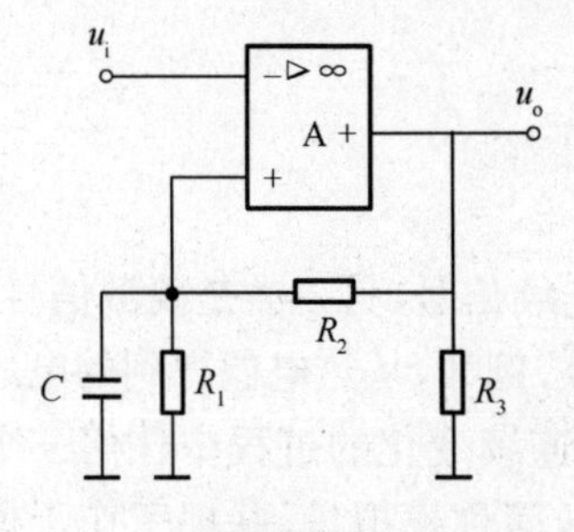

题图 7.9

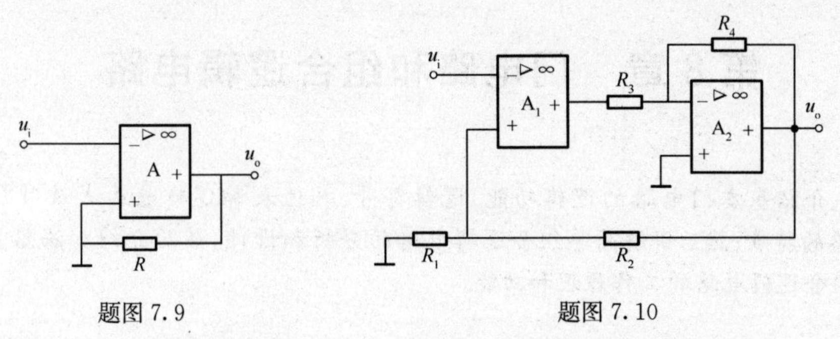

题图 7.10

7.11　在题图 7.11 所示的电路中，设 u_i 和 u_o 为直流电压，试问引入了何种直流反馈（　　）？

(A)正反馈　　　　(B)负反馈　　　　(C)无反馈

7.12　在题图 7.12 所示的电路中，R 反馈电路引入的是（　　）。

(A)并联电流负反馈　(B)串联电压负反馈　　(C)并联电压负反馈

题图 7.11

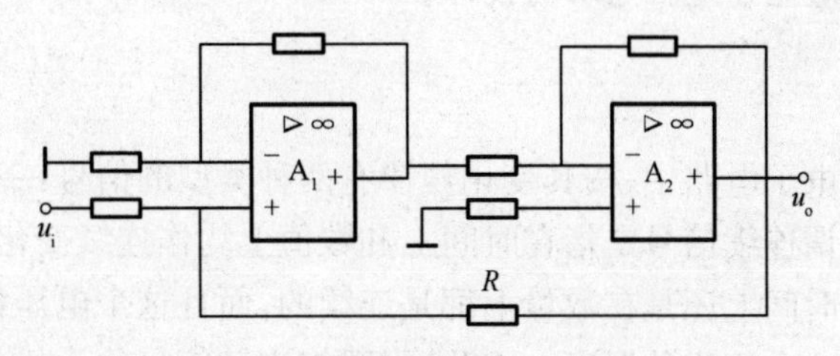

题图 7.12

7.13　测量放大电路，要求输入电阻高，输出电流稳定，应引入（　　）。

(A)并联电流负反馈　(B)串联电流负反馈　　(C)串联电压负反馈

第 8 章　门电路和组合逻辑电路

本章概要：

本章首先介绍基本门电路的逻辑功能、逻辑符号、真值表和逻辑表达式及 TTL 门电路、CMOS 门电路的特点；然后讲解简单组合逻辑电路的分析和设计；最后介绍加法器、编码器、译码器等常用组合逻辑电路的工作原理和功能。

教学重点：

(1)熟练掌握电路的逻辑功能、逻辑符号、真值表和逻辑表达式。

(2)熟练掌握逻辑代数的基本运算法则化简逻辑函数。

(3)掌握加法器、编码器、译码器等常用组合逻辑电路。

教学难点：

掌握组合逻辑电路的设计。

在电子电路中，按其变化规律有两种类型的信号：一类是连续信号，另一类是离散信号。

所谓连续信号是指在时间上和数值上均作连续变化的信号，例如，从热电偶得到的电压信号无论在时间上还是在数量上都是连续的，而且这个电压信号在连续变化的过程中任何一个取值都代表一个相应的温度。因此，习惯将连续信号称为模拟信号，简称模拟量，并把工作于模拟信号下的电子线路称为模拟电路。

所谓离散信号是指在时间上和数值上均不连续变化的信号。例如，电路开关的状态。离散信号的变化可以用不同的数字反映，所以又称为数字信号，简称为数字量，并且把工作在数字信号下的电子电路称为数字电路。

8.1　基本门电路及其组合

门电路是实现各种逻辑关系的基本电路，是组成数字电路的最基本单元。从逻辑功能上看，有**与**门、**或**门和**非**门，还有由它们复合而成的**与非**门、**或非**门、**与或非**门、**异或**门等。

8.1.1　分立元件逻辑门电路

1. 与门

在逻辑问题中，如果决定某一事件发生的多个条件必须同时具备，事件才能发生，则称这种因果关系为**与**逻辑。

例如，在图 8.1.1 所示电路中，开关 A 和 B 串联控制灯 Y。显然，仅当两个开关均闭合时(条件)，灯才能亮(结果)。否则，灯灭。

实现**与**逻辑关系的电路称为**与**门电路，如图 8.1.2 所示的是最简单的二极管**与**门电路。A、B 是它的两个输入端，Y 是输出端。也可以认为 A、B 是它的两个输入变量，Y 是输出变量。假设输入信号低电平为 0V，高电平为 3V，按输入信号的不同可有下述几种情况(忽略二极管正向压降)。

① 输入端全为高电平，D_A、D_B 均导通，则输出 $V_Y=3V$。

② 输入端有一个或两个为低电平。例如 $V_A=0V$，$V_B=3V$ 时，D_A 先导通，这时 D_B 承受反向电压而截止，输出 $V_Y=0V$。

可见，只有当输入端 A、B 全为高电平 **1** 时，才输出高电平 **1**，否则输出端均为低电平 **0**，这合乎**与**门的要求。

将逻辑电路所有可能的输入变量和输出变量间的逻辑关系列成表格，如表 8.1.1 所示，称为真值表。

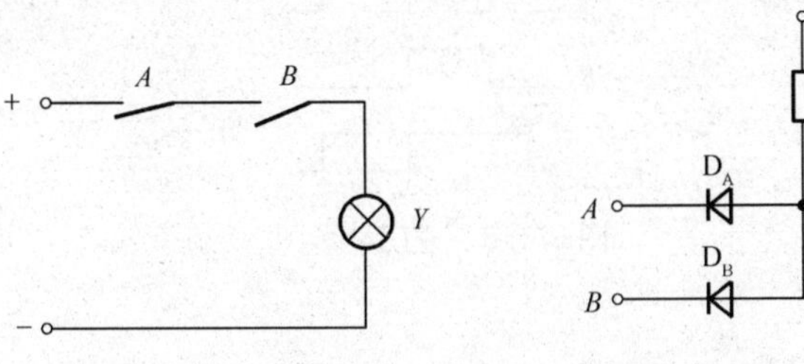

图 8.1.1　与逻辑电路　　图 8.1.2　二极管与门电路

表 8.1.1　与门真值表

A	B	Y
0	**0**	**0**
0	**1**	**0**
1	**0**	**0**
1	**1**	**1**

上述逻辑关系可用逻辑表达式描述为

$$Y = A \cdot B \tag{8.1.1}$$

式中，小圆点"·"表示 A、B 的**与**运算，也表示逻辑**乘**。在不致引起混淆的前提下，"·"常被省略。图 8.1.3 所示为两输入端的**与**门逻辑符号。

与门电路的逻辑关系也可以用波形图来描述，如图 8.1.4 所示。

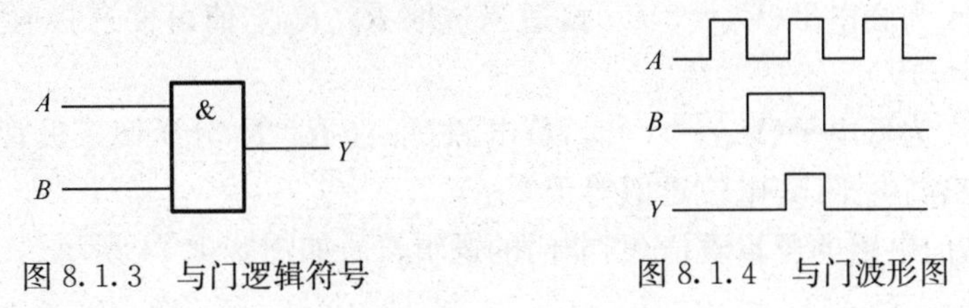

图 8.1.3　与门逻辑符号　　图 8.1.4　与门波形图

2. 或门

在逻辑问题的描述中，如果决定某一事件发生的多个条件中，只要有一个或一个以上条件成立，事件便可发生，则称这种因果关系为**或**逻辑。

例如，在图 8.1.5 所示电路中，开关 A 和 B 并联控制灯 Y。可以看出，当开关 A、B 中有一个闭合或者两个均闭合时，灯 Y 即亮。因此，灯 Y 与开关 A、B 之间的关系是**或**逻辑关系。

实现或逻辑关系的电路称为**或**门电路。图 8.1.6 所示是最简单的二极管或门电路。A、B 是它的两个输入，Y 是输出。采用**与**门电路同样的分析方法，对不同的输入组合，不难得出**或**门电路的真值表，如表 8.1.2 所示。

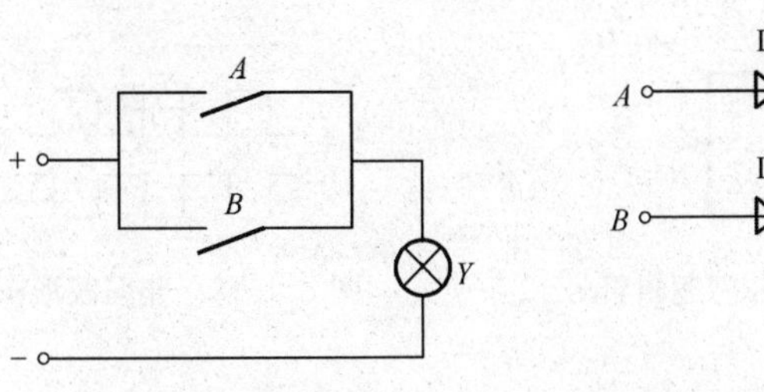

图 8.1.5　或逻辑电路　　图 8.1.6　二极管或门电路

表 8.1.2　或门真值表

A	B	Y
0	**0**	**0**
0	**1**	**1**
1	**0**	**1**
1	**1**	**1**

从表 8.1.2 中可知，输入变量只要有一个为 **1** 时，输出就为 **1**；只有输入全为 **0**，输出才为 **0**。

上述逻辑关系用逻辑表达式描述为

$$Y=A+B \tag{8.1.2}$$

式中,"+"号表示逻辑**或**而不是算术运算中的加号。图 8.1.7 为两输入端的**或**门逻辑符号。

或门电路的逻辑关系也可用波形图来描述,如图 8.1.8 所示。

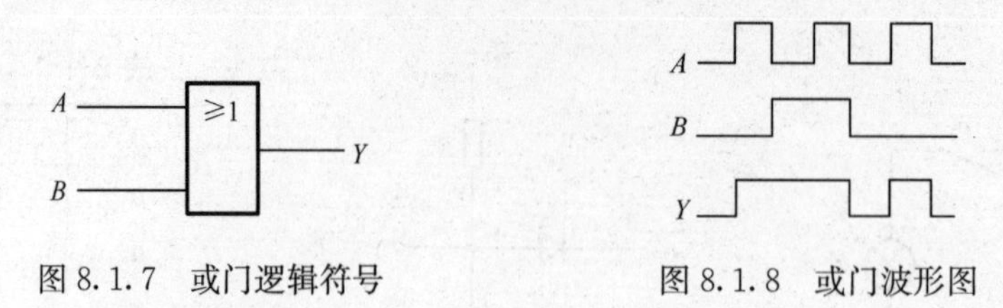

图 8.1.7　或门逻辑符号　　　图 8.1.8　或门波形图

3. 非门

在逻辑问题中,如果某一事件的发生取决于条件的否定,即事件与事件发生的条件之间构成矛盾,则这种因果关系称为**非**逻辑。

例如,在图 8.1.9 所示电路中,当开关 A 断开时,灯亮;A 闭合时,灯不亮。这个例子表示了一种条件与结果相反的**非**逻辑关系。

图 8.1.10 所示为三极管**非**门电路。**非**门又称反相器,它只有一个输入端和一个输出端,其输出与输入恒为相反状态。

下面分析该三极管(工作在饱和或截止状态)**非**门电路的逻辑功能。

① 当输入端 A 为高电平($V_A=3V$)时,适当选取 R_K、R_B之值可使三极管饱和导通,其集电极输出低电平($V_Y\approx 0V$)。

② 当输入端 A 为低电平($V_A=0V$)时,负电源 U_{BB}经 R_K、R_B分压使三极管基极电位为负,三极管截止,从而输出高电平(其电位近似等于 U_{CC})。

表 8.1.3 是**非**门电路的逻辑真值表,**非**门的逻辑符号如图 8.1.11 所示。

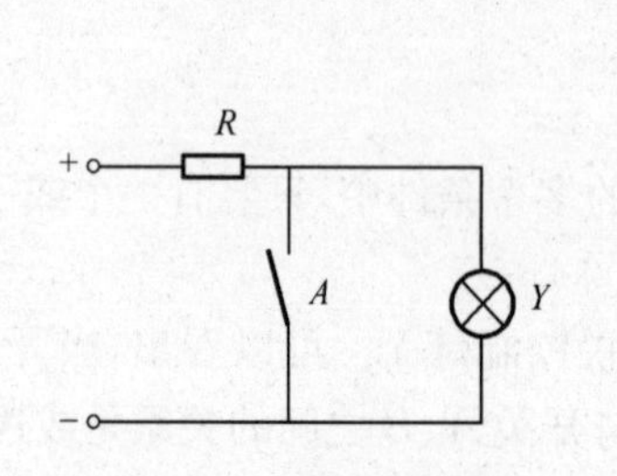

图 8.1.9　非逻辑电路

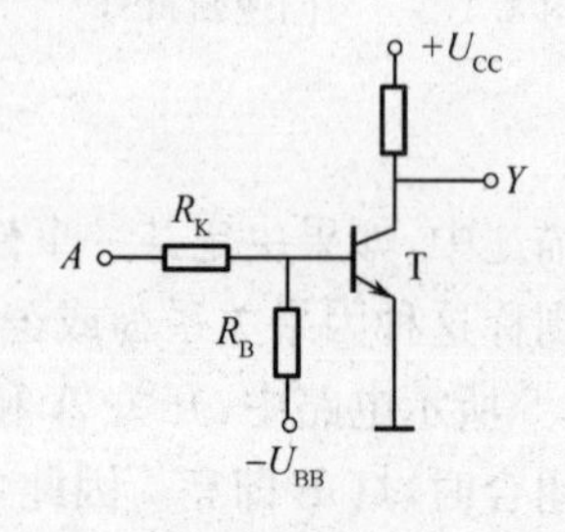

图 8.1.10　晶体管非门电路

如果用逻辑表达式描述,则为

$$Y=\overline{A} \tag{8.1.3}$$

它可和图 8.1.12 的波形图相对照。

表 8.1.3　非门真值表

A	Y
0	1
1	0

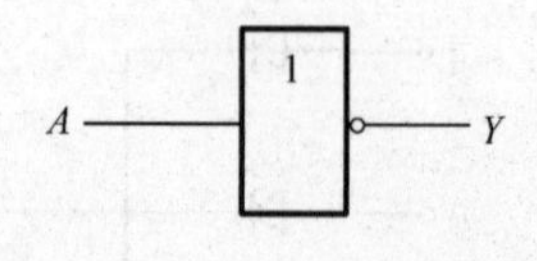

图 8.1.11　非门逻辑符号

图 8.1.12　非门波形图

8.1.2　基本逻辑门电路的组合

利用**与**门、**或**门、**非**门三种最基本的门电路可以组成各种复合门电路,其中最常用的有**与非**门电路、**或非**门电路、**异或**门电路等。

1. 与非门

与非门电路是数字电路中运用最广的一种逻辑门电路，逻辑符号及波形图如图 8.1.13 所示。

与非门的逻辑功能为：输入信号全为 **1**，则输出为 **0**；只要有一个输入为 **0**，则输出为 **1**。**与非**门真值表如表 8.1.4 所示。

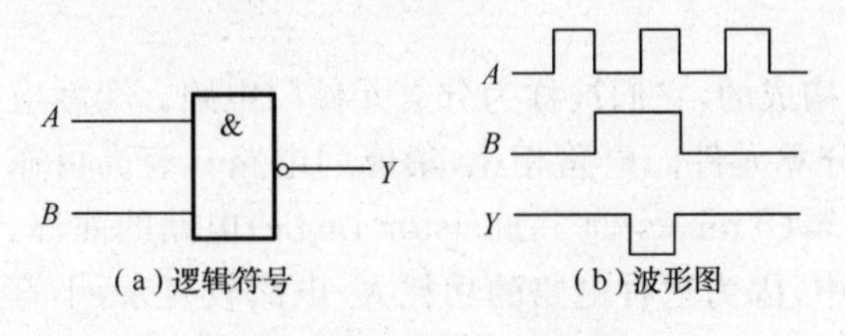

(a) 逻辑符号 (b) 波形图

图 8.1.13 与非门电路

表 8.1.4 与非门真值表

A	B	Y
0	**0**	**1**
0	**1**	**1**
1	**0**	**1**
1	**1**	**0**

式(8.1.4)为**与非门**的逻辑表达式。

$$Y=\overline{A\cdot B} \tag{8.1.4}$$

2. 或非门

或非门的逻辑符号及波形图如图 8.1.14 所示。

或非门的逻辑功能是：输入全为 **0**，输出才为 **1**；只要有一个输入为 **1**，输出就为 **0**。**或非门**真值表如表 8.1.5 所示。

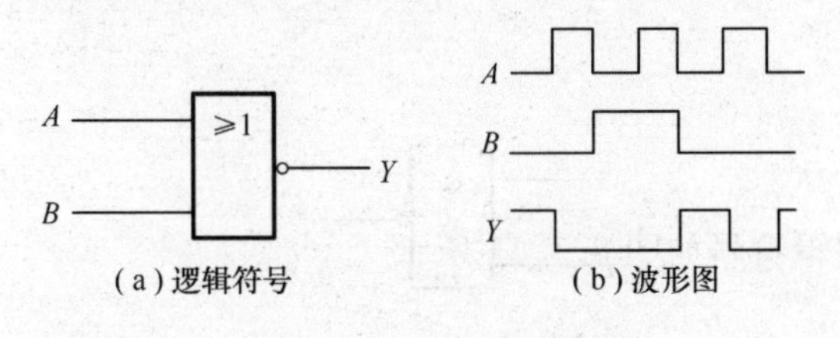

(a) 逻辑符号 (b) 波形图

图 8.1.14 或非门电路

表 8.1.5 或非门真值表

A	B	Y
0	**0**	**1**
0	**1**	**0**
1	**0**	**0**
1	**1**	**0**

式(8.1.5)为或**非门**的逻辑表达式。

$$Y=\overline{A+B} \tag{8.1.5}$$

3. 异或门

异或门的逻辑符号及波形图如图 8.1.15 所示。

其逻辑功能为：当两个输入端信号相同时，输出为 **0**；当两个输入端信号相异时，输出为 **1**。其真值表如表 8.1.6 所示。

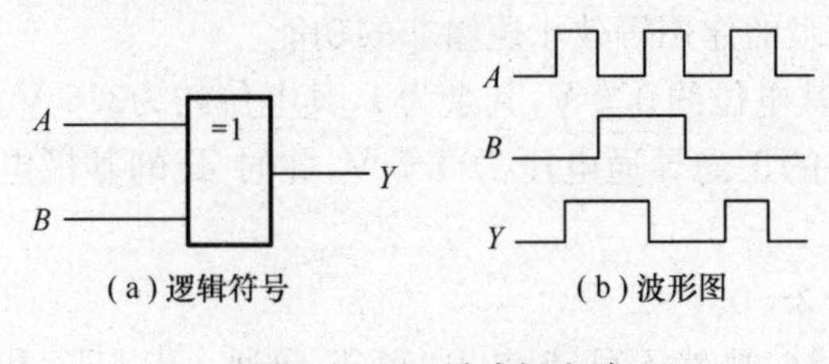

(a) 逻辑符号 (b) 波形图

图 8.1.15 异或门电路

表 8.1.6 异或门真值表

A	B	Y
0	**0**	**0**
0	**1**	**1**
1	**0**	**1**
1	**1**	**0**

式(8.1.6)为异或门的逻辑表达式。

$$Y=A\overline{B}+\overline{A}B=A\oplus B \tag{8.1.6}$$

思考与练习

8.1.1　假定一个电路中，指示灯 Y 和开关 A、B、C 的关系为

$$Y = AB + C$$

试画出相应的电路图。

8.2　TTL 门电路

8.1 节介绍的门电路是由二极管、晶体管分别构成的，它们被称为分立元件门电路。实际应用中，绝大部分数字电路都采用集成门电路。与分立元件门电路相比，集成门电路具有高可靠性、微型化等优势。TTL 电路是晶体管-晶体管逻辑（Transistor-Transistor Logic）电路的简称。目前，TTL 电路被广泛应用于中小规模逻辑电路中，因为这种电路的功耗大、电路较复杂，不宜用于制作大规模集成电路。

8.2.1　TTL 与非门电路

1. 电路结构及工作原理

TTL **与非**门是 TTL 逻辑门的基本形式，典型的 TTL **与非**门电路结构如图 8.2.1 所示。该电路由输入级、倒相级、输出级 3 部分组成。

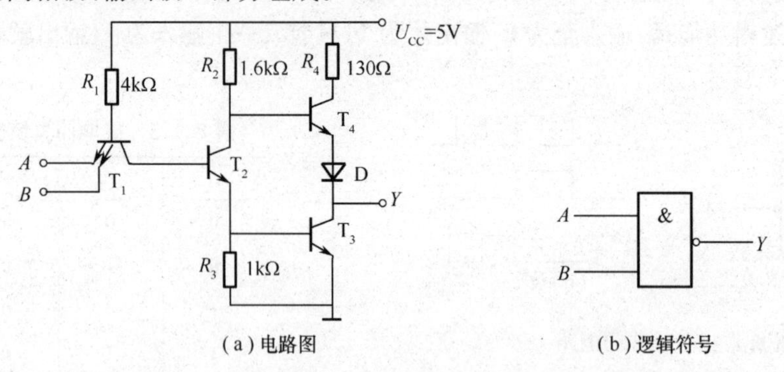

(a) 电路图　　(b) 逻辑符号

图 8.2.1　TTL 与非门

输入级由多发射极三极管 T_1 和电阻 R_1 构成。可以把 T_1 的集电结看成一个二极管，而把发射结看成与前者背靠背的两个二极管。这样，T_1 的作用和二极管与门的作用完全相同。

倒相级由三极管 T_2 和电阻 R_2、R_3 构成。通过 T_2 的集电极和发射极，提供两个相位相反的信号，以满足输出级互补工作的要求。

输出级是由三极管 T_3、T_4，二极管 D 和电阻 R_4 构成的"推拉式"电路。当 T_3 导通时，T_4 和 D 截止；反之 T_3 截止时，T_4 和 D 导通。倒相级和输出级的作用等效于逻辑非的功能。

输入端 A、B 中至少有一个为 **0**。设 A 端为 **0**，其电位约 0.3 V；其余为 **1**，其电位约为3.6 V。T_1 对应于输入端接低电位的发射结导通，设发射结的正向导通电压为 0.7 V，此时 T_1 的基极电位为

$$V_{B1} = V_A + U_{BE1} = 0.3 + 0.7 = 1\ \text{V}$$

该电压作用于 T_1 管的集电结和 T_2、T_3 的发射结，显然不可能使 T_2 和 T_3 导通，所以 T_2 和 T_3 均处于截止状态。由于 T_2 截止，其集电极电位接近于电源电压 U_{CC}，因而使 T_4 和 D 导通，所以输出端 Y 的电位为

$$V_Y = U_{CC} - U_{BE4} - U_D = 5 - 0.7 - 0.7 = 3.6\text{V}$$

它实现了"输入有低，输出为高"的逻辑关系。

输入端 A、B 全为 **1**(设电位约为 3.6 V)。U_{CC}通过 R_1、T_1的集电结向 T_2 提供基极电流,使 T_2 饱和,从而进一步使 T_3饱和导通。输出端 Y 的电位为

$$V_Y=U_{CES3}=0.3V$$

它实现了“输入全高,输出为低”的逻辑功能。此时 T_2 的集电极电位为

$$V_{C2}=U_{BE3}+U_{CES2}=0.7+0.3=1V$$

T_4、D 必然截止。

综上所述,当 T_1发射极中有任一输入为 **0** 时,Y 端输出为 **1**;当 T_1发射极输入全 **1** 时,Y 端输出为 **0**。实现了**与非**门的功能。

在使用 TTL 电路时要注意输入端悬空问题。当 T_1发射极全部悬空时,电源 U_{CC}仍能通过 R_1和 T_1集电结向 T_2 提供基极电流,致使 T_2 和 T_3导通、T_4和 D 截止,Y 端输出为 **0**。当 T_1发射极中有 **0** 输入,其余悬空时,则仍由 **0** 输入的发射极决定了 T_2 和 T_3截止、T_4和 D 导通,Y 端输出为 **1**。由此可见,TTL 电路输入端悬空相当于 **1**。

2. 主要外部特性参数

参数是我们了解 TTL 电路性能并正确使用的依据,下面仅就反映 TTL **与非**门电路主要性能的几个参数作简单介绍。

(1) 输出高电平 U_{OH}

与非门至少有一个输入端接低电平时,输出电压的值称为输出高电平 U_{OH}。产品规范值为 $U_{OH}\geqslant 2.4$ V。

(2) 输出低电平 U_{OL}

与非门所有输入端都接高电平时,输出电压的值称为输出低电平 U_{OL}。产品规范值为 $U_{OL}\leqslant 0.4$ V。

(3) 扇出系数 N_o

门电路的输出端所能连接的下一级门电路输入端的个数,称为该门电路的扇出系数 N_o,也称负载能力。一般 $N_o\geqslant 8$。

(4) 平均传输延迟时间 t_{pd}

在**与非**门输入端加上一个脉冲电压,则输出电压将对输入电压有一定的时间延迟,从输入脉冲上升沿的 50%处起到输出脉冲下降沿的 50%处的时间称为上升延迟时间 t_{pd1};从输入脉冲下降沿的 50%处到输出脉冲上升沿的 50%处的时间称为下降延迟时间 t_{pd2}。平均传输延迟时间 t_{pd}定义为 t_{pd1}与 t_{pd2}的平均值,即

$$t_{pd}=\frac{t_{pd1}+t_{pd2}}{2}$$

平均传输延迟时间是衡量与非门开关速度的一个重要参数,此参数值越小越好。

除了**与非**门外,TTL 门电路还有**与**门、**或**门、**非**门、**或非**门、**异或**门等多种不同功能的产品。如图 8.2.2 所示介绍的是几种常用的 TTL 门电路芯片。

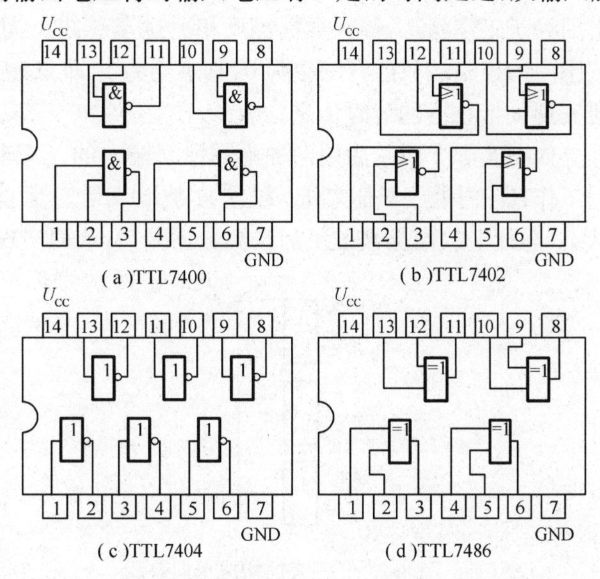

图 8.2.2 几种常用的 TTL 门电路芯片

8.2.2 三态输出与非门电路

三态输出门简称三态门(Three state Gate)、TS门等。它有3种输出状态：输出高电平、输出低电平和高阻状态，前两种状态为工作状态，后一种状态为禁止状态。值得注意的是，三态门并不是指具有3种逻辑值。在工作状态下，三态门的输出可为逻辑**1**或者逻辑**0**；在禁止状态下，其输出高阻相当于开路，表示与其他电路无关，它不是一种逻辑值。

图8.2.3给出了一个三态输出**与非**门电路及其逻辑符号。该电路是在一般**与非**门的基础上，附加使能控制端和控制电路构成的。从图8.2.3(a)中可知，当控制信号$\overline{E}=\mathbf{0}$时，二极管D_1反偏，此时电路功能与一般与非门并无区别，输出$Y=\overline{A \cdot B}$；当控制信号$\overline{E}=\mathbf{1}$时，一方面因为T_1有一个输入端为低，使T_2、T_3截止。另一方面由于二极管D_1导通，迫使T_4的基极电位变低，致使T_4、D也截止。这样，输出Y便被悬空，即处于高阻状态。因为该电路是在$\overline{E}=\mathbf{0}$时为正常工作状态，所以称为使能控制端低电平有效的三态与非门。为了表明这一点，在逻辑符号的控制端加一个小圆圈，如图8.2.3(b)所示。若某三态与非门的逻辑符号在控制端未加小圆圈，且控制信号写成E时，则表明电路在$E=\mathbf{1}$时为正常工作状态，称该三态**与非**门为使能控制端高电平有效的三态**与非**门。

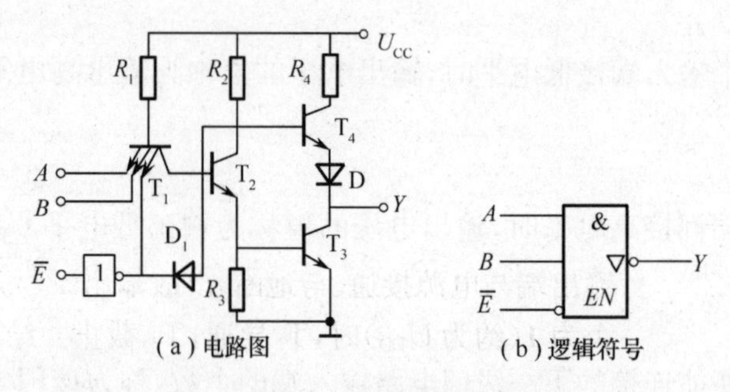

(a) 电路图　　(b) 逻辑符号

图8.2.3　TTL三态输出与非门

三态**与非**门主要应用于总线传送，它既可用于单向数据传送，也可用于双向数据传送。

如图8.2.4所示为用三态**非**门构成的单向数据总线。当某个三态门的控制端为**0**时，该逻辑门处于工作状态，输入数据经反相后送至总线。为了保证数据传送的正确性，任意时刻，n个三态门的控制端只能有一个为**0**，其余均为**1**，即只允许一个数据端与总线接通，其余均断开，以便实现n个数据的分时传送。

如图8.2.5所示为用两种不同控制输入的三态**非**门构成的双向总线。图中当$E=\mathbf{1}$时，G_1门工作，G_2门处于高阻状态，数据A被取反后送至总线；当$E=\mathbf{0}$时，G_2门工作，G_1门处于高阻状态，总线上的数据被取反后送到数据端A，从而实现了数据的分时双向传送。

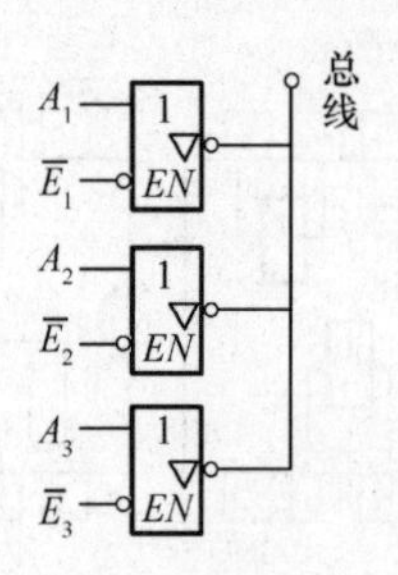

图8.2.4　三态门构成单向总线

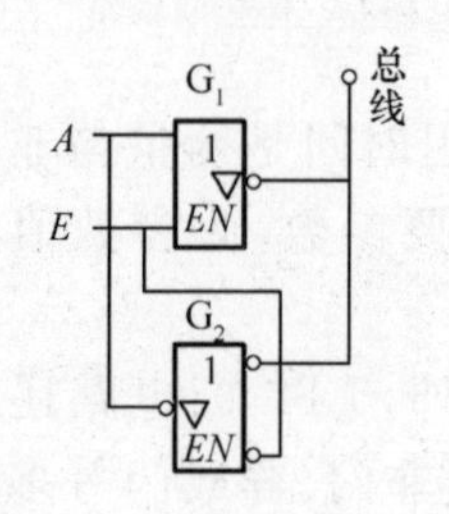

图8.2.5　三态门构成双向总线

多路数据通过三态门共享总线，实现数据分时传送的方法，在计算机和其他数字系统中被广泛用于数据和各种信号的传送。

思考与练习

8.2.1　图 8.2.6 电路中能实现 $Y=\overline{A}\,\overline{C}+\overline{B}C$ 的电路是哪一个？

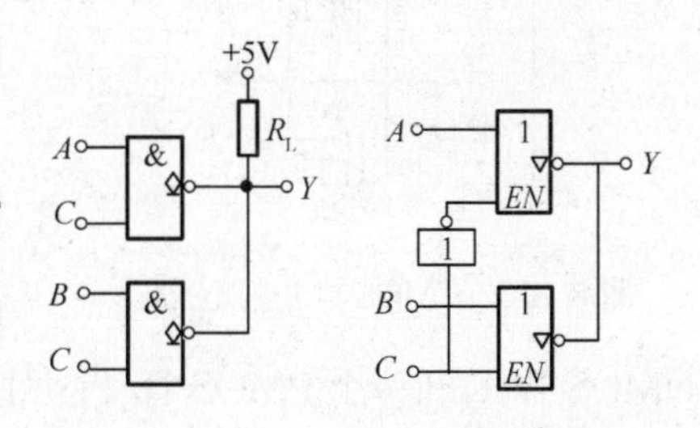

图 8.2.6　思考与练习 8.2.1 的图

8.3　CMOS 门电路

MOS 门电路有 3 种：使用 N 沟道 MOS 管的 NMOS 门电路，使用 P 沟道 MOS 管的 PMOS 门电路，同时使用 NMOS 和 PMOS 的 CMOS 门电路。其中 CMOS 门电路是使用最普遍的一种。下面简要说明常用的 CMOS 门电路的结构和工作原理。

8.3.1　CMOS 非门电路

图 8.3.1 所示是由一个 N 沟道增强型 MOS 管 T_1 和一个 P 沟道增强型 MOS 管 T_2 组成的 CMOS 反相器。两管的栅极相连作为输入端，两管的漏极相连作为输出端。T_1 的源极接地，T_2 的源极接电源。衬底都与各自的源极相连。为了保证电路正常工作，U_{DD} 需大于 T_1 管开启电压和 T_2 管开启电压的绝对值的和。

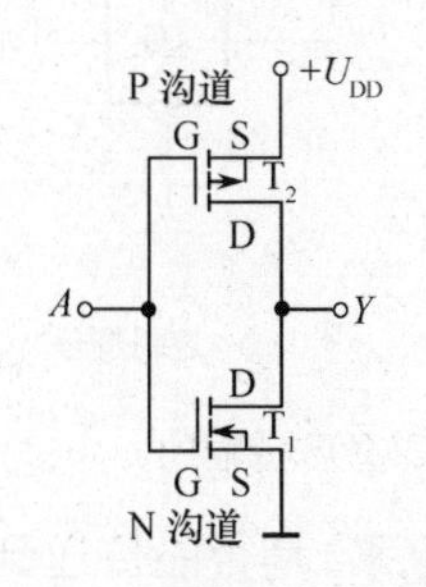

图 8.3.1　CMOS 非门电路

当输入 A 为 **0**(约为 0V)时，T_1 管的栅源电压为 0，T_1 截止；同时，由于 T_2 管的栅源电压的绝对值大于开启电压，T_2 导通。结果输出端与电源接通、与地断开，故输出 Y 为 **1**(约为 U_{DD})。当输入 A 为 **1**(约为 U_{DD})时，T_1 导通，T_2 截止。结果输出端与电源断开、与地接通，故输出 Y 为 **0**(约为 0V)。由此可见，该电路实现了**非**逻辑功能。

CMOS **非**门电路(常称为 CMOS 反相器)除有较好的动态特性外，由于它处在开关状态下总有一个管子处于截止状态，因而电流极小，电路静态功耗很低。

8.3.2　CMOS 与非门电路

图 8.3.2 所示为两输入端 CMOS **与非**门电路。T_3、T_4 两个 P 沟道增强型 MOS 管并联组成负载电路。T_1 和 T_2 串联作为驱动管。

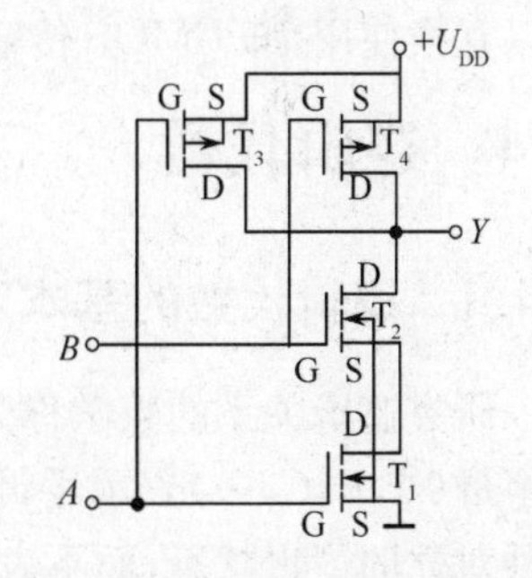

图 8.3.2　CMOS 与非门电路

当 A、B 两个输入端全为 **1** 时，T_1、T_2 同时导通，T_3、T_4 同时截止，输出端 Y 为 **0**。

当输入端有一个或全为 **0** 时，串联的 T_1、T_2 截止，而相应的 T_3 或 T_4 导通，输出端 Y 为 **1**。

由此可见，该电路实现了**与非**逻辑功能为

$$Y=\overline{AB}$$

8.3.3　CMOS 或非门电路

图 8.3.3 所示是两输入端 CMOS **或非**门电路。两个并联的增强型 NMOS 管 T_1、T_2 组成驱动电路，两个串联的增强型 PMOS 管 T_3、T_4 组成负载电路。

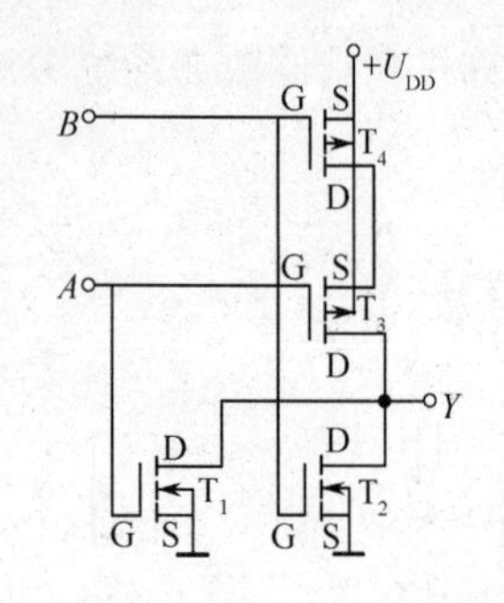

图 8.3.3 CMOS 或非门电路

当输入 A、B 全为 **0** 时，两个并联的 NMOS 管 T_1、T_2 截止，两个串联的 PMOS 管 T_3、T_4 导通，输出端 Y 为 **1**。

当输入端 A、B 中至少有一个为 **1** 时，T_1 和 T_2 至少有一个导通，T_3 和 T_4 至少有一个截止，输出 Y 为 **0**。

由此可见，该电路实现了**或非逻辑功能**

$$Y=\overline{A+B}$$

*8.3.4 CMOS 传输门电路

图 8.3.4(a)所示是一个 CMOS 传输门的电路图，它由一个 NMOS 管 T_1 和一个 PMOS 管 T_2 并接构成，其逻辑符号如图 8.3.4(b)所示。图中，T_1 和 T_2 的结构和参数对称，两管的源极连在一起作为传输门的输入端，漏极连在一起作为输出端。T_1 的衬底接地，T_2 的衬底接电源，两管的栅极分别与一对互补的控制信号 C 和 $\overline{C}$ 相接。

当控制端 C 为 **1**、$\overline{C}$ 为 **0** 时，T_1、T_2 都具备了导通条件。若输入电压 u_I 在 0V～U_{DD} 范围内变化，则两管中至少有一个导通，输入和输出之间呈低阻状态，相当于开关接通，u_I 通过传输门 TG 传输到 u_o。

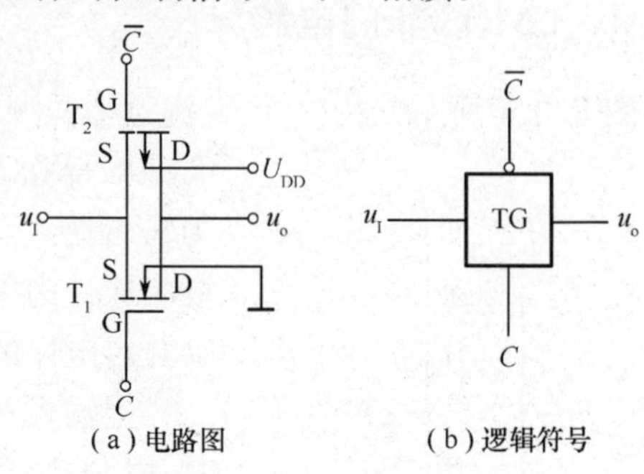

图 8.3.4 CMOS 传输门

当控制端 C 为 **0**、$\overline{C}$ 为 **1** 时，T_1、T_2 都不具备开启条件。此时不论 u_I 为何值，都无法通过传输门 TG 传输到 u_o，这就相当于开关断开。

由此可见，变换两个控制端的互补信号，可以使传输门接通或断开，从而决定输入端的模拟信号（0～U_{DD} 之间的任意电平）是否能传送到输出端。所以，传输门实质上是一种传输模拟信号的压控开关。

由于 CMOS 管的结构是对称的，即源极和漏极可以互换使用，因此，传输的输入端和输出端可以互换使用，即 CMOS 传输门具有双向性，故又称为可控双向开关。

8.4 逻辑代数

8.4.1 逻辑代数的基本定律

研究逻辑关系的数学称为逻辑代数，又称为布尔代数。逻辑代数与普通代数相似，也是用大写字母（$A,B,C,\cdots$）表示逻辑变量，但是逻辑变量的取值只有 **0** 和 **1**，没有中间值。**0** 和 **1** 仅表示两种对立的逻辑状态，而不表示数量的大小。

逻辑代数中有 3 种基本的逻辑关系：**与**、**或**、**非**，因此就有 3 种基本的逻辑运算：逻辑**乘**、逻辑**加**和逻辑**非**。这 3 种基本运算可分别由与其对应的**与**门、**或**门和**非**门 3 种电路来实现。逻辑代数中的其他运算是由这 3 种基本逻辑运算推导出来的。

1. 基本定律

① 0－1 律　　$A\cdot 0=0$　　$A\cdot 1=A$

　　　　　　$A+0=A$　　$A+1=1$

② 互补律　　$A+\overline{A}=1$　　$A\cdot\overline{A}=0$

③ 重叠律　　$A\cdot A=A$　　$A+A=A$

④ 还原律　　$\overline{\overline{A}}=A$

2. 交换律

$$A+B=B+A \qquad AB=BA$$

3. 结合律

$$(A+B)+C=A+(B+C) \qquad (AB)C=A(BC)$$

4. 分配律

$$A(B+C)=AB+AC \qquad A+BC=(A+B)(A+C)$$

证： $(A+B)(A+C)=A+AC+AB+BC=A(1+C+B)+BC=A+BC$

5. 吸收律

$$A+AB=A \qquad A(A+B)=A$$

$$A+\overline{A}B=A+B \qquad A(\overline{A}+B)=AB$$

$$AB+A\overline{B}=A \qquad (A+B)(A+\overline{B})=A$$

证： $A+\overline{A}B=A+AB+\overline{A}B=A+(A+\overline{A})B=A+B$

证： $(A+B)(A+\overline{B})=A+A\overline{B}+AB=A(1+\overline{B}+B)=A$

6. 包含律

$$AB+\overline{A}C+BC=AB+\overline{A}C$$

证： $AB+\overline{A}C+BC=AB+\overline{A}C+(A+\overline{A})BC=AB+\overline{A}C+ABC+\overline{A}BC$
$=AB(1+C)+\overline{A}C(1+B)=AB+\overline{A}C$

7. 反演律(摩根定律)

$$\overline{A+B}=\overline{A}\cdot\overline{B} \qquad \overline{A\cdot B}=\overline{A}+\overline{B}$$

证：见表 8.4.1。

表 8.4.1 反演律的证明

A B	$\overline{A+B}$	$\overline{A}\cdot\overline{B}$	$\overline{A\cdot B}$	$\overline{A}+\overline{B}$
0 0	$\overline{0+0}=1$	$\overline{0}\cdot\overline{0}=1$	$\overline{0\cdot 0}=1$	$\overline{0}+\overline{0}=1$
0 1	$\overline{0+1}=0$	$\overline{0}\cdot\overline{1}=0$	$\overline{0\cdot 1}=1$	$\overline{0}+\overline{1}=1$
1 0	$\overline{1+0}=0$	$\overline{1}\cdot\overline{0}=0$	$\overline{1\cdot 0}=1$	$\overline{1}+\overline{0}=1$
1 1	$\overline{1+1}=0$	$\overline{1}\cdot\overline{1}=0$	$\overline{1\cdot 1}=0$	$\overline{1}+\overline{1}=0$

注意：本节所列出的公式反映的是逻辑关系而非数量关系，在运算中不能简单套用初等代数的运算法则，如初等代数中的移项规则就不能用。

【例 8.4.1】证明 $\overline{A\overline{B}+\overline{A}B}=AB+\overline{A}\,\overline{B}$。

证：$\overline{A\overline{B}+\overline{A}B}=\overline{A\overline{B}}\cdot\overline{\overline{A}B}=(\overline{A}+B)(A+\overline{B})=AB+\overline{A}\,\overline{B}$

【例 8.4.2】证明 $ABC+A\overline{B}C+AB\overline{C}=AB+AC$。

证：$ABC+A\overline{B}C+AB\overline{C}=AB(C+\overline{C})+A\overline{B}C=AB+A\overline{B}C=A(B+\overline{B}C)$
$=A(B+C)=AB+AC$

8.4.2 逻辑函数的化简

逻辑函数表达式有各种不同的表示形式，每一种表示形式又各自对应一种逻辑电路。实际应用中总希望用尽可能少的元器件来完成特定的逻辑功能，这就需要对函数表达式进行化简。

(1) 并项法

利用公式 $AB+A\overline{B}=A$，将两个与项合并，消去一个变量。例如

$$Y=A\overline{B}C+A\overline{B}\,\overline{C}=A\overline{B}(C+\overline{C})=A\overline{B}$$

(2) 吸收法

利用公式 $A+AB=A$,吸收掉多余的项。例如

$$Y=\overline{C}+A\overline{C}D=\overline{C}(1+AD)=\overline{C}$$

(3) 消去法

利用公式 $A+\overline{A}B=A+B$,消去多余变量。例如

$$Y=AB+\overline{A}C+\overline{B}C=AB+(\overline{A}+\overline{B})C=AB+\overline{AB}C=AB+C$$

(4) 配项法

利用公式 $A=A(B+\overline{B})$,将$(B+\overline{B})$与某乘积项相乘,而后展开、合并化简。例如

$$\begin{aligned}Y&=A\overline{B}+B\overline{C}+\overline{B}C+\overline{A}B\\&=A\overline{B}(C+\overline{C})+(A+\overline{A})B\overline{C}+\overline{B}C+\overline{A}B\\&=A\overline{B}C+A\overline{B}\,\overline{C}+AB\overline{C}+\overline{A}B\overline{C}+\overline{B}C+\overline{A}B\\&=(A+1)\overline{B}C+A\overline{C}(\overline{B}+B)+\overline{A}B(\overline{C}+1)\\&=\overline{B}C+A\overline{C}+\overline{A}B\end{aligned}$$

上面介绍的是几种常用的方法,举出的例子都比较简单。而实际应用中遇到的逻辑函数往往比较复杂,化简时应灵活使用所学的定律,综合运用各种方法。

【例 8.4.3】 化简 $Y=AC+A\overline{D}+A\overline{C}+B\overline{D}+DC+BC$

解:

$$\begin{aligned}Y&=AC+A\overline{D}+A\overline{C}+B\overline{D}+DC+BC\\&=AC+A\overline{D}+A\overline{C}+B\overline{D}+DC & \text{(包含律)}\\&=AC+A\overline{DC}+B\overline{D}+DC & \text{(反演律)}\\&=AC+A+B\overline{D}+DC & \text{(吸收律)}\\&=A+B\overline{D}+DC & \text{(吸收律)}\end{aligned}$$

8.5 组合逻辑电路的分析和设计

按照逻辑电路的功能来分,数字电路可分为组合逻辑电路(简称组合电路)和时序逻辑电路(简称时序电路)两大类。组合电路的特点是在任何时刻的输出状态仅决定于该时刻各个输入状态的组合,而与先前状态无关。组合电路中不含记忆元件。图 8.5.1 为组合逻辑电路的一般框图,它可用如下的逻辑电路来描述

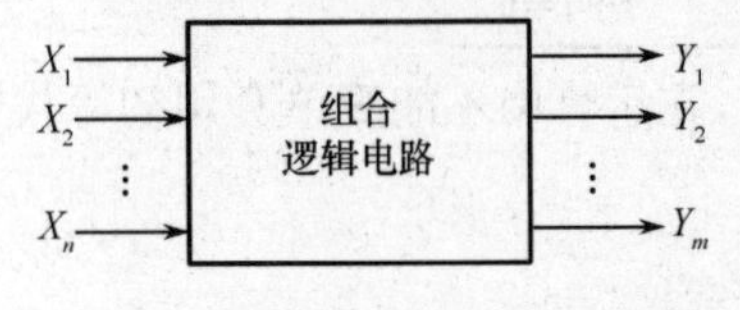

图 8.5.1　组合逻辑电路框图

$$Y_i=f_i(X_1,X_2,\cdots,X_n)\qquad i=1,2,\cdots,m$$

电路的输出量可以是一个,也可以是多个。

8.5.1 组合逻辑电路的分析

组合逻辑电路的分析就是对一个给定的逻辑电路,找出其输出与输入之间的逻辑关系,弄清楚它的逻辑功能的过程。分析组合逻辑电路的步骤如下:

① 由电路图写出输出端的逻辑表达式;

② 化简、变换逻辑表达式;

③ 列出真值表;

④ 评述逻辑功能。

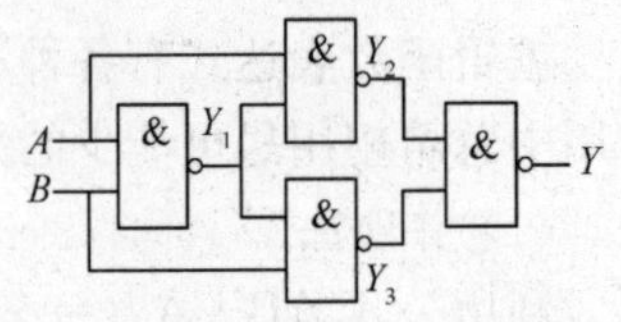

图 8.5.2　例 8.5.1 图

【例 8.5.1】分析图 8.5.2 所示的逻辑电路的功能。

(1) 写出逻辑表达式

$$Y=\overline{Y_2\cdot Y_3}=\overline{\overline{A\cdot\overline{AB}}\cdot\overline{B\cdot\overline{AB}}}$$

(2) 应用逻辑代数化简、变换，得

$$\begin{aligned}Y&=\overline{\overline{A\cdot\overline{AB}}\cdot\overline{B\cdot\overline{AB}}}\\&=\overline{\overline{A\cdot\overline{AB}}}+\overline{\overline{B\cdot\overline{AB}}}\\&=A\cdot\overline{AB}+B\cdot\overline{AB}\\&=A(\overline{A}+\overline{B})+B(\overline{A}+\overline{B})\\&=A\overline{B}+\overline{A}B\end{aligned}$$

(3) 列出真值表，如表 8.5.1 所示。

(4) 评述逻辑功能。

从真值表可知，当 A、B 两个变量一致时，输出 $Y=0$；否则输出 $Y=1$。即该电路具有异或逻辑功能。

表 8.5.1 例 8.5.1 的真值表

A	B	Y
0	0	0
0	1	1
1	0	1
1	1	0

【例 8.5.2】分析图 8.5.3 所示的逻辑电路的功能。

解：(1) 根据所给逻辑图，由输入到输出逐级地推导，写出输出函数表达式

$Y_1=\overline{AB}, Y_2=\overline{A}, Y_3=\overline{B}, Y_4=\overline{Y_2\cdot Y_3}$

$Y=\overline{Y_1\cdot Y_4}$

(2) 应用逻辑代数化简、变换，得

$$Y=\overline{\overline{A\cdot B}\cdot\overline{\overline{A}\cdot\overline{B}}}=\overline{\overline{A\cdot B}}+\overline{\overline{\overline{A}\cdot\overline{B}}}=A\cdot B+\overline{A}\cdot\overline{B}$$

(3) 列出真值表，如表 8.5.2 所示。

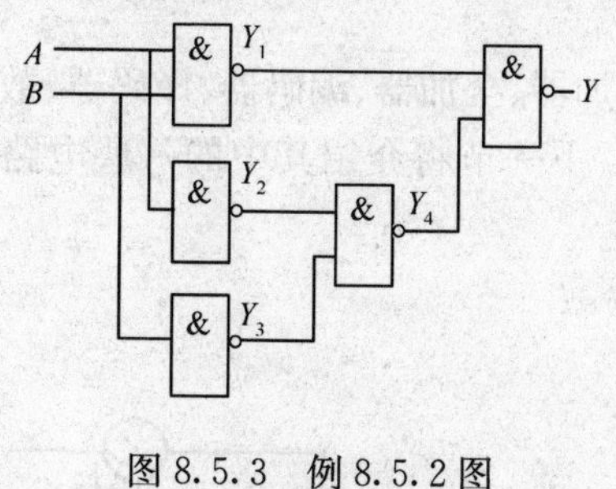

图 8.5.3 例 8.5.2 图

表 8.5.2 例 8.5.2 的真值表

A	B	Y
0	**0**	**1**
0	**0**	**0**
0	**1**	**0**
1	**1**	**1**

(4) 评述逻辑功能。

从真值表可知，当 A、B 两个变量一致时，输出 $Y=\mathbf{1}$；否则输出 $Y=\mathbf{0}$。也就是 A、B 相同时，输出为 **1**，A、B 不同时输出为 **0**。该电路具有判断输入是否一致的逻辑功能。

8.5.2 组合逻辑电路的设计

组合逻辑电路的设计就是根据给定的逻辑要求设计逻辑电路，其步骤如下：

① 根据设计要求列出真值表；

② 由真值表写出逻辑表达式；

③ 化简、变换逻辑表达式；

④ 画出逻辑电路图。

【例 8.5.3】设计一个逻辑电路,能实现三人(A,B,C)表决功能。每人有一个按键,如果赞成,就按键,表示 **1**;不赞成,就不按键,表示 **0**。表决结果用指示灯来表示,如果多数赞成,则指示灯亮,$Y=1$;反之则不亮,$Y=0$。设计一个由**与非**门组成的逻辑电路,完成这个功能。

表 8.5.3 例 8.5.3 的真值表

A	B	C	Y
0	0	0	0
0	0	1	0
0	1	0	0
0	1	1	1
1	0	0	0
1	0	1	1
1	1	0	1
1	1	1	1

解:① 列真值表。

设 A、B、C 分别代表 3 位参加表决者,并设 A、B、C 为 **1** 时表示赞成,为 **0** 则表示不赞成。真值表如表 8.5.3 所示。

② 写逻辑表达式。

将真值表中 Y 为 **1** 的项取出,这样的项有 4 项,它们分别为$\overline{A}BC$、$A\overline{B}C$、$AB\overline{C}$、ABC。因此输出 Y 的逻辑表达式为

$$Y=\overline{A}BC+A\overline{B}C+AB\overline{C}+ABC$$

③ 化简,变换。

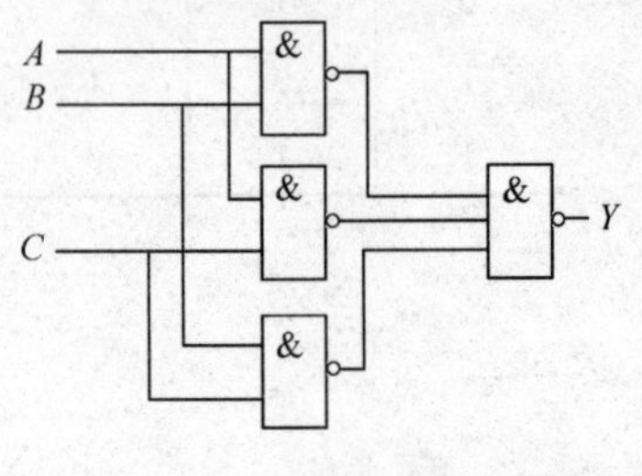

图 8.5.4 例 8.5.3 的图

设计组合逻辑电路时,通常要求电路简单,所用器件种类最少。如要求所设计的电路用**与非**门实现,则要把**与或**式转换成**与非**式,一般用对**与或**式两次求反的方法实现。

化简:$Y=\overline{A}BC+A\overline{B}C+AB\overline{C}+ABC+ABC$

$=AB(C+\overline{C})+BC(A+\overline{A})+AC(B+\overline{B})$

$=AB+BC+CA$

变换: $Y=\overline{\overline{AB+BC+AC}}=\overline{\overline{AB}\cdot\overline{BC}\cdot\overline{AC}}$

④ 画逻辑电路图。

根据**与非**逻辑表达式,其逻辑电路如图 8.5.4 所示。

在实际的数字系统中,有多种常用的组合电路,如半加器、全加器、编码器、译码器、数据选择器、数据分配器等,它们都已制成集成芯片,可直接采用。下一节将介绍其中的一些电路的组成和工作原理。

思考与练习

8.5.1 组合逻辑电路有何特点?

8.5.2 试证明 $\overline{AB+\overline{A}\,\overline{B}}=A\overline{B}+\overline{A}B$。

8.5.3 图 8.5.5 是两处控制照明灯的电路,单刀双投开关 A 装在一处,B 装在另一处,两处都可以开闭电灯。设 $Y=1$ 表示灯亮,$Y=0$ 表示灯灭;$A=1$ 表示开关向上扳,$A=0$ 表示开关向下扳,B 也如此。试写出灯亮的逻辑式。

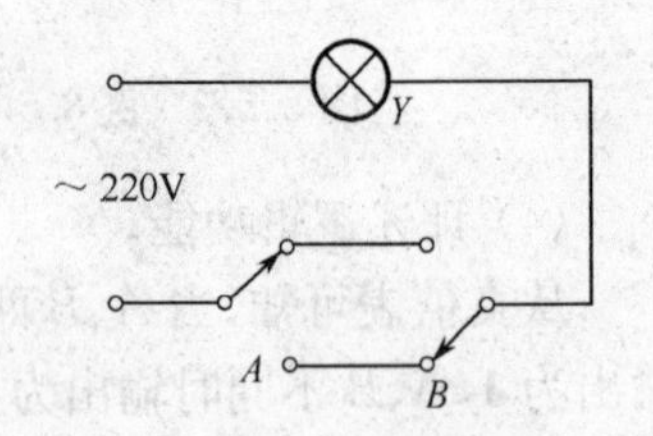

图 8.5.5 思考与练习 8.5.3 图

8.6 常用组合逻辑功能器件

8.6.1 加法器

在数字系统中,加法器是最基本的运算单元。任何二进制算术运算,一般都是按一定规则通过基本的加法操作来实现的。

在学习半加器和全加器之前,首先简单介绍一下十进制和二进制。

十进制中采用了 0,1,2,…,9 十个数码,其进位规则是“逢十进一”。当若干个数码并在一起时,处在不同位置的数码,其值的含义不同。例如,373 可写成

$$373=3\times10^2+7\times10^1+3\times10^0$$

二进制只有 **0** 和 **1** 两个数码,进位规则是“逢二进一”,即 **1**+**1**=**10**(读作“壹零”,而不是十进制中的“拾”)。**0** 和 **1** 两个数码处于不同数位时,它们所代表的数值是不同的。例如 10011 这个二进制数,所表示的大小为

$$(10011)_2=1\times2^4+0\times2^3+0\times2^2+1\times2^1+1\times2^0=(19)_{10}$$

这样,就可将任何一个二进制数转换为十进制数。

反过来,如何将一个十进制数转换为等值的二进制数呢? 由上式可见

$$(19)_{10}=d_4\times2^4+d_3\times2^3+d_2\times2^2+d_1\times2^1+d_0\times2^0=(d_4d_3d_2d_1d_0)_2$$

d_4,d_3,d_2,d_1,d_0 分别为相应位的二进制数码 **1** 或 **0**。它们可用下面的方法求得:19 用 2 去除,得到的余数就是 d_0;其商再连续用 2 去除,得到余数 d_1,d_2,d_3,d_4,直到最后的商等于 0 为止,即

2	19		余数
2	9	…………………………	余 1(d_0)
2	4	…………………………	余 1(d_1)
2	2	…………………………	余 0(d_2)
2	1	…………………………	余 0(d_3)
	0	…………………………	余 1(d_4)

所以

$$(19)_{10}=(d_4d_3d_2d_1d_0)_2=(10011)_2$$

可见,同一个数可以用十进制数和二进制数两种不同形式表示,两者关系如表 8.6.1 所示。

表 8.6.1 十进制数和二进制数转换关系

十进制数	二进制数	十进制数	二进制数
0	000	8	1000
1	001	9	1001
2	010	10	1010
3	011	11	1011
4	100	12	1100
5	101	13	1101
6	110	14	1110
7	111	15	1111

1. 半加器

实现两个 1 位二进制数加法运算的电路称为半加器。若将 A、B 分别作为 1 位二进制数,S 表示 A、B 相加的“和”,C 是相加产生的“进位”,半加器的真值表如表 8.6.2 所示。

由表 8.6.2 可直接写出

$$S=\overline{A}B+A\overline{B}=A\oplus B$$

$$C=AB$$

半加器可以利用一个集成**异或**门和**与**门来实现,如图 8.6.1(a)所示。图 8.6.1(b)是半加器的逻辑符号。

表 8.6.2　半加器真值表

A	B	S	C
0	0	0	0
0	1	1	0
1	0	1	0
1	1	0	1

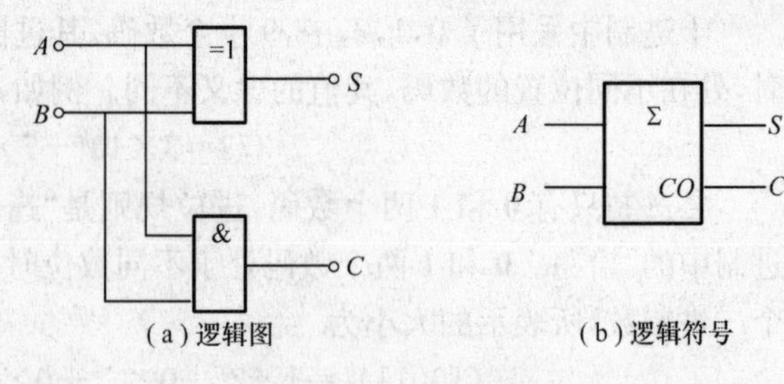

图 8.6.1　半加器

2. 全加器

对两个一位二进制数及来自低位的"进位"进行相加，产生本位"和"及向高位"进位"的逻辑电路称为全加器。由此可知，全加器有 3 个输入端，2 个输出端，其真值表如表 8.6.3 所示。其中 A_i、B_i 分别是被加数、加数，C_{i-1} 是低位进位，S_i 为本位全加和，C_i 为本位向高位的进位。

由真值表可分别写出输出端 S_i 和 C_i 的逻辑表达式为

$$
\begin{aligned}
S_i &= \overline{A}_i\overline{B}_iC_{i-1}+\overline{A}_iB_i\overline{C}_{i-1}+A_i\overline{B}_i\overline{C}_{i-1}+A_iB_iC_{i-1} \\
&= \overline{A}_i(\overline{B}_iC_{i-1}+B_i\overline{C}_{i-1})+A_i(\overline{B}_i\overline{C}_{i-1}+B_iC_{i-1}) \\
&= \overline{A}_i(B_i\oplus C_{i-1})+A_i\,\overline{(B_i\oplus C_{i-1})} \\
&= A_i\oplus B_i\oplus C_{i-1}
\end{aligned}
$$

$$
\begin{aligned}
C_i &= \overline{A}_iB_iC_{i-1}+A_i\overline{B}_iC_{i-1}+A_iB_i\overline{C}_{i-1}+A_iB_iC_{i-1} \\
&= \overline{A}_iB_iC_{i-1}+A_i\overline{B}_iC_{i-1}+A_iB_i \\
&= (A_i\oplus B_i)C_{i-1}+A_iB_i \\
&= \overline{\overline{(A_i\oplus B_i)C_{i-1}}\cdot\overline{A_iB_i}}
\end{aligned}
$$

S_i 和 C_i 的逻辑表达式中有公用项 $A_i\oplus B_i$，因此，在组成电路时，可令其共享同一异或门，从而使整体得到进一步简化。一位全加器的逻辑电路图和逻辑符号如图 8.6.2 所示。

表 8.6.3　全加器真值表

A_i	B_i	C_{i-1}	S_i	C_i
0	0	0	0	0
0	0	1	1	0
0	1	0	1	0
0	1	1	0	1
1	0	0	1	0
1	0	1	0	1
1	1	0	0	1
1	1	1	1	1

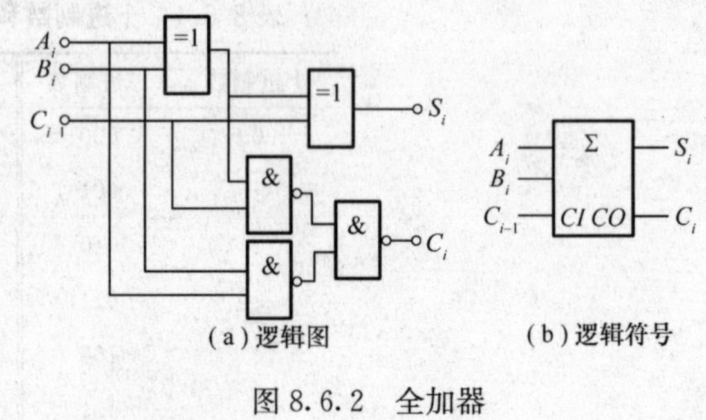

图 8.6.2　全加器

多位二进制数相加，可采用并行相加、串行进位的方式来完成。例如，图 8.6.3 所示逻辑电路可实现两个 4 位二进制数 $A_3A_2A_1A_0$ 和 $B_3B_2B_1B_0$ 的加法运算。

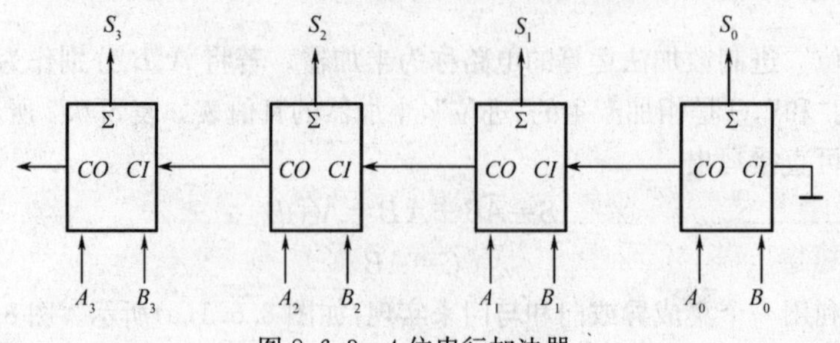

图 8.6.3　4 位串行加法器

由图 8.6.3 可以看出,低位全加器进位输出端连到高一位全加器的进位输入端,任何一位的加法运算必须等到低位加法完成时才能进行,这种进位方式称为串行进位,但和数是并行相加的。这种串行加法器的缺点是运行速度较慢。

8.6.2 编码器

将二进制数码 **0** 和 **1** 按一定规律编排起来,用来表示某种信息含义的一串符号称为编码,具有编码功能的逻辑电路称为编码器。例如,计算机键盘就是由编码器组成的,每按一下键,编码器就将该键的含义转换为一台计算机能识别的二进制代码。

1. 二-十进制编码器

二-十进制编码器是将十进制数码 0～9 编成二进制代码的电路。输入的是 0～9 十个数码,输出的是对应的 4 位二进制代码。这些二进制代码又称二-十进制代码,简称 BCD(Binary-Coded-Decimal)码。

4 位二进制代码共有 **0000**～**1111** 十六种状态,其中任何十种状态都可表示 0～9 十个数码,方案很多。最常用的是 8421 编码方式,就是在 4 位二进制代码的 16 种状态中取出前面十种状态 **0000**～**1001** 表示 0～9 十个数码,后面六种状态 **1010**～**1111** 去掉。二进制代码各位的 **1** 所代表的十进制数从高位到低位依次为 8,4,2,1,称之为“权”,而后把每个数码乘以各位的“权”,相加,即得出该二进制代码所表示的一位十进制数。

8421 码与十进制数之间的转换是按位进行的,即十进制数的每一位与 4 位二进制编码对应。例如

$$(369)_{10}=(0011\ 0110\ 1001)_{8421BCD}$$

$$(0010\ 0000\ 0100\ 1000)_{8421BCD}=(2048)_{10}$$

8421BCD 编码器真值表如表 8.6.4 所示。I_0～I_9 是十个输入变量,分别代表十进制数码 0～9,因此,它们中任何时刻仅允许一个有效(为 **1**)。当输入某一个十进制数码时,只要使相应的输入端为高电平,其余各输入端均为低电平,编码器的 4 个输出端 $Y_3Y_2Y_1Y_0$ 就将出现一组相应的二进制代码。

表 8.6.4 8421BCD 编码器的真值表

I_0	I_1	I_2	I_3	I_4	I_5	I_6	I_7	I_8	I_9	Y_3	Y_2	Y_1	Y_0
1	**0**	**0**	**0**	**0**	**0**	**0**	**0**	**0**	**0**	**0**	**0**	**0**	**0**
0	**1**	**0**	**0**	**0**	**0**	**0**	**0**	**0**	**0**	**0**	**0**	**0**	**1**
0	**0**	**1**	**0**	**0**	**0**	**0**	**0**	**0**	**0**	**0**	**0**	**1**	**0**
0	**0**	**0**	**1**	**0**	**0**	**0**	**0**	**0**	**0**	**0**	**0**	**1**	**1**
0	**0**	**0**	**0**	**1**	**0**	**0**	**0**	**0**	**0**	**0**	**1**	**0**	**0**
0	**0**	**0**	**0**	**0**	**1**	**0**	**0**	**0**	**0**	**0**	**1**	**0**	**1**
0	**0**	**0**	**0**	**0**	**0**	**1**	**0**	**0**	**0**	**0**	**1**	**1**	**0**
0	**0**	**0**	**0**	**0**	**0**	**0**	**1**	**0**	**0**	**0**	**1**	**1**	**1**
0	**0**	**0**	**0**	**0**	**0**	**0**	**0**	**1**	**0**	**1**	**0**	**0**	**0**
0	**0**	**0**	**0**	**0**	**0**	**0**	**0**	**0**	**1**	**1**	**0**	**0**	**1**

根据真值表可得出以下化简、变换后的逻辑表达式为

$$Y_3=I_8+I_9=\overline{\overline{I_8+I_9}}$$

$$Y_2=I_4+I_5+I_6+I_7=\overline{\overline{I_4+I_6}\cdot\overline{I_5+I_7}}$$

$$Y_1=I_2+I_3+I_6+I_7=\overline{\overline{I_2+I_6}\cdot\overline{I_3+I_7}}$$

$$Y_0=I_1+I_3+I_5+I_7+I_9=\overline{\overline{I_1+I_9}\cdot\overline{I_3+I_7}\cdot\overline{I_5+I_7}}$$

根据上式可以画出如图 8.6.4 所示的二-十进制编码器逻辑图。

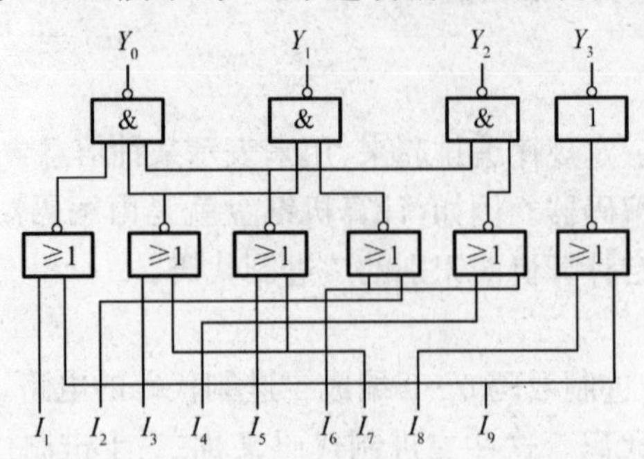

图 8.6.4　8421BCD 码编码器逻辑电路图

2. 二进制编码器

二进制编码器是用二进制数对输入信号进行编码的。显然，n 位二进制数可对 2^n 个输入信号编码。如 4/2 线编码器，若 $I_0\sim I_3$ 为 4 个输入端，任何时刻只允许一个输入为高电平，即 **1** 表示有输入，**0** 表示无输入，Y_1、Y_0 为对应输入信号的编码，真值表如表 8.6.5 所示。

由真值表 8.6.5 得到如下逻辑表达式为

$$Y_1=\bar{I}_0\bar{I}_1I_2\bar{I}_3+\bar{I}_0\bar{I}_1\bar{I}_2I_3$$

$$Y_0=\bar{I}_0I_1\bar{I}_2\bar{I}_3+\bar{I}_0\bar{I}_1\bar{I}_2I_3$$

根据上式可以画出如图 8.6.5 所示的 4/2 线编码器逻辑图。

表 8.6.5　4/2 线编码器真值表

I_0	I_1	I_2	I_3	Y_1	Y_0
1	**0**	**0**	**0**	**0**	**0**
0	**1**	**0**	**0**	**0**	**1**
0	**0**	**1**	**0**	**1**	**0**
0	**0**	**0**	**1**	**1**	**1**

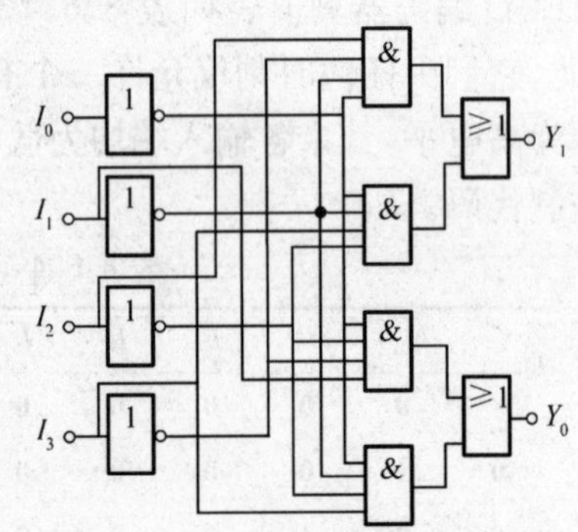

图 8.6.5　4/2 线编码器逻辑图

3. 优先编码器

上述编码器虽然比较简单，但当同时有两个或两个以上输入端有信号时，其编码输出将是混乱的。例如，当 I_2 和 I_3 同时为 **1** 时，Y_1Y_0 为 **00**，此输出既不是 I_2 的编码，也不是 I_3 的编码。在数字系统中，特别是在计算机系统中，常常要控制几个工作对象，例如微型计算机主机要控制打印机、磁盘驱动器、输入键盘等。当某个部件需要实行操作时，必须先送一个信号给主机(称为服务请求)，经主机识别后再发出允许操作信号(服务响应)，并按事先编好的程序工作。这里会有几个部件同时发出服务请求的可能，而在同一时刻只能给其中 1 个部件发出允许操作信号。因此，必须根据轻重缓急，规定好这些控制对象允许操作的先后次序，即优先级别。识别这类请求信号的优先级别并进行编码的逻辑部件称为优先编码器。4/2 线优先编码器的真值表如表 8.6.6所示。

该电路输入高电平有效，**1** 表示有输入，**0** 表示无输入。×表示任意状态，取 **0** 或 **1** 均可。从真值表可以看出，输入端优先级的次序依次为 I_3、I_2、I_1、I_0。I_3 优先级最高，I_0 最低。例如，对于 I_0，只有当 I_1、I_2、I_3 均为 **0**，且 I_0 为 **1** 时，输出为 **00**。对于 I_3，无论其他三个输入是否为有效电平输入，输出均为 **11**。

表 8.6.6　4/2 线优先编码器的真值表

输入				输出	
I_0	I_1	I_2	I_3	Y_1	Y_0
1	**0**	**0**	**0**	**0**	**0**
×	**1**	**0**	**0**	**0**	**1**
×	×	**1**	**0**	**1**	**0**
×	×	×	**1**	**1**	**1**

优先编码器允许几个信号同时输入，但电路仅对优先级别最高的进行编码，不理会其他输入。优先级的高低由设计人员根据具体情况事先设定。

由表 8.6.6 可以得出该优先编码器的逻辑表达式为

$$Y_1 = \overline{I}_3 I_2 + I_3$$

$$Y_0 = \overline{I}_3 \overline{I}_2 I_1 + I_3$$

比前面介绍的非优先编码器简单些，读者据此可画出相应的逻辑电路。

集成优先编码器的种类较多，如 TTL 系列中的 10/4 线优先编码器 74147、8/3 线二进制优先编码器 74148。

8.6.3　译码器和数字显示电路

译码器的功能与编码器相反，它将二进制代码（输入）转换成十进制数、字符和其他输出信号。常用的译码电路有二进制译码器、二-十译码器和显示译码器等。

1. 二进制译码器

二进制译码器可将 n 位二进制代码译成电路的 2^n 种输出状态。如 2/4 线译码器、3/8 线译码器和 4/16 线译码器等。

图 8.6.6 为常用的双极型集成 3/8 线译码器 74LS138 的内部逻辑图。图中 A_2、A_1、A_0 为 3 个输入端，输入 3 位二进制数码。$\overline{Y}_0$、$\overline{Y}_1$、…、$\overline{Y}_7$ 为 8 个输出端，Y 上的“—”不代表非运算的含义，表示输出低电平有效。S_1、$\overline{S}_2$、$\overline{S}_3$ 为控制端，同样 $\overline{S}_2$、$\overline{S}_3$ 上的“—”也不代表非运算含义，表示控制端的有效输入电平为低电平。用 S_1、$\overline{S}_2$、$\overline{S}_3$ 的组合控制译码器的选通和禁止。

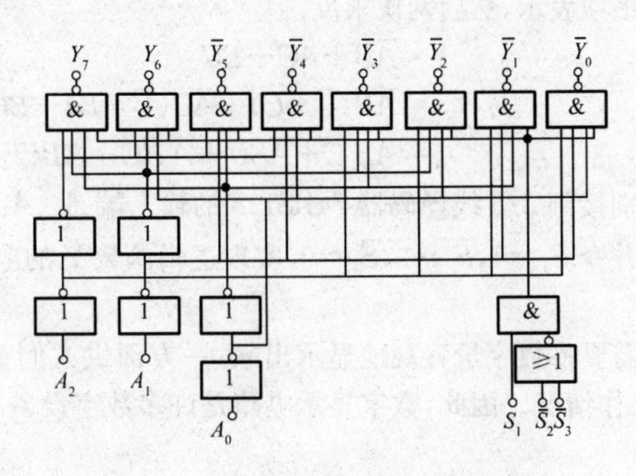

图 8.6.6　74LS138 集成译码器逻辑图

图 8.6.7 是 74LS138 译码器引脚图和逻辑符号，图中小圆圈表示低电平有效。

74LS138 译码器的真值表如表 8.6.7 所示。

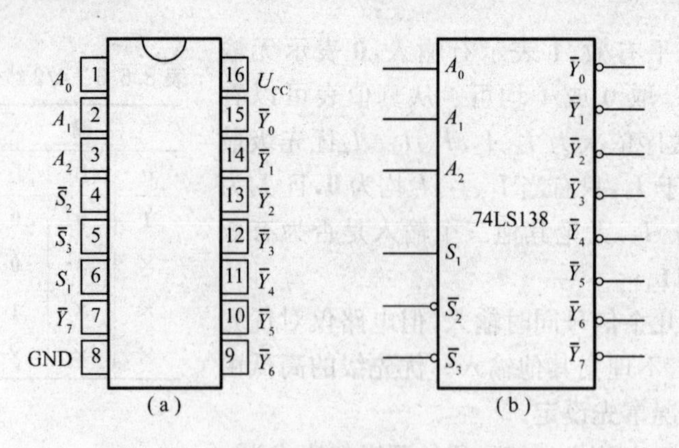

图 8.6.7　74LS138 译码器引脚图和逻辑符号

表 8.6.7　74LS138 译码器的真值表

输入					输出							
控制码		数码										
S_1	$\overline{S}_2+\overline{S}_3$	A_2	A_1	A_0	$\overline{Y}_0$	$\overline{Y}_1$	$\overline{Y}_2$	$\overline{Y}_3$	$\overline{Y}_4$	$\overline{Y}_5$	$\overline{Y}_6$	$\overline{Y}_7$
×	1	×	×	×	1	1	1	1	1	1	1	1
0	×	×	×	×	1	1	1	1	1	1	1	1
1	0	0	0	0	0	1	1	1	1	1	1	1
1	0	0	0	1	1	0	1	1	1	1	1	1
1	0	0	1	0	1	1	0	1	1	1	1	1
1	0	0	1	1	1	1	1	0	1	1	1	1
1	0	1	0	0	1	1	1	1	0	1	1	1
1	0	1	0	1	1	1	1	1	1	0	1	1
1	0	1	1	0	1	1	1	1	1	1	0	1
1	0	1	1	1	1	1	1	1	1	1	1	0

【例 8.6.1】试用 3/8 线译码器 74LS138 和与非门实现逻辑函数

$$Y=\overline{A}B+\overline{A}C+BC$$

解：将逻辑函数用最小项表示，然后两次求反。

$$\begin{aligned}Y&=\overline{A}B+\overline{A}C+BC\\&=\overline{A}B(\overline{C}+C)+\overline{A}C(\overline{B}+B)+BC(\overline{A}+A)\\&=\overline{A}B\,\overline{C}+\overline{A}BC+\overline{A}\,\overline{B}C+ABC\end{aligned}$$

输入变量 A、B、C 分别接到 3/8 线译码器 74LS138 的输入端 A_2、A_1、A_0，输出端 $\overline{Y}_1$、$\overline{Y}_2$、$\overline{Y}_3$、$\overline{Y}_7$ 接到**与非门**的输入端，并令 $S_1=1$，$\overline{S}_2=0$，$\overline{S}_3=0$，实现逻辑函数 Y 的电路如图 8.6.8 所示。

2. 数字显示译码器

在数字系统中，通常需要将数字量直观地显示出来，一方面供人们直接读取处理结果，另一方面用以监视数字系统工作情况。因此，数字显示电路是许多数字设备不可缺少的部分。

(1) 七段数字显示器

七段式数字显示器是目前使用最广泛的一种数码显示器。这种数码显示器由分布在同一平面的七段可发光的线段组成，可用来显示数字、文字或符号。图 8.6.9 表示七段数字显示器利用 a～g 不同的发光段组合，显示 0～15 等数字。在实际应用中，10～15 并不采用，而是用两位数字显示器进行显示。

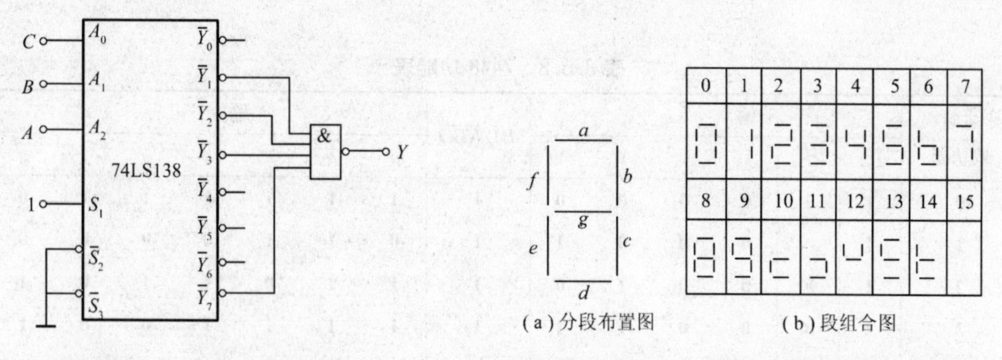

图 8.6.8 例 8.6.1 的图　　图 8.6.9 七段数字显示器发光段组合图

最常用的七段数字显示器有半导体显示器和液晶显示器两种。图 8.6.10 为半导体显示器。根据发光二极管的连接形式不同，分为共阴极显示器和共阳极显示器。共阴极显示器将 7 个发光二极管的阴极连在一起，作为公共端。在电路中，将公共端接于低电平，当某段二极管的阳极为高电平时，相应段发光。共阳极显示器的控制方式与共阴极显示器正好相反。

(2) 七段显示译码器

数字显示译码器是驱动显示器的核心部件，它可以将输入代码转换成相应的数字显示代码，并在数码管上显示出来。图 8.6.11 所示为七段显示译码器 7448 的引脚图，输入 A_3、A_2、A_1 和 A_0 接收 4 位二进制码，输出 a～g 为高电平有效，可直接驱动共阴极显示器，三个辅助控制端 $\overline{LT}$、$\overline{RBI}$、$\overline{BI}/\overline{RBO}$，以增强器件的功能，扩大器件应用。7448 的真值表如表 8.6.8 所示。

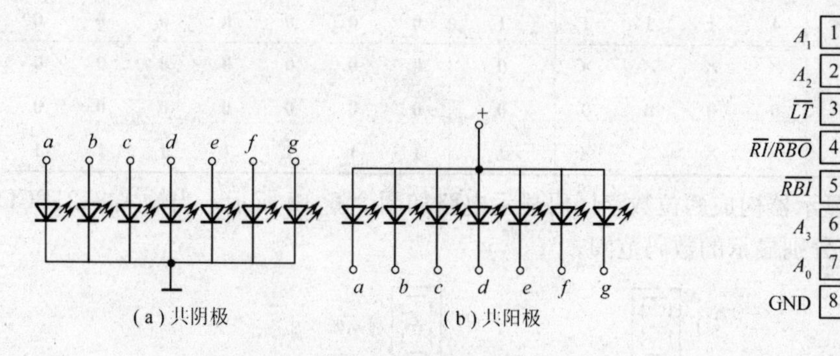

图 8.6.10 半导体数码管两种接法　　图 8.6.11 7448 引脚图

从功能表可以看出，对输入代码 **0000**，译码条件是：灯测试输入 $\overline{LT}$ 和动态灭零输入 $\overline{RBI}$ 同时等于 **1**，而对其他输入代码则仅要求 $\overline{LT}$=**1**，这时，译码器各段 a～g 输出的电平是由输入代码决定的，并且满足显示字形的要求。

灯测试输入 $\overline{LT}$ 低电平有效。当 $\overline{LT}$= **0** 时，无论其他输入端是什么状态，所有输出 a～g 均为 **1**，显示字形 8。该输入端常用于检查 7448 本身及显示器的好坏。

动态灭零输入 $\overline{RBI}$ 低电平有效。当 $\overline{LT}$=**1**，$\overline{RBI}$=**0**，且输入代码 $A_3A_2A_1A_0$ =**0000** 时，输出 a～g 均为低电平，即与 **0000** 码相应的字形 0 不显示，故称“灭零”。利用 $\overline{LT}$=**1** 与 $\overline{RBI}$= **0**，可以实现某一位数码的“消隐”。

灭灯输入/动态灭零输出 $\overline{BI}/\overline{RBO}$ 是特殊控制端，既可作输入，又可作输出。当 $\overline{BI}/\overline{RBO}$ 作输入使用，且 $\overline{BI}/\overline{RBO}$= **0** 时，无论其他输入端是什么电平，所有输出 a～g 均为 **0**，字形熄灭。$\overline{BI}/\overline{RBO}$ 作为输出使用时，受 $\overline{LT}$ 和 $\overline{RBI}$ 控制，只有当 $\overline{LT}$=**1**，$\overline{RBI}$= **0**，且输入代码 $A_3A_2A_1A_0$ =**0000**

时，$\overline{BI}/\overline{RBO}$= **0**，其他情况下$\overline{BI}/\overline{RBO}$=**1**。该端主要用于显示多位数字时多个译码器之间的连接。

表 8.6.8　7448 功能表

十进制数或功能	输入						$\overline{BI}/\overline{RBO}$	输出						
	$\overline{LT}$	$\overline{RBI}$	A_3	A_2	A_1	A_0		a	b	c	d	e	f	g
0	**1**	**1**	**0**	**0**	**0**	**0**	**1**	**1**	**1**	**1**	**1**	**1**	**1**	**0**
1	**1**	×	**0**	**0**	**0**	**1**	**1**	**0**	**1**	**1**	**0**	**0**	**0**	**0**
2	**1**	×	**0**	**0**	**1**	**0**	**1**	**1**	**1**	**0**	**1**	**1**	**0**	**1**
3	**1**	×	**0**	**0**	**1**	**1**	**1**	**1**	**1**	**1**	**1**	**0**	**0**	**1**
4	**1**	×	**0**	**1**	**0**	**0**	**1**	**0**	**1**	**1**	**0**	**0**	**1**	**1**
5	**1**	×	**0**	**1**	**0**	**1**	**1**	**1**	**0**	**1**	**1**	**0**	**1**	**1**
6	**1**	×	**0**	**1**	**1**	**0**	**1**	**0**	**0**	**1**	**1**	**1**	**1**	**1**
7	**1**	×	**0**	**1**	**1**	**1**	**1**	**1**	**1**	**1**	**0**	**0**	**0**	**0**
8	**1**	×	**1**	**0**	**0**	**0**	**1**	**1**	**1**	**1**	**1**	**1**	**1**	**1**
9	**1**	×	**1**	**0**	**0**	**1**	**1**	**1**	**1**	**1**	**1**	**0**	**1**	**1**
10	**1**	×	**1**	**0**	**1**	**0**	**1**	**0**	**0**	**0**	**1**	**1**	**0**	**1**
11	**1**	×	**1**	**0**	**1**	**1**	**1**	**0**	**0**	**1**	**1**	**0**	**0**	**1**
12	**1**	×	**1**	**1**	**0**	**0**	**1**	**0**	**1**	**0**	**0**	**0**	**1**	**1**
13	**1**	×	**1**	**1**	**0**	**1**	**1**	**1**	**0**	**0**	**1**	**0**	**1**	**1**
14	**1**	×	**1**	**1**	**1**	**0**	**1**	**0**	**0**	**0**	**1**	**1**	**1**	**1**
15	**1**	×	**1**	**1**	**1**	**1**	**1**	**0**	**0**	**0**	**0**	**0**	**0**	**0**
消　隐	×	×	×	×	×	×	**0**	**0**	**0**	**0**	**0**	**0**	**0**	**0**
动态灭零	**1**	**0**	**0**	**0**	**0**	**0**	**0**	**0**	**0**	**0**	**0**	**0**	**0**	**0**
灯测试	**0**	×	×	×	×	×	**1**	**1**	**1**	**1**	**1**	**1**	**1**	**1**

【例 8.6.2】七段显示器构成两位数字译码显示电路如图 8.6.12 所示。当输入 8421BCD 码时，试分析两个显示器分别显示的数码范围。

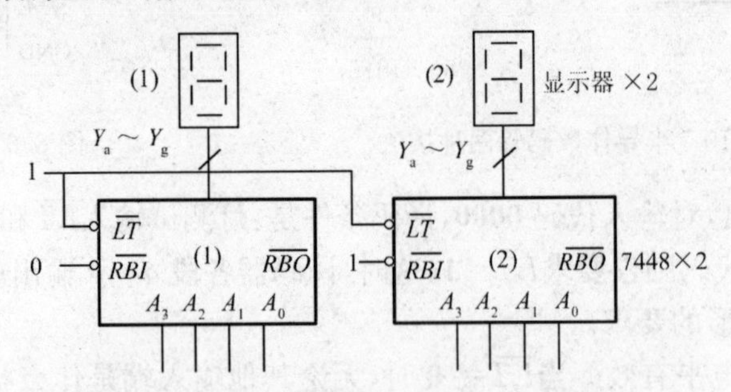

图 8.6.12　两位数字译码显示电路

解：图 8.6.12 所示的电路中，两片 7448 的$\overline{LT}$均接高电平。由于 7448(1)的$\overline{RBI}$= **0**，所以，当它的输入代码为 **0000** 时，满足灭零条件，显示器(1)无字形显示。7448(2)的$\overline{RBI}$=**1**，所以，当它的输入代码为 **0000** 时，仍能正常显示，显示器(2)显示 0。而对其他输入代码，由于$\overline{LT}$=**1**，译码器都可以输出相应的电平驱动显示器。

根据上述分析可知，当输入 8421BCD 码时，显示器(1)显示的数码范围为 1～9，显示器(2)显示的数码范围为 0～9。

8.6.4 数据分配器和数据选择器

数据分配器和数据选择器都是数字电路中的多路开关。数据分配器是将一路输入数据分配到多路输出；数据选择器是从多路输入数据中选择一路输出。

1. 数据分配器

数据分配器具有能根据通道地址信号，将一个公共通道上的数据分时传送到多个不同的通道上去的功能。它的作用相当于多输出的单刀多掷开关，其示意图如图 8.6.13 所示。

数据分配器可以采用二进制译码器实现。用 74LS138 作为数据分配器的逻辑原理图如图 8.6.14所示。图中 A_2、A_1 和 A_0 作为通道地址输入信号，$\overline{S}_2$ 作为数据输入端，$\overline{S}_3$ 为低电平，S_1 为使能信号。

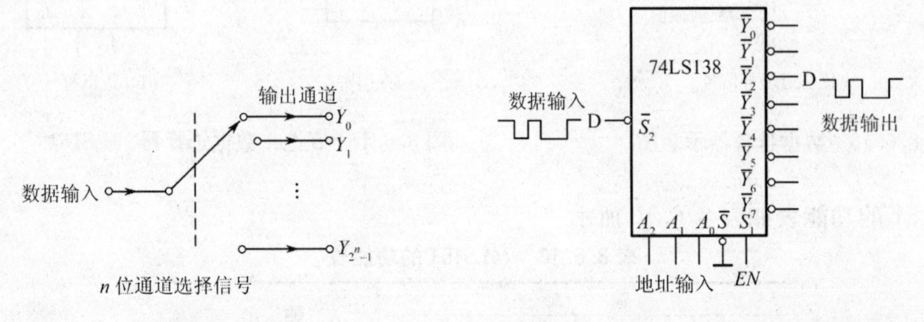

图 8.6.13 数据分配器示意图

图 8.6.14 用 74LS138 作为数据分配器

在 $\overline{S}_3=\mathbf{0}$，$S_1=\mathbf{1}$ 的情况下，74LS138 译码器作为数据分配器的功能表如表 8.6.9 所示。根据功能表可知，当 $EN=\mathbf{1}$，$\overline{S}_3=\mathbf{0}$，$A_2A_1A_0=\mathbf{000}\sim\mathbf{111}$ 时，$\overline{S}_2$ 端输入的数据 D 被分配到 $\overline{Y}_0\sim\overline{Y}_7$ 不同的输出端。

表 8.6.9 74LS138 译码器作为数据分配器的功能表

输入						输出							
S_1	$\overline{S}_2$	$\overline{S}_3$	A_2	A_1	A_0	$\overline{Y}_0$	$\overline{Y}_1$	$\overline{Y}_2$	$\overline{Y}_3$	$\overline{Y}_4$	$\overline{Y}_5$	$\overline{Y}_6$	$\overline{Y}_7$
0	×	**0**	×	×	×	**1**	**1**	**1**	**1**	**1**	**1**	**1**	**1**
1	D	**0**	**0**	**0**	**0**	D	**1**	**1**	**1**	**1**	**1**	**1**	**1**
1	D	**0**	**0**	**0**	**1**	**1**	D	**1**	**1**	**1**	**1**	**1**	**1**
1	D	**0**	**0**	**1**	**0**	**1**	**1**	D	**1**	**1**	**1**	**1**	**1**
1	D	**0**	**0**	**1**	**1**	**1**	**1**	**1**	D	**1**	**1**	**1**	**1**
1	D	**0**	**1**	**0**	**0**	**1**	**1**	**1**	**1**	D	**1**	**1**	**1**
1	D	**0**	**1**	**0**	**1**	**1**	**1**	**1**	**1**	**1**	D	**1**	**1**
1	D	**0**	**1**	**1**	**0**	**1**	**1**	**1**	**1**	**1**	**1**	D	**1**
1	D	**0**	**1**	**1**	**1**	**1**	**1**	**1**	**1**	**1**	**1**	**1**	D

2. 多路数据选择器

数据选择器又称为多路数据选择器，它类似于多个输入的单刀多掷开关，其示意图如图 8.6.15所示。它在选择控制信号作用下，选择多路数据输入中的某一路与输出端接通。集成数据选择器的种类很多，有 2 选 1、4 选 1、8 选 1 和 16 选 1 等。图 8.6.16 所示为 74LS151 型 8 选 1 数据选择器的引脚分布和逻辑符号。

74LS151是一种典型的集成电路数据选择器，它有3个地址输入端A_2、A_1和A_0，可选择$D_0 \sim D_7$八个数据源，具有两个互补输出端——同相输出端Y和反相输出端$\overline{W}$。该逻辑电路输入使能$\overline{S}$为低电平有效。

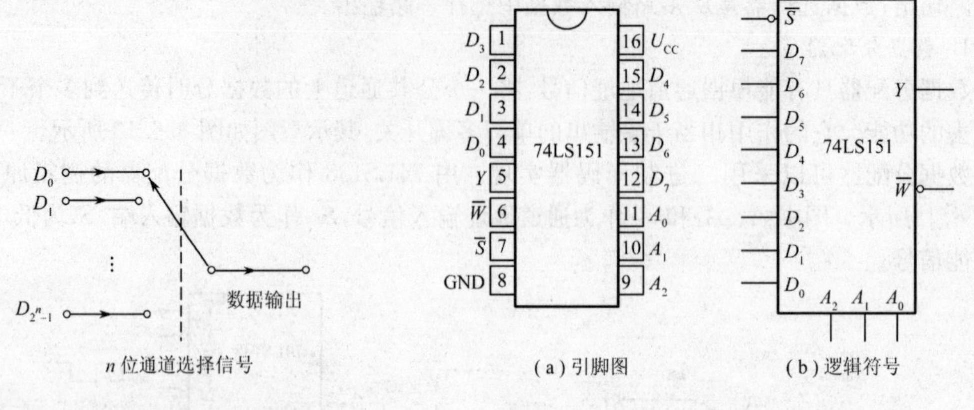

图8.6.15　数据选择器示意图　　　　图8.6.16　8选1数据选择器74LS151

74LS151的功能表如表8.6.10所示。

表8.6.10　74LS151的功能表

输　入				输　出	
使　能	地　址				
$\overline{S}$	A_1	A_1	A_0	Y	$\overline{W}$
1	×	×	×	**0**	**1**
0	**0**	**0**	**0**	D_0	$\overline{D}_0$
0	**0**	**0**	**1**	D_1	$\overline{D}_1$
0	**0**	**1**	**0**	D_2	$\overline{D}_2$
0	**0**	**1**	**1**	D_3	$\overline{D}_3$
0	**1**	**0**	**0**	D_4	$\overline{D}_4$
0	**1**	**0**	**1**	D_5	$\overline{D}_5$
0	**1**	**1**	**0**	D_6	$\overline{D}_6$
0	**1**	**1**	**1**	D_7	$\overline{D}_7$

思考与练习

8.6.1　试说明**1+1=1**，**1+1=10**，1+1=2各式的含义。

8.6.2　用3/8线译码器实现函数$Y=AB+AC+BC$。

8.6.3　利用8选1数据选择器实现函数$Y=A\overline{C}+\overline{A}C+\overline{B}C$。

习　题　8

8.1　已知逻辑门电路及输入波形如题图8.1所示，试画出各输出Y_1、Y_2、Y_3的波形。

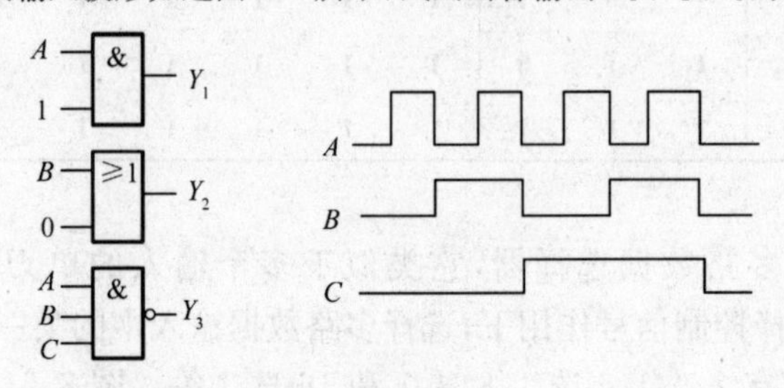

题图8.1

8.2　某**异或**门一个输入 A 及输出 Y 的波形如题图 8.2 所示，画出**异或**门另一个输入 B 的波形。

8.3　电路如题图 8.3 所示，试写出输出 Y 与输入 A、B、C 的逻辑关系式，并画出逻辑图。

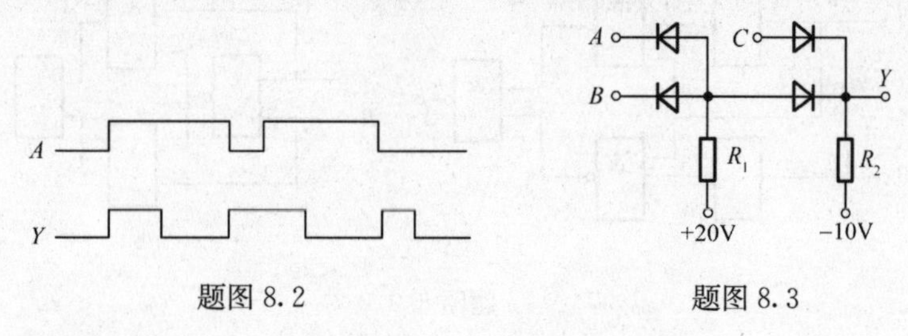

题图 8.2　　　　　　题图 8.3

8.4　已知逻辑图和输入 A、B、C 的波形如题图 8.4 所示，试画出输出 Y 的波形。

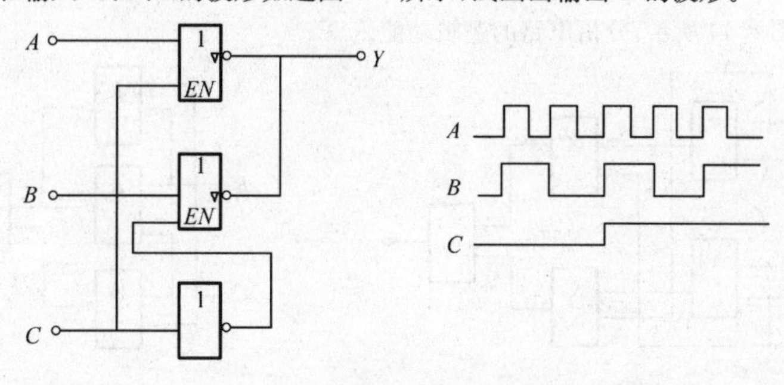

题图 8.4

8.5　题图 8.5 是两个 CMOS 三态门电路，其中 T_1 和 T_2 组成的即为图 8.3.1 所示的非门电路。试分析其工作情况，并画出各个逻辑符号。

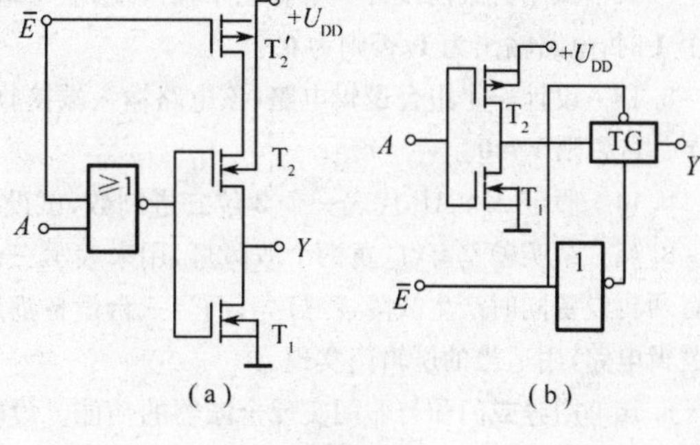

题图 8.5

8.6　用逻辑代数的基本定律证明下列等式。

(1) $\overline{A}\,\overline{B}+A\overline{B}+\overline{A}B=\overline{A}+\overline{B}$

(2) $A\overline{B}+BD+\overline{A}D+DC=A\overline{B}+D$

(3) $ABC+\overline{A}\,\overline{BC}=\overline{A\overline{B}+B\overline{C}+\overline{A}C}$

(4) $\overline{A}\,\overline{C}+\overline{A}\,\overline{B}+BC+\overline{A}\,\overline{C}\,\overline{D}=\overline{A}+BC$

8.7　用代数法化简下列表达式。

(1) $Y=A(\overline{A}+B)+B(B+C)+B$

(2) $Y=B(C+\overline{A}D)+\overline{B}(C+\overline{A}D)$

(3) $Y=\overline{A+B}\cdot\overline{ABC}\cdot\overline{\overline{A}C}$

(4) $Y=A(B\oplus C)+ABC+A\overline{B}\,\overline{C}$

8.8　电路如题图 8.8 所示，A、B 是数据输入端、C 是控制输入端，试分析在控制端 $C=\mathbf{0}$ 和 $C=\mathbf{1}$ 的情况下，数据输入 A、B 和输出 Y 之间的关系。

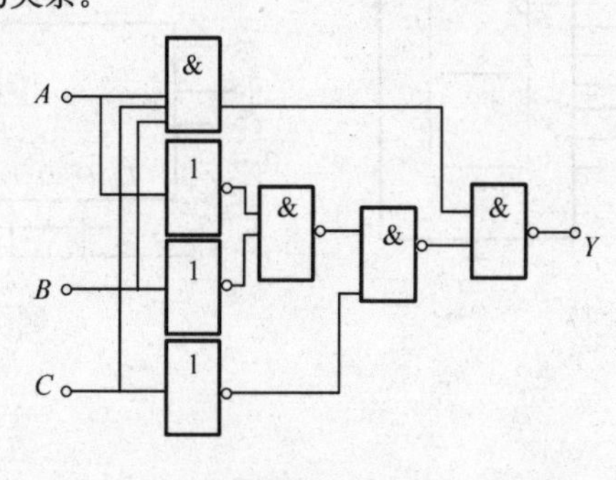

题图 8.8

8.9　逻辑电路如题图 8.9 所示，试证明两电路的逻辑功能相同。

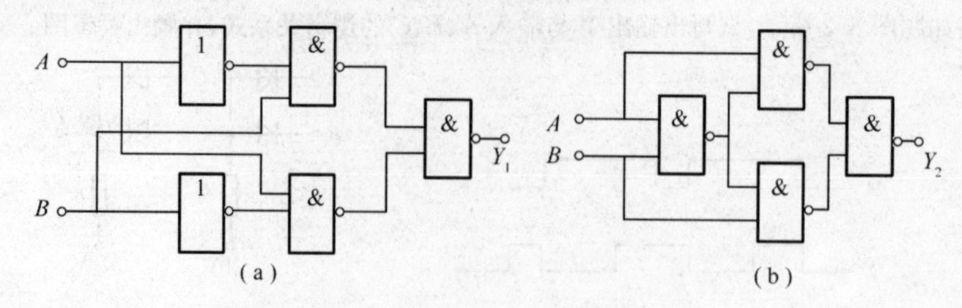

题图 8.9

8.10　逻辑电路如题图 8.10 所示。写出 Y 的逻辑式，画出用与非门实现的逻辑图。

8.11　电路如题图 8.11 所示，分析电路的逻辑功能。

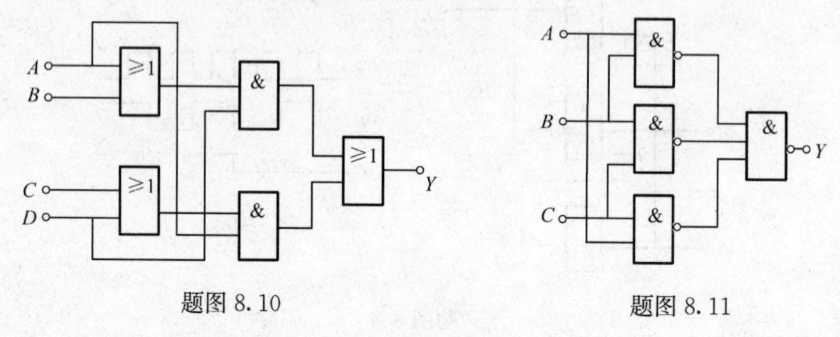

8.12　试用**异或**门设计一个有三个输入端，一个输出端的组合逻辑电路。其功能为当三个输入信号中有奇数个 **1** 时，电路输出为 **1**，否则为 **0**。

8.13　设计一个组合逻辑电路，该电路输入端接收两个 2 位二进制数 $A=A_2A_1$，$B=B_2B_1$。当 $A>B$ 时，输出 $Y=\mathbf{1}$，否则 $Y=\mathbf{0}$。

8.14　假定 $X=AB$ 代表一个 2 位二进制数，试设计满足 $Y=X^2$ 的逻辑电路。

8.15　某实验室有红、黄两个故障灯，用来表示三台设备的工作情况。当只有一台设备有故障时，黄灯亮；若有两台设备同时产生故障，红灯亮；而当三台设备都产生故障时，红灯、黄灯同时亮。试设计一个控制指示灯的逻辑电路，用适当的逻辑门实现。

8.16　用**异或**门和与非门实现全减器的功能。设输入为被减数 A_i、减数 B_i 以及来自低位的借位 G_{i-1}，输出为差数 D_i 和借位 G_i。

8.17　译码、显示电路如题图 8.17 所示，当显示数字 5 和 7 时，写出 7448 型译码器的输入代码 $A_3A_2A_1A_0$ 和输出段码 $a \sim g$。

8.18　8 选 1 数据选择电路如题图 8.18 所示，试写出它所实现的函数 Y 的最简与或表达式。

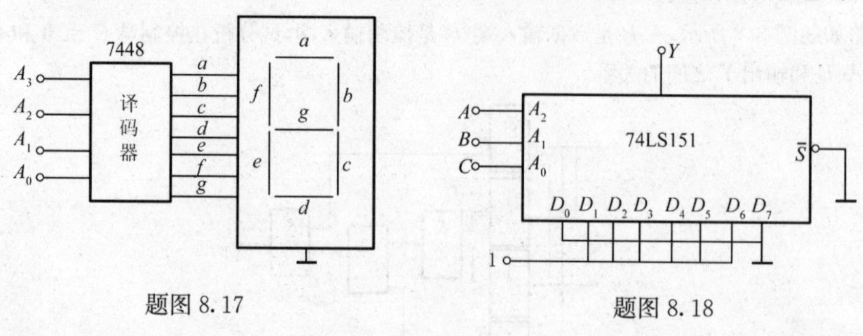

题图 8.17　　　　题图 8.18

第 9 章 触发器和时序逻辑电路

本章概要:

本章首先介绍了各种触发器的工作原理,逻辑功能,不同结构触发器的触发特点及相互转换;然后介绍了寄存器、移位寄存器、二进制计数器、二-十进制计数器的逻辑功能及波形图。

教学重点:

(1) 熟练掌握 RS、JK、D 及 T 触发器的逻辑功能及不同结构触发器的触发特点。

(2) 掌握寄存器、二进制计数器、二-十进制计数器的逻辑功能及波形图。

(3) 掌握如何分析简单的时序逻辑电路。

(4) 了解常用集成寄存器和计数器芯片的使用。

教学难点:

(1) 掌握分析时序逻辑电路。

(2) 掌握设计时序逻辑电路。

时序逻辑电路由组合逻辑电路和具有记忆作用的触发器构成。时序逻辑电路的特点是:其输出不仅仅取决于电路的当前输入,而且还与电路的原来状态有关。因此,在数字电路和计算机系统中,常用时序逻辑电路组成各种寄存器、存储器、计数器等。

触发器是时序逻辑电路的基本单元,其种类繁多。从工作状态看,触发器可分为双稳态触发器、单稳态触发器和无稳态触发器 3 类;从制造工艺看,触发器可分为 TTL 型和 CMOS 型两大类。无论是哪一类型的触发器,只要是同一名称,其输入与输出的逻辑功能完全相同。因此,在讨论各种触发器的工作原理时,通常不指明是 TTL 型还是 CMOS 型。

双稳态触发器是各种时序逻辑电路的基础。本章将在分析双稳态触发器逻辑功能的基础上,讨论几种典型的时序逻辑电路器件,介绍时序逻辑电路的分析和设计方法。

9.1 双稳态触发器

双稳态触发器是组成时序逻辑电路的基本单元。按其逻辑功能可分为 RS 触发器、JK 触发器、D 触发器和 T 触发器等。本节将重点介绍各类触发器的逻辑功能,至于内部结构仅作一般了解。

9.1.1 RS 触发器

1. 基本 RS 触发器

基本 RS 触发器由两个**与非门** G_1 和 G_2 交叉耦合构成,如图 9.1.1 所示。Q、$\overline{Q}$是两个输出端,在正常情况下,两个输出端保持稳定的状态且始终相反。当 $Q=\mathbf{1}$ 时,$\overline{Q}=\mathbf{0}$;反之,当 $Q=\mathbf{0}$ 时,$\overline{Q}=\mathbf{1}$,所以称为双稳态触发器。触发器的状态以 Q 端为标志,当 $Q=\mathbf{1}$ 时称为触发器处于 **1** 态,也称为置位状态;$Q=\mathbf{0}$ 时则称为触发器处于 **0** 态,即复位状态。$\overline{R}_D$、$\overline{S}_D$是信号输入端,平时固定接高电平 **1**,当加负脉冲后,由 **1** 变为 **0**。

下面分析基本 RS 触发器的逻辑功能。

当$\overline{R}_D=\overline{S}_D=\mathbf{1}$ 时,触发器保持原态不变。如果原输出状态 $Q=\mathbf{0}$,则 G_2 输出$\overline{Q}=\mathbf{1}$,这样 G_1 的两个输入端均为 **1**,所以输出 $Q=\mathbf{0}$,即触发器保持原来的 **0** 态。同样,当原状态 $Q=\mathbf{1}$ 时,触发器

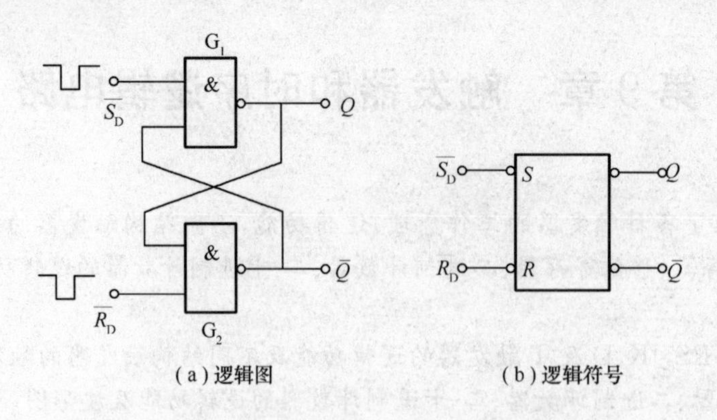

图 9.1.1 由与非门组成的基本 RS 触发器

也将保持 **1** 态不变。这种由过去的状态决定现在状态的功能就是触发器的记忆功能。这也是时序逻辑电路与组合逻辑电路的本质区别。

$\overline{R}_D=\mathbf{1}$，$\overline{S}_D=\mathbf{0}$ 时，因 G_1 有一个输入端为 **0**，故输出 $Q=\mathbf{1}$，这样 G_2 的两个输入端均为 **1**，所以输出 $\overline{Q}=\mathbf{0}$，即触发器处于 **1** 状态，也称为置位状态，故 $\overline{S}_D$ 端被称为置位或置 **1** 端。

$\overline{R}_D=\mathbf{0}$，$\overline{S}_D=\mathbf{1}$ 时，因 G_2 有一个输入端为 **0**，故输出 $\overline{Q}=\mathbf{1}$。这样 G_1 的两个输入端均为 **1**，所以输出 $Q=\mathbf{0}$，即触发器为复位状态，故 $\overline{R}_D$ 端也称为复位端或清零端。

$\overline{R}_D=\overline{S}_D=\mathbf{0}$ 时，显然 $Q=\overline{Q}=\mathbf{1}$，此状态不是触发器定义状态。当负脉冲除去后，触发器的状态为不定状态，因此，此种情况在使用中应该禁止出现。

上述逻辑关系可用表 9.1.1 来表示。

表 9.1.1 基本 RS 触发器的逻辑功能表

$\overline{R}_D$	$\overline{S}_D$	Q^{n+1}	说 明
0	**0**	不定	禁止
0	**1**	**0**	复位
1	**0**	**1**	置位
1	**1**	Q	保持

表 9.1.1 中，Q、Q^{n+1} 分别表示输入信号 $\overline{R}_D$、$\overline{S}_D$ 作用前后触发器的输出状态，Q 称为现态，Q^{n+1} 称为次态。

基本 RS 触发器置 **0** 或置 **1** 是利用 $\overline{R}_D$、$\overline{S}_D$ 端的负脉冲实现的。图 9.1.1(b)所示逻辑符号中 $\overline{R}_D$ 端和 $\overline{S}_D$ 端的小圆圈表示用负脉冲对触发器置 **0** 或置 **1**。

【例 9.1.1】 设基本 RS 触发器的初态为 **0**，$\overline{R}_D$ 和 $\overline{S}_D$ 的电压波形如图 9.1.2 所示，试画出 Q 和 $\overline{Q}$ 端的输出波形。

解： 根据题意，触发器初态为 **0**，即 $Q=\mathbf{0}$，$\overline{Q}=\mathbf{1}$，当输入信号 $\overline{R}_D$ 和 $\overline{S}_D$ 同时输入高电平时触发器保持 **0** 态不变；当 $\overline{R}_D$ 和 $\overline{S}_D$ 端有一端有低电平输入时，则使触发器分别置 **0** 和置 **1**。当 $\overline{R}_D$ 和 $\overline{S}_D$ 端同时输入低电平时，$Q=\overline{Q}=\mathbf{1}$。负脉冲信号过后，触发器处于不定状态。触发器 Q、$\overline{Q}$ 电压波形如图 9.1.2 所示。

2. 可控 RS 触发器

前面介绍的基本 RS 触发器的状态转换直接受输入信号 $\overline{R}_D$ 和 $\overline{S}_D$ 的控制，而在实际应用中，往往要求触发器的翻转时刻受统一时钟脉冲 CP(Clock Pulse)控制。用 CP 控制的 RS 触发器称为可控 RS 触发器，其逻辑图和逻辑符号如图 9.1.3 所示。图中**与非门** G_1，G_2 构成基本 RS 触发

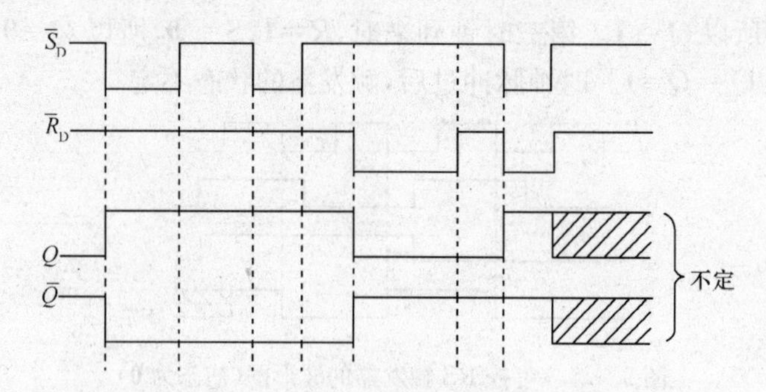

图 9.1.2　由与非门组成的基本 RS 触发器的波形图

器，G_3、G_4 构成时钟控制电路，CP 为时钟脉冲输入端。$\overline{R}_D$ 和 $\overline{S}_D$ 是直接复位和直接置位端，一般用在工作之初，预先使触发器处于某一给定状态，在工作过程中不用它们，让它们处于 **1** 状态。

由图 9.1.3 可见，当 $CP=\mathbf{0}$ 时，G_3 和 G_4 门被封锁，输入信号 R、S 不会对触发器的状态产生影响；只有当 $CP=\mathbf{1}$ 时，G_3 和 G_4 门打开，R 和 S 端的信号才能送入基本 RS 触发器，使触发器的状态发生变化。

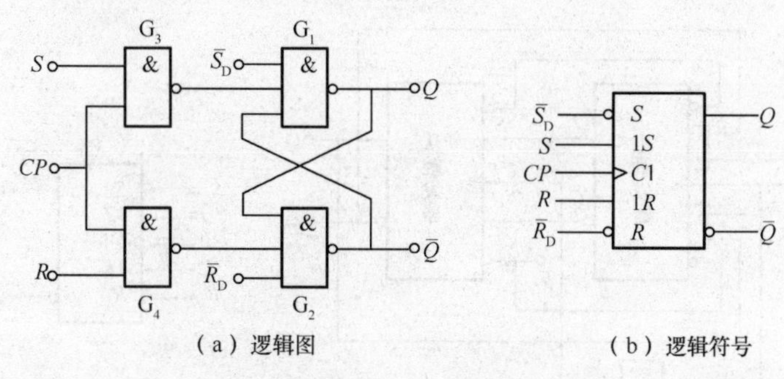

（a）逻辑图　　（b）逻辑符号

图 9.1.3　可控 RS 触发器

下面分析在 CP 高电平期间触发器的逻辑功能：

① 当 $R=\mathbf{0}$，$S=\mathbf{0}$ 时，G_3 和 G_4 门输出为 **1**，触发器保持原状态不变；

② 当 $R=\mathbf{1}$，$S=\mathbf{0}$ 时，G_3 门输出为 **1**，G_4 门输出为 **0**，触发器状态 $Q=\mathbf{0}$；

③ 当 $R=\mathbf{0}$，$S=\mathbf{1}$ 时，G_3 门输出为 **0**，G_4 门输出为 **1**，触发器状态 $Q=\mathbf{1}$；

④ 当 $R=S=\mathbf{1}$ 时，G_3 和 G_4 门输出为 **0**，$Q=\overline{Q}=\mathbf{1}$。当时钟脉冲过去以后，触发器状态不定，因此，此种情况在使用中应该禁止出现。

根据以上分析可得可控 RS 触发器逻辑功能表如表 9.1.2 所示。表中 Q、Q^{n+1} 分别表示时钟 CP 作用前后触发器的输出状态。Q 称为现态，Q^{n+1} 称为次态。

表 9.1.2　可控 RS 触发器的逻辑功能表

R	S	Q^{n+1}	说　明
0	**0**	Q	保持
0	**1**	**1**	置位
1	**0**	**0**	复位
1	**1**	不定	禁用

【例 9.1.2】 已知可控 RS 触发器的输入信号 R、S 及时钟脉冲 CP 的波形如图 9.1.4 所示。设触发器的初始状态为 **0**，试画出输出 Q 的波形图。

解：第一个时钟脉冲到来时，$R=\mathbf{0}$，$S=\mathbf{0}$，触发器保持初始状态 **0** 不变。第二个时钟脉冲到来时，$R=\mathbf{0}, S=\mathbf{1}$，所以 $Q=\mathbf{1}$。第三时钟到来时，$R=\mathbf{1}, S=\mathbf{0}$，所以 $Q=\mathbf{0}$。第四个时钟到来时，$S=R=\mathbf{1}$，触发器 $Q=\overline{Q}=\mathbf{1}$。时钟脉冲过后，触发器的状态不定。

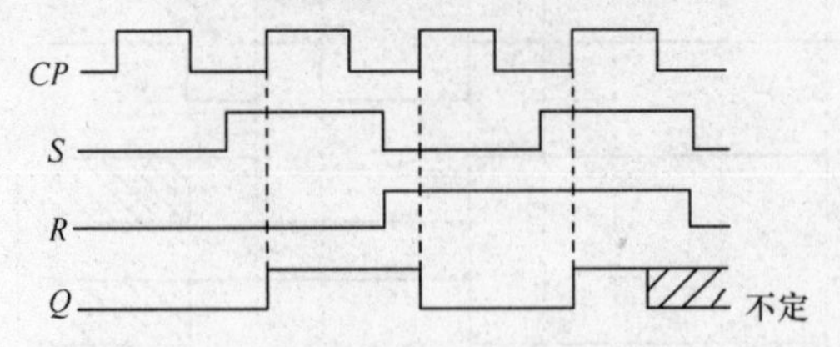

图 9.1.4　可控 RS 触发器的波形图（初态为 **0**）

9.1.2　JK 触发器

JK 触发器是一种功能较完善，应用很广泛的双稳态触发器。图 9.1.5(a)所示是一种典型结构的 JK 触发器——主从型 JK 触发器。它由两个可控 RS 触发器串联组成，分别称为主触发器和从触发器。J 和 K 是信号输入端。时钟 CP 控制主触发器和从触发器的翻转。

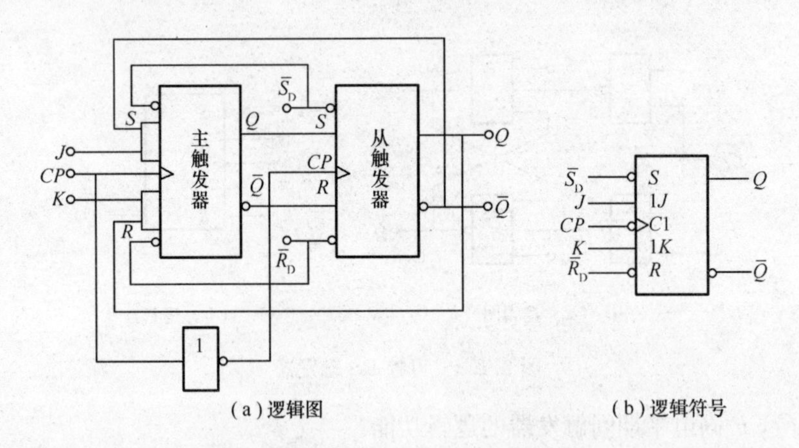

(a)逻辑图　　(b)逻辑符号

图 9.1.5　主从 JK 触发器

当 $CP=\mathbf{0}$ 时，主触发器状态不变，从触发器输出状态与主触发器的输出状态相同。

当 $CP=\mathbf{1}$ 时，输入 J、K 影响主触发器，而从触发器状态不变。当 CP 从 **1** 变成 **0** 时，主触发器的状态传送到从触发器，即主从触发器是在 CP 下降沿到来时才使触发器翻转的。

下面分 4 种情况来分析主从型 JK 触发器的逻辑功能。

(1) $J=\mathbf{1}, K=\mathbf{1}$

设时钟脉冲到来之前($CP=\mathbf{0}$)触发器的初始状态为 **0**。这时主触发器的 $R=KQ=\mathbf{0}$，$S=J\overline{Q}=\mathbf{1}$，时钟脉冲到来后($CP=\mathbf{1}$)，主触发器翻转成 **1** 态。当 CP 从 **1** 下跳为 **0** 时，主触发器状态不变，从触发器的 $R=\mathbf{0}, S=\mathbf{1}$，它也翻转成 **1** 态。反之，设触发器的初始状态为 **1**。可以同样分析，主、从触发器都翻转成 **0** 态。

可见，JK 触发器在 $J=\mathbf{1}, K=\mathbf{1}$ 的情况下，来一个时钟脉冲就翻转一次，即 $Q^{n+1}=\overline{Q}$，具有计数功能。

(2) $J=\mathbf{0}, K=\mathbf{0}$

设触发器的初始状态为 **0**，当 $CP=\mathbf{1}$ 时，由于主触发器的 $R=\mathbf{0}, S=\mathbf{0}$，它的状态保持不变。当 CP 下跳时，由于从触发器的 $R=\mathbf{1}, S=\mathbf{0}$，它的输出为 **0** 态，即触发器保持 **0** 态不变。如果初始状态为 **1**，触发器也保持 **1** 态不变。

(3) $J=1, K=0$

设触发器的初始状态为**0**。当$CP=1$时,由于主触发器的$R=0, S=1$,它翻转成**1**态。当CP下跳时,由于从触发器的$R=0, S=1$,也翻转成**1**态。如果触发器的初始状态为**1**,当$CP=1$时,由于主触发器的$R=0, S=0$,它保持原态不变;在CP从**1**下跳为**0**时,由于从触发器的$R=0, S=1$,也保持**1**态。

(4) $J=0, K=1$

设触发器的初始状态为**1**态。当$CP=1$时,由于主触发器的$R=1, S=0$,它翻转成**0**态。当CP下跳时,从触发器也翻转成**0**态。如果触发器的初始状态为**0**态,当$CP=1$时,由于主触发器的$R=0, S=0$,它保持原态不变;在CP从**1**下跳为**0**时,由于从触发器的$R=1, S=0$,也保持**0**态。

JK 触发器的逻辑功能表如表 9.1.3 所示。

表 9.1.3　JK 触发器的逻辑功能表

J	K	Q^{n+1}	说　明
0	**0**	Q	保持
0	**1**	**0**	复位
1	**0**	**1**	置位
1	**1**	$\overline{Q}$	计数

上述逻辑关系可用逻辑表达式表示为

$$Q^{n+1} = J\overline{Q} + \overline{K}Q \tag{9.1.1}$$

这个关系式被称为 JK 触发器的状态方程,式中Q、Q^{n+1}分别为CP下降沿时刻之前和之后触发器的状态。

主从 JK 触发器逻辑符号如图 9.1.5(b)所示,CP端加小圆圈表示下降沿触发。

【例 9.1.3】已知主从 JK 触发器的输入J、K和时钟CP的波形如图 9.1.6 所示。设触发器初始状态为**0**态,试画出Q的波形。

解:第一个CP下降沿到来之前,$J=1, K=0$,触发后Q端为**1**态。

第二个CP下降沿到来之前,$J=0, K=1$,触发后Q端翻转为**0**态。

第三个CP下降沿过后,触发器翻转,$Q=1$。

第四个CP过后,Q仍为**1**。

画出Q的波形如图 9.1.6 所示。

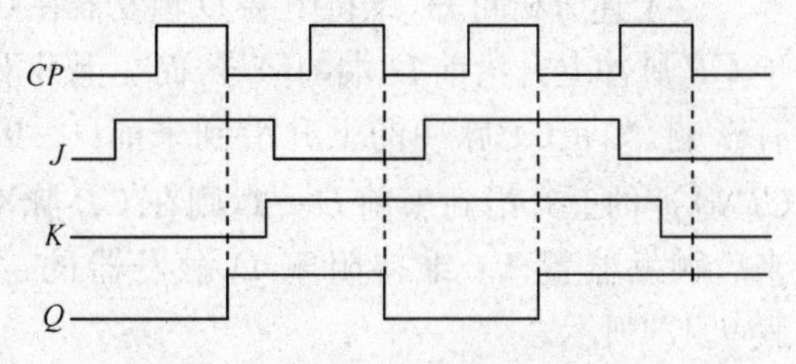

图 9.1.6　主从 JK 触发器的波形图

9.1.3　D 触发器

主从 JK 触发器是在CP脉冲高电平期间接收信号,如果在CP高电平期间输入端出现干扰信号,那么就有可能使触发器产生与逻辑功能表不符合的错误状态。边沿触发器的电路结构可使触发器在CP脉冲有效触发沿到来前一瞬间接收信号,在有效触发沿到来后产生状态转换,这种电路结构的触发器大大提高了抗干扰能力和电路工作的可靠性。下面以维持阻塞型 D 触发器为例介绍边沿触发器的工作原理。

维持阻塞型 D 触发器的逻辑图和逻辑符号如图 9.1.7 所示。该触发器由六个**与非**门组成,其中G_1、G_2构成基本 RS 触发器,G_3、G_4组成时钟控制电路,G_5、G_6组成数据输入电路。$\overline{R}_D$和$\overline{S}_D$分别是直接置**0**和直接置**1**端,有效电平为低电平。分析工作原理时,设$\overline{R}_D$和$\overline{S}_D$均为高电平,不影响电路的工作。电路工作过程如下：

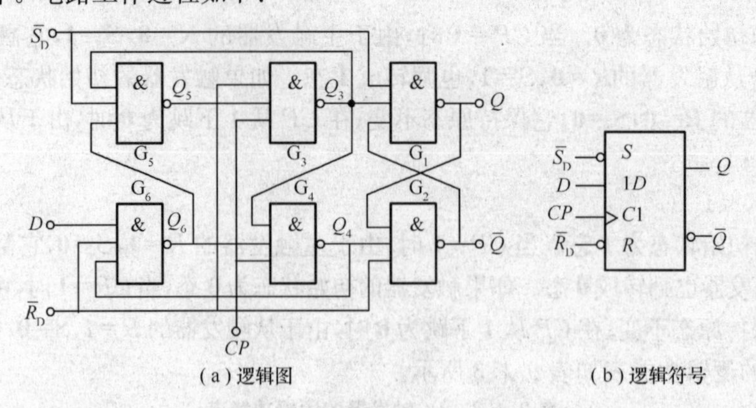

(a) 逻辑图　　　　　　　　　　　(b) 逻辑符号

图 9.1.7　维持阻塞型 D 触发器

① $CP=\mathbf{0}$ 时，与非门 G_3 和 G_4 封锁，其输出为 **1**，触发器的状态不变。同时，由于 Q_3 至 G_5 和 Q_4 至 G_6 的反馈信号将这两个门 G_5、G_6 打开，因此可接收输入信号 D，使 $Q_6=\overline{D}$，$Q_5=\overline{Q}_6=D$。

② 当 CP 由 **0** 变 **1** 时，门 G_3 和 G_4 打开，它们的输出 Q_3 和 Q_4 的状态由 G_5 和 G_6 的输出状态决定。$Q_3=\overline{Q}_5=\overline{D}$，$Q_4=\overline{Q}_6=D$。由基本 RS 触发器的逻辑功能可知，$Q=D$。

③ 触发器翻转后，在 $CP=\mathbf{1}$ 时输入信号被封锁。G_3 和 G_4 打开后，它们的输出 Q_3 和 Q_4 的状态是互补的，即必定有一个是 **0**，若 Q_4 为 **0**，则经 G_4 输出至 G_6 输入的反馈线将 G_6 封锁，即封锁了 D 通往基本 RS 触发器的路径；该反馈线起到了使触发器维持在 **0** 状态和阻止触发器变为 **1** 状态的作用，故该反馈线称为置 **0** 维持线，置 **1** 阻塞线。G_3 为 **0** 时，将 G_4 和 G_5 封锁，D 端通往基本 RS 触发器的路径也被封锁；G_3 输出端至 G_5 反馈线起到使触发器维持在 **1** 状态的作用，称作置 **1** 维持线；G_3 输出端至 G_4 输入的反馈线起到阻止触发器置 **0** 的作用，称为置 **0** 阻塞线。因此，该触发器称为维持阻塞触发器。

由上述分析可知，维持阻塞 D 触发器在 CP 脉冲的上升沿产生状态变化，触发器的次态取决于 CP 脉冲上升沿前 D 端的信号，而在上升沿后，输入 D 端的信号变化对触发器的输出状态没有影响。如在 CP 脉冲的上升沿到来前 $D=\mathbf{0}$，则在 CP 脉冲的上升沿到来后，触发器置 **0**；如在 CP 脉冲的上升沿到来前 $D=\mathbf{1}$，则在 CP 脉冲的上升沿到来后触发器置 **1**。维持阻塞 D 触发器的逻辑功能表如表 9.1.4所示。

表 9.1.4　D 触发器的逻辑功能表

D	Q^{n+1}	说　明
0	**0**	复位
1	**1**	置位

依据逻辑功能表可得 D 触发器的状态方程为

$$Q^{n+1}=D \tag{9.1.2}$$

【例 9.1.4】 已知上升沿触发的 D 触发器输入 D 和时钟 CP 的波形如图 9.1.8 所示，试画出 Q 端波形。设触发器初态为 **0**。

解： 该 D 触发器是上升沿触发，即在 CP 的上升沿过后，触发器的状态等于 CP 脉冲上升沿前 D 的状态。所以第一个 CP 过后，$Q=\mathbf{1}$，第二个 CP 过后，$Q=\mathbf{0}$，…，波形如图 9.1.8 所示。

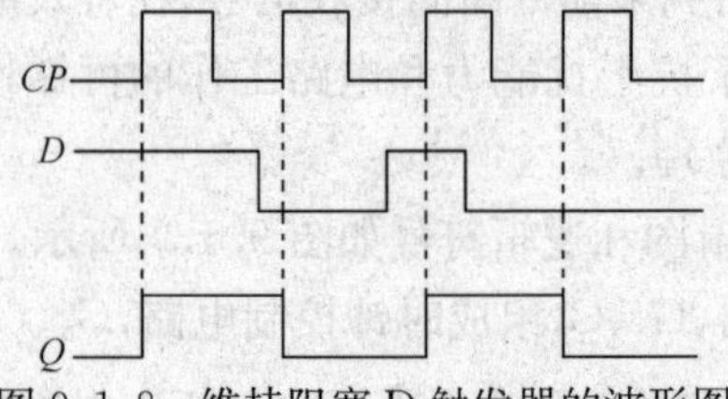

图 9.1.8　维持阻塞 D 触发器的波形图

D触发器在 CP 上升沿前接受输入信号，上升沿触发翻转，即触发器的输出状态变化比输入端 D 的状态变化延迟，这就是D触发器的由来。

9.1.4 T触发器

由D触发器转换而成的T触发器的逻辑图和逻辑符号如图 9.1.9 所示。

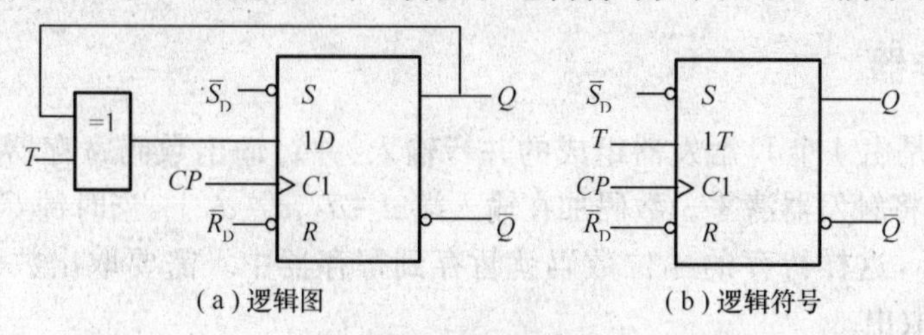

图 9.1.9 T触发器

T触发器的逻辑功能可由D触发器的状态方程导出。T触发器的状态方程为

$$Q^{n+1} = T \oplus Q \tag{9.1.3}$$

根据次态方程，可列出T触发器的功能表如表 9.1.5 所示。

表 9.1.5 T触发器的逻辑功能表

T	Q^{n+1}	说明
0	Q	保持
1	$\overline{Q}$	计数

由功能表可知，当 $T=\mathbf{1}$ 时，只要有时钟脉冲到来（CP 的上升沿），触发器状态翻转，由 **1** 变为 **0** 或由 **0** 变为 **1**；即具有计数功能。当 $T=\mathbf{0}$ 时，即使有时钟脉冲作用，触发器状态也保持不变。

如果将上述T触发器的 T 端固定接 **1**，它就是一种只具有计数功能的触发器，并特别称它为T′触发器。它的状态方程为

$$Q^{n+1}=T \oplus Q=1 \oplus Q=\overline{Q}$$

D触发器、JK触发器都可以转换为具有计数功能的触发器。如将D触发器的 D 端和 $\overline{Q}$ 端相连，如图 9.1.10 所示，D触发器就转换成了T触发器。

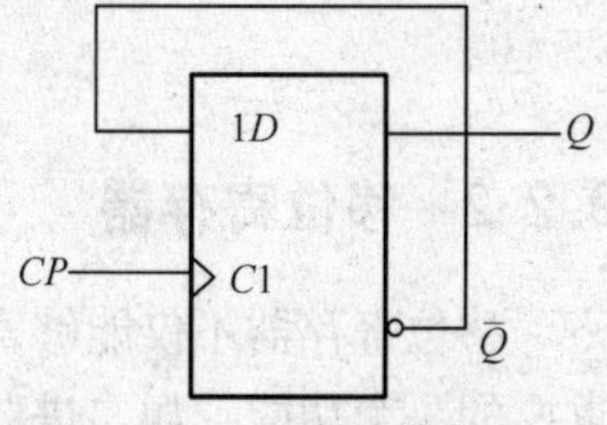

图 9.1.10 D触发器转换为T触发器

思考与练习

9.1.1 由或非门组成的基本RS触发器如图 9.1.11 所示。试写出其逻辑功能表。

9.1.2 令JK触发器的 $J=D, K=\overline{D}$，如图 9.1.12 所示，试分析其逻辑功能。

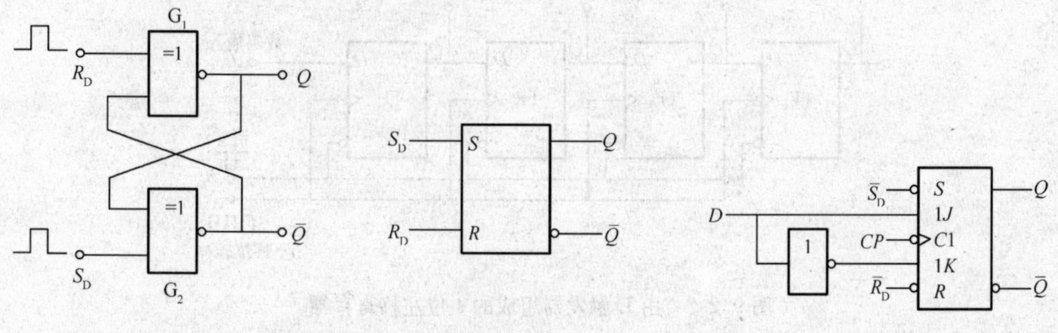

图 9.1.11 思考与练习 9.1.1 的图　　图 9.1.12 思考与练习 9.1.2 的图

9.1.3 $\overline{R}_D$ 和 $\overline{S}_D$ 在RS,JK,D,T等各种触发器中起什么作用？

9.2 寄存器

在数字系统和计算机中，寄存器是用来存放参与运算的数码、指令和运算结果的逻辑部件。寄存器的主要组成部分是具有记忆功能的双稳态触发器。一个触发器可以存放一位二进制数码，要存放 n 位二进制数码，就要 n 个触发器。

9.2.1 数码寄存器

图 9.2.1 所示是由 4 个 D 触发器组成的并行输入、并行输出数码寄存器。使用前，直接在复位端 $\overline{R}_D$ 加负脉冲将触发器清零。数码加在输入端 d_3、d_2、d_1、d_0 上，当时钟 CP 上升沿过后，$Q_3Q_2Q_1Q_0 = d_3d_2d_1d_0$，这样待存的 4 位数码就暂存到寄存器中。需要取出数码时，可从输出端 Q_3、Q_2、Q_1、Q_0 同时取出。

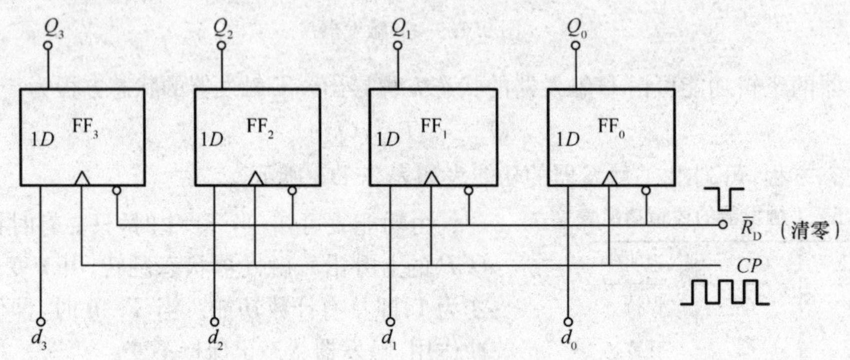

图 9.2.1 4 位数码寄存器

9.2.2 移位寄存器

移位寄存器不仅能够寄存数码，而且具有移位功能。移位是数字系统和计算机技术中非常重要的一个功能。如二进制数 **0101** 乘以 2 的运算，可以通过将 **0101** 左移一位实现；而除以 2 的运算则可通过右移一位实现。

移位寄存器的种类很多，有左移寄存器、右移寄存器、双向移位寄存器和循环移位寄存器等。

图 9.2.2 所示是由 4 个 D 触发器组成的 4 位左移寄存器。数码从第一个触发器的 D_0 端串行输入，使用前先用 $\overline{R}_D$ 将各触发器清零。现将数码 $d_3d_2d_1d_0 =$ **1101** 从高位到低位依次送到 D_0 端。

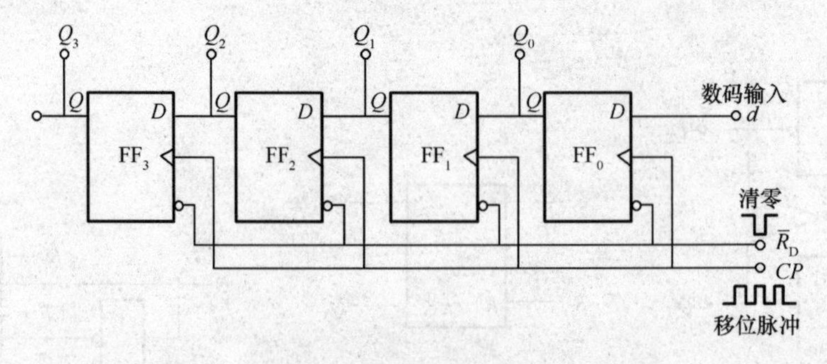

图 9.2.2 由 D 触发器组成的 4 位左移寄存器

第一个 CP 过后，$Q_0 = d_3 =$ **1**，其他触发器输出状态仍为 **0**，即 $Q_3Q_2Q_1Q_0 =$ **0001**，$d_3 =$ **0001**。第二个 CP 过后，$Q_0 = d_2 =$ **1**，$Q_1 = d_3 =$ **1**，而 $Q_3 = Q_2 =$ **0**。经过 4 个 CP 脉冲后，$Q_3Q_2Q_1Q_0 =$

$d_3d_2d_1d_0$=**1101**,存数结束。各输出端状态如表 9.2.1 所示。如果继续送 4 个移位脉冲,就可以使寄存的这 4 位数码 **1101** 逐位从 Q_3 端输出,这种取数方式为串行输出方式。直接从 $Q_3Q_2Q_1Q_0$ 取数为并行输出方式。

表 9.2.1　4 位左移寄存器状态表

CP	Q_3	Q_2	Q_1	Q_0
1	**0**	**0**	**0**	d_3
2	**0**	**0**	d_3	d_2
3	**0**	d_3	d_2	d_1
4	d_3	d_2	d_1	d_0

思考与练习

9.2.1　寄存器的逻辑功能是什么?数码寄存器和移位寄存器有何不同?

9.2.2　说明图 9.2.2 所示电路寄存的数据 $d_3d_2d_1d_0$ 经过 4 个移位脉冲,逐位从 Q_3 端串行输出,列出状态表。

9.3　计数器

计数器是一种累计输入脉冲数目的逻辑部件,在计算机及数控系统中应用极广。

计数器种类很多,如按计数过程中计数器数字的增减分类,可以把计数器分为加法计数器、减法计数器和可逆计数器。按计数进制,可分为二进制计数器、十进制计数器和其他进制计数器等。按计数器中触发器翻转的先后次序分类,又可把计数器分为同步计数器和异步计数器两种。在同步计数器中,计数脉冲 CP 同时加到所有触发器的时钟端,当计数脉冲输入时触发器的翻转是同时发生的。在异步计数器中,各个触发器不是同时被触发的。

9.3.1　二进制计数器

由于双稳态触发器有 **0** 和 **1** 两个状态。一位触发器可以表示一位二进制数,如果要表示 n 位二进制数,就得用 n 个触发器。

1. 异步二进制计数器

图 9.3.1 所示是一个 3 位异步二进制加法计数器,它由 3 个 D 触发器组成。各触发器已转换成 T′触发器,具有 $Q^{n+1}=\overline{Q}$的计数功能。高位触发器在相邻低位触发器从 **1** 变为 **0** 时翻转。

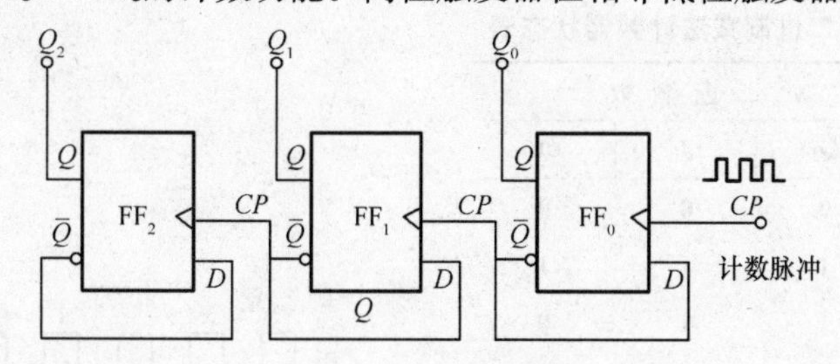

图 9.3.1　3 位异步二进制加法计数器

下面分析该计数器的功能。

计数脉冲输入前,设各触发器的状态为 **0**。第一个计数脉冲上升沿过后,Q_0 端由 **0** 变为 **1**,其余各触发器状态不变。第二个计数脉冲上升沿过后,Q_0 从 **1** 变为 **0**,因此第二个触发器被触发而使其状态从 **0** 翻转为 **1**,第三个触发器保持不变。依次类推,各触发器的输出波形如图 9.3.2 所示。

图 9.3.1 各触发器的状态变化如表 9.3.1 所示。从表中可以看出，每来一个计数脉冲，二进制数加 1。

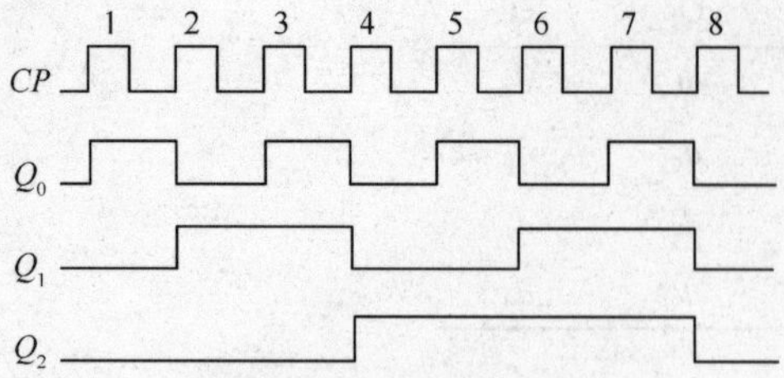

表 9.3.1　3 位异步二进制加法计数器状态表

计数脉冲数	二进制数		
	Q_2	Q_1	Q_0
0	**0**	**0**	**0**
1	**0**	**0**	**1**
2	**0**	**1**	**0**
3	**0**	**1**	**1**
4	**1**	**0**	**0**
5	**1**	**0**	**1**
6	**1**	**1**	**0**
7	**1**	**1**	**1**
8	**0**	**0**	**0**

图 9.3.2　3 位异步二进制加法计数器的工作波形图

【例 9.3.1】分析图 9.3.3 所示逻辑电路的逻辑功能。设触发器的初始状态为 **0**。

解：在图 9.3.3 所示电路中，每个触发器的 J，K 端悬空，相当于 **1**，故具有计数功能。高位触发器的 CP 来自相邻的低位触发器 $\overline{Q}$ 端。每来一个计数脉冲，最低位触发器在 CP 的下降沿翻转一次；而高位触发器是在相邻的低位触发器从 **0** 变为 **1** 时翻转。

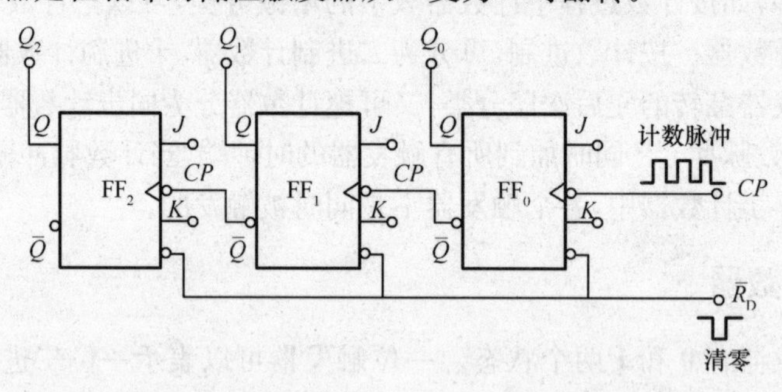

图 9.3.3　例 9.3.1 的图

波形图和状态表分别示于图 9.3.4 和表 9.3.2。可见，图 9.3.3 所示电路是 3 位异步二进制减法计数器。

表 9.3.2　3 位异步二进制减法计数器状态表

计数脉冲数	二进制数		
	Q_2	Q_1	Q_0
0	**0**	**0**	**0**
1	**1**	**1**	**1**
2	**1**	**1**	**0**
3	**1**	**0**	**1**
4	**1**	**0**	**0**
5	**0**	**1**	**1**
6	**0**	**1**	**0**
7	**0**	**0**	**1**
8	**0**	**0**	**0**

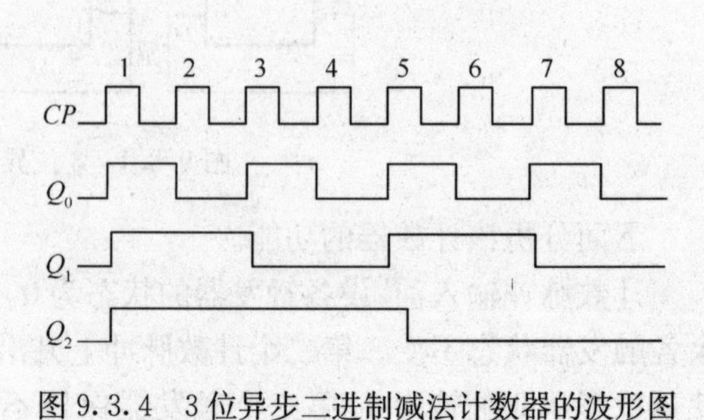

图 9.3.4　3 位异步二进制减法计数器的波形图

2. 同步二进制计数器

图 9.3.5 给出了用主从 JK 触发器组成的 3 位同步二进制加法计数器的电路图。由于计数脉冲 CP 同时加到各触发器的时钟端，它们的状态变化和计数脉冲同步，这是“同步”名称的由来，并与“异步”相区别。同步计数器的计数速度较异步为快。

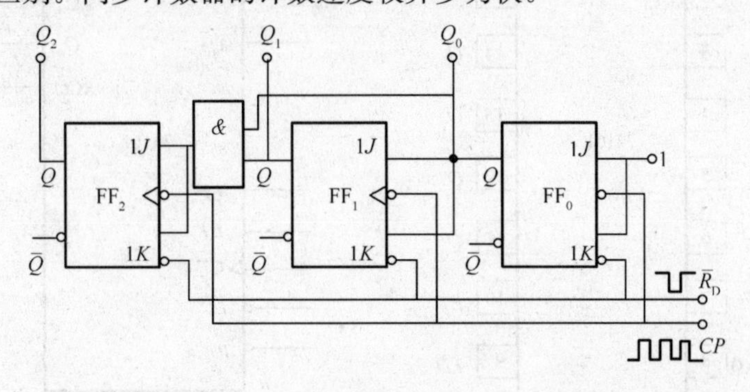

图 9.3.5 3 位同步二进制加法计数器

图 9.3.5 中，各触发器的信号输入端 J_i 和 K_i 相连，作为共同的信号输入端，即 JK 触发器转换成了 T 触发器。当 $T_i = J_i = K_i = \mathbf{0}$ 时，来一个时钟脉冲，触发器状态保持不变；当 $T_i = J_i = K_i = \mathbf{1}$ 时，来一个时钟脉冲，触发器状态发生翻转，即由 **0→1** 或由 **1→0**。

各触发器 J、K 端的逻辑关系式

$$T_2 = J_2 = K_2 = Q_1 Q_0$$

$$T_1 = J_1 = K_1 = Q_0$$

$$T_0 = J_0 = K_0 = \mathbf{1}$$

根据上式和 T 触发器的功能表，可得到次态 Q_i^{n+1}，如表 9.3.3 所示。

表 9.3.3 3 位同步二进制加法计数器状态转移表

CP	Q_2	Q_1	Q_0	T_2	T_1	T_0	Q_2^{n+1}	Q_1^{n+1}	Q_0^{n+1}
1	**0**	**0**	**0**	**0**	**0**	**1**	**0**	**0**	**1**
2	**0**	**0**	**1**	**0**	**1**	**1**	**0**	**1**	**0**
3	**0**	**1**	**0**	**0**	**0**	**1**	**0**	**1**	**1**
4	**0**	**1**	**1**	**1**	**1**	**1**	**1**	**0**	**0**
5	**1**	**0**	**0**	**0**	**0**	**1**	**1**	**0**	**1**
6	**1**	**0**	**1**	**0**	**1**	**1**	**1**	**1**	**0**
7	**1**	**1**	**0**	**0**	**0**	**1**	**1**	**1**	**1**
8	**1**	**1**	**1**	**1**	**1**	**1**	**0**	**0**	**0**

各触发器状态的翻转发生在计数脉冲的下降沿时刻。3 位同步二进制加法计数器的波形图如图 9.3.6 所示。

3 位二进制加法计数器，能记的最大十进制数为 $2^3 - 1 = 7$。n 位二进制加法计数器，能记的最大十进制数为 $2^n - 1$。图 9.3.7为 74161 型 4 位同步二进制可预置计数器的外引线排列图及其逻辑符号，其中$\overline{R}_D$是直接清零端，$\overline{LD}$是预置数控制端，$A_3A_2A_1A_0$是预置数据输入端，EP 和 ET 是计数控制端，$Q_3Q_2Q_1Q_0$是计数输出端，RCO 是进位输出端。74161 型计数器的功能表如表 9.3.4 所示。

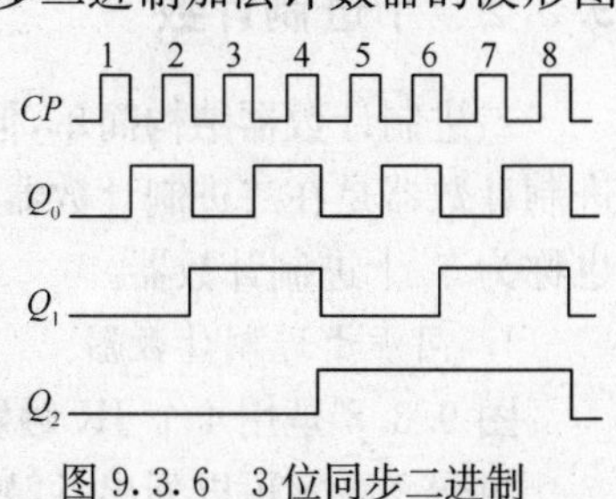

图 9.3.6 3 位同步二进制加法计数器的波形图

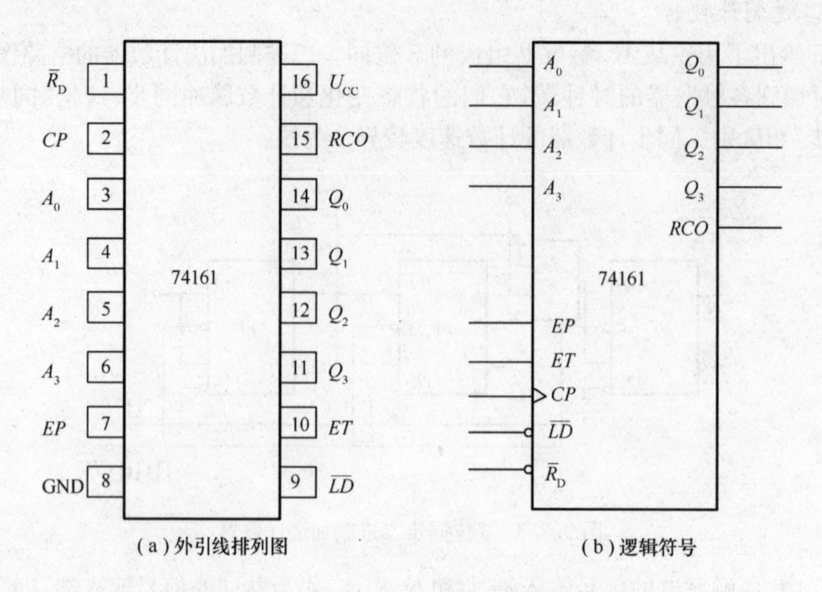

图 9.3.7　74161 型 4 位同步二进制计数器

表 9.3.4　74161 型 4 位同步二进制计数器的功能表

清零	预置	控制		时钟	预置数据输入				输出			
$\overline{R}_D$	$\overline{LD}$	EP	ET	CP	A_3	A_2	A_1	A_0	Q_3	Q_2	Q_1	Q_0
0	×	×	×	×	×	×	×	×	**0**	**0**	**0**	**0**
1	**0**	×	×	↑	d_3	d_2	d_1	d_0	d_3	d_2	d_1	d_0
1	**1**	**0**	×	×	×	×	×	×	保持			
1	**1**	×	**0**	×	×	×	×	×	保持			
1	**1**	**1**	**1**	↑	×	×	×	×	计数			

由表 9.3.4 可知，74161 具有以下功能。

① 异步清零。$\overline{R}_D=\mathbf{0}$ 时，计数器输出被直接清零，与其他输入端的状态无关。

② 同步并行预置数。在$\overline{R}_D=\mathbf{1}$ 条件下，当$\overline{LD}=\mathbf{0}$ 且有时钟脉冲 CP 的上升沿作用时，A_3、A_2、A_1、A_0输入端的数据 d_3、d_2、d_1、d_0将分别被 Q_3、Q_2、Q_1、Q_0所接收。

③ 保持。在$\overline{R}_D=\overline{LD}=\mathbf{1}$ 条件下，当 $ET\cdot EP=\mathbf{0}$，不管有无 CP 脉冲作用，计数器都将保持原有状态不变。需要说明的是，当 $EP=\mathbf{0}$，$ET=\mathbf{1}$ 时，进位输出 RCO 也保持不变；而当 $ET=\mathbf{0}$ 时，不管 EP 状态如何，进位输出 $RCO=\mathbf{0}$。

④ 计数。当$\overline{R}_D=\overline{LD}=EP=ET=\mathbf{1}$ 时，74161 处于计数状态。

9.3.2　十进制计数

二进制计数器结构简单，但是读数不习惯，所以在有些场合采用十进制计数器较为方便。十进制计数器是在二进制计数器的基础上得出的，用 4 位二进制数来代表十进制的每一位数，所以也称为二-十进制计数器。

1. 同步十进制计数器

图 9.3.8 是用 4 个 JK 触发器组成的同步十进制加法计数器的逻辑图。

由图 9.3.8 可以列出各触发器 J、K 端的逻辑关系式

$$J_3=Q_2Q_1Q_0, K_3=Q_0$$

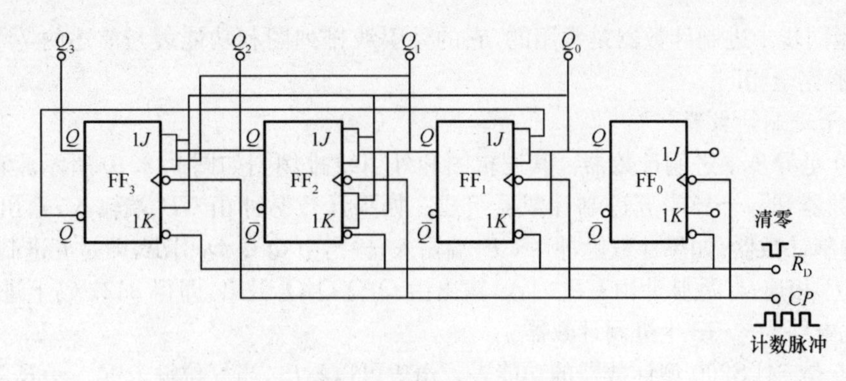

图 9.3.8　同步十进制加法计数器

$$J_2=K_2=Q_1Q_0$$

$$J_1=\overline{Q}_3Q_0,K_1=Q_0$$

$$J_0=K_0=\mathbf{1}$$

代入各个 JK 触发器的状态方程

$$Q_3^{n+1}=J_3\overline{Q}_3+\overline{K}_3Q_3=\overline{Q}_3Q_2Q_1Q_0+Q_3\overline{Q}_0$$

$$Q_2^{n+1}=J_2\overline{Q}_2+\overline{K}_2Q_2=\overline{Q}_2Q_1Q_0+Q_2\overline{Q_1Q_0}$$

$$Q_1^{n+1}=J_1\overline{Q}_1+\overline{K}_1Q_1=\overline{Q}_3\overline{Q}_1Q_0+Q_1\overline{Q}_0$$

$$Q_0^{n+1}=J_0\overline{Q}_0+\overline{K}_0Q_0=\overline{Q}_0$$

将触发器 $Q_3Q_2Q_1Q_0$ 的 16 种取值组合代入各触发器的状态方程，得到如表 9.3.5 所示的状态转移表。

表 9.3.5　同步十进制加法计数器的状态转移表

Q_3	Q_2	Q_1	Q_0	Q_3^{n+1}	Q_2^{n+1}	Q_1^{n+1}	Q_0^{n+1}	Q_3	Q_2	Q_1	Q_0	Q_3^{n+1}	Q_2^{n+1}	Q_1^{n+1}	Q_0^{n+1}
0	0	0	0	0	0	0	1	1	0	0	0	1	0	0	1
0	0	0	1	0	0	1	0	1	0	0	1	0	0	0	0
0	0	1	0	0	0	1	1	1	0	1	0	1	0	1	1
0	0	1	1	0	1	0	0	1	0	1	1	0	1	0	0
0	1	0	0	0	1	0	1	1	1	0	0	1	1	0	1
0	1	0	1	0	1	1	0	1	1	0	1	0	1	0	0
0	1	1	0	0	1	1	1	1	1	1	0	1	1	1	1
0	1	1	1	1	0	0	0	1	1	1	1	0	0	0	0

根据状态转移表可画出状态转换图，如图 9.3.9 所示。

```
1111←1110              1011←1010
  ↓                       ↓
0000→0001→0010→0011→0100←1101←1100
  ↑                       ↓
1001←1000←0111←0110←0101
```

图 9.3.9　状态转换图($Q_3Q_2Q_1Q_0$)

在 CP 作用下，计数器的状态 $Q_3^{n+1}Q_2^{n+1}Q_1^{n+1}Q_0^{n+1}$ 按照 **0000→0001→ … →1001→0000** 循环，这 10 个状态称为有效状态。**1010、1011、1100、1101、1110、1111** 这 6 个状态称为无效状态。

74160 型同步十进制计数器是常用的，它的外引线排列图和功能表与前述的 74161 型同步二进制计数器完全相同。

2. 异步十进制计数器

74LS290 是异步十进制计数器。其逻辑图和外引线排例图如图 9.3.10 所示。它由一个一位二进制计数器和一个异步五进制计数器组成。如果计数脉冲由 CP_0 端输入，输出由 Q_0 端引出，即得二进制计数器；如果计数脉冲由 CP_1 端输入，输出由 $Q_3Q_2Q_1$ 引出，即是五进制计数器；如果将 Q_0 与 CP_1 相连，计数脉冲由 CP_0 输入，输出由 $Q_3Q_2Q_1Q_0$ 引出，即得 8421 码十进制计数器。因此，又称此电路为二-五-十进制计数器。

表 9.3.6 是 74LS290 型计数器的功能表。由表可以看出，当复位输入 $R_{0(1)}=R_{0(2)}=\mathbf{1}$，且置位输入 $S_{9(1)}\cdot S_{9(2)}=\mathbf{0}$ 时，74LS290 的输出被直接置零；只要置位输入 $S_{9(1)}=S_{9(2)}=\mathbf{1}$，则 74LS290 的输出将被直接置 9，即 $Q_3Q_2Q_1Q_0=\mathbf{1001}$；只有同时满足 $R_{0(1)}\cdot R_{0(2)}=\mathbf{0}$ 和 $S_{9(1)}\cdot S_{9(2)}=\mathbf{0}$ 时，才能在计数脉冲（下降沿）作用下实现二-五-十进制加法计数。

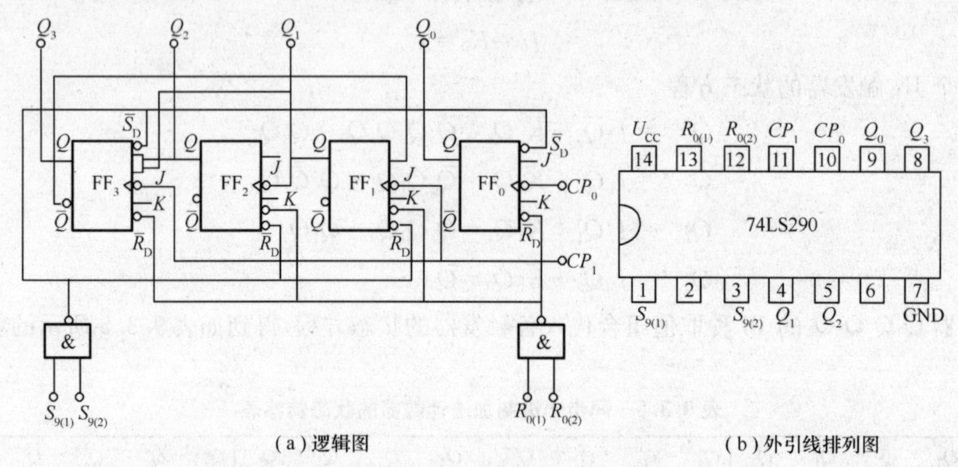

(a) 逻辑图　　(b) 外引线排列图

图 9.3.10　74LS290 型计数器

表 9.3.6　74LS290 型计数器的功能表

复位输入		置位输入		时钟	输出			
$R_{0(1)}$	$R_{0(2)}$	$S_{9(1)}$	$S_{9(2)}$	CP	Q_3	Q_2	Q_1	Q_0
1	**1**	**0** ×	× **0**	×	**0**	**0**	**0**	**0**
×	×	**1**	**1**	×	**1**	**0**	**0**	**1**
×	**0**	×	**0**	↓	计数			
0	×	**0**	×	↓	计数			
0	×	×	**0**	↓	计数			
×	**0**	**0**	×	↓	计数			

9.3.3　任意进制计数器

在需要其他任意进制计数器时，只能用已有的计数器产品经过外电路的不同连接方法得到。这种接线一般并不复杂。

假定已有 N 进制计数器，而需要得到一个 M 进制计数器。只要 $M<N$，就可以令 N 进制计数器在顺序计数过程中跳越 $(N-M)$ 个状态，从而获得 M 进制计数器。

实现状态跳越有复位法(清零法)和置位法(置数法)两种。

1. 清零法

清零法的原理是这样的:设原有的计数器为 N 进制,当它从起始状态 S_0 开始计数并接收了 M 个脉冲以后,电路进入 S_M 状态。如果这时利用 S_M 状态产生一个复位脉冲将计数器置成 S_0 状态,这样就可以跳越 $(N-M)$ 个状态而得到 M 进制计数器了。

【例 9.3.2】 试利用清零法将集成二-五-十进制计数器 74LS290 接成六进制计数器。

解: 当 74LS290 的 $R_{0(1)} \cdot R_{0(2)} = \mathbf{0}$ 和 $S_{9(1)} \cdot S_{9(2)} = \mathbf{0}$ 时,计数器处于计数状态。如果将 Q_0 与 CP_1 相连,计数脉冲由 CP_0 输入,输出由 $Q_3Q_2Q_1Q_0$ 引出,即得 8421 码十进制计数器。已知计数器的 $N=10$,而要求 $M=6$,故满足 $M<N$,可以用清零法接成六进制计数器。

若取 $Q_3Q_2Q_1Q_0 = \mathbf{0000}$ 为起始状态,则记入 6 个计数脉冲后,电路应为 **0110** 状态。只要将 Q_2、Q_1 分别接至 $R_{0(1)}$、$R_{0(2)}$,则当电路进入 **0110** 状态后,计数器将立即被清零。**0110** 这一状态转瞬即逝,显示不出。电路如图 9.3.11 所示。

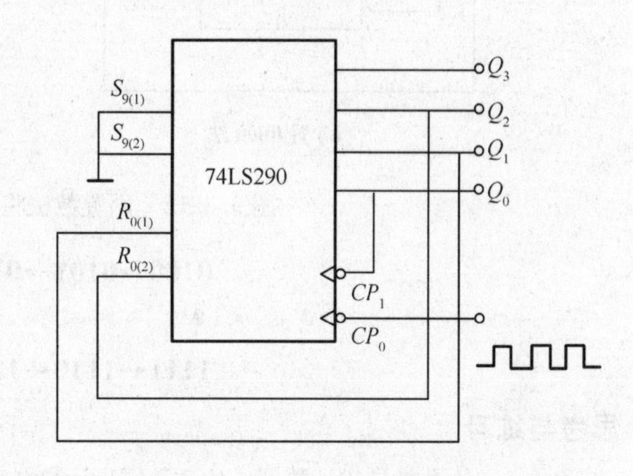

图 9.3.11 六进制计数器

计数器的状态循环如下:

0000→0001→0010→0011→0100→0101→0000

它经过 6 个脉冲循环一次,故为六进制计数器。

虽然这种电路的连接方法十分简单,但它的可靠性较差。因为置 **0** 信号的作用时间极其短暂。

2. 置数法

置数法与清零法不同,它是利用给计数器重复置入某个数值的方法跳越 $(N-M)$ 个状态,从而获得 M 进制计数器的。

置数法适用于具有预置数功能的集成计数器。对于具有同步预置数功能的计数器而言,在其计数过程中,可以将它输出的任何一个状态通过译码,产生一个预置数控制信号反馈至预置数控制端,在下一个 CP 脉冲作用后,计数器就会把预置数输入端的状态置入输出端。预置数控制信号消失后,计数器就从预置入的状态开始重新计数。

图 9.3.12(a)、(b)都是借助同步预置数功能,采用反馈置数法,用 74161 构成十二进制加计数器的。其中图 9.3.12(a)的接法是把输出 $Q_3Q_2Q_1Q_0 = \mathbf{1101}$ 状态译码产生预置数控制信号 **0**,反馈至 $\overline{LD}$ 端,在下一个 CP 脉冲的上升沿到达时置入 **0000** 状态。图 9.3.12(a)电路的循环状态为:

0000→0001→0010→0011→0100→0101

↑ ↓

1011←1010←1001←1000←0111←0110

其中,**0001**~**1011** 这 11 个状态是 74161 进行加 **1** 计数实现的,**0000** 是由反馈置数得到的。

图 9.3.12(b)电路的接法是将 74161 计数到 **1111** 状态时产生的进位信号译码后,反馈到预置数控制端。预置数据输入端置成 **0100** 状态。电路从 **0100** 状态开始加 **1** 计数,输入第十一个 CP 脉冲后到达 **1111** 状态,此时 $RCO=\mathbf{1}$,$\overline{LD}=\mathbf{0}$,在第十二个 CP 脉冲作用后,$Q_3Q_2Q_1Q_0$ 被置成 **0100** 状态,同时使 $RCO=\mathbf{0}$,$\overline{LD}=\mathbf{1}$。新的计数周期又从 **0100** 开始。图 9.3.10(b)电路的循环状态为:

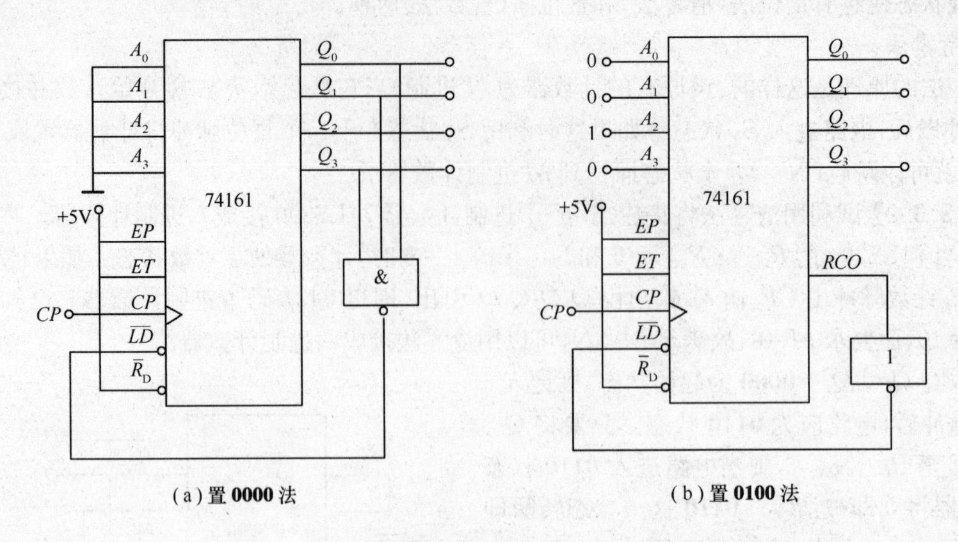

(a) 置 **0000** 法　　(b) 置 **0100** 法

图 9.3.12　用置数法将 74161 接成十二进制计数器

0100→0101→0110→0111→1000→1001

↑　　　　　　　　　　　　　　↓

1111←1110←1101←1100←1011←1010

思考与练习

9.3.1　什么是异步计数器？什么是同步计数器？两者区别何在？

9.3.2　数字钟表中的分、秒计数都是六十进制，试用两片 74LS290 型二-五-十进制计数器连接成六十进制电路。

9.3.3　在图 9.3.13 所示的逻辑电路中，试画出 Q_0、Q_1 端的波形（在 4 个时钟脉冲 CP 的作用下）。如果 CP 的频率为 6 000Hz，那么 Q_0、Q_1 的频率各为多少？设初态 $Q_1=Q_0=0$。

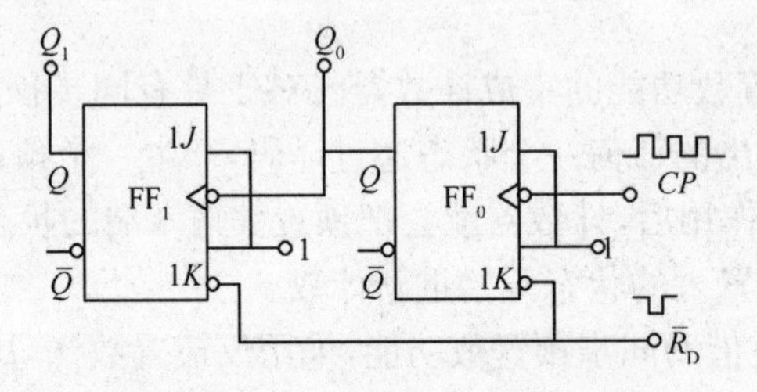

图 9.3.13　思考与练习 9.3.3 的图

9.3.4　如何将 74161 连接成 8421 码十进制计数器？

9.4　555 定时器及其应用

555 定时器是一种数字电路与模拟电路相结合的中规模集成电路。该电路使用灵活、方便，只需外接少量的阻容元件就可以构成单稳态触发器和多谐振荡器等，因而广泛用于信号的产生、变换、控制与检测。

9.4.1　555 定时器

555 定时器产品有 TTL 型和 CMOS 型两类。TTL 型产品型号的最后三位都是 555，CMOS 型产品的最后四位都是 7555，它们的逻辑功能和外部引线排列完全相同。

555 定时器的电路如图 9.4.1 所示。它由 3 个阻值为 5kΩ 的电阻组成的分压器、两个电压比较器 C_1 和 C_2、基本 RS 触发器、放电晶体管 T、与非门和反相器组成。

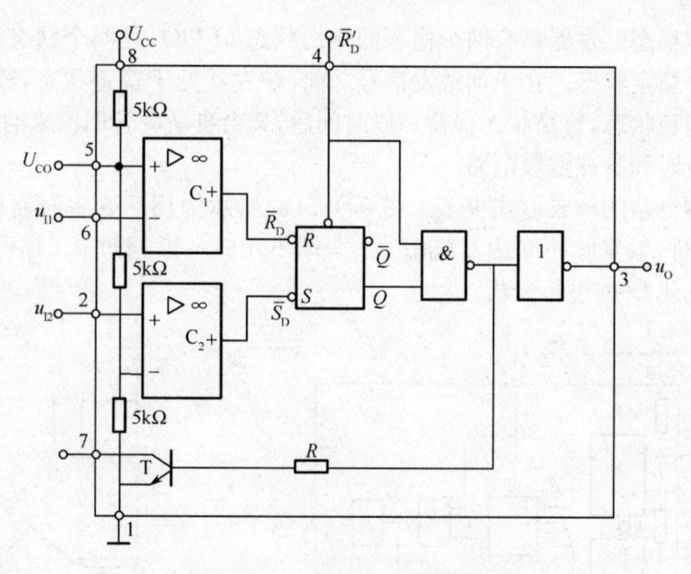

图 9.4.1　555 定时器的电路

分压器为两个电压比较器 C_1、C_2 提供参考电压。如 5 端悬空，则比较器 C_1 的参考电压为 $\frac{2}{3}U_{CC}$，加在同相端；C_2 的参考电压为 $\frac{1}{3}U_{CC}$，加在反相端。

$\overline{R}'_D$ 是复位输入端。当 $\overline{R}'_D=\mathbf{0}$ 时，基本 RS 触发器被置 **0**，晶体管 T 导通，输出端 u_O 为低电平。正常工作时，$\overline{R}'_D=\mathbf{1}$。

u_{I1} 和 u_{I2} 分别为 6 端和 2 端的输入电压。当 $u_{I1}>\frac{2}{3}U_{CC}$，$u_{I2}>\frac{1}{3}U_{CC}$ 时，C_1 输出为低电平，C_2 输出为高电平，即 $\overline{R}_D=\mathbf{0}$，$\overline{S}_D=\mathbf{1}$，基本 RS 触发器被置 **0**，晶体管 T 导通，输出端 u_O 为低电平。

当 $u_{I1}<\frac{2}{3}U_{CC}$，$u_{I2}<\frac{1}{3}U_{CC}$ 时，C_1 输出为高电平，C_2 输出为低电平，$\overline{R}_D=\mathbf{1}$，$\overline{S}_D=\mathbf{0}$，基本 RS 触发器被置 **1**，晶体管 T 截止，输出端 u_O 为高电平。

当 $u_{I1}<\frac{2}{3}U_{CC}$，$u_{I2}>\frac{1}{3}U_{CC}$ 时，基本 RS 触发器状态不变，电路也保持原状态不变。

综上所述，可得 555 定时器功能如表 9.4.1 所示。

表 9.4.1　555 定时器功能表

输入			输出	
复位 $\overline{R}'_D$	u_{I1}	u_{I2}	输出 u_O	晶体管 T
0	×	×	**0**	导通
1	$>\frac{2}{3}U_{CC}$	$>\frac{1}{3}U_{CC}$	**0**	导通
1	$<\frac{2}{3}U_{CC}$	$<\frac{1}{3}U_{CC}$	**1**	截止
1	$<\frac{2}{3}U_{CC}$	$>\frac{1}{3}U_{CC}$	保持	保持

9.4.2 555定时器的应用

1. 单稳态电路

前面介绍的双稳态触发器具有两个稳态的输出状态 Q 和 $\overline{Q}$，且两个状态始终相反。而单稳态触发器只有一个稳定状态。在未加触发信号之前，触发器处于稳定状态，经触发后，触发器由稳定状态翻转为暂稳状态，暂稳状态保持一段时间后，又会自动翻转回原来的稳定状态。单稳态触发器一般用于延时和脉冲整形电路。

单稳态触发器电路的构成形式很多。图 9.4.2(a)所示为用555定时器构成的单稳态触发器，R、C 为外接元件，触发脉冲 u_I 由 2 端输入。5 端不用时一般通过 0.01μF 电容接地，以防干扰。下面对照图 9.4.2(b)进行分析。

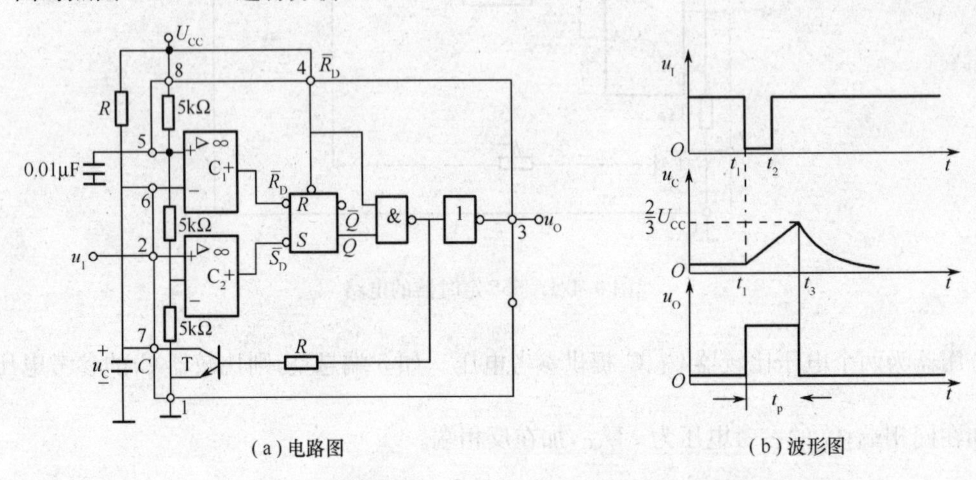

(a) 电路图　　　(b) 波形图

图 9.4.2 单稳态触发器

(1) 稳态

接通电源后，U_{CC} 经 R 给电容 C 充电，当 u_C 上升到大于 $\frac{2}{3}U_{CC}$ 时，基本 RS 触发器复位，输出 $u_O=\mathbf{0}$。同时，晶体管 T 导通，使电容 C 放电。此后 $u_C<\frac{2}{3}U_{CC}$，若不加触发信号，即 $u_I>\frac{1}{3}U_{CC}$，则 u_O 保持 **0** 状态。电路将一直处于这一稳定状态。

(2) 暂稳态

在 $t=t_1$ 瞬间，2 端输入一个负脉冲，即 $u_I<\frac{1}{3}U_{CC}$，基本 RS 触发器置 **1**，输出为高电平，并使晶体管 T 截止，电路进入暂稳态。此后，电源又经 R 向 C 充电，充电时间常数 $\tau=RC$，电容的电压 u_C 按指数规律上升。

在 $t=t_2$ 时刻，触发负脉冲消失（$u_I>\frac{1}{3}U_{CC}$），若 $u_C<\frac{2}{3}U_{CC}$，则 $\overline{R}_D=\mathbf{1}$，$\overline{S}_D=\mathbf{1}$，基本 RS 触发器保持原状态，$u_O$ 仍为高电平。

在 $t=t_3$ 时刻，当 u_C 上升略高于 $\frac{2}{3}U_{CC}$ 时，$\overline{R}_D=\mathbf{0}$，$\overline{S}_D=\mathbf{1}$，基本 RS 触发器复位，输出 $u_O=\mathbf{0}$，回到初始稳态。同时，晶体管 T 导通，电容 C 通过 T 迅速放电直至 u_C 为 **0**。这时 $\overline{R}_D=\mathbf{1}$，$\overline{S}_D=\mathbf{1}$，电路为下次翻转做好了准备。

输出脉冲宽度 t_p 为暂稳态的持续时间，即电容 C 的电压从 **0** 充至 $\frac{2}{3}U_{CC}$ 所需的时间。由

$\frac{2}{3}U_{CC}=U_{CC}(1-e^{-\frac{t_p}{RC}})$得

$$t_p=\ln 3\cdot RC\approx 1.1RC \tag{9.4.1}$$

由上式可知：

① 改变 R、C 的值，可改变输出脉冲宽度，从而可以用于定时控制；

② 在 R、C 的值一定时，输出脉冲的幅度和宽度是一定的，利用这一特性可对边沿不陡、幅度不齐的波形进行整形。

2. 多谐振荡器

多谐振荡器又称为无稳态触发器，它没有稳定的输出状态，只有两个暂稳态。在电路处于某一暂稳态后，经过一段时间可以自行触发翻转到另一暂稳态。两个暂稳态自行相互转换而输出一系列矩形波。多谐振荡器可用作方波发生器。

图 9.4.3 所示是由 555 定时器构成的多谐振荡器。R_1、R_2 和 C 是外接元件。

刚接通电源时，$u_C=\mathbf{0}$，$u_O=\mathbf{1}$。当 u_C 升至 $\frac{2}{3}U_{CC}$ 后，比较器 C_1 输出低电平（$\overline{R}_D=0$），基本 RS 触发器置 **0**，定时器输出 u_O 由 **1** 变为 **0**。同时，三极管 T 导通，电容通过 R_2 放电，u_C 下降。在 $\frac{1}{3}U_{CC}<u_C<\frac{2}{3}U_{CC}$ 期间，u_O 保持低电平状态。在 u_C 下降至 $\frac{1}{3}U_{CC}$ 以后，比较器 C_2 输出低电平（$\overline{S}_D=0$），使触发器置 **1**，输出 u_O 由 **0** 变为 **1**。同时三极管 T 截止，于是电容 C 再次被充电。如此不断重复上述过程，多谐振荡器的输出端就可得到一串矩形波。工作波形如图 9.4.3(b)所示。

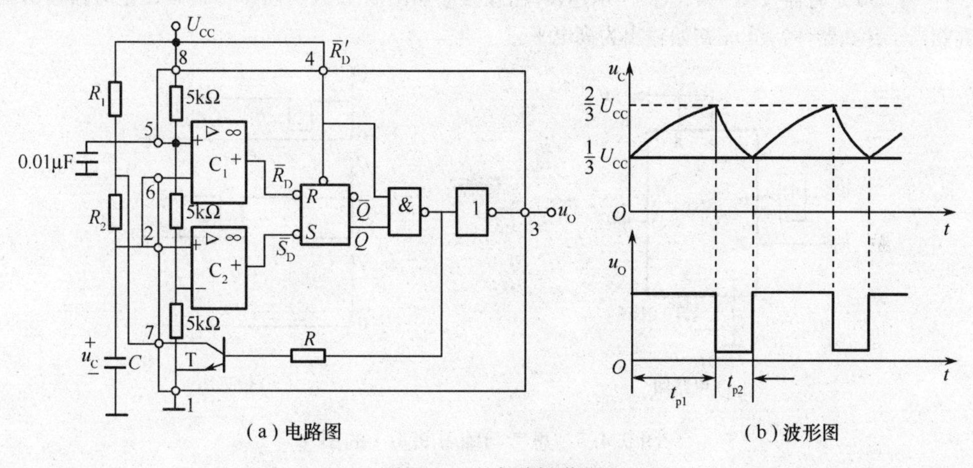

(a) 电路图　　(b) 波形图

图 9.4.3　多谐振荡器

振荡周期等于两个暂稳态的持续时间。第一个暂稳态时间 t_{p1} 为电容 C 的电压 u_C 从 $\frac{1}{3}U_{CC}$ 充电至 $\frac{2}{3}U_{CC}$ 所需时间

$$t_{p1}\approx(R_1+R_2)C\ln 2=0.7(R_1+R_2)C$$

第二个暂稳态时间 t_{p2} 为电容 C 的电压从 $\frac{2}{3}U_{CC}$ 放电至 $\frac{1}{3}U_{CC}$ 所需时间

$$t_{p2}\approx R_2C\ln 2=0.7R_2C$$

振荡周期

$$T=t_{p1}+t_{p2}=0.7(R_1+2R_2)C \tag{9.4.2}$$

振荡频率

$$f=\frac{1}{T}=\frac{1.43}{(R_1+2R_2)C} \tag{9.4.3}$$

占空比为

$$D=\frac{t_{p1}}{t_{p1}+t_{p2}}=\frac{R_1+R_2}{R_1+2R_2} \tag{9.4.4}$$

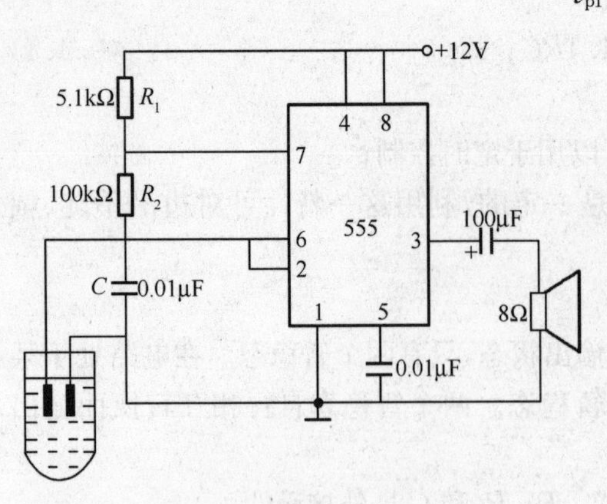

图 9.4.4 液位监控电路

【例 9.4.1】 图 9.4.4 所示为用 555 定时器组成的液位监控电路，当液面低于正常值时，监控器发声报警。

(1) 说明监控报警的原理。

(2) 计算扬声器发声的频率。

解:(1) 图 9.4.4 所示电路是由 555 定时器组成的多谐振荡器，其振荡频率由 R_1、R_2 和 C 的值决定。电容两端引出两个探测电极插入液体内。液位正常时，探测电极被液体短路，振荡器不振荡，扬声器不发声。当液面下降到探测电极以下时，探测电极开路，电源通过 R_1、R_2 给 C 充电，当 u_C 升至 $\frac{2}{3}U_{CC}$ 时，振荡器开始振荡，振荡器发声报警。

(2) 扬声器的发声频率，即为多谐振荡器的频率

$$f=\frac{1.43}{(R_1+2R_2)C}=\frac{1.43}{(5.1+2\times100)\times10^3\times0.01\times10^{-6}}=697\text{Hz}$$

思考与练习

9.4.1 将 555 定时器按图 9.4.5(a)所示连接，输入波形如图 9.4.5(b)所示。请画出定时器输出波形，并说明电路相当于什么器件？设 u_O 初始输出为高电平。

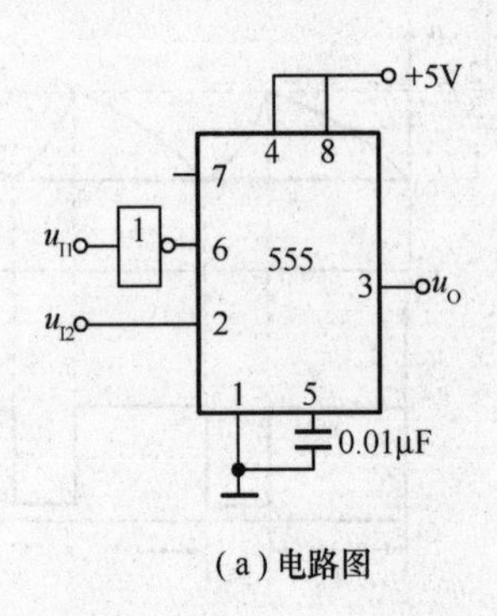

(a) 电路图

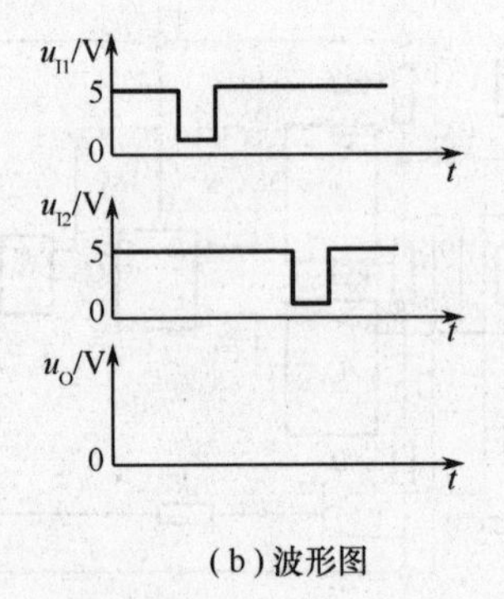

(b) 波形图

图 9.4.5 思考与练习 9.4.1 的图

9.4.2 求图 9.4.6 所示多谐振荡器的振荡周期 T 和占空比 D。

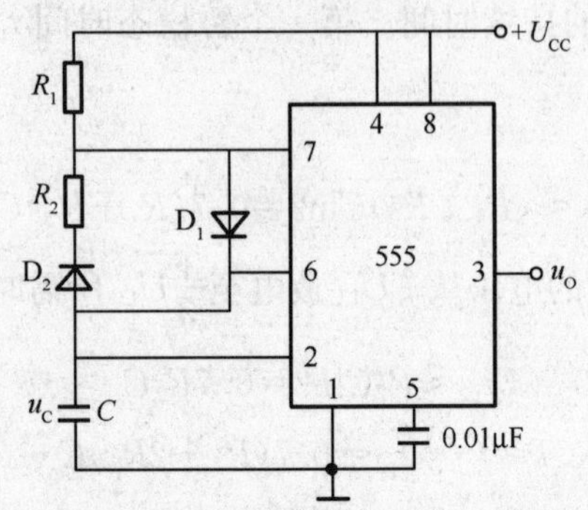

图 9.4.6 思考与练习 9.4.2 的图

习 题 9

9.1 已知由**与非**门组成的基本 RS 触发器和输入端$\overline{R}_D$、$\overline{S}_D$的波形如题图 9.1 所示，试对应地画出 Q 和$\overline{Q}$的波形，并说明状态“不定”的含义。

9.2 已知可控 RS 触发器 CP、R 和 S 的波形如题图 9.2 所示，试画出输出 Q 的波形。设初始状态分别为 **0** 和 **1** 两种情况。

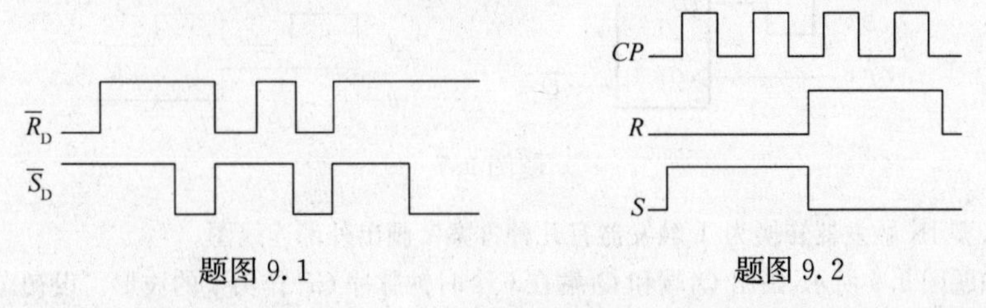

题图 9.1　　题图 9.2

9.3 在主从结构的 JK 触发器中，已知 CP、J、K 的波形如题图 9.3 所示，试画出 Q 端的波形。设初始状态 Q=**0**。

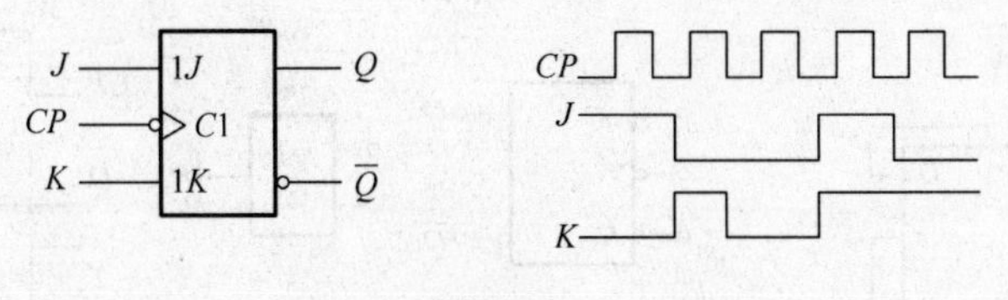

题图 9.3

9.4 维持阻塞型 D 触发器的输入 D 和时钟脉冲 CP 的波形如题图 9.4 所示，试画出 Q 端的波形。设初始状态 Q= **0**。

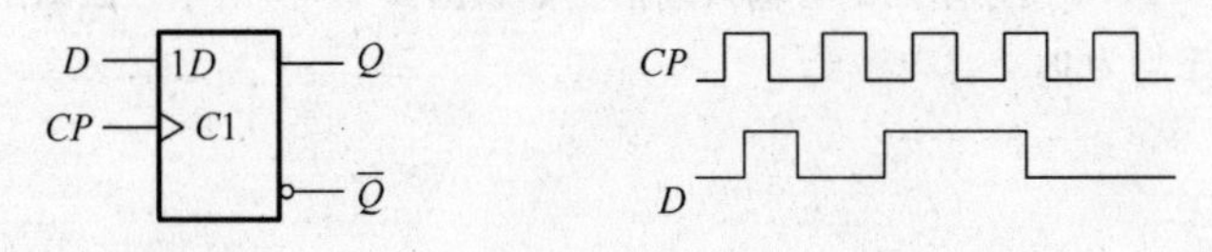

题图 9.4

9.5 在 T 触发器中，已知 T 和 CP 的波形如题图 9.5 所示，试画出 Q 端的波形。设初始状态 Q=**0**。

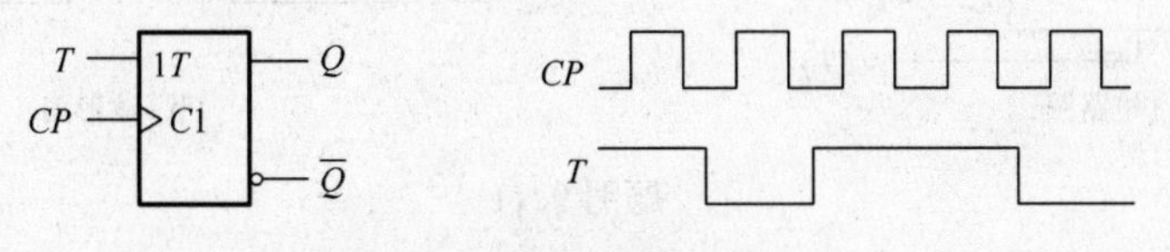

题图 9.5

9.6 写出题图 9.6 所示电路的逻辑关系式，说明其逻辑功能。

① 当 A=0，B=0 时，触发器 T 保持原态不变，$Q^{n+1}=Q^n$；

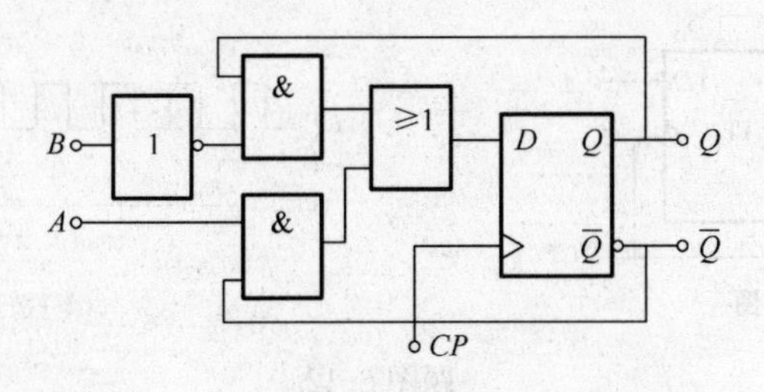

题图 9.6

② 当 $A=0,B=1$ 时，$Q=0,\overline{Q}=1$；

③ 当 $A=1,B=0$ 时，$Q=1,\overline{Q}=0$；

④ 当 $A=1,B=1$ 时，$Q^{n+1}=\overline{Q^n}$，计数功能。

9.7 如题图 9.7 所示的电路和波形，试画出 D 端和 Q 端的波形。设初始状态 $Q=\mathbf{0}$。

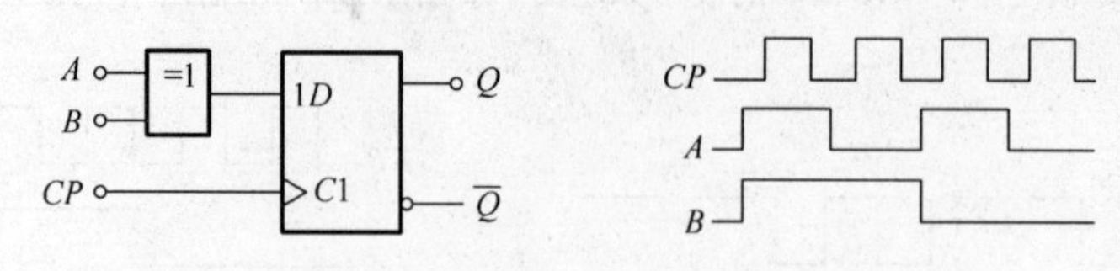

题图 9.7

9.8 将主从型 JK 触发器转换为 T 触发器有几种方案？画出外部连线图。

9.9 电路如题图 9.9 所示，画出 Q_0 端和 Q_1 端在 6 个时钟脉冲 CP 作用下的波形。设初态 $Q_1=Q_0=\mathbf{0}$。

9.10 用题图 9.10 (a)所给器件构成电路，并在示波器上观察到如题图 9.10(b)所示波形。试问电路是如何连接的？请画出逻辑电路图。

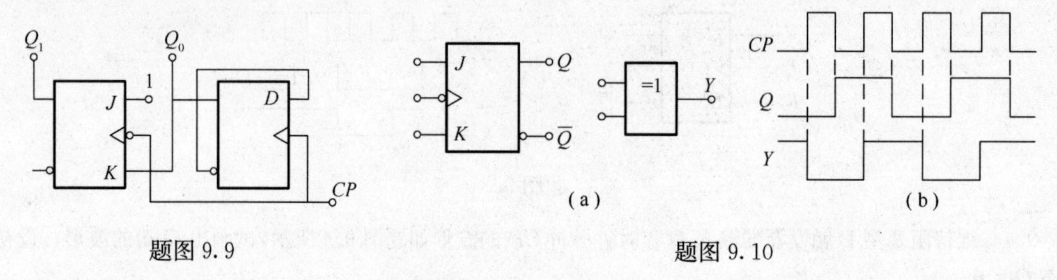

题图 9.9　　　　题图 9.10

9.11 已知如题图 9.11(a)所示电路的各输入端信号如题图 9.11(b)所示。试画出触发器输出端 Q_0 和 Q_1 的波形。设触发器的初态均为 $\mathbf{0}$。

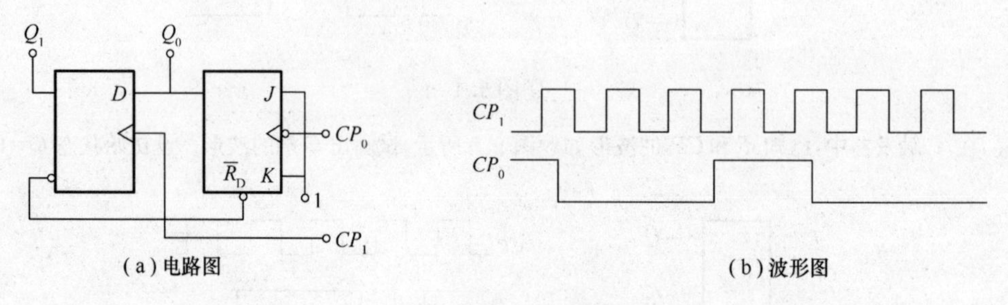

题图 9.11

9.12 已知电路和时钟脉冲 CP 及输入端 A 的波形如题图 9.12 所示，试画出输出端 Q_0、Q_1 的波形。假定各触发器初态为 $\mathbf{1}$。

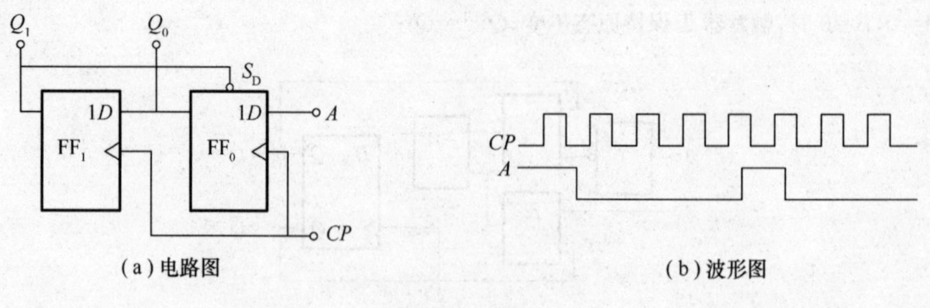

题图 9.12

9.13　已知题图 9.13(a)所示电路中输入 A 及 CP 的波形如题图 9.13(b)所示。试画出输出端 Q_0、Q_1、Q_2 的波形,设触发器初态均为 **0**。

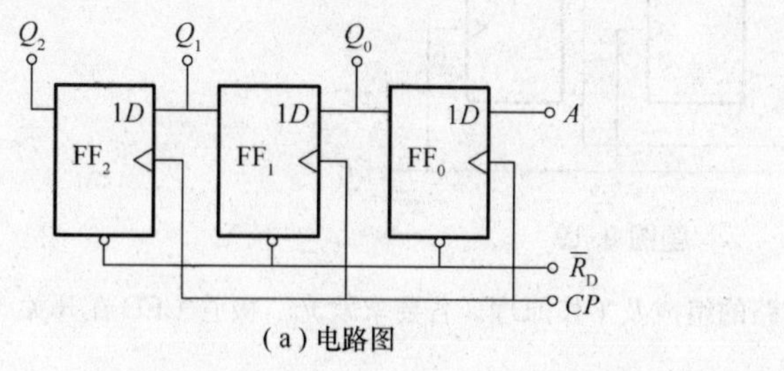

(a) 电路图

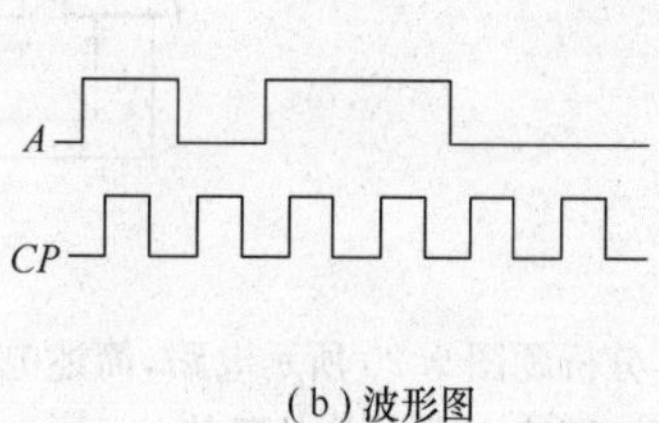

(b) 波形图

题图 9.13

9.14　电路如题图 9.14 所示,已知时钟脉冲 CP 的频率为 2kHz,试求 Q_0、Q_1 的波形和频率。设触发器的初始状态为 **0**。

9.15　分析如题图 9.15 所示电路的逻辑功能。

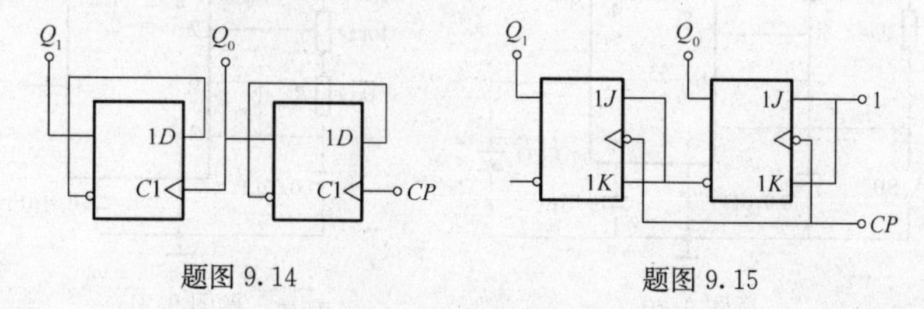

题图 9.14　　　　题图 9.15

9.16　某计数器波形如题图 9.16 所示,试确定该计数器有几个独立状态,并画出状态循环图。

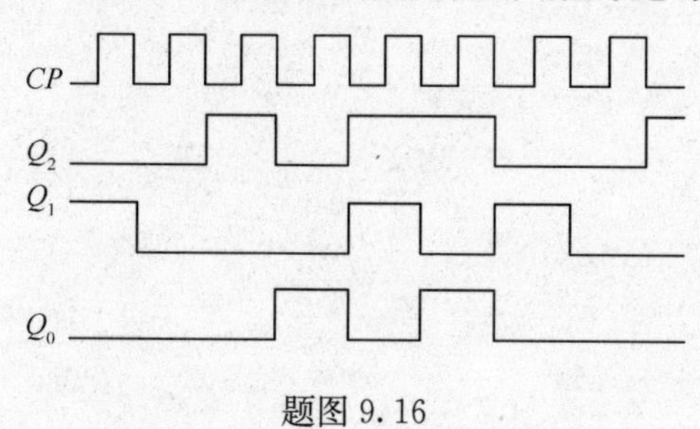

题图 9.16

9.17　电路如题图 9.17 所示。假设初始状态 $Q_2Q_1Q_0 =$ **000**。试分析 FF_2、FF_1 构成几进制计数器? 整个电路为几进制计数器? 画出 CP 作用下的输出波形。

9.18　分析题图 9.18 计数器的逻辑功能,确定该计数器是几进制的?

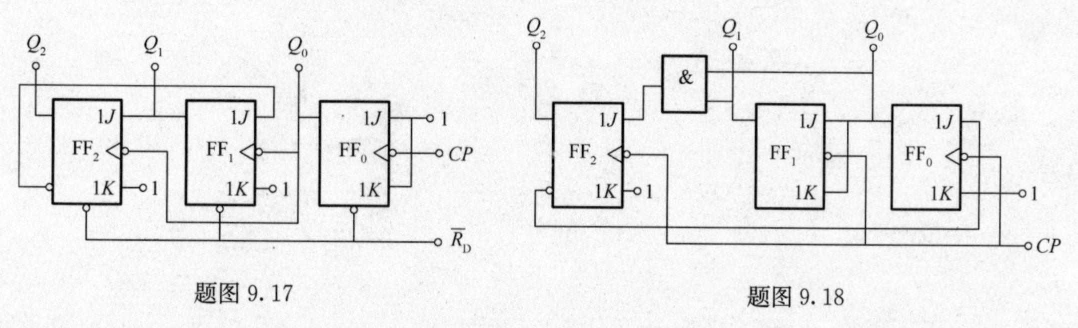

题图 9.17　　　　题图 9.18

9.19　同步时序逻辑电路如题图 9.19 所示,触发器为维持阻塞型 D 触发器。其初态均为 **0**。试求:(1) 在连续七个时钟脉冲 CP 作用下输出端 Q_0、Q_1 和 Y 的波形;(2) 输出端 Y 与时钟 CP 的关系。

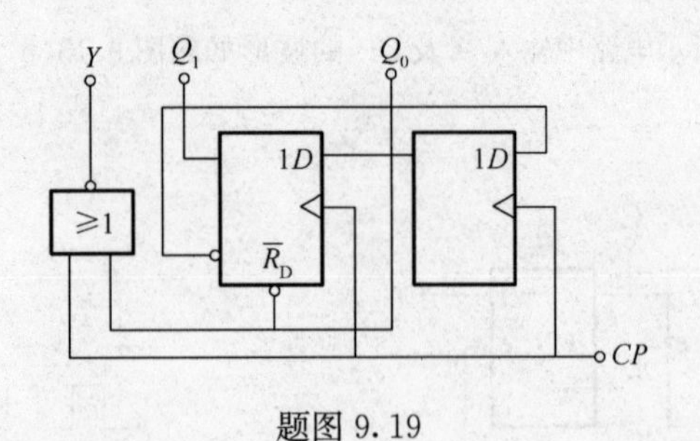

题图 9.19

9.20 分析题图 9.20 所示电路，简述电路的组成及工作原理。若要求发光二极管 LED 在开关 SB 按下后，持续亮 10 秒，试确定图中 R 的阻值。

9.21 用 555 定时器构成的多谐振荡器电路如题图 9.21 所示，当电位器滑动臂移至上、下两端时，分别计算振荡频率和相应的占空比 D。

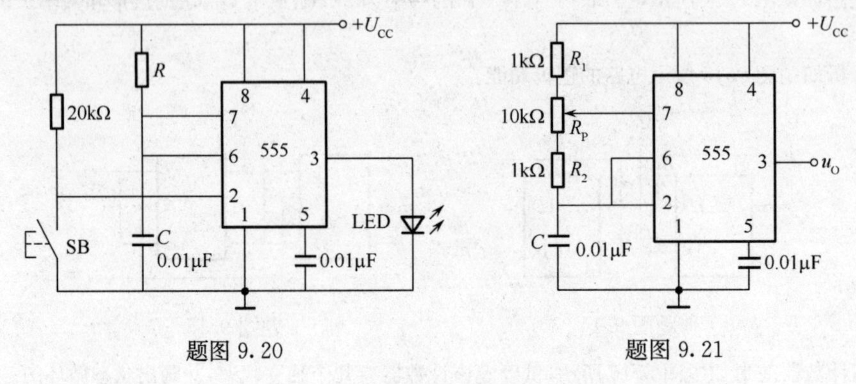

题图 9.20　　题图 9.21

第10章　模拟量和数字量的转换

本章概要：

本章介绍数模转换和模数转换的基本概念和基本原理，并介绍几种常用的典型电路。

教学重点：

(1) 理解和掌握数模与模数转换的基本原理。

(2) 了解常用数模与模数转换集成芯片的使用方法。

教学难点：

理解和掌握数模与模数转换的基本原理。

在电子技术中，模拟量和数字量的相互转换非常重要。例如，用电子计算机对生产过程进行控制时，必须先将模拟量转换成数字量，才能送到计算机中去进行运算和处理；然后又要将处理得出的数字量转换为模拟量，才能对被控制的模拟量进行控制。另外，在数字仪表中，也必须将被测的模拟量转换为数字量才能实现数字显示。

能将模拟量转换为数字量的电路称为模数转换器，简称A/D转换器或ADC；能将数字量转换为模拟量的电路称为数模转换器，简称D/A转换器或DAC。因此，模数转换器和数模转换器是沟通模拟电路和数字电路的桥梁，也可称之为两者之间的接口。

实际上，在数据传输系统、自动测试设备、医疗信息处理、电视信号的数字化、图像信号的处理和识别、数字通信和语音信息处理等方面都离不开模数转换器和数模转换器。

10.1　数模转换器

数模转换器是将一组输入的二进制数转换成相应数量的模拟电压或电流输出的电路。因为数字量是用二进制代码按数位组合起来表示的，对于有权码，每位代码都有一定的权。所以，为了将数字量转换成模拟量，必须将每一位的代码按其权的大小转换成相应的模拟量，然后将代表各位的模拟量相加，所得的总模拟量就与数字量成正比，这样便实现了从数字量到模拟量的转换。这就是组成数模转换器的基本指导思想。

数模转换器根据工作原理基本上可以分为二进制权电阻网络数模转换器和T形电阻网络数模转换器(包括倒T形电阻网络数模转换器)两大类。

权电阻网络数模转换器的优点是电路结构简单，可适用于各种有权码。缺点是电阻阻值范围太宽，品种较多。要在很宽的阻值范围内保证每个电阻都有很高的精度是极其困难的。因此，在集成数模转换器中很少采用权电阻网络。

10.1.1　倒T形电阻网络数模转换器

图10.1.1所示的是一个4位二进制数倒T形电阻网络数模转换器的原理图。由图可以看出，这种数模转换器是由倒T形电阻转换网络、模拟电子开关及运算放大器组成。倒T形电阻网络也是由R和$2R$两种阻值的电阻构成的。模拟电子开关也由输入的数字量来控制。当二进制数码为1时，模拟电子开关接到运算放大器的反相输入端；为0时，模拟电子开关接地。

根据运算放大器的虚地概念可以得出如下结论：

① 分别从虚线A、B、C、D处向左看的二端网络等效电阻都是R；

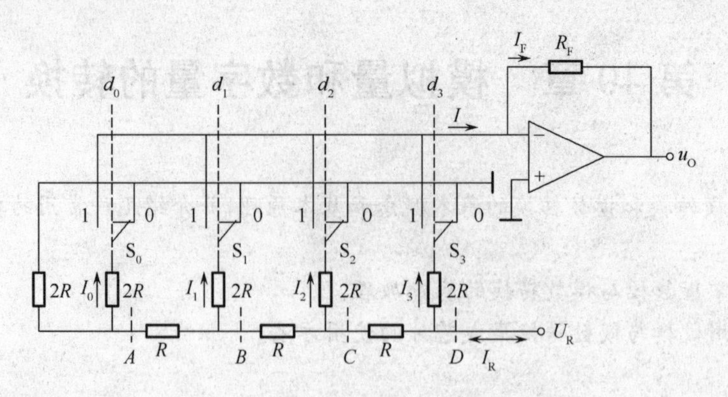

图 10.1.1　倒 T 形电阻网络数模转换器

② 无论模拟开关接到运算放大器的反相输入端(虚地)还是接到地,也就是说,无论输入数字信号是 **1** 还是 **0**,各支路的电流是不变的。

由此可求得从参考电压端输入的电流为

$$I_R=\frac{U_R}{R}$$

根据分流公式,可得各支路

$$I_3=\frac{1}{2}I_R=\frac{U_R}{2R},I_2=\frac{1}{4}I_R=\frac{U_R}{4R},I_1=\frac{1}{8}I_R=\frac{U_R}{8R},I_0=\frac{1}{16}I_R=\frac{U_R}{16R}$$

由此可得出流入运算放大器的反相输入端的电流为

$$\begin{aligned}I&=I_0d_0+I_1d_1+I_2d_2+I_3d_3\\&=\frac{U_R}{16R}d_0+\frac{U_R}{8R}d_1+\frac{U_R}{4R}d_2+\frac{U_R}{2R}d_0\\&=\frac{U_R}{2^4R}(d_3\cdot2^3+d_2\cdot2^2+d_1\cdot2^1+d_0\cdot2^0)\end{aligned}$$

运算放大器输出的模拟电压为

$$\begin{aligned}u_O&=-R_FI_F=-R_FI\\&=-\frac{U_RR_F}{2^4R}(d_3\cdot2^3+d_2\cdot2^2+d_1\cdot2^1+d_0\cdot2^0)\end{aligned}$$

当取 $R_F=R$ 时,则上式成为

$$u_O=-\frac{U_R}{2^4}(d_3\cdot2^3+d_2\cdot2^2+d_1\cdot2^1+d_0\cdot2^0)$$

如果输入的是 n 位二进制数,则

$$u_O=-\frac{U_R}{2^n}(d_{n-1}\cdot2^{n-1}+d_{n-2}\cdot2^{n-2}+\cdots+d_1\cdot2^1+d_0\cdot2^0)$$

10.1.2　集成数模转换器及其应用

集成数模转换器的种类很多。按输入的二进制数的位数分,有 8 位、10 位、12 位和 16 位等。按器件内部电路的组成部分又可以分成两大类,一类器件的内部只包含电阻网络和模拟电子开关,另一类器件的内部还包含了参考电压源发生器和运算放大器。在使用前一类器件时,必须外接参考电压源和运算放大器。为了保证数模转换器的转换精度和速度,应注意合理地确定对参考电压源稳定度的要求,选择零点漂移和转换速率都恰当的运算放大器。

AD7520 是十位 CMOS 数模转换器,其内部电路和图 10.1.1 相似,采用倒 T 形电阻网络。

模拟开关是CMOS型的，也同时集成在芯片上。但运算放大器是外接的。AD7520的外引线排列及连接电路如图10.1.2所示。

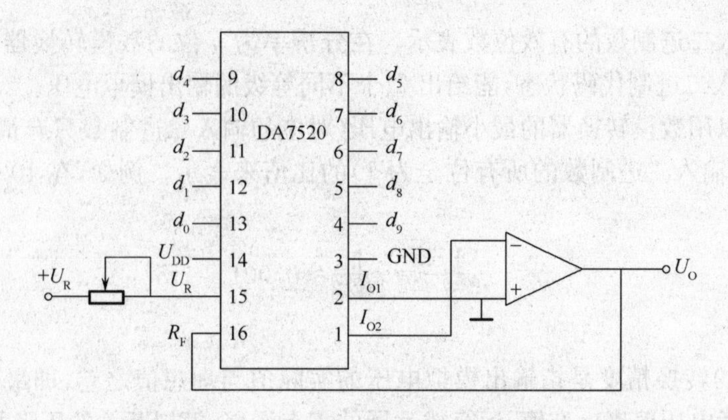

图10.1.2　AD7520的外引线排列及连接电路

AD7520共有16个引脚，各引脚的功能如下：

1脚为模拟电流I_{O1}输出端，接到运算放大器的反相输入端；

2脚为模拟电流I_{O2}输出端，一般接"地"；

3脚为接"地"端；

4脚～13脚为十位数字量的输入端；

14脚为CMOS模拟开关的U_{DD}电源接线端；

15脚为参考电压电源接线端，U_R可为正值或负值；

16脚为芯片内部一个电阻R的引出端，该电阻作为运算放大器的反馈电阻R_F，它的另一端在芯片内部接I_{O1}端。

表10.1.1所列的是AD7520输入数字量与输出模拟量的关系，其中$2^n=2^{10}=1024$。

表10.1.1　AD7520输入数字量与输出模拟量的关系

输入数字量										输出模拟量
d_9	d_8	d_7	d_6	d_5	d_4	d_3	d_2	d_1	d_0	U_O
0	0	0	0	0	0	0	0	0	0	0
0	0	0	0	0	0	0	0	0	1	$-\frac{1}{1024}U_R$
					⋮					⋮
0	1	1	1	1	1	1	1	1	1	$-\frac{511}{1024}U_R$
1	0	0	0	0	0	0	0	0	0	$-\frac{512}{1024}U_R$
					⋮					⋮
1	1	1	1	1	1	1	1	1	0	$-\frac{1023}{1024}U_R$
1	1	1	1	1	1	1	1	1	1	$-\frac{1024}{1024}U_R$

10.1.3 数模转换器的主要技术指标

1. 分辨率

分辨率用输入二进制数的有效位数表示。在分辨率为 n 位的数模转换器中，输出电压能区分 2^n 个不同的输入二进制代码状态，能给出 2^n 个不同等级的输出模拟电压。

分辨率也可以用数模转换器的最小输出电压(对应的输入二进制数只有最低位为 1)与最大输出电压(对应的输入二进制数的所有位全为 1)的比值来表示。例如，在 10 位数模转换器中，分辨率为

$$\frac{1}{2^{10}-1}=\frac{1}{1023}\approx 0.001$$

2. 转换精度

数模转换器的转换精度是指输出模拟电压的实际值与理想值之差，即最大静态转换误差。该误差是由于参考电压偏离标准值、运算放大器的零点漂移、模拟开关的压降及电阻阻值的偏差等原因所引起的。

3. 输出建立时间

从输入数字信号开始，到输出电压或输出电流到达稳定值时所需要的时间，称为输出建立时间。目前，在不包含参考电压源和运算放大器的单片集成数模转换器中，建立时间一般不超过 1μs。

4. 线性度

通常用非线性误差的大小表示数模转换器的线性度。产生非线性误差有两种原因：一是各位模拟开关的压降不一定相等，而且接 U_R 和接地时的压降也未必相等；二是各个电阻阻值的偏差不可能做到完全相等，而且不同位置上的电阻阻值的偏差对输出模拟电压的影响又不一样。

此外还有电源抑制比、功率消耗、温度系数及输入高、低逻辑电平的数值等技术指标。

10.2 模数转换器

在模数转换器中，因为输入的模拟信号在时间上是连续量，而输出的数字信号代码是离散量，所以进行转换时必须在一系列选定的瞬间，即在时间坐标轴上的一些规定点上，对输入的模拟信号采样，然后把采样的模拟电压经过模数转换器的数字化编码电路转换成 n 位的二进制数输出。

10.2.1 逐次逼近型模数转换器

逐次逼近型模数转换器一般由顺序脉冲发生器、逐次逼近寄存器、数模转换器和电压比较器等几部分组成，其原理框图如图 10.2.1 所示。

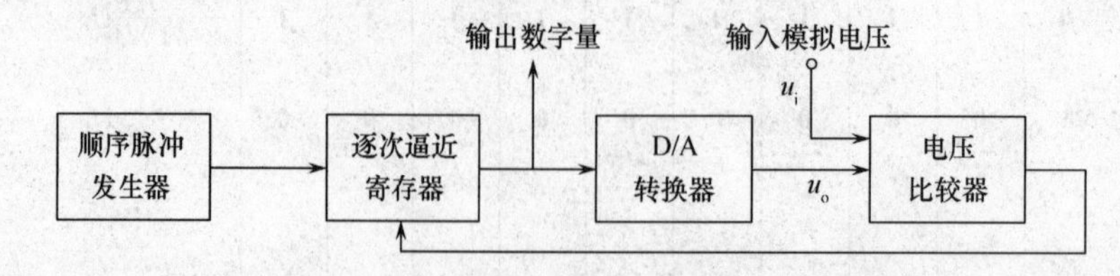

图 10.2.1 逐次逼近型模数转换器的原理框图

转换开始前先将所有寄存器清零。开始转换以后，时钟脉冲首先将寄存器最高位置成 **1**，使输出数字为 100…0。这个数码被数模转换器转换成相应的模拟电压 u_o，送到比较器中与 u_i 进行

比较。若$u_o > u_i$，说明数字过大了，故将最高位的1清除；若$u_o < u_i$，说明数字还不够大，应将最高位的1保留。然后，再按同样的方式将次高位置成1，并且经过比较以后确定这个1是否应该保留。这样逐位比较下去，一直到最低位为止。比较完毕后，寄存器中的状态就是所要求的数字量输出。

可见逐次逼近转换过程与用天平称量一个未知质量的物体时的操作过程一样，只不过使用的砝码质量一个比一个小一半。

能实现图10.2.1所示方案的电路很多。图10.2.2所示电路是其中的一种，这是一个4位逐次逼近型模数转换器。图中4个JK触发器$F_A \sim F_D$组成4位逐次逼近寄存器；5个D触发器$F_1 \sim F_5$接成环形移位寄存器（又称为顺序脉冲发生器），它们和门$G_1 \sim G_7$一起构成控制逻辑电路。

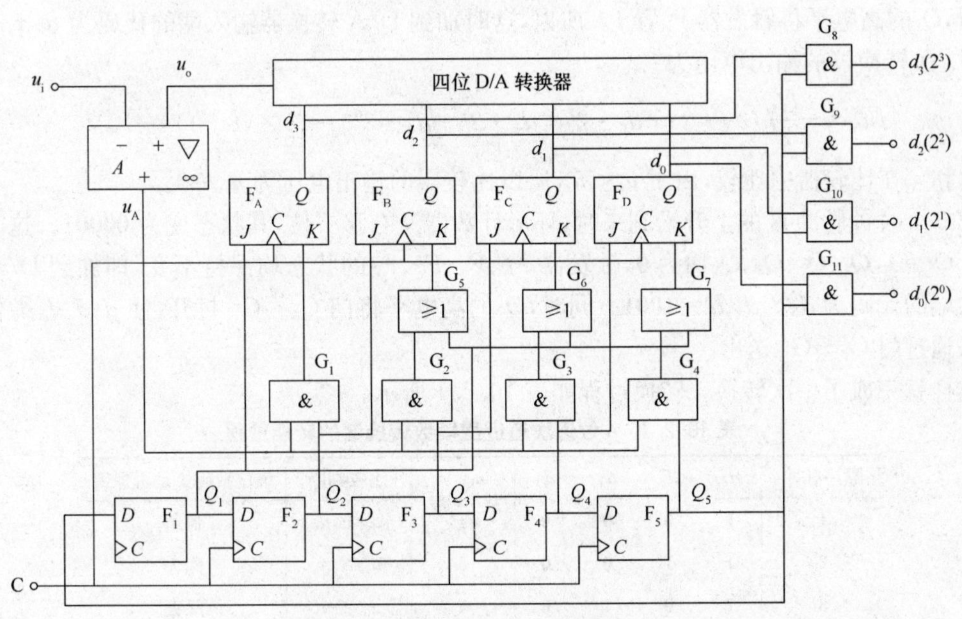

图10.2.2　4位逐次逼近型模数转换器

下面分析电路的转换过程。为了分析方便，设D/A转换器的参考电压为$U_R = +8\text{V}$，输入的模拟电压为$u_i = 4.52\text{V}$。

转换开始前，先将逐次逼近寄存器的4个触发器$F_A \sim F_D$清零，并把环形计数器的状态置为$Q_1Q_2Q_3Q_4Q_5 = \mathbf{00001}$。

第1个时钟脉冲C的上升沿到来时，环形计数器右移一位，其状态变为**10000**。由于$Q_1 = \mathbf{1}$，Q_2、Q_3、Q_4、Q_5均为**0**，于是触发器F_A被置**1**，F_B、F_C和F_D被置**0**。

所以，这时加到D/A转换器输入端的代码为$d_3d_2d_1d_0 = \mathbf{1000}$，D/A转换器的输出电压为

$$u_o = -\frac{U_R}{2^4}(d_3 \cdot 2^3 + d_2 \cdot 2^2 + d_1 \cdot 2^1 + d_0 \cdot 2^0) = \frac{8}{16} \times 8 = 4\text{V}$$

u_o和u_i在比较器中比较，由于$u_o < u_i$，所以比较器的输出电压为$u_A = 0$。

第2个时钟脉冲C的上升沿到来时，环形计数器又右移一位，其状态变为**01000**。这时由于$u_A = 0$，$Q_2 = \mathbf{1}$，Q_1、Q_3、Q_4、Q_5均为**0**，于是触发器F_A的1保留。与此同时，Q_2的高电平将触发器F_B置1。所以，这时加到D/A转换器输入端的代码为$d_3d_2d_1d_0 = \mathbf{1100}$，D/A转换器的输出电压为

$$u_o = -\frac{U_R}{2^4}(d_3 \cdot 2^3 + d_2 \cdot 2^2 + d_1 \cdot 2^1 + d_0 \cdot 2^0) = \frac{8}{16} \times (8+4) = 6\text{V}$$

u_o和u_i在比较器中比较，由于$u_o > u_i$，所以比较器的输出电压为$u_A = \mathbf{1}$。

第3个时钟脉冲C的上升沿到来时，环形计数器又右移一位，其状态变为**00100**。这时由于$u_A = \mathbf{1}$，$Q_3 = \mathbf{1}$，Q_1、Q_2、Q_4、Q_5均为0，于是触发器F_A的1保留，而F_B被置**0**。与此同时，Q_5的高电平将F_C置**1**。所以，这时加到D/A转换器输入端的代码为$d_3d_2d_1d_0 = \mathbf{1010}$，D/A转换器的输出电压为

$$u_o = -\frac{U_R}{2^4}(d_3 \cdot 2^3 + d_2 \cdot 2^2 + d_1 \cdot 2^1 + d_0 \cdot 2^0) = \frac{8}{16} \times (8+2) = 5\text{V}$$

u_o和u_i在比较器中比较，由于$u_o > u_i$，所以比较器的输出电压为$u_A = \mathbf{1}$。

第4个时钟脉冲C的上升沿到来时，环形计数器又右移一位，其状态变为**00010**。这时由于$u_A = \mathbf{1}$，$Q_4 = \mathbf{1}$，Q_1、Q_2、Q_3、Q_5均为**0**，于是触发器F_A、F_B的状态保持不变，而触发器F_C被置**0**。与此同时，Q_4的高电平将触发器F_B置1。所以，这时加到D/A转换器输入端的代码为$d_3d_2d_1d_0 =$ **1001**，D/A转换器的输出电压为

$$u_o = -\frac{U_R}{2^4}(d_3 \cdot 2^3 + d_2 \cdot 2^2 + d_1 \cdot 2^1 + d_0 \cdot 2^0) = \frac{8}{16} \times (8+1) = 4.5\text{V}$$

u_o和u_i在比较器中比较，由于$u_o < u_i$，所以比较器的输出电压为$u_A = 0$。

第5个时钟脉冲C的上升沿到来时，环形计数器又右移一位，其状态变为**00001**。这时由于$u_A = \mathbf{0}$，$Q_5 = \mathbf{1}$，Q_1、Q_2、Q_3、Q_4均为**0**，触发器F_A、F_B、F_C、F_D的状态均保持不变，即加到D/A转换器输入端的代码为$d_3d_2d_1d_0 = \mathbf{1001}$。同时，$Q_5$的高电平将门$G_8 \sim G_{11}$打开，使$d_3d_2d_1d_0$作为转换结果通过门$G_8 \sim G_{11}$送出。

这样就完成了一次转换。转换过程如表10.2.1所示。

表10.2.1　4位逐次逼近型模数转换器的转换过程

顺序脉冲	d_3	d_2	d_1	d_0	u_o/V	比较判断	该位数码**1**是否保留
1	**1**	**0**	**0**	**0**	4	$u_o < u_i$	保留
2	**1**	**1**	**0**	**0**	6	$u_o > u_i$	除去
3	**1**	**0**	**1**	**0**	5	$u_o > u_i$	除去
4	**1**	**0**	**0**	**1**	4.5	$u_o < u_i$	保留

上例中的转换误差为0.02V。转换误差的大小取决于A/D转换器的位数，位数越多，转换误差就越小。

从以上分析可以看出，图10.2.2所示4位逐次逼近型模数转换器完成一次转换需要5个时钟脉冲信号的周期。显然，如果位数增加，转换时间也会相应地增加。

逐次逼近型模数转换器的分辨率较高、误差较低、转换速度较快，是应用非常广泛的一种模数转换器。

10.2.2　集成模数转换器及其应用

集成A/D转换器的种类很多。例如，AD571、ADC0801、ADC0804、ADC0809等。下面以ADC0801为例来介绍集成A/D转换器的应用。图10.2.3所示是ADC0801的应用接线图。

ADC0801各引脚的功能如下。

① 1 ($\overline{CS}$)、2 ($\overline{RD}$)和3 ($\overline{WR}$)脚为输入控制端，都是低电平有效。$\overline{CS}$为输入片选信号，$\overline{CS} = \mathbf{0}$时，选中此芯片，可以进行转换。$\overline{RD}$为输出允许信号，转换完成后，$\overline{RD} = \mathbf{0}$，允许外电路取走转换结果。$\overline{WR}$为输入启动转换信号，$\overline{WR} = \mathbf{0}$时，启动芯片进行转换。

② 4 (CLK_{in})脚为外部时钟脉冲输入端，时钟脉冲频率的典型值为640kHz。

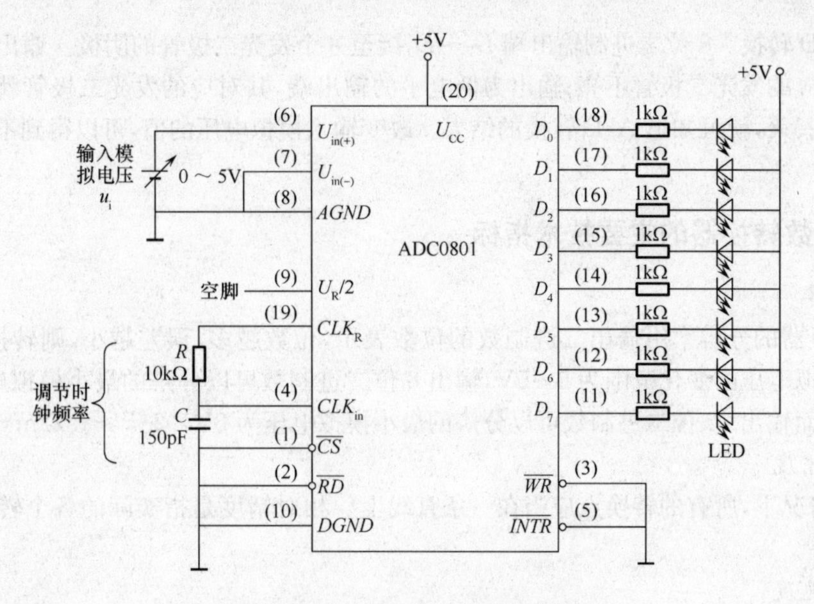

图 10.2.3　ADC0801 的应用接线图

③ 5 ($\overline{INTR}$)脚为输出控制端，低电平有效。当一次转换结束时，$\overline{INTR}$自动由高电平变为低电平，以通知其他设备(如计算机)来取结果。下一次转换开始时，$\overline{INTR}$又自动由低电平变为高电平。ADC0801 的一次转换时间约为 100 μs。

④ 6 ($U_{in(+)}$)和 7($U_{in(-)}$)脚为模拟信号输入端，是输入级差分放大电路的两个输入端。如果输入电压为正，则从 6 脚输入，7 脚接地；如果为负，则反之。

⑤ 8 (AGND)脚为模拟信号接地端。

⑥ 9 ($U_R/2$)脚为外接参考电压输入端，其值约为输入电压范围的 1/2。当输入电压为 0～5V时，此端通常不接，而由芯片内部提供参考电压。

⑦ 10 (DGND)脚为数字信号接地端。

⑧ 11～18 (D_7～D_0)脚为 8 位数字量的输出端，由三态锁存器输出，因此数据输出可以采用总线结构。

⑨ 19 (CLK_R)脚为内部时钟脉冲端。由内部时钟脉冲发生器提供时钟脉冲，但要外接一个电阻 R 和一个电容 C，如图 10.2.3 所示。内部时钟脉冲的频率为

$$f \approx \frac{1}{1.1RC}$$

当 R=10kΩ、C=150pF 时，f=640kHz。内部时钟脉冲产生后，也可以从 19 端输出，供同一系统中其他芯片使用。

⑩ 20 (U_{CC})脚为电源端，U_{CC}=5V。

如果利用 ADC0801 进行一次 A/D 转换，其工作过程为：先由外电路给$\overline{CS}$片选端输入一个低电平，选中此芯片使之进入工作状态，此时$\overline{RD}$输出为高电平，表示转换没有完成，芯片输出为高阻态。$\overline{WR}$和$\overline{INTR}$为高电平时芯片不工作。当外电路给$\overline{WR}$端输入一个低电平时启动芯片，正式开始 A/D 转换。转换完成后，$\overline{RD}$输出为低电平，允许外电路取走 D_7～D_0数据，此时外电路使$\overline{CS}$和$\overline{WR}$为高电平，A/D 转换停止。外电路取走 D_7～D_0数据后，使$\overline{INTR}$为低电平，表示数据已取走。若要再进行一次 A/D 转换，则重复上述控制转换过程。

图 10.2.3 所示电路是 ADC0801 连续转换工作状态：使$\overline{CS}$和$\overline{WR}$端接地，允许电路开始转换；因为不需要外电路取转换结果，也使$\overline{RD}$和$\overline{INTR}$端接地，此时在时钟脉冲控制下，对输入电

压 u_i 进行 A/D 转换。8 位二进制输出端 $D_7 \sim D_0$ 接至 8 个发光二极管的阴极。输出为高电平的输出端，其对应的发光二极管不亮；输出为低电平的输出端，其对应的发光二极管就亮。通过发光二极管的亮、灭，就可知道 A/D 转换的结果。改变输入模拟电压的值，可以得到不同的二进制输出值。

10.2.3 模数转换器的主要技术指标

1. 分辨率

模数转换器的分辨率用输出二进制数的位数表示，位数越多，误差越小，则转换精度越高。例如，输入模拟电压的变化范围为 0～5V，输出 8 位二进制数可以分辨的最小模拟电压为 $5V \times 2^{-8} = 20mV$；而输出 12 位二进制数可以分辨的最小模拟电压为 $5V \times 2^{-12} \approx 1.22mV$。

2. 相对精度

在理想情况下，所有的转换点应当在一条直线上。相对精度是指实际的各个转换点偏离理想特性的误差。

3. 转换速度

转换速度是指完成一次转换所需的时间。转换时间是指从接到转换控制信号开始，到输出端得到稳定的数字输出信号所经过的这段时间。

习 题 10

10.1 某个数模转换器，要求 10 位二进制数能代表 0～50V，试问此二进制数的最低位代表几伏？

10.2 一个 8 位的倒 T 形电阻网络数模转换器，设 $U_R = +5V$，$R_F = R$，试求 $d_7 \sim d_0$ 分别为 **11111111**、**10000000**、**00000001** 时的输出电压 u_o。

10.3 一个 8 位的倒 T 形电阻网络数模转换器，$R_F = R$，若 $d_7 \sim d_0$ 为 **1111111** 时的输出电压 $u_o = 8V$，则 $d_7 \sim d_0$ 分别为 **10000000**、**00000001** 时 u_o 各为多少？

10.4 如题图 10.4 所示电路是 4 位二进制数权电阻网络数模转换器的原理图，已知 $U_R = 10V$，$R = 10k\Omega$，$R_F = 5k\Omega$。试推导输出电压 u_o 与输入的数字量 d_3、d_2、d_1、d_0 的关系式，并求当 $d_3d_2d_1d_0$ 为 **0110** 时输出模拟电压 u_o 的值。

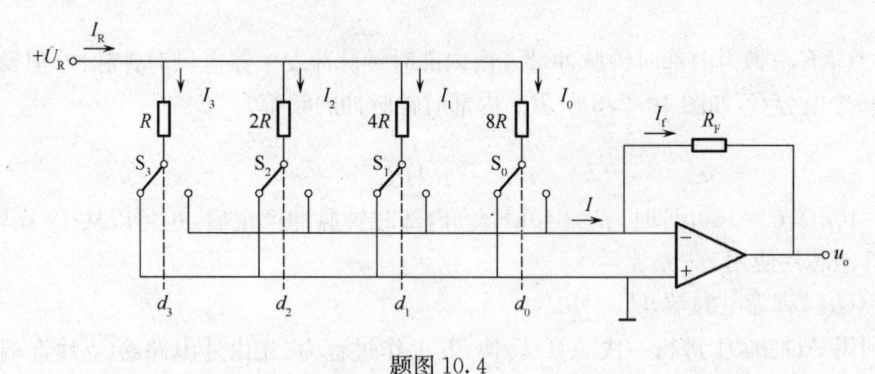

题图 10.4

10.5 在 4 位逐次逼近型模数转换器中，D/A 转换器的基准电压 $U_R = 10V$，输入的模拟电压 $u_o = 6.92V$，试说明逐次比较的过程，并求出最后的转换结果。

部分习题答案

第1章

1.1 U_1,U_2是电源,U_3,U_4,U_5是负载,功率平衡。

1.2 $U_{甲}=137.5\text{V}$,$U_{乙}=82.5\text{V}$。

1.3 $U_a=6\text{V}$,$U_b=0.6\text{V}$,$U_c=4\text{V}$。

1.4 $E=7.56\text{V}$,$R_0=4.9\Omega$。

1.5 $R_{ab}=2\Omega$。

1.6 $I_1=6\text{A}$,$I_2=-1\text{A}$,$I_3=7\text{A}$,$I_4=3\text{A}$。

1.7 $U_{AB}=3.75\text{V}$。

1.8 $U_1=2\text{V}$,$U_2=\frac{2}{7}\text{V}$。

1.9 $I_x=1.5\text{A}$。

1.10 $E=-1\text{V}$,$R_0=2\Omega$。

1.11 $I_2=4\text{A}$。

1.12 $I=1.5\text{A}$。

1.13 略

第2章

2.1 $i=5\sqrt{2}\sin(\omega t-126.8°)\text{A}$,$u=220\sqrt{2}\sin(\omega t+60°)\text{V}$,图略。

2.2 (1)$i=2\sqrt{2}\sin(314t-30°)\text{A}$,$u=36\sqrt{2}\sin(314t+45°)\text{V}$;

(2)图略

(3)电流的幅值和角频率分别为 $2\sqrt{2}\text{A}$、314rad/s,电压的幅值和角频率分别为 $36\sqrt{2}\text{V}$,314rad/s,相位差为 75°。

2.3 $i=20\sqrt{2}\sin(314t+30°)\text{A}$。

2.4 $i_R=31.4\sqrt{2}\sin(314t+30°)\text{A}$,$i_L=31.4\sqrt{2}\sin 314t\text{A}$,$i_C=9.86\sqrt{2}\sin(314t+90°)\text{A}$。图略。

2.5 (a) $V_1=V_2=V_3$;(b) $A=\sqrt{2}A_1=\sqrt{2}A_2$;(c)$A_1=A_3$,$A_2=0$;(d)$A_1=A_3=\frac{\sqrt{2}}{2}A_2$。

2.6 u_o滞后 u_i $\arctan\omega RC$。

2.7 (a) $\dot{I}=2\angle -36.9°\text{A}$,$\dot{U}_1=4\angle -36.9°\text{V}$,$\dot{U}_2=7.2\angle 19.4°\text{V}$;

(b)$\dot{I}_1=\sqrt{2}\angle 45°\text{A}$,$\dot{I}_2=\sqrt{2}\angle -45°\text{A}$,$\dot{U}=4\angle 0°\text{V}$。图略。

2.8 $I=5\text{A}$,$X_C=17.5\Omega$,$X_L=R=8.75\Omega$。

2.9 $\cos\varphi=\cos 37°=0.8$,$R=|Z|\cos\varphi=16\Omega$,$X_L=|Z|\sin\varphi=12\Omega$,$P=UI\cos\varphi=1936\text{W}$,$Q=1452\text{var}$。

2.10 $I=5.13\text{A}$,$|Z_2|=263.6\Omega$,Z_2呈电容性。

2.11 (1)33A,$\cos\varphi_1=\cos 45°=0.707$;

(2)$C=\frac{P}{\omega U^2}(\tan\varphi_1-\tan\varphi)=142.7\mu\text{F}$,$\varphi=\arccos 0.866=30°$;

(3)$I=31.1\text{A}$。

2.12 证明略。

第3章

3.1 $\dot{I}_U=\frac{\dot{U}_U}{Z}=\frac{220}{17.32+j10}=11\angle -30^\circ$ A

$\dot{I}_V=11\angle -150^\circ$ A

$\dot{I}_W=11\angle 90^\circ$ A

3.2 $I_i=I_p=\frac{P\times 40}{U_P\times \cos\varphi}=\frac{1600}{110}=14.54$A

3.3 $Z=7.82\angle 28.36^\circ$

3.4 $\dot{I}_U=\frac{\dot{U}_U}{Z_L+Z_N}=\frac{220\angle -30^\circ}{52+j29.9}=3.67\angle -30^\circ$A

$\dot{I}_V=3.67\angle -180^\circ$ A

$\dot{I}_W=3.67\angle 60^\circ$ A

$\dot{U}'_U=57.8\angle 30^\circ\times 3.67\angle -30^\circ=212.13\angle 0^\circ$ V

$\dot{U}'_{UV}=\sqrt{3}\dot{U}'_U\angle 30^\circ=367.4\angle 30^\circ$ V

$\dot{U}'_{UW}=367.4\angle -150^\circ$ V

$\dot{U}'_{WU}=367.4\angle -90^\circ$ V

3.5 $I_U=I_W=I_p=\frac{I_l}{\sqrt{3}}=4.4$A, $I_V=I_l=7.6$A

3.6 $\cos\varphi=0.8$, $P=34.656$kW

3.7 略

3.8 $Z=100\angle 36.87^\circ$

3.9 $\cos\varphi=0.8$, $P=3$kW, $Q=2.3$kvar, $S=3.77$kVA

第4章

4.1 $t=0_+$时，$i_{L1}(0_+)=i_{L2}(0_+)=0$A，$i_1(0_+)=i_{C1}(0_+)=i_{C2}(0_+)=1$A，$i_2(0_+)=-1$A，

$u_{C1}(0_+)=u_{C2}(0_+)=0$V，$u_1(0_+)=2$V，$u_2(0_+)=-8$V，$u_{L1}(0_+)=u_{L2}(0_+)=8$V。

$t\to\infty$时，$i_{C1}(\infty)=i_{C2}(\infty)=0$A，$i_1(\infty)=i_2(\infty)=i_{L1}(\infty)=i_{L2}(\infty)=1$A，

$u_{L1}(\infty)=u_{L2}(\infty)=0$V，$u_2(\infty)=u_{C1}(\infty)=u_{C2}(\infty)=8$V，$u_1(\infty)=2$V。

4.2 $t=0_+$时，$i_L(0_+)=4$A，$u_C(0_+)=0$V，$u_S(0_+)=0$V，$u_1(0_+)=10$V，$i_1(0_+)=\frac{U_S}{R_1}=5$A，

$i_C(0_+)=i_1(0_+)+I_S-i_L(0_+)=6$A，$u_2(0_+)=12$V，$u_L(0_+)=-12$V。

$t\to\infty$时，$i_C(\infty)=0$A，$u_L(\infty)=0$V，$i_L(\infty)=4$A，$i_1(\infty)=i_L(\infty)-I_S=-1$A，

$u_1(\infty)=-2$V，$u_C(\infty)=u_2(\infty)=u_S(\infty)=12$V。

4.3 略

4.4 略

4.5 略

4.6 $u_L(t)=-40e^{-10t}$V，$u_2(t)=-24e^{-10t}$V

4.7 略

4.8 (1) $0<t\leqslant 0.1$s，$i_1(t)=i_2(t)=2-2e^{100t}$A；

(2) $t>0.1$s，$i_1(t)=3-e^{-200(t-0.1)}$A，$i_2(t)=2e^{-50(t-0.1)}$A。

4.9 略

4.10 略

第5章

5.1 略

5.2 (a) 20V,正;(b) 20V,负;(c) 20V,负;(d) 20V,正

5.3 略

5.4 略

5.5 略

5.6 略

第6章

6.1 此管为PNP型。

6.2 开关S接通A位置时,晶体管工作于饱和区;开关S接通B位置时,晶体管工作于放大区;开关S接通C位置时,晶体管工作于截止区。

6.3 (1)$I_B=0.042\text{mA}$; $I_C=2.52\text{mA}$; $U_{CE}=4.44\text{V}$

(2) $A_u=-\beta\dfrac{R_C}{r_{be}}=-60\times\dfrac{3}{1}=-180$

(3) 1.8V

6.4 (1)$U_{CC}=6\text{V}, I_B=20\mu\text{A}, I_C=1\text{mA}, U_{CE}=3\text{V}$;(2) $R_b=300\text{k}\Omega, R_c=3\text{k}\Omega$;(3)输出电压的最大不失真幅度1.5V;(4) $20\mu\text{A}$

6.5 略

6.6 $I_B=33\mu\text{A}, I_C=1.98\text{mA}, I_E=2\text{mA}, U_{CE}=4.08\text{V}, A_u\approx-90, r_i\approx0.99\text{k}\Omega$ $r_o=R_C=3\text{k}\Omega$;

$U_i=U_s\times\dfrac{r_i}{R_s+r_i}=3.3\text{mV}$, $U_o=297\text{mV}$

6.7 (1) $I_B=37.7\mu\text{A}, I_C=3.77\text{mA}, I_E=3.8\text{mA}, U_{CE}=-4.5\text{V}$

(3) $A_u=-\beta\dfrac{R'_L}{r_{be}}=-100\times\dfrac{1.33}{0.89}\approx-149, r_i\approx0.89\text{k}\Omega, r_o=R_C=2\text{k}\Omega$

6.8 $R_{B2}=18\text{k}\Omega, R_{B1}=42\text{k}\Omega$

6.9 略

6.10 略

6.11 (1) $r_i\approx72\text{k}\Omega$ (2) $A_{us}\approx0.955, r_o=38.6\Omega$ (3) $A_{us}\approx0.7, r_o=283\Omega$

6.12 略

6.13 (1) $U_{B2}\approx3\text{V}, I_{B2}=19.6\mu\text{A}, I_{C2}=0.98\text{mA}, U_{CE2}=6.7\text{V}$

第7章

7.1 C

7.2 $u_o=-u_i$

7.3 $u_o=5.4\text{V}$

7.4 $u_o=-10u_{i1}+10u_{i2}+u_{i3}$

7.5 (a) $u_o=-\dfrac{R_F}{R_1}\times\dfrac{R_3}{R_2+R_3}\times u_i$;(b) $u_o=-\dfrac{R_4}{R_3}\times\dfrac{R_2}{R_2+R_1}\times u_i$

7.6 $u_o=\dfrac{R_4}{R_3}\times\dfrac{R_2}{R_1}\times u_i$

7.7 $u_o=2\dfrac{R_F}{R_1}u_i$

7.8　$u_o = 10u_{i1} - 2u_{i2} - 5u_{i3}$

7.9　A

7.10　B

7.11　B

7.12　A

7.13　B

第8章

8.1　略

8.2　略

8.3　略

8.4　略

8.5　略

8.6　略

8.7　(1)$Y=B+C$　(2)$Y=C+\overline{A}D$　(3)$Y=\overline{A}\,\overline{B}\,\overline{C}$　(4)$Y=A$

8.8　当 $C=\mathbf{0}$ 时,$Y=\overline{A}\,\overline{C}$;当 $C=\mathbf{1}$,$Y=\overline{AB}$

8.9　略

8.10　$Y=\overline{\overline{AD}\cdot\overline{BD}\cdot\overline{AC}}$

8.11　三个条件中,任意两个成立,Y 就发生

8.12　略

8.13　略

8.14　略

8.15　略

8.16　略

8.17　略

8.18　略

第9章(略)

第10章

10.1　0.05V

10.2　−5V,−2.5V,0V

10.3　4V,0.03125V

10.4　略

10.5　略

参 考 文 献

[1] 李瀚荪.电路分析基础[M].3 版.北京:高等教育出版社,1993.
[2] 邱关源.电路[M].4 版.北京:高等教育出版社,1999.
[3] 康华光,陈大欣.电子技术基础(模拟部分)[M].4 版.北京:高等教育出版社,1999.
[4] 童诗白,华成英.模拟电子技术基础[M].3 版.北京:高等教育出版社,2001.
[5] 王鸿明.电工与电子技术(上、下册).北京:高等教育出版社,2005.
[6] 秦曾煌.电工学简明教程.2 版.北京:高等教育出版社,2007.
[7] 张南.电工学(少学时)[M].2 版.北京:高等教育出版社,2005.
[8] 唐介. 电工学(少学时)[M].2 版.北京:高等教育出版社,2005.
[9] 罗守信. 电工学(Ⅰ、Ⅱ)[M].3 版.北京:高等教育出版社,2005.
[10] 孙骆生.电工学基本教程(上、下册)[M].3 版. 北京:高等教育出版社,2003.
[11] 王金矿,李心广,张晶.电路与电子技术基础[M].北京:机械工业出版社,2010.

反侵权盗版声明

举报电话：（010）88254396；（010）88258888

传　　真：（010）88254397

E-mail：　dbqq@phei.com.cn

通信地址：北京市万寿路 173 信箱

　　　　　电子工业出版社总编办公室

邮　　编：100036